Loretta Chase

Devenue la reine incontestée de la romance de type Régence dans les pays anglophones, elle a rencontré un succès sans précédent avec *Le prince des débauchés,* véritable phénomène éditorial. Surnommée la Jane Austen des temps modernes, passionnée d'histoire, elle situe ses récits au début du XIXe siècle. Elle a renouvelé la romance avec des héroïnes déterminées et des héros forts, à la psychologie fouillée. Dans un style alerte et plein d'humour, elle sait analyser avec finesse les profondeurs de l'âme et de la passion. Elle a remporté deux Rita Awards.

Sous un ciel d'étoiles

Aux Éditions J'ai lu

Lady Scandale
N° 9213
Ne me tente pas
N° 9312
Sur la soie de ta peau
N° 9967
Scandale en satin
N° 10246
La Vénus en velours
N° 11669
Les ducs préfèrent les blondes
N° 11684

LES CARSINGTON

1 – Irrésistible Mirabel
N° 8922
2 – Un insupportable gentleman
N° 8985
3 – Un lord si parfait
N° 9054
4 – Apprends-moi à aimer
N° 9123
5 – Lady Carsington
N° 9612

LES DÉBAUCHÉS

1 – La fille du Lion
N° 9621
2 – Le comte d'Esmond
N° 9304
3 – Le prince des débauchés
N° 8826
4 – Le dernier des débauchés
N° 9831

TROIS AMIS

1 – Le preux chevalier
N° 12419

LORETTA
CHASE

TROIS AMIS – 2

Sous un ciel d'étoiles

Traduit de l'anglais (États-Unis)
par Agathe Nabet

J'AI LU

POUR elle

Si vous souhaitez être informée en avant-première
de nos parutions et tout savoir sur vos auteures préférées,
retrouvez-nous ici :

www.jailu.com

Abonnez-vous à notre newsletter
et rejoignez-nous sur Facebook !

Titre original
TEN THINGS I HATE ABOUT THE DUKE

Éditeur original
Avon Books, an imprint of HarperCollins Publishers

À la mémoire d'Isaac Mann

L'aristocratie n'apprécie guère
que les membres du clergé, ou les femmes,
fassent trop de bruit.

EDWARD BULWER-LYTTON,
L'Angleterre et les Anglais, 1833

Prologue

Voilà bien des années que les cercles festifs n'avaient pas été illuminés par la beauté d'une débutante *comme celle de Mlle Hyacinthe Pomfret, deuxième fille de lord deGriffith. Jeudi, au Drawing Room, cette jeune dame a fait l'admiration de toutes les personnes présentes.*

Foxe's Morning Spectacle,
samedi 4 mai 1833

Nous évoquions récemment l'admiration qu'avait suscitée la présentation au roi de Mlle Hyacinthe Pomfret. Cette semaine, sa sœur, Mlle Cassandra Pomfret, nous fait la surprise de revenir de l'étranger. Comme nos lecteurs s'en souviennent sans doute, la fille aînée de lord deGriffith a fait plus d'une fois sensation après ses propres débuts, voilà quelques années. Par deux fois, il a fallu recourir au Riot Act. La deuxième fois, peu de temps avant son départ pour le Continent à la suite d'une dispute avec lord Nunsthorpe au sujet de l'amendement de la loi sur les Manufactures. L'annonce de son retour suscite donc beaucoup d'intérêt dans certains milieux.

Foxe's Morning Spectacle,
jeudi 30 mai 1833

1

Amphithéâtre de la Ligue de protection des mœurs, Londres, jeudi 13 juin 1833

Papa n'allait pas être content, songea Cassandra en se levant.

Mais quelqu'un se devait d'agir, et la Société Andromède avait accepté qu'elle parle en son nom car son père était un membre influent de la Chambre des communes, où M. Titus Owsley semblait trouver plus de soutien qu'il ne méritait pour un projet de loi très discutable. Et si M. Owsley avait fâcheusement tendance à ignorer les autres femmes, il ne pourrait se permettre d'ignorer la fille de lord deGriffith.

Owsley était un des plus jeunes membres du Parlement. Plutôt bien fait de sa personne, il possédait belle éloquence et, à en croire le père de Cassandra, plus d'ambition que ne le laissait supposer son apparente humilité. La quantité d'hypocrites était si élevée au Parlement que cela ne saurait nuire à la cause du gentleman.

Elle avait pris soin de se vêtir de façon à ne pas attirer l'attention. Aucune fleur ni aucun oiseau ne jaillissaient du modeste chapeau qui coiffait sa chevelure rousse. Sa robe d'un mauve très pâle n'était rehaussée d'aucune passementerie, d'aucun jabot ni d'aucun falbala. Sa tenue ressemblait en fait à celle que les défenseurs de la morale tel que Titus Owsley approuvaient. Elle était restée sagement assise et avait écouté son discours. Un discours qui, quoique pas entièrement dénué de sens ni de compassion, prouvait qu'Owsley, digne représentant des classes supérieures, ne comprenait rien aux gens ordinaires.

Affichant le masque impénétrable qui lui était coutumier, elle attaqua :

— Monsieur Owsley, au cours des dernières semaines, plusieurs articles sont parus dans les journaux de Londres au sujet de votre projet de loi concernant le renforcement de l'observance du repos dominical. Je fais partie des nombreuses personnes qui ont attendu patiemment une réponse de votre part. Dans la mesure où les pratiques et les lois du repos dominical ont constitué la substance de votre discours aujourd'hui, je ne doute pas que vous voudrez bien répondre aux critiques à présent.

Il fronça les sourcils, perplexe.

— Des critiques ? Je ne suis pas certain de savoir à quels journaux vous faites allusion, mademoiselle Pomfret.

De cela, Cassandra doutait beaucoup, néanmoins elle joua le jeu.

— Je veux parler de ce genre de choses, répondit-elle en agitant une coupure de presse issue d'une édition récente du *Figaro in London*, une publication satirique de tendance radicale.

Bien qu'elle en ait mémorisé chaque mot, elle baissa les yeux sur le papier pour en donner lecture à voix haute.

— *L'introduction du projet de loi de M. Titus Owsley qui, sous prétexte de renforcer la stricte observance du repos dominical, prévoit d'empêcher l'accès des pauvres à certains services essentiels, sans toutefois priver les riches d'aucun des luxes auxquels ils sont habitués, constitue la plus odieuse escroquerie sénatoriale à laquelle nous ayons été confrontés depuis bien longtemps.*

Autour d'elle, le public retint son souffle. Quelques ricanements fusèrent çà et là. Un éclat de rire masculin retentit depuis la galerie. Elle garda les yeux rivés sur sa coupure de presse.

— Ce… ce… ce n'est p… pas…, bafouilla Owsley.

— *Il souhaite qu'aucun labeur ne soit accompli le jour du Seigneur*, poursuivit-elle, *excepté le travail nécessaire à la marche normale de la bonne société. De somptueux dîners seront toujours cuisinés et servis dans les grandes demeures, en revanche, aucun repas ne sera proposé dans les auberges. Les véhicules privés se presseront sur les routes comme d'habitude, mais aucun moyen de transport public ne sera toléré. Ainsi, le changement n'affectera que les classes les plus pauvres, tandis que la licence qui prévalait jusqu'ici restera l'apanage de la bonne société.*

Sifflements, huées et rires lui répondirent, cette fois.

Cassandra leva les yeux. Owsley avait plaqué sur son visage empourpré ce sourire condescendant dont les hommes gratifient d'ordinaire les femmes qui tentent de raisonner avec eux. Il se racla la gorge et crispa les mains sur son pupitre.

Cassandra reprit la parole avant qu'il ait pu répondre :

— S'agit-il ou non de la juste description de votre projet de loi ? À moins que vous ne trouviez plus simple de répondre aux questions que pose le rédacteur en chef ?

Elle entreprit alors de lire la suite de la coupure de presse :

Monsieur Titus Owsley, croyez-vous
Que le dimanche il soit convenable
Que les pauvres ne mangent ni ne boivent ?
Que la nourriture ce jour-là disparaisse ?
Et que les carrosses puissent rouler
Sans craindre de mal agir
Tandis que les théâtres…

— Merci, mademoiselle Pomfret, lâcha-t-il entre ses dents. Voilà qui est typique des journaux impies qui prennent plaisir à tourner tout et tout le monde en ridicule. D'autres questions ? ajouta-t-il en balayant le public du regard.

— Avant que vous ayez répondu à la mienne ? intervint Cassandra.

— Laissez-la finir le poème ! lança quelqu'un.

— Répondez à la question de la dame ! cria un autre.

— Quelle dame ? C'est la Gorgone deGriffith !

Une onde de choc parcourut la salle.

Et quand le public retrouva sa voix, ce ne fut plus qu'une cacophonie de « Répétez voir, un peu ! » et de « Qui a dit cela ? ».

D'autres voix se joignirent au vacarme, agressives, conciliantes, défiantes, menaçantes. Des hommes se levèrent. Des femmes quittèrent leur siège pour gagner la sortie.

Des poings tournoyèrent. Les cris s'amplifièrent, se transformant en rugissement. Un vacarme infernal retentit bientôt dans la salle de conférences.

deGriffith House, St. James's Square,
plus tard ce même jour

— En quelques heures, je suis devenu un objet de plaisanterie pour mes collègues, déclara lord deGriffith en arpentant son bureau. Ma fille n'a pas jugé bon de me laisser m'occuper d'Owsley et de son stupide projet de loi. Elle s'est sentie obligée de l'interroger elle-même, dans un lieu public, faisant de nous la risée de Londres.

Cassandra s'était attendue à une sévère réprimande. En revanche, elle n'avait pas prévu que son père convoquerait également sa sœur Hyacinthe dans son bureau.

Il avait un comportement étrange vis-à-vis de Hyacinthe, ces derniers temps. Cela avait commencé quand il était arrivé à Londres pour la saison parlementaire, et tous les événements mondains associés à celle-ci. Peu de temps après l'installation de la famille dans leur résidence de St. James's Square, une épidémie de grippe avait commencé à se répandre en ville et il avait utilisé ce prétexte pour repousser sans cesse ses débuts dans le monde.

Après sa présentation officielle à la Cour, il avait limité sa vie sociale, refusant d'innombrables invitations. Il ne l'autorisait à se rendre qu'aux événements les plus huppés, auxquels n'assistait que le gratin de la bonne société. La pauvre Hyacinthe n'avait pas dix-neuf ans et se trouvait cantonnée dans les réceptions les plus ennuyeuses et les plus guindées.

Elle n'avait émis aucune plainte – elle ne se plaignait jamais. Mais Cassandra savait lire entre les lignes de ses lettres et le dernier message qu'elle avait reçu de lady Charles Ancaster, leur chère tante Julia, l'avait incitée à avancer son retour de France.

À peine avait-elle débarqué que Mary, la femme de son frère Augustus, était tombée malade. Elle était donc allée dans le Hertfordshire pour prendre soin d'elle et de ses enfants. Et à son retour à Londres, elle avait dû s'occuper des inepties moralisatrices d'Owsley.

— M. Owsley donnait une conférence publique, dit-elle. J'ai parlé parce qu'il était nécessaire que quelqu'un révèle – en termes simples et publiquement – sa duplicité.

Les journaux rapporteraient l'affaire. Ce qui, entre autres choses, permettrait d'attirer l'attention des aubergistes, des compagnies de transport et autres commerces sur le problème qui risquait de les affecter. Cassandra espérait que le tollé ainsi provoqué condamnerait le projet de loi.

— Papa, il prône la piété et prétend aider les pauvres, alors que son projet ne vise qu'à accroître leur misère.

— Cette loi du repos dominical n'est pas le problème, répliqua son père. Tu n'es pas un membre du Parlement. Tu es une jeune lady. À force d'incidents de ce genre, tu finiras par être impossible à marier.

— Pourquoi ? Parce que j'ai des opinions ? Parce que je me soucie d'autre chose que du choix de mes robes ?

— Il y a d'autres façons de faire, comme je me suis évertué à te le dire. Si ton petit cercle social ne te suffit plus, il existe quantité d'œuvres de charité – tu n'as que l'embarras du choix.

Comme si elle n'avait jamais levé le petit doigt pour aider les plus démunis. À combien de fêtes, de kermesses et autres événements charitables n'avait-elle pas participé depuis qu'elle avait quitté la nursery ? N'avait-elle pas rejoint la Société Andromède – son « petit cercle social » – précisément parce que les autres prétendues bonnes œuvres ne lui suffisaient pas ?

— C'est de cette façon-là qu'une dame rend service, reprit son père. Pas en se levant dans une salle de conférences pour citer des journaux radicaux !

— Mais tu as toi-même cité le *Figaro*...

— De combien de façons vais-je devoir le formuler ? Il ne s'agit pas de tes convictions. Ni de ton sens de la charité. Ni du journal que tu cites. Il s'agit du fait que tu te lèves en public et que tu te donnes en spectacle.

De son refus de garder le silence, en d'autres termes.

— J'avais l'espoir que, cette fois, tu rentrerais de voyage armée de plus de maturité et de patience. J'avais l'espoir que les efforts que tu as accomplis auprès de Mary reflétaient un changement. Or tu sembles déterminée à te comporter en harpie et à faire en sorte d'empêcher toute possibilité de mariage.

Aïe. Cassandra vit un gouffre béant s'ouvrir devant elle. Son père était un politicien rusé. Elle déclara prudemment :

— Je suis incapable de voir en quoi transformer mon caractère à seule fin de plaire à un homme serait plus sage.

— Pas ton caractère. Ton *comportement*. Tu ne vois pas la différence ?

— Je sais que je ne peux pas faire semblant d'être quelqu'un que je ne suis pas.

Son père cessa soudain d'aller et venir. Son regard passa de Cassandra à Hyacinthe, puis revint sur Cassandra. Il prit une profonde inspiration et exhala lentement.

— Très bien, dit-il d'un ton plus doux. Fais comme il te plaît. C'est toujours le cas de toute façon. Mais...

Il marqua une pause, baissa la tête comme s'il étudiait le sol.

Cassandra et Hyacinthe échangèrent un regard. Le mot *mais* prononcé sur ce ton et suivi d'une pause, tête inclinée, était célèbre. À plusieurs occasions, il avait précédé la mort et les funérailles d'un projet de loi. Il avait conduit à la fin prématurée d'au moins quatre carrières politiques. Il avait fait pleurer le précédent roi plus de fois qu'on n'aurait su compter.

— Mais, répéta son père, il faut que tu te rendes bien compte que je suis incapable de voir en quoi poursuivre la saison de Hyacinthe serait sage si tu dois t'ingénier à la compromettre.

— La compromettre ?

— Ton comportement rejaillit sur elle, sur nous tous. Voilà des années que tu as fait tes débuts et tu n'es toujours pas mariée. Tu n'en fais qu'à ta tête, sans te soucier de ton comportement, par la faute de la trop grande indulgence de mes parents.

Débordés par une abondance de fils, les parents de Cassandra avaient plus ou moins confié la difficile éducation de leur fille aînée à ses grands-parents paternels – un concours de circonstances des plus heureux pour elle. Grand-maman et grand-papa Chelsfield avaient compris que Cassandra n'était pas comme les autres filles et n'essayaient pas de la forcer à leur ressembler. Mais ses grands-parents étaient restés à Paris et elle se retrouvait obligée d'affronter ses parents seule.

— Il ne t'est pas venu à l'esprit, poursuivit son père, que les jeunes célibataires, ainsi que leurs familles, puissent craindre que Hyacinthe prenne exemple sur toi ?

— Hyacinthe n'est pas comme moi, papa. Elle ne l'a jamais été.

Aucune de ses sœurs cadettes n'était comme elle. Helena était encore au pensionnat et ne s'attirait jamais d'ennui, pour autant qu'elle sache. Quant à Hyacinthe... Oh, elle était aussi belle intérieurement qu'extérieurement, douce, gentille, indulgente, tolérante et patiente !

Cassandra était, au choix, Méduse, la Gorgone deGriffith ou la Prophétesse de malheur. On la trouvait peu féminine parce qu'elle ne gardait pas ses opinions pour elle et, pire, parce qu'elle disait ce qu'elle avait à dire sans détour.

Bref, c'était une mégère.

Et personne ne veut épouser une mégère – excepté Petruchio, le butor fanfaron de la pièce de Shakespeare, *La Mégère apprivoisée*, qui ne ressemblait pas vraiment à son idéal masculin. Non qu'elle fût convaincue que l'homme idéal existât.

Le mariage était une affaire compliquée, même avec des hommes à peu près rationnels, comme son grand-père, son père ou son frère Augustus. Il arrivait même à des femmes intelligentes de commettre des erreurs fatales en la matière. Comme sa meilleure amie, Alice, désormais unie à tout jamais au duc de Blackwood. Ou lady Olympia Hightower qui, voilà seulement quelques jours, avait échappé de justesse à son sort, réunissant assez de bon sens pour s'enfuir quelques minutes avant d'épouser le duc d'Ashmont.

— Je m'étais imaginé que la fréquentation d'autres jeunes filles de la bonne société t'adoucirait, avoua son père. Or, saison après saison, tu n'as fait que t'entêter. Je ne peux tolérer que tu persistes à donner un mauvais exemple à tes sœurs. Je ne peux tolérer que tu persistes à désespérer ta mère. Comme je le lui ai fait remarquer plus d'une fois récemment, il est ridicule d'emmener dans le monde une fille de dix-huit ans quand celle qui en aura bientôt trente n'est toujours pas établie.

Trente ! Cassandra n'atteindrait pas ce cap fatidique avant quatre ans et quelques mois.

— Papa, ce n'est pas une question de…

— Ce serait très gênant si Hyacinthe se mariait avant sa sœur aînée, qui est presque aussi jolie, à sa façon, et qui pourrait être tout aussi plaisant si elle s'en donnait la peine. Nous nous en tiendrons donc là.

Il se tut et son regard passa d'une de ses filles à l'autre.

— Là ?

— Je n'autoriserai pas Hyacinthe à se marier tant que tu ne le seras pas toi-même. Puisqu'elle ne peut pas se marier, je ne vois aucune raison pour qu'elle passe une minute de plus sur le marché du mariage. Plus de dîners, de déjeuners, de fêtes champêtres, de bals, de raouts, de pique-niques, de théâtre, de ballets et d'opéras. En clair, à partir de cette minute, la saison de Hyacinthe est terminée.

Putney Heath,
milieu de matinée du 15 juin 1833

Lucius Wilmot Beckingham, sixième duc d'Ashmont, releva lentement la tête de ses bras croisés. On avait dit de lui qu'il était le plus bel homme d'Angleterre. On avait dit de lui bien d'autres choses encore. Cependant, à cet instant, ses boucles blondes formaient de vilains tire-bouchons sur son crâne. Ses yeux d'un bleu intense étaient injectés de sang. Des hématomes vieux de plusieurs jours ornaient l'un d'eux.

Tandis qu'il s'efforçait d'accommoder sa vision, le monde bruyant qui l'entourait tangua, puis tournoya tel un vaisseau empli de brume sur une mer déchaînée.

Il ferma les yeux, les rouvrit et le brouillard se dissipa un peu. Ces gens n'étaient pas des marins, mais des péquenauds qui se criaient dessus. Le vacarme ne provenait pas de cordages grinçant dans la tempête, mais de pieds martelant le sol et de chopes de bière heurtant des tables. Rien qui ressemblât à un navire, ni de près ni de loin, mais à un pub de campagne.

Le *Green Man*. Putney Heath.

C'est là qu'il était.

Après le duel.

Contre son meilleur ami.

Il regarda ses mains. Elles avaient enfin cessé de trembler.

Cela ne lui avait pris que – quoi ? Une douzaine de verres de cognac ? Deux douzaines ? Pourquoi pas trois ?

Peu importait. Il avait fait ce qu'il avait à faire. Sa Grâce traîtresse et menteuse de duc de Ripley, ce misérable chien pourri de soi-disant meilleur ami, lui avait volé la fille. Pas n'importe quelle fille : lady Olympia Hightower. Et il ne s'agissait pas d'un vol ordinaire – d'une farce comme celles auxquelles il se livrait régulièrement avec ses deux prétendus amis –, il s'agissait de sa future épouse. Encore vêtue de sa *robe de mariée* ! Quelques minutes avant le sermon, l'échange des vœux et Dieu sait quoi encore.

Mais c'était terminé à présent. Et c'était tant mieux. Ripley et lui avaient fait ce qu'ils avaient à faire et…

Ashmont secoua la tête pour chasser l'image qui lui était venue. Les multiples cognacs avaient toutefois échoué à noyer le cauchemar coincé dans son crâne – le bras de Ripley se levant quand il n'aurait pas dû, une fraction de seconde trop tard, à l'instant précis où Ashmont pressait la détente.

Il était passé à un cheveu de tuer son meilleur ami.

Par la faute de ce maudit imbécile. Cet abruti avait choisi de tirer en l'air.

— Un autre, dit Ashmont en faisant signe à la serveuse.

Il se souvint alors qu'il n'était pas seul.

Humphrey Morris. De l'autre côté de la table. Le troisième fils du comte de Bartham. Plus connu à l'école sous le nom de Morris Tertius. Un grand type. Presque aussi grand qu'Ashmont. Quoique plus jeune. Plus longiligne. Plus poli.

Ce qui expliquait qu'il ne fasse pas partie des meilleurs amis d'Ashmont. Avant. Maintenant, c'était différent. Morris lui avait tenu lieu de témoin de duel quand Sa Foutue Grâce le duc de Blackwood avait refusé – le sale traître. Un autre soi-disant meilleur ami qui n'en était pas un. Qu'ils aillent tous au diable.

Ashmont posa un regard embrumé sur l'homme assis en face de lui, qui semblait occupé à charger un pistolet.

— On n'a pas déjà fait cela ? demanda-t-il en sentant son cœur chavirer.

Avait-il seulement rêvé cet horrible duel ?

— Pas encore, dit Morris. Tu as dormi un moment. Mais avant cela, j'ai dit que tu ne pourrais pas tirer sur une chope posée au-dessus du cadre de la fenêtre sans briser le carreau. Tu as soutenu que si. Alors, maintenant, c'est dix guinées, que tu en sois capable ou pas. Seulement avant, il faut que je sorte pisser, annonça-t-il en se levant. Ne commence pas sans moi.

Ashmont le regarda s'éloigner, tanguant autant qu'un bateau sur une mer houleuse.

Il regarda ensuite la table devant lui, sur laquelle reposait le coffret contenant ses pistolets de duel. Puis son regard se posa sur la cible proposée, à droite de l'entrée du pub.

Facile.

— Foutu menteur ! rugit quelqu'un. Répète ça et je vais t'apprendre quelque chose que tu n'oublieras pas !

— *T'enseigner*, marmonna Ashmont. Pas *t'apprendre*, espèce d'abruti.

Personne ne tint compte de sa leçon de vocabulaire. Quelqu'un beugla une réponse à l'adresse dudit abruti. Tout le monde se mit alors à crier dans un fracas de chopes entrechoquées et de chaises raclant le sol.

Le bruit fit vibrer la tête d'Ashmont.

— Arrêtez, dit-il. Arrêtez, maudits braillards. Cessez ce fichu tintamarre.

Il n'éleva pas la voix. Il était duc. Dès qu'ils parlaient, les gens l'écoutaient.

Pas ceux-là cependant. Ils étaient trop occupés par leurs mugissements, qui s'intensifièrent encore. Des jurons surprenants, qu'il n'avait encore jamais entendus, fusèrent ; des chaises furent renversées, ainsi qu'une table. Un homme bondit sur un autre. On se rua vers la porte. Tant mieux. Qu'ils partent, tous autant qu'ils étaient ! Mais ils laissèrent la porte ouverte et le vacarme ne fit que s'amplifier. Dehors. Dedans. D'autres hommes surgirent depuis l'arrière-salle.

Que faisaient-ils tous là à une heure pareille ? Il ouvrit le coffret et empoigna un des pistolets. Écartant les hommes sur son passage, il tituba jusqu'à la porte d'entrée.

Il franchit le seuil d'un pas décidé, traversa le perron, descendit les marches et se planta dans l'allée. Là, il arma le pistolet.

Pendant ce temps

Il y avait une limite et Cassandra l'avait atteinte.

Sa mère avait pleuré pendant deux jours, son père ne voulait pas entendre raison, et Hyacinthe ne voyait aucune raison de blâmer qui que ce soit de quoi que ce soit.

— Papa veut que tu te maries, avait-elle dit la veille. Il veut que quelqu'un te protège. Il ne cherche pas à se montrer sévère. Il se fait du souci. Pour nous deux. Tu n'as pas vu ce qui s'est passé après ma présentation à la Cour. Tous les gentlemen s'empressaient autour de moi ; maman était anxieuse et papa, furieux. Et pour être franche, j'aurais préféré passer du temps avec les autres filles, mais ce n'était pas agréable pour elles, quand ces messieurs faisaient tout ce qu'ils pouvaient pour attirer mon attention.

Elle avait dit aussi qu'elle ne se sentait pas prête à épouser qui que ce soit et Cassandra ne la comprenait que trop bien. Hyacinthe lui avait finalement conseillé d'aller rendre visite à leur ancienne gouvernante, à Roehampton. Mme Nisbett, qui était souffrante et s'apprêtait à partir pour Rome, sur l'avis de son médecin. Ce serait peut-être la dernière fois que Cassandra aurait l'occasion de la voir.

Cette proposition n'avait, pour une fois, rencontré aucune objection parentale – excepté les habituels ronchonnements de son père à l'idée de la laisser conduire elle-même son attelage – et avait incité Cassandra à quitter Londres sans attendre.

Ce milieu de matinée de juin, de plus en plus nuageux, la trouva donc conduisant son phaéton demi-mail en direction de Putney Heath. Sa femme de chambre, Gosney, était assise près d'elle à l'avant, tandis que son laquais, Keeffe, avait pris place sur le strapontin à l'arrière. Pour un voyage d'à peine dix kilomètres, en pleine journée, Cassandra estimait une telle escorte plus que suffisante.

Son esprit avait beau être agité, le monde autour d'elle était paisible. La seule autre créature vivante était une vache, unique occupante du pré faisant face au *Green Man*, le pub situé un peu plus loin. Étant donné l'heure, le temps, et l'absence totale de véhicules, elle était certaine d'atteindre rapidement la maison de Mme Nisbett.

Elle avait tort.

Comme elle se rapprochait du *Green Man*, deux hommes en jaillirent et s'affalèrent dans l'allée.

La voix de Keeffe s'éleva derrière elle.

— Attention, mademoiselle ! Il va falloir...

— Oui, je vois.

Les deux hommes en question se relevèrent pour continuer la bagarre entamée à l'intérieur.

D'autres hommes surgirent de la taverne, beuglant des encouragements et prenant sans doute des paris. La rixe était sur le point de se répandre sur la route.

Le passage était étroit, toutefois, Cassandra l'ayant pour elle seule, rien ne l'empêchait de se déporter légèrement sur la gauche. Elle se faisait fort de contourner aisément la mêlée imminente.

Alors qu'elle manœuvrait, un autre homme sortit de l'auberge en titubant, pointa un pistolet vers le ciel et tira.

L'explosion retentit au milieu de ce décor champêtre comme le signal d'un début de bataille. Gosney hurla, une nuée d'oiseaux s'envola des arbres en piaillant et les chevaux s'emballèrent. Comme ils avaient commencé à tourner, ils s'élancèrent à travers la lande.

Gosney s'agrippa à son siège tandis que Cassandra parait au plus pressé : calmer les chevaux et garder le contrôle, comme Keeffe le lui avait enseigné. Elle en était capable.

Elle n'en eut pas le temps.

Les rênes se rompirent, une roue percuta le muret d'un enclos à bestiaux et le véhicule versa sur le côté.

Ashmont courut, sur des jambes incertaines, mais courut quand même. Un groupe d'hommes, tout aussi chancelants, s'élança à ses côtés.

Quand il arriva sur le lieu de l'accident, il découvrit trois corps au sol. Deux femmes, près de l'attelage. Un homme, un peu plus loin.

Il n'avait qu'une courte distance à franchir depuis le seuil du *Green Man* jusqu'à l'enclos à bestiaux, pourtant une éternité s'écoula tandis qu'il approchait, tanguant et nauséeux, son regard passant d'un corps inanimé à un autre. Il perçut soudain un mouvement du côté du tas de vêtements bleus. Une femme se redressa en position assise et secoua la tête. Elle regarda autour d'elle. Son chapeau avait glissé, révélant un chignon à demi défait d'un roux profond.

L'autre femme releva alors la tête. Toujours vivante. Tant mieux.

Il s'accroupit près de la plus proche, la rousse. Il avait la bouche sèche. La langue collée au palais. Il dut faire un effort avant d'émettre un croassement.

— Tout va bien ?

Elle le fusilla d'un regard aussi gris que la cendre.

— Vous ! dit-elle.

Elle tenta de remettre son chapeau, puis l'arracha en tirant sur les rubans. Elle le frappa avec. Rudement. Ce n'était que de la paille de riz, mais Ashmont n'avait pas vu venir le coup. Entre ses réflexes ralentis et son sens de l'équilibre baignant dans le cognac, il tomba à la renverse.

Elle se releva tant bien que mal et ramassa le fouet qui gisait tout près.

— *Vous*, répéta-t-elle en baissant les yeux vers lui.

Ashmont prit le parti de ne pas bouger.

Elle marcha droit sur lui, le bas de ses jupes frôla son pantalon.

— Il fallait que ce soit vous, gronda-t-elle. Évidemment.

Lui.

L'intuition avait sans doute été là, quelque part dans le tumulte de l'esprit de Cassandra : un éclair de lucidité au moment où les rênes s'étaient rompues.

Mais c'était sans importance.

C'était les domestiques qui importaient. Et les chevaux.

Keeffe.

C'était lui qui lui avait appris à monter à cheval et à conduire un attelage. Son enseignement avait commencé alors qu'elle n'était qu'une turbulente gamine de quatorze ans et lui un ancien jockey boiteux de vingt-six. Pendant près de douze années, elle s'était fiée à sa sagesse, et pas seulement en matière de chevaux.

Elle devrait s'occuper des animaux plus tard. Un premier coup d'œil lui avait appris qu'ils n'étaient pas blessés. Un examen plus sérieux attendrait.

— Occupez-vous des chevaux ! lança-t-elle.

Plusieurs hommes se ruèrent aussitôt vers les animaux.

Gosney se remettait péniblement debout. Elle présentait quelques écorchures et... Oh, elle saignait un peu ! Elle fit quelques pas, prit appui sur un des murets de l'enclos à bestiaux. Son apparence accusait un sérieux désordre, mais elle était en vie, et entière.

Nullement perturbée par les récents événements, la vache solitaire s'approcha de l'enclos et posa sur elle un regard mollement intéressé, typiquement bovin.

Cassandra s'éloigna d'un pas vif. Elle savait où se trouvait Keeffe. Elle le voyait, gisant au pied d'un arbre, trop inerte à son gré.

Aux yeux d'un observateur extérieur, elle semblait en pleine possession de ses moyens. « Quoi qu'il advienne, celui qui tient les rênes reste toujours majestueusement calme. » C'était lui qui lui avait enseigné cela. Elle résista à l'envie de courir. Le sol était accidenté et elle ne serait plus utile à personne si elle se foulait la cheville.

Elle ne pensait qu'à Keeffe. Il était le point central de son existence. Mentalement, elle l'imagina, la nuque rompue, le crâne brisé, sans aucun espoir de guérison, cette fois.

— Keeffe ! appela-t-elle.

— Mademoiselle !

Elle laissa échapper un soupir de soulagement et s'approcha de lui.

Il essaya de se redresser et son visage se tordit.

— Ne bougez pas, dit-elle en s'agenouillant près de lui. Vous êtes blessé.

— Pas le moins du monde, mademoiselle. Je serai debout dans une minute. J'ai eu le souffle coupé, voilà tout.

— Enfer et malédiction ! lâcha le grand bœuf inutile qui avait provoqué l'accident.

Il s'arrêta à côté d'elle et s'agenouilla près de Keeffe en exhalant un souffle alcoolisé.

— Vous n'êtes pas mort ?

— Non, Votre Grâce. Il n'y a pas eu de casse. J'irai très bien dans une minute.

Votre Grâce. Oui, tout le monde savait qui il était : le duc d'Ashmont. Un authentique dégénéré.

Cassandra se redressa. La rage balaya le soulagement. Elle n'avait jamais autant eu envie de frapper quelqu'un – lui asséner un coup sur la tête avec le manche de son fouet, par exemple. Vigoureusement. Plusieurs fois de suite.

Elle se rendit soudain compte qu'elle contemplait sa tête nue, une masse emmêlée de boucles blondes. Le duc ne portait même pas de chapeau !

Et il était ivre, cela allait sans dire.

— Holà, vous tous ! lança-t-il à la cantonade en se relevant. Un brancard pour... pour...

— Keeffe, Votre Grâce. Et je n'ai pas besoin qu'on me transporte. J'irai parfaitement bien dans un instant.

Des années auparavant, on avait dû évacuer Keeffe d'une course de chevaux sur une civière. Ses blessures étaient si graves que la plupart des témoins l'avaient donné pour mort.

— Keeffe, répéta le duc avant de marquer une pause, peinant à garder l'équilibre. Vous voulez dire *Tom* Keeffe ? Le jockey ?

— Je l'étais, Votre Grâce. Il y a longtemps.

— Je vous ai vu courir à Newmarket, ce fameux jour. J'étais avec des amis. Nous n'étions que des gamins, à l'époque, mais nous savons tout de vous. Maudite déveine, cette dernière course.

« Maudite déveine » ne suffisait pas à décrire la tragédie qu'il avait vécue. Et à présent...

Quelque chose n'allait pas. Keeffe tentait de le cacher, mais Cassandra le voyait à son visage, au pli de sa bouche.

Elle se tourna vers Ashmont et le gratifia du regard qui lui avait valu le surnom de Méduse.

— Si vous voulez bien avoir la bonté de garder vos souvenirs pour plus tard, voire de les garder tout court, dit-elle, j'aimerais qu'on soigne mon palefrenier.

— Je vais très bien, mademoiselle.

Keeffe tenta de se relever. Il retint son souffle et écarquilla les yeux.

— Si l'un de vous voulait bien me donner un coup de main, dit-il au groupe de badauds qui les entourait.

— Je m'en charge, dit le duc.

Parmi tous les hommes d'Angleterre, il avait fallu qu'elle tombe sur le duc d'Ashmont.

Autrefois, il avait occupé une place importante, dans la vie de Cassandra. Entre autres, parce qu'il était le joyeux compère de l'actuel duc de Ripley, lui-même frère de sa meilleure amie, Alice, désormais duchesse de Blackwood – malheureusement, et peut-être tragiquement. Durant une grande partie de son enfance, Cassandra avait vu Ashmont presque chaque été à Camberley Place, la maison de sa tante Julia.

Depuis, elle le connaissait surtout de réputation. Il figurait dans la rubrique des potins mondains des journaux et des revues, et sur les images satiriques que l'on voyait dans les vitrines des imprimeurs ou dans les parapluies des camelots.

Bien que Cassandra ait rarement eu affaire à lui, même dans son enfance, elle était bien consciente de ce qu'il était devenu. Ashmont, tout comme Ripley et Blackwood, faisait partie du trio scandaleux de ducs surnommés Leurs Dis-Grâces. Aux yeux de la haute société, il était le plus condamnable des trois : un libertin pur et dur, doté d'un sens de l'humour puéril et d'un instinct de coq de combat, qui semait le chaos partout où il allait.

Elle n'avait vraiment pas besoin de cela. Elle se retrouvait avec un phaéton en miettes, pas l'ombre d'un véhicule en vue, le moins recommandable des membres de l'aristocratie entouré d'ivrognes, et Keeffe qui souffrait tellement qu'il n'arrivait même pas à le cacher.

Elle évalua rapidement la situation.

Mary et Augustus avaient vécu à Putney jusque très récemment et elle connaissait assez bien les environs. Elle savait que le *Green Man*, après une bagarre, n'était pas un endroit pour soigner un blessé. Pas plus que les autres tavernes alentour.

En revanche, le *White Lion*, une imposante hôtellerie de la rue principale, se trouvait à moins d'un kilomètre de là. Un chirurgien compétent résidait dans la même rue – si tant est qu'il soit encore là après les frasques des trois ducs. Ils en avaient fait de belles à Putney, la semaine passée, à en croire le *Foxe's Morning Spectacle*.

Ashmont tendit la main pour aider Keeffe à se relever.

— Il n'est pas question qu'on le déplace, déclara-t-elle sèchement. Il s'est cassé quelque chose et je ne permettrai pas qu'on le secoue.

— Non, mademoiselle, ce n'est rien. Vous savez que j'ai fait des chutes bien plus graves.

— Ne bougez pas, dit-elle à Keeffe. Ne parlez pas.

— Je vous assure, mademoiselle, que je...

Elle le regarda. Keeffe se tut.

Elle tourna les yeux vers Ashmont, qui la considérait d'un air perplexe.

Quelques rayons de soleil percèrent les nuages, rehaussant l'éclat de ses cheveux blonds, telles des étincelles dans un verre de champagne. Il sourit et son visage contusionné se para d'un halo éthéré.

Le souvenir depuis longtemps enfoui d'une soirée d'automne à Camberley Place ressurgit dans son esprit et elle se revit, alors qu'elle n'avait que dix ans, contemplant le ciel d'un œil émerveillé. Le fils du duc d'Ashmont, qui avait quelques années de plus qu'elle, était là lui aussi. Il avait le même âge que son frère Anselm, mais il était moins pénible. À l'époque, il était lord Selston – les autres garçons l'appelaient Selston – mais sa tante Julia l'appelait par son prénom, Lucius.

Du latin *lux* : la lumière. Cassandra apprenait le latin toute seule.

Il lui expliquait comment distinguer les constellations parmi la nuée d'étoiles qui formait la Voie lactée.

— Et là, c'est Andromède, avait-il dit.

— Où cela ? avait-elle demandé.

Contrairement à son frère, il n'avait pas ricané ni déclaré que les filles ne savaient décidément *rien*.

Lord Selston lui avait indiqué comment repérer les étoiles de la constellation d'Andromède.

— Vous connaissez son histoire ? avait-il ajouté.

— Non.

Elle avait contemplé son visage et s'était imaginé qu'il venait des étoiles, tandis qu'il lui racontait le mythe de Persée et d'Andromède.

Sa Grâce au visage d'ange.

C'était Alice qui l'appelait ainsi, entre autres surnoms.

Bien des années avaient passé depuis cette soirée à contempler les étoiles, et le garçon qui lui était apparu comme un être céleste avait disparu depuis belle lurette.

Cassandra ravala un soupir. Quel gâchis. Quel immense gâchis.

Toujours souriant, le duc d'Ashmont tangua légèrement vers la droite, puis vers la gauche, avant de s'effondrer à terre.

2

Elle avait les yeux aussi gris que les nuages au-dessus de sa tête. Ils avaient lancé des éclairs argentés. Ses yeux, pas les nuages. Quand Ashmont ouvrit les siens, lesdits nuages formaient de grosses masses sombres et paisibles, qui déambulaient à travers les cieux tels des éléphants. Ici et là, entre deux pachydermes, on apercevait un morceau de ciel ou d'autres nuages dans le lointain. Pas la moindre trace de bleu ne perçait, dans le monde des éléphants.

Elle avait les yeux gris et Ashmont avait l'impression que des éléphants avaient dansé sur lui.

Il prit conscience des voix. Celle de la jeune femme disait : « Je n'ai pas le temps pour cela. Messieurs, relevez donc le duc. »

Une bonne centaine de mains se tendirent au-dessus de lui.

— Tout va bien, Votre Grâce, dit quelqu'un.

— Vous avez été pris d'un malaise, c'est tout, dit un autre. C'est le fait de sortir soudain à l'air libre, de courir après Mlle Pomfret et tout ça.

Pomfret. Pourquoi avait-il l'impression de connaître ce nom ? Peu importait. Réfléchir lui faisait trop mal au crâne.

— L'air matinal lui aura tourné la tête, c'est certain, dit la voix de Mlle Pomfret. Et la raison pour laquelle il est debout d'aussi bon matin ne fait pas mystère. Il y a eu duel.

Un chœur de voix s'éleva.

— Oh, non, mademoiselle Pomfret !

— Les duels sont interdits.

— Personne ne fait plus ça, de nos jours.

— Pas ici, en tout cas.

Ashmont agita la main.

— Cessez ce maudit vacarme. Allez-vous-en.

Ils s'écartèrent. Il était duc, après tout. Il lui suffisait d'agiter la main pour être obéi.

Il redressa la tête et regarda autour de lui. Une paire de bottines féminines surgit dans son champ de vision. Bleues. Et l'ourlet d'une robe tachée de boue et d'herbe. Bleue également. Son regard remonta lentement jusqu'à une taille fine, franchit un corsage de dentelle froissé – qui ne figurait pas parmi les plus garnis qu'il ait vus – encadré de larges revers plissés et atteignit finalement ces yeux qui lançaient des éclairs d'argent et ces boucles d'un roux sombre. Pas de chapeau. Elle l'avait frappé avec son chapeau.

L'effort qu'il fit pour la regarder le fatigua.

Il laissa sa tête retomber au sol.

Elle adressa quelques mots à quelqu'un. Des pas s'éloignèrent à travers la lande.

Elle lui tendit une main gantée.

— Levez-vous.

Ashmont n'avait pas envie de se lever. Sa tête était une montagne de plomb parcourue de pulsations.

— *Levez-vous.*

La main gantée ne bougeait pas.

Il l'ignora.

Il ferma les yeux. Le temps passa.

De l'eau froide se déversa sur sa tête. Il se noyait, il étouffait. Il se redressa si vite qu'il crut rendre tripes et boyaux. Le monde tournoyait autour de lui, vert, brun, gris avec des taches de couleurs vives, ici et là.

— Quoi ? Quoi ?

Sa vision s'éclaircit et il la découvrit, un seau à la main.

— Vous sentez-vous mieux, à présent ?

Il eut vaguement conscience d'un rire, brusquement réprimé. Il eut surtout conscience de la présence de cette femme qui se dressait fièrement devant lui et le défiait de son regard gris… Était-ce un sourire qui lui chatouillait le coin des lèvres ?

— Je n'avais pas le temps d'attendre que vous reveniez à vous, dit-elle. Je doute que la chose arrive un jour, de toute façon.

L'espace d'un instant alarmant, il se révéla incapable de se souvenir de quoi que ce soit. Tout ce qui s'était produit jusqu'ici se fondait dans un épais brouillard.

— Mon palefrenier a besoin d'aide, dit-elle.

— Ce ne sera pas nécessaire, mademoiselle. C'est un *duc*. Je vais récupérer en un clin d'œil.

— Ménagez vos forces, Keeffe, répliqua-t-elle. Vous allez en avoir besoin.

Ashmont tourna les yeux en direction de la voix masculine.

Tout lui revint d'un coup.

Le coup de feu était parti tout seul et tout était allé à vau-l'eau… mais personne n'était mort. Pour l'instant.

La femme se rapprocha et il résista à une envie, aussi puissante qu'inhabituelle, de reculer. Elle lui murmura à l'oreille :

— Vous êtes tellement ivre, Lucius, que vous constituez un danger pour vous-même et pour tous ceux qui se trouvent près de vous. Quel que soit mon sentiment personnel – et je trouve, quant à moi, votre état et votre comportement honteux, répugnants et…

— Épargnez-moi les mondanités, ma chère, parvint-il à croasser. Parlez sans détour.

— Aussi horrible que soit cette pensée, j'ai besoin de votre aide. Sur-le-champ. J'ai besoin que vous utilisiez votre pouvoir et votre argent. Que vous vous ressaisissiez et que vous tentiez, pour une fois dans votre pitoyable existence, de vous rendre utile.

Malgré le brouillard qui l'entourait et son irrépressible envie de rester étendu là pour y mourir, Ashmont parvint à obtenir sans délai une civière et un moyen de locomotion. Keeffe fut soulevé sur le brancard avant d'être déposé sur une charrette, à laquelle on l'attacha afin de lui éviter d'être trop secoué. Mlle Pomfret insista pour marcher à côté de la charrette afin d'avertir le cocher en cas de creux ou de bosse de la route. Ashmont chemina de l'autre côté du véhicule. Quand ils atteignirent le *White Lion*, le chirurgien qu'ils avaient fait appeler était là et Ashmont se sentait prêt à se laisser amputer la tête tant celle-ci lui faisait mal.

M. Greenslade n'exerçait que depuis quelques années, mais les frasques de Leurs Dis-Grâces lui avaient permis d'acquérir une solide expérience en matière de commotions, de quasi-noyades et de fractures osseuses. Il se serait révélé excellent praticien en temps de guerre. De même, le *White Lion* étant le lieu de repli préféré des trois ducs, aucune épidémie, aucune famine ni aucune guerre n'impressionneraient son propriétaire et son personnel.

S'ils avaient causé bien des dégâts, Ashmont et ses amis se rachetaient toujours. Ils dédommageaient tout le monde très généreusement pour faire oublier leurs farces, bagarres, séductions et destructions. Cette générosité expliquait que leur retour soit toujours accueilli avec le sourire plutôt qu'avec des fourches, des torches et des chiens hargneux.

Le chirurgien ordonna qu'on installe Keeffe sur la table d'une des salles à manger privées. Mlle Pomfret était bien décidée à rester, mais cette fois, Keeffe ne se laissa pas faire. Il refusa qu'elle le voie dévêtu et s'agita tant et si bien qu'elle finit par partir pour éviter qu'il ne se blesse davantage.

Sur une suggestion du chirurgien, Ashmont se replia dans la salle du café de l'auberge.

Peu de temps après que le garçon eut pris sa commande, Morris Tertius arriva avec le coffret à pistolets et le chapeau d'Ashmont.

Ce dernier ne s'était pas rendu compte qu'il avait perdu son chapeau. Et son pistolet de duel. Qu'avait-il bien pu faire de l'arme ?

— Où diable étais-tu passé ? s'enquit Morris. Tu t'es soudain volatilisé et quand je me suis réveillé sous une table, personne n'a été capable de me dire où tu étais. Certains prétendaient que tu avais reçu une balle, d'autres que c'était un domestique. Et puis j'ai vu ton coffret à pistolets, et il ne restait plus qu'une arme à l'intérieur. Je me suis demandé où était passée l'autre.

Blackwood aimait à dire de Morris qu'il avait assez de langue pour deux mâchoires. Son bavardage n'indisposa pourtant pas Ashmont – cela lui évitait de penser.

Boire produisait aussi cet effet, cependant, étrangement, le duc avait l'impression d'avoir assez bu pour la matinée.

Deux femmes blessées. Sans compter le jockey. De tous les hommes qu'il aurait pu blesser, il avait fallu que cela tombe sur Tom Keeffe. Un héros des champs de courses. Un héros tout court, même. Né à l'hospice, gamin des bas-fonds, il avait trouvé moyen de s'en extirper, de trouver sa voie et de se hisser tout en haut de la liste des grands jockeys.

Jusqu'à ce jour fatal à Newmarket, quand il avait failli mourir, piétiné par les chevaux. Contre toute attente, il avait survécu, triomphant de la mort comme il avait triomphé contre ses adversaires.

S'il ne survivait pas à l'accident d'aujourd'hui…

Ashmont préférait ne pas y penser.

— Alors que tu n'étais pas là, les clients du *Green Man* se sont mis à brailler, expliqua-t-il. Je n'étais pas d'humeur à tolérer cela. Alors je suis sorti et j'ai fait feu. Tu n'as pas entendu ?

— Je crois que si, répondit Morris. Je ne me souviens plus très bien.

Ashmont lui raconta ce qui s'était passé.

Morris haussa les sourcils.

— Mlle Pomfret se trouvait dans cette voiture ? Pas Mlle *Hyacinthe* Pomfret ? ajouta-t-il en baissant la voix tandis que son expression s'adoucissait.

— Mlle Pomfret, répéta Ashmont. Rousse. Les yeux gris. Environ un mètre soixante-quinze. Une sorte de guerrière à la Boadicée. Elle m'a lancé un seau d'eau à la figure.

Elle l'avait aussi appelé *Lucius*. Qui pouvait se permettre une telle familiarité ?

— Oh, non ! s'écria Morris, effaré. Cassandra Pomfret ? *Ici ?*

— Tu la connais, visiblement.

— Pas toi ? Comment est-ce possible ?

— Quelqu'un a prononcé son nom et tout Putney semble savoir de qui il s'agit.

— Un de ses frères vit ici, dit Morris. C'est la fille de lord deGriffith. L'héritier du comte de Chelsfield. Il a dix enfants. Elle est l'aînée des trois filles. On surnomme Cassandra Pomfret la Prophétesse de malheur car il suffit qu'elle ouvre la bouche pour qu'un cauchemar en jaillisse. Tu la connais forcément. C'est la meilleure amie de la sœur de Ripley. Et lady Charles Ancaster est la sœur de lord deGriffith.

Lady Charles Ancaster – la tante Julia de Ripley. Elle avait toujours traité les deux amis de son neveu comme s'ils étaient ses frères et qu'elle était leur mère. Quelques jours plus tôt, elle avait encore appelé Ashmont par son prénom alors qu'elle lui adressait une brève réprimande. Ayant grandi sans mère,.il ne craignait pas les remontrances. Celles-ci semblaient aller avec l'affection que tante Julia prodiguait avec la même générosité.

Lucius.

Personne d'autre ne l'appelait plus ainsi.

Excepté Mlle Pomfret, sur la lande, quand elle lui avait également dit qu'elle le trouvait *honteux* et *répugnant*.

Cela lui revint soudain. La fillette rousse. Camberley Place. Cela remontait à si longtemps, des années et des années.

— Pas de généalogie, dit-il. J'ai mal au crâne et je ne saurais digérer je ne sais quelle cousine au sixième degré du côté maternel.

— Lady Charles Ancaster, répéta Morris d'un ton patient. La tante de Ripley.

— Oui, oui, je sais.

— C'est aussi la tante de Mlle Pomfret, mais de l'autre côté. Comment peux-tu ne pas connaître Mlle Pomfret ? Elle et lady Alice – enfin, la duchesse de Blackwood – sont aussi liées que les deux doigts de la main depuis la nursery.

— Il semble que nous ayons perdu contact, dit Ashmont. Une jeune fille de bonne famille ? Célibataire ? Qu'aurais-je eu à faire avec elle ?

Quand on lui présentait des jeunes filles à marier, il s'inclinait et filait. Il fuyait cette engeance depuis toujours – sans doute la seule règle à laquelle il n'avait jamais dérogé. Les jeunes filles respectables étaient ennuyeuses. Des chaperons partout. Aucune intimité permise – et en cas de non-respect, obligation de les épouser.

Olympia, la jeune fille qu'il avait décidé d'épouser, était l'une d'elles. Non qu'il ait cherché une épouse, à l'époque. Il l'avait trouvée par hasard.

Elle n'était pas ennuyeuse.

Hélas, son meilleur ami la lui avait ravie, ce sale voleur doublé d'un menteur.

Ce qui faisait qu'à présent, Blackwood et Ripley avaient chacun une épouse, et pas lui. Ripley n'avait pas eu à fournir le moindre effort, pour trouver la sienne ! Il n'avait pas eu besoin de se donner la peine de la courtiser pendant des semaines et de persuader sa famille qu'il n'allait pas ruiner sa vie. Non, tout ce qu'il avait eu à faire, c'était...

Non, ce n'était pas uniquement la faute de ce traître de Ripley. Les femmes étaient imprévisibles, et les femmes respectables étaient les plus redoutables de toutes car, contrairement à leurs sœurs déchues, elles ne respectaient pas les règles de l'échange commercial.

Olympia avait décidé de vivre sa vie, jetant promesses et documents signés comme une vulgaire paire de gants. Ripley et lui avaient livré duel, ce matin, comme ils y étaient obligés. Ils avaient passé l'éponge. Une bonne chose de faite.

Mais Keeffe ne mourrait pas. Il ne pouvait pas mourir. Il vivrait, quoi qu'il dût en coûter à Ashmont.

Il reporta son attention sur Morris, qui n'en finissait pas de chanter les louanges d'une des sœurs de Mlle Pomfret.

Si Cassandra se fiait à sa montre, plus de deux heures s'étaient écoulées quand M. Greenslade la rejoignit dans le petit salon du rez-de-chaussée. Elle avait soigné les écorchures de Gosney avant de l'envoyer boire un thé et manger un morceau dans la salle de l'auberge pour se calmer les nerfs.

Depuis, Cassandra avait occupé son temps en observant tour à tour ce qui se passait dans la Cour et les nuages qui s'amoncelaient dans le ciel, tout en réfléchissant à sa situation et en imaginant le duc d'Ashmont en train de franchir lentement et douloureusement les neuf cercles de l'enfer de Dante.

— Deux côtes fracturées, annonça le chirurgien. Bien que les fractures semblent propres, il est impossible d'en être tout à fait certain, vous vous en doutez.

Cassandra ne fut pas surprise. Toutefois, même si ce n'était pas aussi grave qu'elle l'avait redouté, ce n'était pas une bonne nouvelle. L'expérience lui avait appris que les chirurgiens avaient tendance à se montrer beaucoup trop sûrs d'eux.

— Qu'est-ce qui vous inquiète ? demanda-t-elle.

— La fièvre.

Une fracture pouvait entraîner une infection fatale et toucher les poumons. Elle avait vu la chose se produire dans des familles pauvres. Chez les nantis aussi, et bien trop souvent. Keeffe avait certes survécu à bien pire – sauf qu'il était alors dans la force de l'âge.

— Il prétend qu'il est prêt à reprendre le travail, enchaîna Greenslade. Je ne doute pas qu'il se sente mieux et je lui ai étroitement bandé le torse, je pourrais donc vous autoriser à poursuivre votre voyage. Malheureusement, le risque de pleurésie est un souci en pareil cas, je préfère donc vous conseiller de ne pas le transporter plus loin que la chambre la plus proche. Un jour ou deux de repos et de soins attentifs nous permettront de savoir si la fièvre est une réaction immédiate du corps à la blessure ou une complication plus profonde. J'ai tenté de le lui expliquer, mais il s'est mis dans un tel état que j'ai été obligé de lui administrer une dose de laudanum afin d'éviter qu'il aggrave ses blessures.

— Si nous voulons le garder ici, nous allons devoir l'attacher au lit, déclara Cassandra.

Après son accident sur le champ de courses, Keeffe avait passé plusieurs mois immobilisé, persuadé qu'il ne remarcherait plus jamais. Il n'était guère étonnant qu'il ait réagi aussi violemment aux recommandations du médecin.

— Ce que je suggérerais…

La porte s'ouvrit abruptement et le duc d'Ashmont s'encadra sur le seuil, tout en cheveux étincelants, regard bleu céleste, épaules carrées et exubérance. Il s'avança dans le petit salon, qui parut rétrécir.

— On m'a dit que je vous trouverais ici, dit-il au chirurgien. Alors, comment se porte le jockey ?

Ashmont ne s'attendait pas à recevoir un accueil chaleureux et il ne s'était pas trompé. La dame croisa les bras et le regarda, le visage impassible, tandis que la température de la pièce baissait de plusieurs degrés.

— Deux côtes cassées, dit-elle avant que le chirurgien ait pu répondre. Avec des complications.

Il sentit la nausée le gagner et s'efforça de l'ignorer.

— Les côtes, oui. Elles se cassent facilement. Mais Greenslade lui aura sûrement fait un bandage efficace et…

— Monsieur Greenslade, ayez la bonté de sortir, dit-elle. J'aimerais m'entretenir avec le duc. En attendant, je vous saurais gré d'examiner ma femme de chambre. Elle a quelques écorchures. Je les ai nettoyées, elle aurait toutefois besoin d'un ou deux point de suture et elle a refusé que je m'en charge.

Le chirurgien adressa un regard interrogateur au duc.

— Faites ce que dit la dame, dit Ashmont. Si j'ai besoin d'aide, j'appellerai.

Greenslade sortit et referma la porte derrière lui.

— Je vous remets, à présent, dit le duc. Camberley Place. Vous, lady Alice et toutes les autres petites filles. Les cousines.

L'expression de Mlle Pomfret demeura glaciale.

— Je ne suis pas sûr qu'il soit convenable que vous restiez seule avec moi, reprit-il. Cela ne se fait pas, si je ne m'abuse. Une dame respectable. Un infâme débauché. Ce genre de choses... Nous pourrions peut-être sortir dans la cour, où vous m'autoriseriez à prendre un meilleur départ. Au moins y aurait-il des témoins, en cas de meurtre.

— Keeffe a de la fièvre, lâcha-t-elle.

— Ah.

— Il ne doit pas être déplacé. Il est censé rester alité un jour ou deux, peut-être davantage, le temps de s'assurer que la fièvre n'empire pas. En espérant qu'il survive.

— Alité. Il ne va pas aimer cela.

Un éclair de surprise passa dans les yeux gris avant que le Masque de la Mort se remette en place.

— Non, en effet, acquiesça Mlle Pomfret. Cela lui déplaît déjà tellement que le chirurgien a dû le calmer avec du laudanum. Cela ne l'apaisera pas longtemps, et il ne faut pas renouveler les prises trop souvent, au cas où ses poumons s'infecteraient. Il n'aurait jamais permis qu'on le transporte ici s'il n'avait pas eu extrêmement mal. Maintenant, avec son bandage, il va avoir envie de remuer de nouveau. Même s'il souffre. Même si cela risque de nuire à sa guérison. Il refusera d'être raisonnable.

— Je lui parlerai, décréta Ashmont.

Elle le dévisagea en silence.

— D'homme à homme, dit-il. Je le menacerai de lui briser d'autres côtes s'il ne suit pas mes ordres.

— Lui briser d'autres...

— Question de fierté masculine, la coupa Ashmont. Il ne sera pas honteux d'obéir face à une menace de violence physique. Je suis trois fois plus grand que lui et je suis duc. Il ronchonnera, et puis il se soumettra.

Il ressortit.

Elle le suivit.

Ashmont avait quelque chose à faire. Il attendait cela depuis un moment. Il avait chargé une servante de l'auberge de garder le chirurgien à l'œil.

Mlle Pomfret l'avait sommé de se rendre utile. Il se faisait une joie de lui obéir. Cela lui permettrait de s'amender, au moins en partie.

Il aurait dû se douter qu'elle lui compliquerait la tâche. Il s'immobilisa quand il comprit qu'elle le suivait.

— Je ne vais pas lui faire de mal, inutile de vous inquiéter.

— Dans le cas contraire, je n'hésiterai pas à vous abattre, l'avertit-elle. J'adore le tir et cela me vaudra une approbation unanime.

Comme s'il avait eu l'intention de poser la main sur Keeffe ! Pour quel genre de canaille le prenait-elle ?

Question stupide.

Il aurait été plus judicieux de se demander si elle était capable de mettre sa menace à exécution.

Là encore, la réponse était facile à deviner. Il l'avait vue maîtriser les chevaux effrayés. Pour autant qu'il ait pu en juger, elle était restée aussi calme qu'un homme – même plus calme que la plupart d'entre eux – quand les rênes s'étaient rompues. Elle avait fait une mauvaise chute sans émettre un seul gémissement. Elle l'avait frappé, et quand il ne s'était pas relevé assez vite à son goût, elle lui avait lancé un seau d'eau à la figure.

Alors, oui, elle n'hésiterait pas à l'abattre, et sa main serait aussi ferme que son regard.

— Je ne vais pas lui faire de mal, répéta-t-il. Je vais seulement *faire comme si* j'en avais l'intention.

— En temps ordinaire, je ne vous croirais pas capable de jouer les brutes. Mais vos ecchymoses, votre saleté et celui de votre noir habit de duel vous rendent parfaitement éligible à ce titre.

— À ce point-là ?

Il inclina la tête pour renifler sa propre odeur. Le parfum prégnant de sa sueur était nettement perceptible, rehaussé de notes de cognac. Des taches de boue et d'herbe maculaient son « noir habit de duel ». Il aurait été bien inspiré d'envoyer quelqu'un lui chercher une brosse à dents et de la poudre dentifrice.

— Vous vous trompez. J'ai pris un bain ce matin. Et je me suis rasé, ajouta-t-il en promenant la main sur son menton déjà rugueux.

— Vous teniez vraiment à paraître à votre avantage pour envoyer votre meilleur ami au ciel ?

— Comment savez-vous…

Nouvelle question stupide. Le monde entier était au courant pour Ripley et Olympia. Mlle Pomfret savait qu'il avait livré un duel ce matin. Contre qui d'autre aurait-il pu se battre ?

— Il y avait autant de risques que ce soit lui qui m'y envoie.

— Vous ne l'avez pas tué, dit-elle en baissant la voix. Sinon vous seriez en route vers la France à l'heure qu'il est.

— Personne n'est mort. Et ce n'est pas grâce à lui.

— Aucune blessure ? Vous ne vous seriez pas cogné la tête contre une pierre en tombant, par hasard ? Vous souffrez peut-être d'une commotion.

— Vous aimez voir le bon côté des choses, apparemment.

— Comment va Ripley ?

Ashmont n'avait *vraiment* pas envie de parler du duel.

Il en avait livré une bonne demi-douzaine, mais celui-ci était différent. Il rejouait la scène dans sa tête, encore et encore. Il risquait d'en faire des cauchemars s'il n'y prenait pas garde.

Il s'avança dans le couloir et elle lui emboîta le pas.

— Il a eu une légère blessure à la tête, avoua-t-il en portant la main au niveau de sa tempe. Son crâne est trop dur. La balle a dû rebondir, j'imagine. Il a quand même saigné comme un porc.

N'importe quelle jeune fille de bonne famille se serait évanouie, à ces mots.

— Le scalp saigne toujours abondamment, expliqua Mlle Pomfret. Et vous êtes deux imbéciles, soit dit en passant.

— Olympia l'a fait remarquer, elle aussi.

— Je n'arrive pas à décider si elle s'en est sortie de justesse ou si elle n'a pas sauté de la marmite pour atterrir directement dans les flammes.

— Vous vous y entendez pour remonter le moral d'un homme.

— Peu m'importe votre moral. Vous avez failli tuer le frère de ma meilleure amie. Il ne vaut pas mieux que vous, mais Alice lui est très attachée. Quelques heures après ce duel inutile, vous avez été à deux doigts de tuer trois autres personnes et deux chevaux. Ma voiture est en miettes, et mon père ne voudra jamais la remplacer parce qu'il déteste que je la conduise. Il regrettera juste de ne pas avoir eu l'idée de la détruire lui-même. À cause de vous, je vais devoir rester ici je ne sais combien de temps, avec ma femme de chambre pour tout chaperon. Et quand bien même j'aurais eu un chaperon digne de ce nom...

Elle laissa sa phrase en suspens et poussa un long soupir.

Du coin de l'œil, le duc regarda sa poitrine se soulever et s'abaisser. La chose n'était guère aisée. Les énormes manches de sa robe de voyage bloquaient en partie la vue, déjà à demi cachée par la dentelle et les grands revers. Sa poitrine ne serait-elle pas plus volumineuse qu'il ne l'avait supposé ?

Était-elle jolie ? Il n'en était pas sûr. Si ses idées s'étaient nettement éclaircies, il avait toujours l'impression d'avancer dans la brume.

Enfant, elle n'était pas jolie. De cela il était certain. Il se rappelait très bien de Camberley Place. Il avait tant de souvenirs de cette vieille demeure accueillante et chaleureuse. Et le pavillon de pêche – peut-être l'endroit qu'il préférait au monde.

— Une chose à la fois, reprit-elle. Keeffe, pour commencer. Il ne s'agit pas de fierté masculine. Pas uniquement. Vous devez vous efforcer de le comprendre.

— C'est assez simple, me semble-t-il.

— Ce n'est pas ce que vous pensez.

— Je ne pense rien du tout.

— C'est l'accident de Newmarket. Des mois durant, on lui a répété qu'il ne remarcherait jamais.

Ashmont n'avait pas envie d'entendre cela. Il n'était pas d'humeur et, dans l'immédiat, il ne pouvait espérer trouver du réconfort dans la boisson ou en faisant la noce. Il avait des choses à faire. Il avait besoin d'avoir les idées claires. Ce n'était que le début. Il le savait.

— Il ne supporte pas l'idée de rester alité, poursuivit-elle. C'est pour cela qu...

— Peu importe, l'interrompit Ashmont. Je n'ai pas l'intention de le raisonner. Ni de le *comprendre*. Je compte me comporter en duc autoritaire.

— Très bien, faites à votre façon. Pourvu que ce soit efficace. S'il se blesse...

— Ce sera efficace.

Quoi qu'on puisse dire du duc d'Ashmont – et cela aurait rempli plusieurs volumes –, il payait ses dettes. Toujours.

— Autrement, je vous abats, lui rappela-t-elle. Cela ne résoudra rien, mais je me sentirai mieux.

Cassandra ne trouva ni le chirurgien ni sa femme de chambre dans la salle à manger de l'auberge.

— Le médecin est dans la salle du café, mademoiselle Pomfret, lui apprit une serveuse. En revanche, j'ignore où est votre femme de chambre.

Cassandra repéra Greenslade debout près d'une table à laquelle était assis Humphrey Morris, troisième fils de la déplaisante comtesse Bartham. Le regard de celui-ci se troubla lorsqu'elle apparut.

Il s'alarma encore davantage quand elle s'approcha. Une salle de café était généralement le domaine des hommes. En temps ordinaire, Cassandra observait les convenances, car les hommes devenaient nerveux quand les femmes ne les respectaient pas, ce qui était pénible. Sans compter que c'était précisément le genre de détails qui serait exploité pour salir sa réputation. Non que celle-ci ait de grandes chances de survivre aux événements de la journée.

— Ah, mademoiselle Pomfret ! dit le chirurgien. J'ai cherché partout votre femme de chambre et il semble que M. Morris, ici présent, soit une des dernières personnes à l'avoir vue.

Elle regarda Morris, qui se leva en hâte et s'inclina, le visage écarlate.

— J'ignorais qu'il s'agissait de votre femme de chambre, dit-il. Je n'ai pas été témoin du… de l'accident, et Ashmont m'avait demandé de rester dans les parages au cas où il aurait besoin de moi. Je suis sorti dans la Cour pour tâcher de savoir si quelqu'un savait où était passé son pistolet.

Un pistolet de duel, très certainement. Morris avait dû tenir lieu de témoin au duc, ce matin.

— Certains se souvenaient que l'un de ceux qui se trouvaient au *Green Man* l'avait ramassé et l'avait mis à l'abri à l'intérieur. Ashmont avait aussi oublié son chapeau et je le lui ai rapporté en même temps que le coffret qui contentait encore un pistolet. Je pensais donc envoyer quelqu'un le chercher au *Green Man* quand la malle-poste est arrivée. Nous nous sommes tous immobilisés pour regarder.

Les gens faisaient toujours cela. À Londres, ils se massaient devant la Poste principale. Le départ et l'arrivée des voitures avaient aussi leur public au *White Horse Cellars* de Piccadilly, ainsi que dans d'autres relais de poste de la capitale. Le spectacle était parfois aussi plaisant qu'une pièce de théâtre. Cassandra elle-même aimait assister au départ du courrier du soir. Tous les conducteurs louaient l'expertise et le style des cochers de la Poste. Cela lui avait manqué pendant son séjour à l'étranger.

— J'ai vu cette fille surgir de la salle des billets en agitant son ticket, poursuivit Morris. Il ne restait qu'une place à l'extérieur de la malle-poste, et elle l'a prise. Elle a grimpé sur le siège juste avant le départ. Je ne savais pas que c'était votre femme de chambre, jusqu'à ce que Greenslade me demande si je n'avais pas vu une femme vêtue d'une robe verte.

Cassandra le dévisagea un long moment tandis qu'elle digérait cette information et ce qu'elle impliquait.

— Avez-vous retrouvé le pistolet ? s'enquit-elle.

— Pas encore. Navré pour votre jockey, mademoiselle Pomfret, ajouta-t-il.

— Prévenez-moi quand vous aurez trouvé le pistolet, dit-elle. Il se peut que j'en aie besoin.

Pendant ce temps

Pour calmer Keeffe, une petite dose de pouvoir ducal et une dose massive de « Mlle Pomfret s'inquiète pour vous » se révéla plus efficace que du laudanum. Un contingent de domestiques de l'auberge se chargea promptement de le transférer en douceur dans une chambre à coucher. Une fois qu'ils furent sortis, Ashmont, qui ne présentait jamais ses excuses autrement qu'avec des pièces de monnaie et des billets de banque, formula des excuses.

Keeffe le remercia, l'air embarrassée.

— Je ne suis pas près de mourir, Votre Grâce. Ce charlatan m'a enveloppé comme une de ces momies d'Égypte. On pourrait me lancer sur les pavés de la Cour depuis la plus haute galerie sans que je me fasse mal. Si un carambolage de chevaux de course n'a pas pu avoir ma peau, ce ne sont pas deux côtes cassées qui y parviendront.

— Content d'entendre cela, déclara Ashmont.

L'ancien jockey n'avait pas l'air bien. Il avait les traits tirés et le regard brumeux.

— La seule chose qui me soucie, c'est Mlle Pomfret. Que va-t-il advenir d'elle ?

Ashmont rapprocha sa chaise du lit. Malgré le laudanum – ou peut-être à cause de lui –, Keeffe était d'humeur loquace. Il était censé se reposer, mais il ne semblait pas disposé à s'y résoudre tant qu'il n'aurait pas parlé.

Ashmont devait donc l'écouter.

S'il avait dessaoulé, il était encore confus.

Morris lui avait parlé d'une histoire avec un certain Owsley, lors d'une conférence, qui avait incité lord deGriffith à prendre une décision drastique concernant une des sœurs cadettes de Mlle Pomfret. Morris était au courant de toutes sortes de détails car sa mère, en plus d'être une épouvantable commère, était amie avec lady deGriffith.

Toutefois, Keeffe connaissait encore plus intimement la famille. Mlle Pomfret adorait ses sœurs, lui confia-t-il, et cette histoire l'avait « affreusement contrariée ».

Il lui dit aussi que Mlle Pomfret avait été élevée par ses grands-parents paternels et que c'était son grand-père qui l'avait trouvé, environ deux ans après l'accident, alors qu'il avait sombré dans l'alcool et qu'il en était réduit à balayer les écuries de Blackwater.

— Une sale période, Votre Grâce. Et puis, milord m'a engagé pour veiller sur sa petite-fille. Comme garde du corps, qu'il a dit, mais je devais me montrer discret à ce sujet. Et comme professeur – moi ! C'était une demoiselle qui avait du caractère et il s'inquiétait pour elle. Il savait d'où je venais et il voulait que je lui apprenne à se débrouiller. Il m'a confié sa petite-fille quand plus personne ne voulait me confier un cheval ! On disait que je portais la poisse, vous savez.

Ashmont comprit. La corruption régnait sur les champs de courses, et Keeffe, qui avait grandi dans les bas-fonds de Londres, avait la réputation d'être incorruptible. Son succès fulgurant avait incité ses ennemis à le fouler aux pieds quand il s'était retrouvé à terre.

— Et dans mon état, poursuivit le jockey, j'étais persuadé que je n'étais plus bon à rien. Sauf que milord n'était pas de cet avis. Et mademoiselle non plus. Elle n'a jamais paru remarquer combien j'étais pitoyable. Elle écoutait ce que je disais – et elle est douée avec les chevaux, Votre Grâce. Elle ne perd jamais son calme. Si les rênes ne s'étaient pas rompues, tout à l'heure, on s'en serait sortis sans encombre.

— J'ai vu cela, dit Ashmont. Vous l'avez bien formée.

— C'est facile avec une élève qui a envie d'apprendre et qui est prête à travailler dur. Si seulement je savais comment la tirer de ce mauvais pas ! L'affaire est grave, Votre Grâce. C'est pas comme s'il s'agissait d'un homme. La réputation d'une dame est encore plus précieuse qu'un ticket gagnant de la loterie.

Ashmont savait tout ce qu'il y avait à savoir sur la réputation des dames. Entre son oncle et tuteur, lord Frederick Beckingham, et le père tyrannique de Blackwood, il lui aurait été impossible de rester dans l'ignorance. La meilleure solution consistait à se tenir à distance des dames respectables. Les autres étaient suffisamment nombreuses pour que la chose ne soit pas trop difficile.

— Si on devait réunir dans un livre toutes les règles auxquelles une dame doit se plier, il compterait plus de mille pages, assura Keeffe. Et Mlle Pomfret refuse de s'y plier. Son comportement a déjà indisposé bien des gens. Après ce qu'il s'est passé aujourd'hui, ils vont s'ingénier à déformer les faits si bien qu'aucun de nous ne les reconnaîtra. Qu'est-ce qu'elle peut faire ? Courir retrouver lord et lady Chelsfield sur le Continent ? Laisser sa famille affronter les quolibets et les insultes ? C'est ça qui m'inquiète, conclut Keeffe en secouant la tête. Comment réparer les choses ?

Il n'y avait qu'une seule façon. Ashmont n'avait aucune envie d'y penser, mais c'était une question d'honneur.

— Occupez-vous de vous réparer vous-même, dit-il. Vous l'avez fait autrefois. Ce qui vous arrive aujourd'hui est une broutille, en comparaison. Je me charge du reste.

Le visage du jockey se fendit d'un sourire.

— Je sais ce que vous pensez, dit Ashmont.

Le duc d'Ashmont ne réparait pas les choses. Il les brisait. C'était ce que tout le monde pensait, et le monde ne se trompait pas.

Keeffe laissa échapper un gloussement qui lui arracha une grimace.

— Avec tout le respect qui vous est dû, Votre Grâce, je parie que vous ne le savez pas.

Cassandra regagna le salon privé, réclama du papier et une plume et écrivit un mot à Mme Nisbett pour lui expliquer brièvement ce qui s'était passé. Un récit déformé de l'affaire ne tarderait pas à parvenir à la vieille dame, si ce n'était déjà fait, et Cassandra ne voulait pas qu'elle s'inquiète. L'écho de ses aventures parviendrait également jusqu'à Londres, mais avec un peu de chance, sa famille n'en entendrait pas parler avant demain.

Demain, sa réputation serait ruinée.

« Une chose à la fois », se dit-elle.

Elle n'écrivit pas à ses parents. Elle nourrissait encore le fragile espoir de sauver la situation ou, au moins, de limiter les dégâts, et ne voulait pas leur causer plus de tracas que nécessaire.

Un remontant ne lui aurait pas fait de mal. Elle commanda du thé.

Un domestique le lui apporta avec une étonnante célérité vu le nombre de voyageurs qui allaient et venaient dans l'auberge. S'agissait-il d'un effet de Sa Dis-Grâce ?

Quand elle avait quitté la salle du café, un peu plus tôt, un groupe de voyageurs avait fait irruption et pris d'assaut toutes les tables à l'exception de celle qu'occupait Humphrey Morris. C'était la place réservée des trois Dis-Grâces. Dès que l'un d'eux se trouvait dans le voisinage, leur table favorite était interdite aux autres clients.

Les trois ducs étaient comme des dieux ici. Peu importait ce que Ripley, Blackwood et Ashmont brisaient. Peu importait les scandales dont ils se rendaient coupables. Ils étaient ducs. Ils distribuaient leur argent. L'argent constituait la sainte dispense à tous leurs comportements les plus répréhensibles.

Elle haussa les épaules. Ainsi allait le monde – et ne s'était-elle pas elle-même empressée de profiter de la situation ? Ashmont n'avait qu'à hausser un sourcil pour obtenir aussitôt tout ce qu'il désirait.

Il avait ainsi fait en sorte que Keeffe soit transporté au *White Lion* en douceur et en un clin d'œil.

Tout le personnel de l'auberge s'était empressé de les installer confortablement. D'autres clients avaient dû céder leur place parce que le duc d'Ashmont en avait besoin. L'avoir avec soi, c'était comme disposer d'une baguette magique.

La porte s'ouvrit à la volée.

Les dieux ne frappaient pas avant d'entrer, n'est-ce pas ?

Il resta un instant sur le seuil, dans toute sa gloire cabossée, poussiéreuse et vaguement hébétée, tel un Apollon ivre fraîchement tombé de son char.

Beau comme un dieu et bon à rien.

Un immense et tragique gâchis – à tous points de vue.

Naguère...

« Je vous remets, à présent. Camberley Place. Vous, lady Alice et toutes les autres petites filles. Les cousines. »

Oui, des dizaines de cousins Pomfret et Ancaster, ainsi que leurs amis. Pour lui, elle n'était qu'une petite fille parmi tant d'autres, alors que pour elle, il était le soleil, la lune et les étoiles.

Elle ne s'en souvenait que trop bien, les scènes se déversant de la malle mentale où elle les avait enfermées des années auparavant. Elles affluaient dans son esprit depuis cette première fois, la veille du jour où les garçons étaient partis pour le pensionnat, quand il lui avait montré les constellations. La fois d'après, un an plus tard, elle l'avait observé à la lumière du jour. Il était miraculeusement apparu à un des innombrables mauvais moments de son enfance, se détachant de la foule de garçons, déjà si différent des autres. C'était un être lumineux, la plus belle créature qu'elle ait jamais vue : des cheveux d'une blondeur inouïe qui bouclaient gracieusement, les yeux les plus bleus du monde… et ce visage, d'une perfection presque impossible. Un ange.

Cet ange avait pris son parti, entraînant Ripley et Blackwood à sa suite. Il s'était même battu contre un monstre, ce qui, à ses yeux d'enfant, l'avait hissé au rang d'ange guerrier rejoignant son propre combat contre les injustices du monde. Pendant des années, en dépit de l'évidence contraire, elle avait persisté à croire qu'il était devenu… quoi ? Sire Galahad ? Le prince charmant ?

Oui. Elle avait cru qu'il accomplirait de grandes choses.

Et puis, elle avait fini par cesser d'y croire. Fini par réaliser que la créature céleste qu'elle avait vénérée n'avait existé que dans son imagination. Il n'était jamais devenu celui qu'elle aurait voulu qu'il devienne.

Elle savait comment arranger certaines choses. Elle savait comment aider ceux que la vie avait meurtris et qui avaient subi un sort injuste. Mais Ashmont était allé trop loin sur le chemin de la complaisance et de l'autodestruction pour espérer la rédemption. La somme de travail nécessaire pour faire de lui un être humain tout juste acceptable était au-delà des capacités de Cassandra, presque au-delà de son imagination. Un ange ou une sainte auraient peut-être pu le racheter. Elle n'était ni l'un ni l'autre.

Il était irrécupérable et elle avait désormais d'autres soucis et d'autres personnes plus méritantes en tête.

Tout ce qu'elle pouvait faire désormais, c'était se servir de lui.

Il pénétra dans la pièce et referma la porte.

— J'ai une idée, déclara-t-il. Épousez-moi.

3

Ashmont se baissa. La théière se fracassa contre la porte et vola en éclats.

Bien qu'il se soit armé de courage avec du cognac, comme pour un duel, cela n'avait pas suffi à émousser ses réflexes. Il avait perçu les signes annonciateurs, et éviter les projectiles était chez lui une seconde nature. Au moins, elle n'avait pas de pistolet à portée de main.

Il baissa les yeux sur les morceaux de porcelaine brisée et la flaque de thé qui s'étalait à ses pieds.

— Je sais que c'est soudain, mais...

— Votre fiancée s'est enfuie il y a cinq jours, le coupa-t-elle. Avez-vous perdu l'esprit ?

— En effet. C'est tout à fait exact. Si vous vouliez seulement...

— Vous n'avez pas perdu votre cœur, en tout cas.

— Écoutez, j'ai entendu dire qu'il vous fallait un époux. De mon côté, j'avais l'intention de me marier. Les choses se sont mal passées, mais...

— *Mal passées ?* Elle a fui ! Je vous donne l'impression d'être moins intelligente que lady Olympia ? Non qu'il faille être grand clerc pour reconnaître une mauvaise affaire aussi évidente – et dans votre cas, *mauvaise affaire* est l'euphémisme du siècle ou je ne m'y connais pas !

Ashmont n'avait pas l'habitude de fournir des explications. Il n'était pas même certain de savoir comment faire. En guise d'explications, il n'avait jamais fourni que de l'argent. Il usait de charme, parfois. De persuasion. En l'occurrence, il n'avait pas le temps.

Sa réputation n'était pas des meilleures. Il avait fait une chose ou deux. Beaucoup de choses, même, qui n'avaient rien de vertueux ni d'honorable. Mais il était un homme, et un duc, et les seules conséquences dont il ait jamais souffert n'avaient affecté que sa bourse.

Mlle Pomfret n'était ni un homme ni un duc, et elle avait trop souvent outrepassé les limites de la bienséance.

« Son comportement a déjà indisposé bien des gens », avait dit Keeffe.

Comme Ashmont, elle se moquait des commérages. Une fille comme elle ne permettrait toutefois pas que le scandale rejaillisse sur sa famille.

Ashmont, lui, n'avait pas de famille. Il aurait bien aimé en fonder une. Il avait cru avoir trouvé une épouse. Mais non. La plaisanterie s'était retournée contre lui. Ha, ha, ha !

Il avait Ripley, Blackwood et un oncle aussi fouineur qu'enjôleur.

Il serait d'ailleurs bien inspiré de prendre exemple sur son oncle Fred.

— Nous pourrions peut-être demander que l'on nous apporte une autre théière ? suggéra-t-il. Ou mieux encore, du cognac. Et parler de cela comme des personnes raisonnables.

— Vous seriez incapable d'être raisonnable même si votre vie en dépendait. Je veux voir Keeffe.

— Je vous le déconseille. Il dort. Dans un vrai lit d'une vraie chambre à coucher.

Elle étrécit les yeux.

— J'ai prononcé la formule magique, enchaîna-t-il. Il m'a suffi de dire : « Mlle Pomfret s'inquiète pour vous. » Il s'est aussitôt calmé. Nous avons discuté. De chevaux de course, ce genre de choses. Greenslade est passé le voir. Il est fiévreux, quoique pas au point de délirer. Une infirmière est à son chevet. Tout est sous contrôle.

— Je suis parfaitement capable de veiller sur mon palefrenier. Je sais m'occuper des malades. Vous n'imaginez pas combien de fois je suis restée au chevet d'une personne alitée.

— Keeffe le sait et il m'a demandé de vous en empêcher. Il trouve que vous avez déjà assez à faire. Si j'étais vous…

— Je n'ai nul besoin de vos conseils.

Elle s'approcha de la fenêtre qui donnait sur la Cour et lui tourna le dos. Elle secoua la tête. Une épingle glissa de ses cheveux et se prit dans l'espèce de foulard de dentelle qui couvrait l'encolure de sa robe. Le ciel avait beau s'être obscurci, il n'en distingua pas moins les brindilles et les brins d'herbe captifs de sa chevelure, qui prenait une teinte acajou sous cet éclairage sinistre.

S'il tentait d'ôter ces débris, quelque chose d'affreux, peut-être même de fatal, se produirait. De cela, il était certain.

— Vous ne comprenez pas, dit-elle. Vous ne pouvez pas comprendre.

Il avait tout de même compris une chose ou deux. L'homme qui s'était blessé par sa faute n'était pas qu'un ancien jockey, célèbre en son temps. Keeffe était son garde du corps et son mentor, il lui était sans doute plus proche qu'aucun des membres de sa famille, exception faite, peut-être, de cette sœur cadette qui flanquait des palpitations à Morris.

Entre autres inquiétudes, Ashmont savait que s'il ne prenait pas les choses en main, les frères de Mlle Pomfret se battraient pour avoir le privilège de lui tirer dessus à trente pas. Il ne voulait pas se battre contre ses frères, qui ne lui avaient jamais fait aucun mal. Il ne voulait pas créer des ennuis à sa famille. Il n'était qu'un crétin. Il savait cela. Pour autant, il y avait certaines limites qu'il refusait de franchir. Très peu, mais elles existaient bel et bien.

Ce matin, il avait failli tuer Ripley, deux femmes et un des plus grands jockeys d'Angleterre. Jockey qui, pour l'heure, n'était pas entièrement tiré d'affaire.

Tout cela avec un seul et même pistolet.

Si personne n'était encore mort, les conséquences s'amoncelaient si dangereusement qu'elles risquaient de déclencher une avalanche.

— Dites-moi que vous avez une meilleure idée, la défia-t-il. Je suis tout ouïe.

Silence.

— Je vous entends réfléchir, reprit-il. Rien ne vous vient à l'esprit, n'est-ce pas ? Alors, voilà mon idée…

— Vos idées ne provoquent que des hurlements et des catastrophes, l'interrompit-elle en pivotant pour lui faire face. J'étais là, figurez-vous, le soir où vos amis et vous avez fait entrer un bouc à l'Almack's.

— Vous y étiez ? Vraiment ?

Il remarqua soudain la petite cravate noire sous son col de dentelle. Le nœud avait dû se desserrer et elle l'avait sans doute rectifié à la hâte car il était de travers. Son corsage était froissé et l'espèce de foulard de dentelle était taché de boue. Ses doigts le démangeaient d'arranger les choses – ou de les aggraver, il ne savait trop. Tout ce qu'il savait, c'était que cela le troublait.

— C'était ma première saison et mon premier bal à l'Almack's. J'avais déjà entendu un certain nombre d'histoires à votre sujet, cependant, après avoir été personnellement témoin de votre propension à semer le chaos, j'ai cessé de les considérer comme des racontars. Dès qu'il s'agit de vous et de vos complices, les journaux n'ont nul besoin d'exagérer. Se comporter de façon plus scandaleuse que vous ne le faites déjà est impossible.

— C'est justement pour cette raison que cela fonctionnera entre nous. Je suis scandaleux. Vous êtes scandaleuse.

Elle le dévisagea.

— Moi ? Comme *vous* ? Vous n'avez pas vingt-neuf ans. Vous aviez tout pour vous : pouvoir, titre, argent, physique, en plus d'être un homme. Et qu'en avez-vous fait ? Qu'avez-vous accompli, à part la débauche et la destruction ? Il aura suffi que je croise votre route par hasard pour que tous ceux que j'aime aient des ennuis et que l'homme qui m'a aidée à ne pas devenir folle se retrouve en danger de mort.

Elle le contourna, sortit, et claqua violemment la porte.

Il prit le temps d'évaluer la situation : valait-il mieux insister ou lui laisser le temps de se calmer ?

Il avait trop attendu cinq jours plus tôt et un avenir prometteur lui était passé sous le nez.

Il décida de la rattraper.

Cassandra s'élança dans la galerie en ayant l'impression d'être cernée de toutes parts. L'air était lourd, annonçant l'orage. Un nuage de poussière s'éleva depuis la Cour en contrebas, où une autre berline prenait le départ. Elle n'était plus enfermée dans une petite pièce avec le duc d'Ashmont. Elle pouvait respirer de nouveau. Penser de nouveau.

L'Almack's. Pourquoi diable avait-elle évoqué cet incident ? Comme s'il allait se souvenir d'elle ! Il ne s'était déjà pas souvenu d'elle quand elle s'était tenue devant lui, resplendissante dans sa robe de satin à rayures bleues, et mourant d'envie de danser.

Et lui...

Elle avait oublié ce qu'il portait. Elle se rappelait juste qu'elle l'avait trouvé éblouissant. Alice et elle avaient alors dix-huit ans. Elles avaient passé trois années sur le Continent, à étudier et à voyager, et étaient infiniment plus évoluées que les autres débutantes. Cassandra avait pourtant chancelé quand elle s'était retrouvée de nouveau face à lui.

Elle l'avait vu, telle une divinité étincelante, s'approcher de tante Julia pour lui présenter ses hommages. Cassandra se tenait auprès d'elle. Elle entendait encore la voix de sa tante :

— Ashmont, vous vous souvenez sûrement de ma nièce, Cassandra Pomfret.

Le duc, qui ne se souvenait visiblement pas d'elle, l'avait gratifiée d'un sourire susceptible de faire fondre un glacier.

— Comment aurais-je pu l'oublier ? Je suis votre serviteur, mademoiselle Pomfret.

Une élégante inclinaison du buste, un bref échange de politesses avec tante Julia, et il avait disparu dans la foule, laissant Cassandra si étourdie que le poids écrasant de sa déception avait mis un moment à retomber sur elle.

Quelques minutes plus tard, des cris de femme avaient retenti. Tournant la tête, elle avait découvert une lady Thurlow pétrifiée et hurlante, les yeux rivés sur un bouc qui grignotait une des roses de satin qui ornaient le bas de sa robe.

Sous le balcon, où l'orchestre avait brusquement cessé de jouer, les trois ducs se tordaient de rire.

Le désordre avait été indescriptible. Valets courant en tous sens pour encercler le bouc. Femmes se ruant hors de la salle de bal. Lady Jersey traversant la salle d'un pas martial, deux autres dames patronnesses dans son sillage.

— Ils n'ont pas mûri durant notre absence, semble-t-il, avait commenté Alice.

— Pas le moins du monde.

Mais à quoi Cassandra s'était-elle attendue vu les histoires qu'elle avait entendues ? Avait-on jamais décelé chez lui une once de maturité ?

— Ils ont dû le hisser jusqu'ici à l'aide d'un palan, avait supposé Alice.

C'était la méthode employée par les garçons pour faire entrer des filles en douce dans leurs chambres à l'université. Avant même d'être ducs, le trio avait défrayé la chronique d'Eton, puis celle d'Oxford. Et désormais, Londres.

— J'aurais dû m'en douter, avait déclaré Cassandra.

— Dire que tu voulais danser avec lui.

Elle pouvait difficilement le nier.

— Rien qu'une danse, Alice.

Une seule. Elle aimait danser. Les hommes l'invitaient rarement. Ils étaient mal à l'aise avec elle. Sa propension à dire ce qu'elle pensait ne l'avait pas quittée depuis l'enfance. Une tendance mal vue, chez une enfant comme chez une débutante. Elle avait pensé qu'un jeune homme tel que lui – audacieux, téméraire, indifférent à l'opinion d'autrui – n'aurait pas peur d'elle.

— Ils n'invitent jamais les filles respectables. C'est trop compliqué à en croire Ripley.

— Trop compliqué ? Il ne s'agit que d'une danse !

— Ce serait une danse de trop. Tu n'es ni une courtisane ni une veuve joyeuse. C'est tout ce qu'ils ont besoin de savoir. As-tu remarqué que moi non plus, je n'ai pas été invitée ?

C'était affreusement injuste. Alice et elle étaient *intéressantes*.

— C'est stupide.

— C'est mieux ainsi. Il n'y a pas de dénouement heureux possible avec eux.

— Il a tout – titre, argent, physique. Qu'est-ce qui ne tourne pas rond chez lui ?

— Il boit, pour commencer. Et de surcroît, c'est un imbécile. Un très bel imbécile, je te l'accorde.

— Très beau, oui. Oh, Alice, il a un sourire…

— À causer la perte de milliers de jeunes filles.

Elles avaient éclaté de rire, et Cassandra avait décidé de ne plus espérer qu'il finirait par changer. Le garçon indiscipliné au sujet duquel on racontait des histoires insensées était devenu un adulte indiscipliné au sujet duquel on racontait des histoires insensées. Il avait tout de même fallu qu'Ashmont persiste dans ses frasques pendant deux autres années pour qu'elle parvienne enfin à le chasser complètement de ses pensées.

Aujourd'hui cependant, il l'avait entraînée dans ses frasques et c'était elle qui allait en faire les frais. Elle et sa famille.

« Ton comportement rejaillit… sur nous tous. »

Elle avait choisi de voyager sans chaperon et sans escorte. Les gens diraient qu'elle avait cherché les ennuis. Ils feraient remarquer que son père, membre éminent du Parlement, chargé d'établir les lois du pays, n'était pas capable de tenir sa propre fille.

Elle voyait d'ici les gravures satiriques : le visage de lord deGriffith sur un corps de taureau avec un anneau dans le nez, mené par sa fille. Ou encore, son père tirant une charrette qu'elle ferait avancer à coups de fouet.

Et ce ne serait que le début des humiliations endurées par sa famille. Sous peu, sa rencontre fortuite avec le duc d'Ashmont deviendrait un rendez-vous galant. Une orgie, même. On raconterait qu'elle s'était roulée dans la lande avec lui, ivre de vin et de débauche.

Elle rougit rien que d'y penser.

Épousez-moi.

Si elle voulait avoir le cœur brisé et être malheureuse toute sa vie, accepter sa demande serait le moyen le plus sûr d'y parvenir.

N'avait-il pas déjà commencé à la rendre malheureuse ? Si la fièvre empirait et que Keeffe ne survivait pas…

— Mademoiselle Pomfret ?

La belle voix grave semblait chargée de toutes les promesses. Tout comme le beau visage. Tant de beauté au-dehors et si peu de valeur au-dedans.

Elle ne s'arrêta pas.

— Allez au diable.

— Je me rends bien compte que vous êtes à bout de nerfs…

Elle s'immobilisa et fit volte-face.

— À bout de nerfs ? Votre insouciance éthylique a blessé, peut-être mortellement, un employé dévoué. Vous en avez terrifié une autre, moins dévouée, qui est partie par la première malle-poste. Vous avez détruit ma voiture. Vous avez déclenché une de ces catastrophes qui vous sont coutumières, et les victimes se trouvent être, cette fois-ci, les membres de ma famille. Alors, oui, je suis une femme à bout de nerfs – car il va de soi, n'est-ce pas, que je n'ai aucune raison d'être agitée.

Elle avait marché droit sur lui tout en parlant, si bien qu'ils se retrouvèrent presque nez à nez.

— Je vous demande pardon, duc, pour ma réaction *excessive* – elle lui martela le torse du bout de l'index, regrettant qu'il ne s'agisse pas du canon d'un pistolet – à ces questions *triviales*. Ne vous approchez plus de moi, conclut-elle sur un ultime martèlement.

Elle pivota et poursuivit son chemin.

Elle eut vaguement conscience d'un mouvement en contrebas, quand les gens sortirent de l'auberge pour voir ce qui se passait. Elle s'en moquait. Cette journée était destinée à aller de mal en pis de toute façon. Comment aurait-il pu en être autrement ?

— Mademoiselle Pomfret, j'aimerais que vous m'accordiez une minute. Rien qu'une minute.

Elle continua de marcher.

— Voulez-vous vous arrêter ?

Il tenta de la retenir par le bras.

Sa robe était dotée d'énormes manches gigot, comme l'exigeait la mode. La main d'Ashmont s'enfonça dans les plis du tissu et se referma sur le vide.

D'instinct, Cassandra se retourna. Cette fois, elle ne lui martela pas le torse, mais le gratifia d'une de ces bourrades que Keeffe lui avait enseignées, utilisant tout le poids de son corps.

La galerie était étroite, la rambarde basse, et le duc fut contraint de s'y adosser. Il lâcha la manche bouffante pour agripper le balustre le plus proche, pas assez vite cependant pour éviter de basculer en arrière.

Ashmont réussit à agripper le pilier à la dernière seconde.

Il demeura suspendu là un moment, les genoux repliés sur la rampe de la balustrade, serrant le pilier du bras.

S'il était moins en forme, il serait déjà sur les pavés de la cour.

Dieu merci, il pratiquait l'escrime, l'équitation et la boxe. Il marchait davantage et parcourait de bien plus longues distances que la plupart des hommes de son milieu. Il aimait tester sa force. Il aimait se battre. Et bien qu'indolent à certains égards, il se montrait un peu trop actif à d'autres.

Il n'avait toutefois pas fermé l'œil de la nuit avant le duel et but plus de cognac qu'il n'était raisonnable après celui-ci. Et il n'avait mangé que très peu.

En bref, il n'était pas au mieux de sa forme.

Il resta donc suspendu un moment sous l'œil des badauds dans la cour, tandis que Mlle Pomfret s'éloignait au pas de charge, indifférente à son sort. Le bruit de ses pas cessa, une porte claqua et un loquet fut rabattu.

Fort bien. Mlle Pomfret n'était donc pas un ange tutélaire. Pas le sien, en tout cas.

Il aurait pu en rire, mais il avait besoin de son souffle pour garder l'équilibre, opérer un rétablissement et reposer le pied sur la galerie. Il dut s'y reprendre à deux fois, sous l'œil d'un public de plus en plus nombreux. Certains l'encourageaient, d'autres se moquaient.

Une fois sain et sauf sur la galerie, il s'épousseta les mains et s'inclina. Les curieux applaudirent en s'esclaffant.

— L'épouser ? répéta Morris, ses yeux menaçant de jaillir de leurs orbites. Tu n'aurais pas tiré ce coup de pistolet un peu trop près de ta tête par hasard ? Tu n'es pas resté sourd un moment ? La fumée t'est-elle entrée dans les yeux ?

Ayant décidé de rassembler ses forces avant d'affronter de nouveau Mlle Pomfret, Ashmont avait regagné la salle du café. À peine s'était-il assis qu'un serveur était apparu pour prendre sa commande. Juste après son départ, un groupe de voyageurs avait fait irruption dans la salle, en même temps que les badauds de la Cour de l'auberge, parmi lesquels figurait Morris.

Le brouhaha ne dérangeait pas plus Ashmont que le bavardage de Morris. Certes, l'humour de Blackwood et de Ripley lui manquait. Toutefois, ce dont il avait besoin à ce moment précis, ce n'était pas d'humour mais de renseignements – *tous* les renseignements qu'il pourrait obtenir. Or, Morris était une véritable encyclopédie vivante des commérages. En cela, il était comme le dragon qui lui tenait lieu de mère. Heureusement, c'était là leur unique ressemblance.

— Tu crois que je suis du genre à épouser une demoiselle insipide ? dit-il.

Ripley avait-il épousé une fille insipide ? Et Blackwood ? Pas davantage.

— Entre une demoiselle insipide et celle qui t'a poussé par-dessus la rambarde de la galerie de l'auberge, il y a un monde, rétorqua Morris. J'ai bien cru que tu allais finir étendu à mes pieds, ta cervelle répandue sur les pavés.

Ashmont haussa les épaules.

— J'ai connu pire.

Morris s'adossa à la banquette et le dévisagea.

— Tu ne vois pas plus loin que le bout de ton nez, déclara Ashmont. Tu es épris de sa sœur. Or, tu n'auras pas le moindre espoir de l'approcher tant que Mlle Pomfret ne sera pas mariée. Et vu que tout le monde semble avoir peur d'elle, la chose n'aura pas lieu de sitôt. À ta place, je m'encouragerais. Je dirais : « Tu es un sacré veinard, Ashmont. Ta fiancée prend la fuite, et moins d'une semaine après, une autre, encore mieux, te tombe dans les bras. »

— Non, non, non, non, non, déclara Morris en secouant la tête à chaque *non*. Je ne voudrais pas ranimer de douloureux souvenirs, mais…

Il leva sa cuillère.

— Lady Olympia, la baptisa-t-il avant de lever son couteau. Mlle Pomfret. Aucune comparaison possible.

Ashmont leva sa fourchette.

— Moi, déclara-t-il.

Morris rougit.

Ashmont observa le phénomène d'un air amusé. Il ne se souvenait plus de la dernière fois qu'il avait rougi.

— Si tu étais tombé sur la tête, je mettrais cela sur le compte d'une commotion cérébrale, dit Morris. Il est arrivé quelque chose pendant que je ne regardais pas ? Le chirurgien a-t-il fait un trou dans ton crâne ?

— J'aime qu'une fille ait du tempérament, déclara Ashmont.

C'était vrai. S'il avait eu des scrupules à l'idée d'épouser une femme dont il ne savait quasiment rien et dont il avait oublié l'existence jusqu'à aujourd'hui, les attentions agressives de celle-ci les avaient réduits à néant.

— Elle est tombée de son attelage, poursuivit-il. Est-elle restée par terre à gémir en attendant qu'on vienne à son secours ? Non. Elle s'est redressée et son premier geste a été de me frapper avec son chapeau. Et quand c'est moi qui me suis retrouvé allongé au sol, pris d'un malaise passager, elle m'a jeté un seau d'eau à la figure, puis m'a forcé à faire mille choses et à parcourir plus d'un kilomètre à pied tout en s'inquiétant pour son valet. Je la demande en mariage et elle me lance une théière à la figure.

Morris ferma les yeux.

— Charmant.

— Et là, je commets une folie, je tente de la retenir contre son gré – et elle me fait passer par-dessus la rambarde de la galerie et me laisse là, suspendu au-dessus du vide.

Ashmont rit à ce souvenir. Mlle Pomfret risquait encore de le surprendre, en revanche, elle ne s'enfuirait jamais.

Il s'y était mal pris. Il aurait dû réfléchir davantage. Il l'aurait peut-être fait s'il n'avait pas enduré une nuit aussi atroce avant cette rencontre à l'aube. Le souvenir de ce duel lui donnait encore la nausée.

Il s'efforça de penser à autre chose.

— Tu te souviens quand tu m'as demandé si je l'avais déjà rencontrée ? dit-il. Je l'avais rencontrée, en effet, mais cela remonte à longtemps. J'étais à Eton à l'époque. J'ai fait sa connaissance durant les grandes vacances.

L'expression désespérée de Morris s'aiguisa et une lueur d'intérêt s'alluma dans son regard. Il flairait la révélation, une histoire de plus à ajouter à sa vaste bibliothèque mentale.

— C'est à Eton que vous vous êtes connus Blackwood, Ripley et toi.

Les trois fils de ducs étaient devenus amis d'emblée. Ils avaient tant de choses en commun.

— C'était au tout début de l'automne, peu de temps avant que nous retournions à l'école, dit Ashmont. Camberley Place. J'avais quatorze ans.

Comme tous les souvenirs du temps qu'il avait passé chez l'oncle de Ripley, dans le Surrey, Ashmont revoyait très clairement la scène. N'ayant pas vraiment de famille à retrouver, il avait été ravi d'être invité une fois de plus pour les grandes vacances.

Il était le comte de Selston, à l'époque, Ripley était le comte de Kilham et Blackwood le marquis de Rossmore. Ces titres de courtoisie avaient été relégués avec tous les autres titres de moindre importance dont ils avaient hérité en même temps que leurs duchés – Ashmont d'abord, puis Blackwood et finalement, Ripley – alors qu'ils étaient encore étudiants.

Vers la fin des vacances, lady Charles organisait une fête pour les plus jeunes de ses proches et leurs amis. Généralement, les garçons s'amusaient d'un côté et les filles d'un autre. À un moment donné cependant, ses deux amis et lui avaient entendu des cris et des rires provenant du terrain où les filles avaient organisé une course de relais.

Intrigués, ils s'en étaient approchés et avaient trouvé Godfrey Wills et sa bande de lèche-bottes occupés à railler une petite fille rousse. Cette créature aussi délicate qu'un elfe avait semblé vaguement familière à Ashmont, il n'avait toutefois pas réussi à la resituer.

— Espèce de sauterelle, tu ne peux pas aller plus vite ? glapissait Wills. Plus vite, plus vite, la sauterelle à taches de rousseur !

La fillette était mince et n'avait rien d'une beauté, pour autant, elle n'était pas affligée de taches de rousseur. Les amis de Wills s'étaient cependant mis à scander le même refrain moqueur en se gondolant de rire tant ils se trouvaient drôles.

— Quel sale petit imbécile, avait commenté Ashmont. Je lui flanquerais volontiers une raclée.

— Tu ne connais pas Cassandra Pomfret, avait dit Ripley. Attends un peu.

Ils avaient donc attendu.

La course terminée, Wills avait continué de se moquer de la fillette, la poursuivant en bondissant comme une sauterelle, encouragé par ses amis.

C'était injuste de s'en prendre à une gamine, et Ashmont, bouillait d'impatience à l'idée de prendre Wills à part. Cassandra Pomfret s'immobilisa soudain et se retourna pour faire face à Wills. Celui-ci la gratifia d'un grand sourire, s'attendant visiblement qu'elle le supplie d'arrêter, comme le faisaient les enfants qu'il choisissait de harceler.

Elle plaça ses mains sous son menton, paumes tournées vers le sol, battit exagérément des cils et lança d'une voix haut perchée :

— Oh, Godfrey, tu me suis partout ! Je sais que tu ne peux t'empêcher de m'aimer, et je suis sincèrement désolée, mais je ne peux te rendre ton amour.

Sa riposte était si inattendue et tellement juste qu'Ashmont salua celle-ci d'un cri d'encouragement, bientôt imité par d'autres.

Le visage de Wills vira à l'écarlate.

Ashmont ne put résister.

— Oh, Godfrey ! appela-t-il en prenant une voix de fille. Le pauvre Godfrey est amou-ou-oureux !

Garçons et filles explosèrent de rire.

Ripley se planta à côté d'Ashmont, posa la main sur son épaule et déclara d'un air triste :

— Hélas, elle ne veut pas de toi, Wills. Quelle tragédie.

— Un amour à sens unique, enchaîna Blackwood. J'en pleurerais presque, mon pauvre vieux Wills.

Wills était la cible à présent, et ses propres amis se moquaient de lui.

— Taisez-vous ! cria-t-il.

— Tu pourrais essayer de t'agenouiller à ses pieds pour la supplier de t'aimer, suggéra Ripley.

— Bonne idée, dit Ashmont. À genoux, Wills. Implore la grâce et le pardon de la dame !

Wills avait alors invité Ashmont à s'agenouiller devant lui pour accomplir un acte impensable, qui n'aurait jamais dû être évoqué en présence de jeunes filles.

Ashmont se souvenait de l'explosion de joie qui l'avait submergé. Il avait attendu et venait d'obtenir sa récompense.

— Vraiment ? Tu veux essayer de m'obliger à le faire ?

Quelle merveilleuse bagarre ç'avait été ! Wills, qui était beaucoup plus grand que lui, avait cru ne faire qu'une bouchée du chétif lord Selston – Ashmont n'avait pas encore achevé sa croissance à l'époque.

Il revint au présent, croisa le regard perplexe de Morris, et toucha le coin de son œil, là où sa peau était encore bleuie.

— Wills m'a flanqué un œil au beurre noir ce jour-là, mais c'était dérisoire comparé à ce que je lui ai mis. Je ne me souviens pas de m'être autant amusé. Cela valait bien la raclée que j'ai reçue ensuite, merci oncle Fred.

— Ashmont, dit Morris après un bref silence, cette femme fait pleurer les hommes. Des hommes adultes. Je l'ai vu de mes yeux.

— Ne t'inquiète pas, mon vieux, je suis assez grand pour me protéger tout seul.

L'orage éclata enfin. Après être devenus noirs, les nuages en forme d'éléphant déversèrent des trombes d'eau qui obscurcirent le monde, tant à l'extérieur qu'à l'intérieur, jusqu'à ce qu'on allume les lampes. La Cour de l'auberge se vida.

Les deux hommes regardèrent la pluie ricocher sur les pavés. Un éclair zébra le ciel. Peu après, le tonnerre gronda. Ashmont entendait les hennissements étouffés des chevaux et les chiens qui aboyaient.

Il se souvint de la brute épaisse qui avait fait un esclandre dans cette même Cour quelques jours plus tôt, prétendant que Ripley lui avait volé son chien.

Il avait aussi tenu d'autres propos au sujet de lady Olympia, et Ashmont s'était senti obligé de lui enseigner les bonnes manières.

C'était après qu'il avait écopé d'un œil au beurre noir, mais il ne savait plus très bien comment. Il avait bu. Il était tombé dans un escalier.

Il fronça les sourcils.

— Tu envisages de revenir sur ta décision, j'espère, dit Morris.

Ashmont toucha de nouveau le coin de son œil. Vu son allure, il y avait peu de chances qu'il fasse de grands progrès auprès d'une dame. Il renifla son manteau. Il ne sentait pas très bon non plus, comme elle l'avait relevé.

— Il faut que je prenne un bain et que je fasse laver mes vêtements, déclara-t-il. Je ne peux décemment pas la courtiser dans cet état.

Morris leva les yeux au ciel.

— Je n'ai pas pris de tenue de rechange, ajouta Ashmont. Je pensais que j'aurais déjà regagné Londres à l'heure qu'il est.

— Tu peux être à Londres en moins d'une heure, dès que la pluie cessera. C'est ce que je te conseille de faire.

— Je crois que l'averse est partie pour durer. Je vais plutôt me dépêcher de prendre une chambre. Les gens ne sont pas près de bouger d'ici.

Un serveur s'approcha d'un pas rapide.

— Je prie Votre Grâce de me pardonner, mais la dame est sortie pour aller chercher M. Greenslade.

— Sous ce déluge ?

— Elle ne voulait pas envoyer qui que ce soit d'autre par ce temps. La fièvre de son palefrenier a empiré. Mon maître et son épouse ont tenté de la raisonner, sans succès. Ils m'ont dit d'en aviser Votre Grâce.

Quand Ashmont la rejoignit, au cabinet de Greenslade, Mlle Pomfret était trempée. Si elle avait eu assez de bon sens pour se munir d'un parapluie, le vent en avait eu vite raison. Sa robe de voyage lui collait au corps et devait par conséquent peser deux fois plus lourd qu'en temps normal.

La présence d'Ashmont l'irrita, mais elle était trop fatiguée pour batailler et le débat tourna court. Sur l'insistance du duc et du chirurgien, ils regagnèrent l'auberge dans la voiture couverte de Greenslade.

Ashmont ordonna qu'on fasse du feu dans une des meilleures chambres et s'efforça d'inciter Cassandra à aller s'y sécher. Elle refusa de coopérer.

— Si Keeffe meurt, je serai là. S'il vit, je serai là aussi. Je resterai auprès de lui jusqu'au bout, quoi qu'il advienne. Je le dois. Greenslade semble être un rebouteux compétent, mais j'ai été témoin de plus de fièvres qu'il ne pourrait en rêver. En outre, je connais Keeffe.

Elle n'était allée chercher le chirurgien que parce qu'elle savait que le blessé devait être saigné et qu'il ne fallait pas confier ce soin à des mains inexpérimentées.

Elle laissa donc Greenslade procéder à la saignée, puis le renvoya chez lui. Elle resta dans la chambre du malade, à veiller sur lui, ordonnant de temps à autre qu'on lui apporte ceci ou cela.

Pendant ce temps, Ashmont envoya deux messages express à Londres, l'un à son valet et l'autre à lord Frederick Beckingham.

Oncle Fred était affreusement pénible et Ashmont aurait préféré se confier au diable. Malheureusement, il était dépassé par les événements, Morris ne lui était d'aucune aide, et les deux hommes vers lesquels il se serait normalement tourné n'étaient pas disponibles.

Ripley se vautrait dans une félicité nuptiale usurpée et Blackwood ne lui adressait plus la parole.

Lord Frederick était un vieux courtisan rusé, et s'il avait décidé de ne plus se soucier de son encombrant neveu, Ashmont n'aurait plus eu qu'à se débrouiller tout seul.

Quoi qu'il en soit, le temps était tellement affreux que la réponse n'arriverait pas avant longtemps – si tant est qu'elle arrive.

L'orage ne durerait cependant pas éternellement et il avait grassement payé le messager pour l'endurer. Au pire, Sommers, son valet, arriverait avec une tenue de rechange et tout ce qu'il fallait pour le rendre présentable.

Mlle Pomfret surgit dans son esprit, avec sa robe trempée. Dès que l'orage se calmerait, il enverrait une des servantes de l'auberge chez la couturière locale. Pour faire plaisir à sa sœur, Ripley avait un jour accepté de faire une immense faveur à Mme Thorne, et celle-ci, comme tant d'autres personnes de la région, serait prête à tout pour venir en aide à Leurs Dis-Grâces.

Après s'être assuré qu'on avait apporté de quoi manger à Mlle Pomfret, Ashmont gagna sa chambre et se débarrassa de son manteau qu'il mit à sécher sur le dossier d'une chaise. Il se lava le visage, se peigna, puis s'étendit sur le lit dans l'idée de se reposer un peu. Et sombra aussitôt dans un profond sommeil.

Cassandra avait dû s'assoupir car un marmonnement de Keeffe la réveilla en sursaut.

— Là, disait-il. Doucement, mes tout beaux. Doucement.

— Tout va bien, dit Cassandra d'une voix douce.

— Vous vous en êtes bien tirée, mademoiselle. Vous avez vu ? Ils n'ont pas bronché. Il aurait suffi d'une minute de plus et ils se seraient calmés. C'est à cause des rênes. Vous n'y pouviez rien. Les rênes se sont rompues. Ça arrive. Même aux meilleurs. Comment vont les chevaux ?

— Ils vont bien. Reposez-vous à présent.

— Où est-il allé ?

— Le duc ?

— Il était là. Il vous l'a dit ? Amphion. Oh, il était exceptionnel, pas vrai ? On n'en croise qu'un dans une vie si on a de la chance. J'ai eu de la chance. Ou pas. Je ne sais pas.

Amphion était le cheval qu'il montait le jour de son tragique accident. Le cheval de course avait survécu, cependant. S'il n'avait plus jamais couru, il avait été bien soigné. Le pur-sang avait finalement connu un meilleur sort que Keeffe.

— Vous avez eu de la chance, dit-elle. Vous avez monté cette splendide créature.

— Oui, il était unique. Un peu sauvage. Rusé, aussi. Plein de malice. Il ne fallait pas le quitter des yeux. Il adorait courir. Je lui disais qu'il n'y en avait pas deux comme lui. Ça le faisait rire. Il disait qu'il n'était pas si rapide que ça. Et moi, je lui disais : « Tu y arriveras, mais il faut que tu travailles ton allure. »

Keeffe se tut.

Cassandra attendit.

4

L'orage dura toute la journée – intense, avec des périodes de fausses accalmies, tel un coureur rassemblant ses forces en vue de la longueur suivante. Keeffe dormit sporadiquement, mais ne s'agita pas trop. Quand cela arrivait, il marmonnait. Il semblait davantage rêver que délirer.

Cassandra, elle, avait l'impression de se trouver en plein délire.

Le passé affluait à sa mémoire. Cette nuit où elle avait levé les yeux, découvert le firmament empli de poussière d'étoiles, et qu'Ashmont lui avait montré les êtres mythiques qui vivaient là-haut. Ce jour où elle avait affronté un garçon qui se moquait d'elle et où Ashmont avait retourné la situation en sa faveur. Toutes les fois aussi où elle avait été invisible à ses yeux, noyée parmi tant d'autres. Cette brève rencontre à l'Almack's, quand elle avait entamé le long processus de renoncement.

Et puis, tout récemment, à peine un mois plus tôt, quand elle avait appris qu'il devait épouser lady Olympia Hightower et qu'elle s'était demandé s'il avait changé, parce qu'elle savait que lady Olympia était une jeune femme intelligente et raisonnable.

En réponse, Alice lui avait écrit ceci :

Tu me demandes s'il s'est subitement réformé. Pour autant que je sache, son comportement n'a fait qu'empirer, ce n'est cependant pas la facette qu'il présente à sa fiancée et à sa famille. Ladite fiancée lui a sauvé la vie et c'est ainsi qu'elle a retenu son attention. J'espère qu'il lui est sincèrement attaché, je le soupçonne toutefois de ne vouloir se marier que pour imiter Blackwood. Lady Olympia s'est juste trouvée à portée de main. Jolie, de bonne famille, vierge sans être ennuyeuse, elle lui évitait d'avoir à se mettre en quête d'une épouse. C'est horrible à dire, mais je suis horrible, comme tu le sais.

Ashmont en viendra peut-être à l'aimer, cependant. Elle mérite de l'être selon moi. J'ignore tout de ses sentiments, gardons toutefois à l'esprit que les dettes de son père sont colossales, et que sa fratrie est aussi nombreuse que la tienne et comporte une majorité de garçons. A-t-elle décidé de se sacrifier pour eux ? J'aimerais que les femmes n'aient pas à faire ce genre de chose, néanmoins je comprends le besoin de protéger ceux qui nous sont chers. (Il va sans dire que cela ne s'applique pas à Blackwood – il n'a besoin de la protection de personne.) Et puis, si d'aventure lady Olympia se révélait une épouse difficile, tu ne crois pas qu'Ashmont n'aurait que ce qu'il mérite ?

Cette conclusion avait fait rire Cassandra, en revanche, d'autres passages de la lettre l'avaient troublée. Surtout ceux qui faisaient allusion à Alice et à Blackwood. Quant à Ashmont, cinq ou six ans plus tôt, elle aurait peut-être eu l'impression de perdre quelque chose. Or, ce qu'elle aurait cru avoir perdu avait disparu longtemps avant qu'elle ait accepté de le reconnaître. Après avoir aimé un garçon, elle avait aimé une illusion. Le garçon n'existait plus depuis longtemps. L'illusion avait volé en éclats sous le poids de l'évidence.

Elle avait juste souhaité que son mariage ne tourne pas aussi mal que celui d'Alice. Sans être intime avec lady Olympia, le peu qu'elle connaissait d'elle lui plaisait. Elle avait espéré qu'Ashmont la traiterait bien.

Mais tout cela n'avait plus de sens désormais. Il s'était comporté stupidement, comme d'habitude, et lady Olympia avait décidé de ne pas prendre de risque. Le duc s'était présenté ivre mort à son propre mariage ! Cassandra secoua la tête. Il était incapable d'agir convenablement, pas même le jour de son mariage.

À un moment, une servante apporta un plateau avec du thé et des sandwichs qu'elle n'avait pas commandés et elle réalisa qu'elle avait faim.

Elle s'aperçut aussi qu'elle tremblait. Ses vêtements. Son sac de voyage. Bien qu'elle ait eu l'intention de retourner à Londres après une courte visite, Gosney avait préféré empaqueter quelques effets, au cas où. Il faut dire qu'elle avait connu plus d'une mésaventure.

Gosney n'approuvait pas la façon de voyager de sa maîtresse et ne voyait pas l'intérêt de se rendre à l'étranger. Elle était pourtant restée à son service plus longtemps que ses précédentes femmes de chambre. Si prévoyante qu'elle fût, la pauvre n'aurait jamais pu anticiper une telle catastrophe.

Cassandra expliqua à la servante que son sac de voyage se trouvait peut-être toujours dans sa voiture accidentée. À moins qu'il ne soit sur la lande, couvert de boue à présent.

— Nous le retrouverons, assura la fille. En attendant, je vais aviser ma maîtresse et nous verrons si nous avons quelque chose à vous prêter. Vous ne pouvez pas rester ainsi, ajouta-t-elle en indiquant la robe humide, froissée et crottée de Cassandra. Vous allez attraper la mort.

Une fois la servante partie, Cassandra approcha une chaise du feu qu'Ashmont avait fait allumer et s'efforça de garder courage. La journée – et la nuit à venir – promettait d'être longue.

Morris réveilla Ashmont pour le prévenir de l'arrivée de Sommers – en chaise de poste ! Le valet de chambre n'avait apporté aucune valise, pas même un sac de voyage.

— Quoi ? s'exclama Ashmont en s'asseyant au bord du lit.

Sommers apparut, les mains vides.

— J'implore le pardon de Votre Grâce, dit-il. Vous comprendrez en lisant ceci, ajouta-t-il en sortant de sa redingote un pli portant un sceau familier qu'il tendit à Ashmont.

Le duc rompit le sceau et déplia la feuille.

Lord Frederick Beckingham écrivait :

Tu ne t'es jamais trouvé là.

Paye ce qu'il faudra, sans compter.

J'ai écrit à lady Charles.

Pars le plus tôt possible et emmène le fils Bartham avec toi.

Viens directement chez moi.

Si tu veux vraiment aider cette jeune fille, pour une fois dans ta vie, fais ce que je dis.

Si tu ne veux pas l'aider, je m'en lave les mains.

Ashmont considéra l'unique feuillet.

Pas de salutations. Pas de signature. Rien d'autre.

Il le retourna comme s'il s'attendait que de l'encre sympathique devienne soudain visible, dans un langage qu'il comprendrait.

Il regarda les deux hommes qui se tenaient devant lui.

Morris était dévoré de curiosité. Sommers affichait une expression peinée.

— Sommers, ne t'ai-je pas fait savoir clairement ce que je voulais ?

— Si fait, Votre Grâce, et cela me chagrine de voir Votre Grâce dans ce… dans cette…

Sommers secoua la tête et agita la main, désignant le chaume de barbe sur le menton de son maître, le manteau accroché de travers sur le dossier de la chaise, la cravate, la chemise et le pantalon froissés. Les yeux du domestique brillaient de larmes contenues.

Si Sommers était un excellent valet, il prenait son travail un peu trop au sérieux.

— Pas de larmes, le prévint Ashmont.

— Non, Votre Grâce. Mais c'est contrariant.

— J'en conviens.

— Lord Beckingham m'a envoyé chercher, Votre Grâce. Autrement je serais arrivé depuis plus d'une heure.

— Il t'a dit de ne rien m'apporter. Et de venir en chaise de poste.

— Oui, Votre Grâce. Il l'avait déjà commandée. Elle est arrivée alors que j'étais à Beckingham House. J'ai à peine eu le temps de reprendre mon souffle qu'il m'expédiait ici.

— Bon sang, Sommers.

— En effet, Votre Grâce. C'est navrant.

Ashmont relut la lettre. Il s'approcha de la cheminée. Le faible rougeoiement des flammes ne lui apprit rien.

Il gagna la porte qui donnait sur la galerie. Où elle l'avait abandonné, suspendu dans le vide.

La pluie tombait toujours, un peu moins dru cependant.

Il sortit sur la galerie.

Tu ne t'es jamais trouvé là.

L'étroit couloir n'offrait qu'un abri médiocre contre l'averse tandis qu'Ashmont retournait mentalement le message dans tous les sens en maudissant son oncle.

Il aurait aimé que Blackwood soit là. Ainsi que Ripley. Ils étaient plus doués que lui en matière d'énigmes.

Un petit attelage couvert pénétra dans la cour.

Un valet descendit de l'arrière, déploya un parapluie, déroula le marchepied et ouvrit la portière. Une dame sortit et se dépêcha de gagner l'auberge, suivie de près par une domestique.

Ashmont se demanda vaguement ce qui pouvait inciter une voiture privée à sortir par ce temps, si tard dans la journée, mais son esprit demeurait aux prises avec le message. Il le relut encore et encore. Cela lui prit un moment, pourtant il finit par comprendre. C'était là, aussi évident que les chevaux que l'on dételait dans la cour.

Paye ce qu'il faudra, sans compter.

L'argent – en quantité suffisante – accomplissait des miracles. Il n'était pas encore sûr de la nature du miracle qu'il était censé accomplir cette fois, mais son oncle le lui dirait certainement.

Cassandra fut consternée de voir Mme Nisbett arriver en compagnie de sa femme de chambre.

Son ancienne gouvernante n'était pas en bonne santé et elle était sortie sous l'orage alors que

Cassandra lui avait assuré qu'elle avait la situation en main.

— Tu ne peux pas passer la nuit dans une hôtellerie publique sans chaperon, déclara-t-elle. Mon état me permet encore de t'aider à garder bonne figure, au moins jusqu'à ce que Keeffe soit en état de voyager.

Cassandra avait beau savoir que sa réputation n'avait aucune chance de survivre aux événements de la journée, la présence d'une femme sensée à ses côtés la rassurait.

Les choses semblaient s'améliorer.

Entre l'infirmière, qui s'était révélée sérieuse et plus compétente que la moyenne, et Mme Nisbett, elle pourrait peut-être laisser Keeffe entre de bonnes mains pour se reposer.

Peu après l'arrivée de la gouvernante, elle se rendit dans la chambre que la femme de l'aubergiste lui avait fait préparer. Une robe pourpre foncé, ainsi que des sous-vêtements l'y attendaient. Elle n'était pas certaine que cette couleur lui irait, et la robe n'était pas vraiment à sa taille, mais elle s'en accommoderait le temps que les domestiques aient fait sécher la sienne et l'aient rendue à peu près présentable.

Le contenu de son sac de voyage, qui avait été piétiné et était resté sous la pluie, ne l'était plus du tout en revanche.

La robe pourpre et les sous-vêtements semblaient neufs. Et tous deux étaient d'excellente qualité. Pressée par le temps, une cliente de l'auberge les avait peut-être oubliés et avait omis de les réclamer par la suite. Peu importait, cependant. Elle avait demandé des vêtements secs et on les lui avait fournis. Cela lui suffisait.

Elle fit monter une femme de chambre, se déshabilla et procéda à sa toilette. Après quoi, elle se rhabilla, secondée par la servante.

Elle n'éprouvait aucun scrupule à se montrer exigeante avec le personnel de l'auberge. Elle savait que l'influence d'Ashmont jouait en sa faveur. Il paierait pour tout, et plus que largement. Quel dommage qu'il ne puisse pas payer pour faire disparaître cette maudite journée.

Comme l'après-midi tirait à sa fin, la tempête faiblit pour laisser place à la bruine. Cassandra avait regagné la chambre du blessé et était assise près du feu en compagnie de Mme Nisbett, bavardant à voix basse, quand Keeffe l'appela.

Elle s'approcha du lit et lui tâta le front. Il lui sembla un peu moins chaud.

— Je vais bien, assura-t-il en lui écartant doucement la main. Vous vous êtes inquiétée pour rien. Quelques os brisés, c'est pas bien grave.

— Vous avez de la fièvre.

— C'est pas la première fois. Ça part aussi vite que c'est venu. J'ai l'habitude.

— Le chirurgien a dit que c'était une pneumo…

— Ce qu'il ne sait pas remplirait une encyclopédie.

Mme Nisbett s'approcha.

— De nouveau égal à lui-même, à ce que je vois.

— Vous ! dit-il. Pourquoi vous avez laissé mademoiselle se faire du souci ? Pourquoi vous ne l'avez pas envoyée se coucher ? Elle a été projetée hors de la voiture, tout de même.

— Les vêtements des dames sont généreusement rembourrés, comme vous le savez, dit Cassandra, faisant allusion à la réputation de séducteur qu'avait le jockey dans sa jeunesse. J'ai rebondi une ou deux fois, et je suis retombée sur mes pieds.

Il s'esclaffa.

— Ne riez pas ! Vous allez vous faire mal.

— Ça m'étonnerait, mademoiselle. Comme je le disais à Sa Grâce… Où est-il passé ? demanda-t-il en fronçant les sourcils. On a parlé, tous les deux. Eh bien, vous savez quoi, mademoiselle ? C'est pas un si mauvais gaillard quand on le connaît un peu. *Épousez-moi.*

Le visage de Cassandra s'échauffa – d'indignation, bien sûr. Ses projets de mariage étaient tout juste enterrés qu'il essayait déjà de piéger une nouvelle proie. Une fois dessaoulé, il retrouverait ses esprits, se réjouirait d'avoir échappé de justesse à cet absurde projet et fêterait cela en avalant une baignoire de champagne.

Elle se rendit compte que Mme Nisbett la regardait d'un air pensif.

— Tout le monde connaît le duc d'Ashmont, et plus *qu'un peu*, répliqua Cassandra. Et tout le monde sait qu'il est plus qu'à moitié mauvais.

— Il faut que je lui dise quelque chose, déclara Keeffe.

— Il faut que vous vous reposiez.

— Il faut que je lui dise quelque chose maintenant. Avant d'oublier. Vous allez encore m'assommer avec du laudanum et tout se dissipera dans mes rêves.

— Keeffe.

— Vous pourriez au moins exaucer les dernières volontés d'un mourant.

— Vous n'êtes pas mourant.

— Je pourrais bien mourir si la contrariété aggravait ma fièvre.

Elle consulta Mme Nisbett du regard.

— Il ne va pas mourir, déclara la vieille dame. Mais autant envoyer chercher le duc. Il voudra savoir comment se porte le blessé.

Cassandra sonna. Une servante se présenta.

— Faites venir le duc, je vous prie, ordonna Cassandra.

La fille plissa le front.

— Le duc, mademoiselle Pomfret ? Quel duc ?

C'était une bonne farce, en fait.

Une des meilleures farces d'Ashmont. Encore que si tout se passait bien, personne ne saurait que c'en était une.

Quand il avait déclaré au couple d'aubergistes : « Je ne suis pas venu ici », ceux-ci s'étaient brièvement consultés du regard avant de hocher la tête.

— Je vous laisse le soin de faire passer le mot, leur avait-il dit. Et de graisser la patte à tous ceux qu'il faudra pour que chacun s'accorde à dire qu'il ne m'a pas vu. Oh, et n'oubliez pas mon pistolet ! Quand on l'aura retrouvé, vous me le ferez livrer discrètement à Londres, avec une récompense à la clef. Et vous serez assez aimable de faire passer le même message au *Green Man*.

Vu la somme qu'il leur remit, ses hôtes se seraient même montrés aimables avec leur pire ennemi.

Les gens des environs penseraient qu'il s'agissait d'une de ses farces, or, nombre d'entre eux avaient déjà été complices à un moment ou à un autre.

Ayant fait ce qu'il pouvait pour garantir le confort et la tranquillité d'esprit de Mlle Pomfret – même si celle-ci l'ignorait –, il loua une chaise de poste plus spacieuse que la cabine à deux places dans laquelle son valet avait voyagé et, accompagné de Morris et de Sommers, partit pour Londres peu avant le coucher du soleil.

Londres

Lord Frederick Beckingham avait été informé du duel qui avait eu lieu ce matin-là.

Il savait toujours tout ce qu'il fallait savoir, et davantage, sur tout le monde, et surtout sur Sa Dis-Grâce le duc d'Ashmont.

Il aurait certes préféré ne rien voir et ne rien entendre à ce sujet, mais il avait un devoir qu'il n'avait jamais cherché à fuir.

Après les morts successives d'un frère à Waterloo, puis de sa femme alors qu'elle donnait naissance à leur fille mort-née, le précédent duc d'Ashmont avait sombré dans une mélancolie qui ne l'avait plus quitté. Il avait négligé tous ses devoirs, y compris ceux qu'il avait envers son jeune fils.

Lord Frederick, qui n'avait pas d'enfants, avait donc pris en charge l'éducation de l'actuel duc. Pour le meilleur ou pour le pire, il n'aurait su le dire. Il arrive que les meilleurs parents ou les meilleurs tuteurs obtiennent des résultats décevants tandis que les pires produisent parfois des héros ou des prodiges.

Lord Frederick contempla le dernier espoir des Beckingham et réprima un soupir.

Sale et échevelé, Ashmont arpentait le salon. Son ami avait été invité à passer dans une chambre où il pourrait se rafraîchir après le voyage.

Lord Frederick avait ordonné qu'on apporte à Humphrey Morris un repas et une bouteille de vin. Ainsi il serait occupé et s'abstiendrait de parler à tort et à travers.

Le valet avait été expédié à Ashmont House afin de préparer le retour de son maître.

— C'est une fille bien, mon oncle, disait Ashmont. Une fille sacrément bien.

Il lui raconta l'incident de la galerie du *White Lion* et lord Frederick résista à l'envie de s'asseoir pour sangloter en se tenant la tête.

— Si tu étais tombé, déclara-t-il calmement, tu serais sans doute mort. Et qui serait resté ?

— Vous, répondit Ashmont.

Lord Frederick était l'héritier présomptif du duc.

— Et après moi ?

— Cousin Norbert.

Ledit cousin avait les pires défauts du duc sans posséder la moindre de ses qualités, quelles que puissent être celles-ci.

Lord Frederick savait qu'il aurait dû se remarier des années plus tôt afin de produire des héritiers acceptables. Il avait failli le faire, plus d'une fois, et n'était jamais allé au bout de ses intentions.

— Mais je ne suis pas mort, souligna Ashmont. Et même si j'étais tombé…

— Ton crâne est peut-être trop dur pour se briser.

Ashmont marqua un temps d'arrêt.

— Je crois qu'elle a dit quelque chose d'approchant. À moins que ce ne soit lady Olympia ? Ou moi ?

Son grand front se plissa de perplexité.

— Mlle Pomfret vient d'une bonne famille, dit lord Frederick. C'est une femme séduisante, si mes souvenirs sont bons.

— Dans le genre Boadicée la guerrière. Un profil de monnaie. Des jambes interminables…

— Je ne mettrais pas ton jugement en doute dans ce domaine. Fille bien ou pas, je te conseille d'observer une pause avant de la courtiser.

Ashmont se rembrunit.

— Tu devais te marier mardi dernier, lui rappela son oncle d'un ton patient. Ripley a épousé ta fiancée hier et tu as tenté de le tuer ce matin. Ne serait-il pas raisonnable d'attendre un peu avant d'en courtiser une autre ? Sans vouloir jeter le discrédit sur les charmes de Mlle Pomfret, je crois pouvoir affirmer sans grand risque d'erreur que personne ne tentera de te la ravir dans l'intervalle.

Et si cela arrivait, lord Frederick devrait considérer que c'était pour le mieux. Étrangement, il était pourtant persuadé que celle qui avait retenu l'attention d'Ashmont avait l'étoffe d'une duchesse. La dame n'était ni courtisane, ni danseuse, ni comédienne, c'était même la petite-fille du comte de Chelsfield.

La famille Pomfret était une vieille famille très estimée. Tout aussi important, la mère de la demoiselle avait produit sept mâles, et ses sœurs avaient fait aussi bien. Sept fils, c'était sans doute plus que ce qu'un père souhaite gérer, mais dénicher des épouses et des emplois aux fils cadets ne faisait pas partie des soucis de lord Frederick.

Son souci, c'était un duché qui manquait désespérément d'héritiers satisfaisants et un neveu qui avait besoin d'être pris en main.

Si Ashmont était loin d'être satisfaisant, il n'avait pas encore dilapidé son héritage, contrairement au cousin Norbert. Leurs Dis-Grâces avaient beau avoir bien des défauts, leurs finances étaient en ordre. On ne pouvait pas en dire de la moitié de l'aristocratie.

— Mon neveu, tu ne vois donc pas que tu dois d'abord veiller à rétablir de bonnes relations avec la dame ? Si tu gardes tes distances avec Mlle Pomfret durant quelque temps, cela permettra à sa légitime indignation de retomber. Un phénomène qui ne se produira pas si tu t'entêtes à la courtiser moins d'une semaine après que ta précédente fiancée t'a abandonné.

— Mlle Pomfret l'a fait remarquer, avoua Ashmont.

— J'ai souvent trouvé utile d'écouter les femmes. Il est parfois nécessaire de les écouter avec attention car elles parlent par énigmes. Dans ce cas précis, cependant, la dame semble avoir clairement énoncé son point de vue.

Ashmont réfléchit à cela un moment.

Pendant qu'il exerçait son cerveau, lord Frederick remplit deux verres de vin. Il traversa la pièce et en tendit un à son neveu.

— Je te recommande de juguler ton impétuosité naturelle et d'accorder un répit à la dame, dit-il. Tu ne pourras qu'en tirer avantage, crois-moi.

À son grand étonnement, son neveu ne but qu'une gorgée de vin avant de reposer son verre.

— Je ne sais pas. J'ai fait ce que j'ai pu, mais ce n'est pas facile de feindre de n'avoir jamais été à un endroit où on était bel et bien. J'ai fait jurer le secret à Morris, bien sûr. Il est hélas si bavard qu'il finira par lâcher quelque chose tôt ou tard. Et il y avait tellement de témoins.

— La plupart tiendront leur langue, assura son oncle. Et quant à ceux qui ne le feront pas, ce sera leur parole contre celle de tous les autres. D'ici que cela arrive à Londres – si tant est que cela se produise –, ce sera déjà de l'histoire ancienne. Sous peu, quelqu'un se retrouvera mêlé à un scandale, et un scandale tout frais a toujours plus de succès qu'un scandale éventé.

— Puissiez-vous avoir raison, mon oncle. Cela étant, les gens ne l'aiment pas, ils prendront plaisir à se montrer injustes envers elle, déclara le duc, le regard lointain. Je dois faire les choses bien, vous comprenez.

Son oncle l'observa d'un air soucieux.

— Tout va bien, Lucius ? demanda-t-il d'un ton plus doux qu'à l'accoutumée.

Ashmont se redressa et rit.

— Très bien. Simple bouffée de mélancolie. La journée a été longue. Après une bonne nuit de sommeil, je serai redevenu moi-même.

Il ne fallut pas longtemps à Cassandra pour comprendre ce qui s'était passé. Les patrons de l'auberge et les employés affichaient une expression trop innocente, trop perplexe, quand elle mentionnait Ashmont.

Dès qu'elle eut compris, elle cessa de poser des questions.

Elle fut, certes, impressionnée par tout ce qu'un pot-de-vin pouvait accomplir et décida, comme pour les vêtements neufs, de ne pas regarder les dents à cheval donné.

Elle n'était pas persuadée que cette mystification suffirait à protéger sa réputation. L'affaire finirait forcément par remonter jusqu'à Londres. C'était trop excitant pour être étouffé bien longtemps. Ashmont lui octroyait cependant une sorte de répit. Elle écrivit à ses parents afin de les avertir qu'elle avait eu un accident, que Keeffe était blessé, mais que Mme Nisbett était avec elle et qu'elle attendait l'autorisation du chirurgien pour rentrer à la maison.

Son message ne comportait aucun mensonge, sinon par omission.

Quand elle raconta à Keeffe ce que le duc avait fait, ce dernier sourit.

— Je savais qu'il nous tirerait d'affaire, dit-il. Quels que soient les défauts que vous lui trouvez, c'est un vrai gentleman.

— Un gentleman ! Ashmont ! De naissance, je vous l'accorde. Dans les faits cependant, il n'est pas le dixième du gentleman que vous êtes.

— Vous savez bien, mademoiselle, que personne n'est aussi parfait que moi.

— Et que moi, intervint Mme Nisbett.

— Soit, vous aussi, consentit Keeffe. Mais votre duc, mademoiselle…

— Ce n'est nullement le mien, l'interrompit Cassandra.

— Son comportement est exemplaire. Il protège votre honneur comme ces chevaliers, dans les contes, vous savez. Il n'a pas regardé à la dépense pour vous mettre à l'abri du scandale, ajouta-t-il avant de laisser échapper un rire qui ressemblait presque à son rire habituel, malgré le bandage qui lui ceignait les côtes.

Découvrir que le duc d'Ashmont avait discrètement veillé à la protéger du scandale avait certes changé la façon de voir le monde de Cassandra, cependant, les événements qui se produisirent le dimanche en fin d'après-midi bouleversèrent complètement son univers.

Lady Charles Ancaster, sa tante Julia, était arrivée au *White Lion* dans son landau.

C'était la plus jeune sœur de son père et il l'adorait. Après le décès de son époux, survenu trois ans plus tôt, elle était partie vivre en recluse à Camberley Place dans le Surrey. Cassandra avait appris que, la semaine précédente, les trois ducs s'étaient présentés à sa porte, ainsi que l'oncle du duc d'Ashmont, lord Frederick – bien que pas tous en même temps.

En début de soirée, Mme Nisbett s'en retourna chez elle et tante Julia prit la relève. Encore belle femme à quarante-six ans, elle était en outre très sûre d'elle.

— Je suis ennuyée que ta gouvernante ait quitté sa maison en plein orage, dit-elle quand elles eurent rejoint la chambre de Cassandra. C'était généreux et courageux de sa part. Si j'avais su, je serais venue plus vite. Mais quand j'ai appris ton accident, il était déjà trop tard.

— Quand vous avez appris...

— Il se trouve, poursuivit sa tante sans tenir compte de son interruption, que je m'apprêtais à regagner Londres.

— Regagner Londres, répéta Cassandra. Et comment... Attendez...

— Oui. J'allais rentrer. J'ai envoyé les bagages et les domestiques en avant. Je vais m'installer chez mon père, à Chelsfield House, en attendant que ma maison de ville soit rénovée.

— Rénovée, dit Cassandra, gagnée par un léger vertige. Vous comptez donc rester à Londres ?

— Vraiment, ma chérie, après tout ce qu'il s'est passé la semaine dernière, cela t'étonne ? Charles et moi avons fait ce que nous pouvions pour ces trois garçons, mais ils comptaient davantage les uns sur les autres que nous ne comptions pour eux. Je sais qu'enfants, ils ont eu des débuts difficiles, ce n'est toutefois pas une excuse suffisante. Ce serait risible si ce n'était pas aussi exaspérant. Des fils de duc, qui jouissent de tous les avantages que peut offrir la vie ! Et aujourd'hui ? Des hommes qui approchent les trente ans uniquement occupés à semer la pagaille dans leur vie. À voler des fiancées et à livrer des duels – entre eux, de surcroît ! Heureusement, personne n'est mort.

— Comment avez-vous su...

— Tout le monde me dit tout, quand bien même je préférerais parfois que l'on s'en abstienne. Hier, j'ai reçu message sur message. La balle n'a pas réussi à fendre le crâne de Ripley, semble-t-il. Sans compter cette affaire, entre Alice et Blackwood... J'aimerais comprendre ce qui a mal tourné entre ces deux-là, mais Alice a toujours été impénétrable.

Elle regarda Cassandra.

— Je ne peux pas vous éclairer, dit sa nièce.

— Tu ne peux pas ou tu ne veux pas ?

— Alice ne me dit pas tout.

— Je finirai bien par découvrir de quoi il retourne, assura tante Julia. Pour l'heure, j'aimerais savoir quelle mouche a piqué mon frère. Tenir ses propres filles ne devrait pourtant pas être si compliqué pour un politicien ! Sois certaine que, là aussi, je saurai le fin mot de l'histoire. À présent, ma chérie, sois gentille et commande du xérès. Et quelque chose à manger, aussi. Je suis affamée en plus d'avoir soif. En attendant, je vais aller voir Keeffe. Je te retrouverai ensuite, et nous verrons quoi faire de cette histoire.

Sur ce, elle quitta la chambre tel un général s'en allant inspecter ses troupes avant la bataille. Cassandra garda les yeux rivés sur la porte, s'efforçant de trouver un sens à ce chaos.

Le duc d'Ashmont, en maître du chaos, avait non seulement déserté les lieux en imposant à tous le silence sur sa présence à grand renfort d'argent, mais il avait également fait venir la seule personne de toute l'Angleterre capable de tirer Cassandra d'affaire.

Épousez-moi.

Non. Jamais. Hors de question. À cheval donné, on ne regarde pas les dents, soit. Pour autant, cela ne faisait pas d'elle une aveugle.

5

Le lundi, M. Greenslade déclara Keeffe en état de voyager. Ce qui tombait bien, car celui-ci était déterminé à partir de toute façon. En dépit de ses objections, il fut contraint de faire le trajet dans le landau de tante Julia, doté d'excellents ressorts et de banquettes confortables.

Keeffe lui-même n'était pas de taille à tenir tête à lady Charles Ancaster. Il finit par se soumettre à sa volonté et s'assit en compagnie de ces dames, au lieu de prendre place à l'arrière avec les domestiques. Il dissimula cependant son visage en inclinant son chapeau très bas sur le front, de crainte d'être vu dans cette situation honteuse.

Une fois à Londres, tante Julia offrit au père de Cassandra une version expurgée des événements. La disparition de la femme de chambre nécessita très peu d'explications : elle aurait pu mourir dans l'accident et avait choisi, fort sagement, de ne plus prendre de risques. Dans la mesure où lord deGriffith désapprouvait que Cassandra conduise elle-même sa voiture – cela le terrifiait, en fait –, il comprit parfaitement la réaction de la domestique.

Et s'il devina qu'on ne lui disait pas toute la vérité, il le garda pour lui. Il était trop content que sa sœur revienne dans le monde.

Le tout-Londres aussi se réjouissait du retour de lady Charles. Sa soudaine réapparition faisait tellement sensation que d'autres nouvelles plus triviales, comme des rumeurs concernant un duel entre ducs et les beuveries qui se seraient ensuivies, passaient au second plan.

Le mardi, lord deGriffith, son épouse et sa sœur furent convoqués au palais. Lady Charles jouissait des faveurs de la famille royale et Leurs Majestés étaient impatientes de la voir.

Leurs parents étant à l'extérieur pour la journée et aucune sortie n'étant prévue puisque leur père les interdisait, Cassandra et Hyacinthe s'installèrent dans la bibliothèque.

Hyacinthe savait tout, à présent. Elle avait une vision exagérément romantique des événements, mais elle était plus jeune et moins cynique que Cassandra ne l'était au même âge.

— Je persiste à penser que c'était galant de la part du duc de te demander en mariage, déclara Hyacinthe. S'il était aussi mauvais que tout le monde le prétend, il n'aurait pas fait la moitié de ce qu'il a entrepris pour te protéger.

— S'il n'était pas aussi mauvais que tout le monde le prétend, cela n'aurait pas été nécessaire, répliqua Cassandra. Il a tenté de tuer son meilleur ami. Il était ivre. Je suis certaine qu'il avait bu quand il m'a sommée de l'épouser. À l'heure qu'il est, il s'est ravisé.

— À l'heure qu'il est, il se languit de toi. Il a vu par lui-même à quel point tu es belle, forte et sûre de toi. Il n'a pas fondé son opinion à ton sujet sur le jugement d'autres personnes.

— Ma chérie, il n'a aucune opinion. Aucun discernement. Aucun sens des convenances. Il ne s'était fait éconduire par sa fiancée que quelques jours auparavant.

— C'était sans doute mieux ainsi, et il le sait. Imagine qu'il ait épousé lady Olympia et qu'il te rencontre ensuite, s'écria Hyacinthe. Quelle tragédie !

Cassandra dévisagea sa sœur d'un air désolé. Sa première saison avait été interrompue par sa faute, et pourtant elle n'avait pas émis un murmure. Hyacinthe souhaitait que sa grande sœur ait tout ce dont elle-même était privée : admiration, flirt, compliments. Amour, même.

Hyacinthe était une belle personne dotée d'une belle âme. La meilleure sœur que l'on puisse rêver. Cassandra ne la méritait pas.

Mais Hyacinthe était excessivement romantique. Et naïve.

— Je peux seulement espérer que tante Julia saura faire entendre raison à papa, dit Cassandra. Cette situation est vraiment trop injuste. C'est ta première saison, or, entre l'épidémie de grippe et les règles draconiennes imposées par papa, tu n'en profites même pas.

Si la reine devait tenir son dernier salon le jeudi suivant, les séances du Parlement continueraient, et les divertissements se poursuivraient, quoique moins nombreux, jusqu'à la fin de la saison parlementaire. Toutes les grandes familles quitteraient alors la capitale pour regagner leurs domaines à la campagne. Hyacinthe aurait dû être au centre de l'attention.

Tilbrook, le majordome, entra dans la bibliothèque, suivi de Joseph, le valet. Ce dernier portait un paquet rectangulaire de la taille d'un volume in-quarto.

— Cela vient de chez Ackermann, mademoiselle Pomfret. Le coursier dit qu'il s'agit d'un article que vous avez oublié là-bas, comme il est indiqué dans le message.

Situé sur le Strand, *Ackermann's Repository* proposait à la vente toutes sortes de gravures, tableaux, livres illustrés, matériel pour artistes et articles variés pour la décoration de la maison.

Le message, qui portait un sceau neutre, était adressé à Cassandra dans une calligraphie masculine, large, audacieuse et à peine lisible.

Elle demanda à Joseph de déposer le paquet sur la table près de la fenêtre.

— Je n'ai rien oublié chez Ackermann, dit-elle une fois que les domestiques eurent quitté la pièce. La dernière fois que j'y ai mis les pieds, c'était avant mon départ pour le Continent.

Elle regarda le paquet, puis le message qu'elle avait à la main.

— Qu'est-ce que cela t'inspire ? demanda-t-elle à sa sœur,

Hyacinthe se rapprocha.

— Le papier est coûteux, observa-t-elle. Mais *Ackermann's* vend des articles de papeterie de luxe, cela n'a donc rien d'étonnant.

— L'écriture, dit Cassandra. Trouves-tu que cela ressemble à l'écriture d'un commerçant ou d'un employé ?

— Non. Ils ont généralement une écriture nette et précise.

— Combien veux-tu parier qu'il s'agit d'une farce ?

Hyacinthe battit des mains.

— Un mystère ! Le cadeau d'un admirateur secret !

— C'est peu probable.

— Oh, pour l'amour du ciel, Cassandra, lis-le ! Je meurs de curiosité.

Cassandra rompit le sceau, s'approcha de la fenêtre et lu :

Chère mademoiselle Pomfret,

J'espère que vous m'autoriserez à vous dire combien je suis désolé d'avoir blessé votre palefrenier. Keeffe est quelqu'un de précieux, cela ne fait aucun doute. J'aimerais que vous lui remettiez ce petit cadeau, de ma part. Il le reconnaîtra et comprendra, j'en suis persuadé, qu'il est toujours une légende et un héros pour certains d'entre nous. Je le lui adresse dans l'espoir de lui remonter le moral pendant que ses côtes se ressoudent.

Sincèrement vôtre,
Ashmont

Elle le relut deux fois, puis le tendit à sa sœur, qui sourit après en avoir pris connaissance.

— Oh, mon Dieu ! Une lettre d'amour. Du duc d'Ashmont. Je le savais. Il se languit de toi.

— Très amusant, répliqua Cassandra. Ne t'ai-je pas dit qu'il s'agissait d'une farce ? Veux-tu parier qu'il m'envoie une gravure licencieuse, ou même un jeu complet ?

— Comme celles du portfolio de Chelsfield House ?

— Oui. Il croit sans doute me choquer et que je vais m'évanouir. Il doit être avec ses amis, riant à gorge déployée, leur racontant le tour qu'il m'a joué.

Les joues rosies, Hyacinthe prit une paire de ciseaux dans le tiroir de la table, la tendit à sa sœur et resta près d'elle tandis qu'elle coupait la ficelle, déballait le paquet. Et retenait son souffle.

— Oh, Seigneur ! s'exclama Hyacinthe. Ce n'est pas une gravure licencieuse.

Cassandra demeura silencieuse. Sa gorge était nouée par l'émotion.

Ashmont lui avait fait parvenir, sertie dans un cadre coûteux, une exquise petite peinture à l'huile représentant un cavalier. Dans le coin inférieur droit, il était écrit *Amphion*. Et dans le coin gauche, avec le nom de l'artiste et la date, *T.H. Keeffe*. L'œuvre avait été réalisée moins d'un mois avant l'accident de Newmarket. C'était le cheval que Keeffe avait aimé plus qu'aucun autre.

Elle s'assit, tenant le tableau entre ses mains tremblantes.

— Pour Keeffe, murmura Hyacinthe.

— Si ce cadeau venait de quelqu'un d'autre, déclara Cassandra d'une voix crispée, je serais touchée par sa sensibilité et sa compassion. Mais Ashmont ne possède ni l'un ni l'autre. Il ne fait que payer, comme toujours. Généreusement, comme toujours.

— Il cherche à se faire pardonner, risqua Hyacinthe.

— C'est un charmeur, rétorqua Cassandra. Il a su charmer lady Olympia, j'en suis certaine, autrement, elle n'aurait jamais consenti à l'épouser. Elle a retrouvé ses esprits à temps.

— C'est possible, il n'empêche que ce geste paraît inspiré par la gentillesse. C'est une délicate attention envers Keeffe. Qui se donne la peine de chercher le cadeau idéal pour un simple valet ? Le duc s'est investi dans ce présent. Accorde-lui un peu de crédit, Cassandra.

Celle-ci s'esclaffa.

— Aussi peu que possible. Cela fera toutefois plaisir à Keeffe, et ce n'est pas moi qui empêcherai le duc de le combler de bonheur.

Mardi soir, dans le salon de deGriffith House

— Mais jeudi, les filles de lady Bartham seront là ! s'exclama lady deGriffith. On place toujours les plus jolies à l'avant du stand.

La grande fête de bienfaisance au profit de la Société des réfugiés étrangers débutait le mercredi. L'événement se tenait dans les salons de Hanover Square et durerait jusqu'au samedi. Usant d'astuces et d'intrigues dignes de Machiavel, leur mère avait réussi à obtenir un stand où les travaux d'aiguille des dames de la famille seraient proposés à la vente.

Comme le *Court Journal* l'avait annoncé, la reine avait l'intention de venir. *Plusieurs membres de la famille royale seront également présents, ainsi que les plus éminents représentants de la noblesse et les ambassadeurs étrangers accompagnés de leurs épouses,* précisait l'article.

— Vous êtes plus qu'assez jolie, ma chère, assura lord deGriffith.

— Cela ira pour le premier jour, quand la reine fait son apparition et qu'il y a un monde fou. Les gens ne veulent cependant pas voir uniquement des mères et des grands-mères. Il nous faut Hyacinthe jeudi, quand les filles de lady Bartham seront là. Nous ne pouvons pas changer tous nos arrangements à la dernière minute. C'est pour une œuvre de charité !

— Cela relève davantage de la compétition entre femmes que de la charité, me semble-t-il. J'ai établi une règle.

Cassandra leva les yeux de sa broderie. Hyacinthe était toute rose d'excitation à l'idée de participer à l'événement, elle qui n'avait jamais assisté qu'à des petites kermesses de village.

Leur mère était au bord des larmes.

— Si je me souviens bien, papa, intervint Cassandra, vous avez dit : « Plus de dîners, de déjeuners, de fêtes champêtres, de bals, de raouts, de pique-niques, de jeux d'eau, de théâtre, de ballet ni d'opéra. » Votre règle ne mentionnait aucune fête de bienfaisance ni aucun événement caritatif. En fait, vous m'avez même vivement recommandé de m'intéresser davantage aux bonnes œuvres.

Son père baissa son journal et darda sur elle un regard qui terrifiait les plus jeunes membres du Parlement.

— Tu as vraiment l'intention de jouer au plus fin avec moi, ma fille ?

— Je n'oserais pas, répliqua Cassandra. Je me contentais de relever une interdiction que vous aviez négligée.

Elle se tourna vers sa sœur et enchaîna :

— Maman veut que tu assistes à cette fête de bienfaisance car ta seule présence lui garantit la vente de tous les articles du stand à des prix exorbitants. Sans toi, lady Bartham pavoisera et regardera maman de haut. Pour la bonne raison qu'avec ses deux jolies filles à marier, elle aura fait une meilleure recette qu'elle.

— Oh, ce n'est que trop vrai ! gémit leur mère.

— Songe un peu, poursuivit Cassandra à l'intention de sa sœur. Tu te serais retrouvée piégée dans une salle étouffante et bondée. Ce genre d'événement, c'est comme Smithfield, un jour de marché en plein été – l'odeur est exactement la même. Non, tu n'as pas idée du cadeau que te fait papa. Tu seras bien mieux à la maison, et je suis sûre que si elle pouvait, maman y resterait aussi. Une foire en plein air peut avoir son charme, une fête de bienfaisance, en revanche, c'est tout autre chose.

— Il est vrai que ce n'est guère plaisant, reconnut leur mère. La cohue est effroyable et la chaleur à peine supportable. Mais se montrer charitable exige des sacrifices. Et lady Bartham…

— … a deux filles, acheva son époux. Bien moins jolies que les nôtres. Et il vous déplaît d'imaginer que sa progéniture attirera toute l'attention.

Lady deGriffith se tamponna les yeux avec son mouchoir.

— Elle sera insupportable. Cette femme est tellement jalouse de Hyacinthe !

La comtesse de Bartham était une femme aigrie et envieuse. Entre autres sources de rancœur, elle en voulait à celles dont les filles étaient jolies. Ses conversations étaient émaillées de piques venimeuses.

Lord deGriffith soupira.

— Je vois. Nous ne pouvons pas laisser lady Bartham l'emporter sur vous, ma chère, et nous ne pouvons pas vous laisser faire ce grand sacrifice sans vous soutenir. Heureusement, Cassandra me permet de sauver la face. Puisque j'ai omis d'étendre ma règle aux ventes de charité, je ne la romprai donc pas en autorisant Hyacinthe à y assister. *Mais*…

Il s'interrompit.

Elles attendirent.

— Mais seulement si Cassandra y assiste avec elle.

Le visage de Hyacinthe rayonna autant que le soleil, et pareil spectacle, décida Cassandra, méritait toutes les tortures qu'elle endurerait le jeudi suivant.

Mercredi, Ashmont House, Park Lane

Deux lettres se trouvaient sur le plateau à côté du café du duc d'Ashmont.

Il ouvrit d'abord celle qui venait de Ripley House, la lut et s'esclaffa. La nouvelle duchesse de Ripley l'invitait à un bal vendredi soir. De toute évidence, sa blessure à la tête n'avait pas empêché Ripley de célébrer promptement ses noces.

— Sommers, apporte-moi de l'encre et une plume.

Le valet coula un regard anxieux vers le drap, comme s'il y voyait déjà les futures taches d'encre, pourtant il obéit.

Sur l'invitation, Ashmont griffonna : *Ravi d'y assister, A.*

Après avoir ordonné qu'on la portât à Ripley House, il décacheta l'autre pli.

Cher duc,

Keeffe ayant honte de son écriture (sa main, comme vous le savez peut-être, a été brisée au cours de son accident sur le champ de course), il m'a demandé de vous remercier de sa part pour le tableau. L'eussiez-vous régalé d'un de vos banquets au champagne, égayé d'une ribambelle de danseuses d'opéra légèrement vêtues, qu'il n'aurait pas été plus heureux – c'est du moins ce qu'il assure, ce dont je doute fortement car c'est un homme. Quoi qu'il en soit, vous avez réussi à lui faire plaisir et à remonter son moral à un niveau surprenant. Pour cela, je vous décerne un point. Quand vous en aurez accumulé cinq mille neuf cent quatre-vingt-dix-neuf autres, je commencerai à vous considérer comme un être humain tolérable.

Sincèrement vôtre,
Cassandra Pomfret

— Un point, marmonna Ashmont.

— Votre Grâce ?

— Rien.

Rien, en effet. Ce n'était pas grand-chose. Mais c'était tout de même un point. Et elle lui avait adressé un message écrit de sa main. Son écriture était indéniablement féminine, avec des angles plus affirmés que la moyenne cependant.

Qu'elle lui ait écrit n'avait rien d'anodin. Une jeune fille célibataire n'écrit pas à un gentleman qui n'est ni un parent ni un fiancé. Elle lui avait pourtant écrit, et avait fait secrètement sortir la lettre de chez son père pour qu'on la lui porte.

Fallait-il voir là un encouragement ou simplement le signe qu'ils étaient quittes ?

Cassandra et l'ex-jockey avaient beau faire mine d'en plaisanter dans la lettre, Ashmont s'en voulait toujours des blessures infligées à Keeffe.

Le conseil de son oncle lui déplaisait toujours autant, même si, pour une fois, il devait reconnaître qu'il était sensé.

Le duc d'Ashmont ne rencontrait que rarement des difficultés avec les femmes, et si d'aventure le cas se présentait, les convaincre se révélait aisé. Il était beau, riche et doté d'un puissant charme naturel. Ces qualités lui avaient ainsi permis de séduire une dame qui se sentait responsable de la déroute financière de sa famille.

Au bout du compte, cependant, son physique avantageux, son argent et son charme n'avaient pas suffi à la retenir, et étaient restés sans effet sur Mlle Pomfret.

Les événements du samedi précédent ne l'avaient certes pas montré sous un jour très flatteur. Leur rencontre était même survenue lors d'un des jours parmi les pires de son existence. Entre autres choses, il avait beaucoup trop bu et pratiquement pas dormi ni mangé.

Maintenant qu'il avait l'esprit clair, il se rendait compte du gâchis dont il était responsable.

Il devait garder ses distances le temps que le déplaisant souvenir s'atténue dans l'esprit de Mlle Pomfret.

Son pistolet lui avait été discrètement retourné. Morris lui-même n'avait entendu aucune rumeur au sujet de Putney Heath, à part quelques commentaires sur le duel. L'affaire finirait par filtrer, tôt ou tard, mais comme l'avait dit oncle Fred, cela semblerait un peu éventé.

Tout ce qu'Ashmont avait fait pour protéger la réputation de Mlle Pomfret n'aurait servi à rien s'il s'avisait maintenant de lui courir après. Non qu'il ait eu la possibilité de l'approcher, de toute façon. Le roi l'avait banni de la Cour. Les dames patronnesses de l'Almack's l'avaient banni de leurs rassemblements hebdomadaires. Et à l'exception de quelques hôtesses audacieuses, toutes les dames de l'aristocratie l'avaient rayé de leurs listes d'invités.

Pourtant, elle lui avait écrit. De son propre chef. Ce qui était assez prometteur. Et elle lui avait décerné un point !

Oui, en effet, toutefois s'il précipitait les choses, il risquait d'être de nouveau rejeté.

« Garde tes distances », s'ordonna-t-il. Et il resta ferme dans cette sage résolution le temps de prendre un bain, de se raser, de s'habiller et de s'asseoir dans la salle à manger pour prendre son petit déjeuner. C'est alors qu'il lut le *Foxe's Morning Spectacle*.

Humphrey Morris arriva tôt à Ashmont House le mercredi soir, et trouva le duc dans sa garde-robe. Celle-ci était de proportions ducales et la portion réservée au vestiaire proprement dit n'en constituait qu'une partie. Une partie certes conséquente, car le devoir d'un duc consiste à employer le plus de monde possible, et en matière de tailleurs, passementiers, chapeliers, bottiers et autres, Sa Grâce d'Ashmont faisait son devoir.

L'espace comportait une belle table. Le duc s'en servant comme écritoire et plateau à cocktails, et y entassant à peu près tout et n'importe quoi, on avait généralement l'impression que les Goths et les

Vandales lui avaient rendu visite. Au grand désespoir de Sommers, son valet.

La garde-robe contenait aussi une petite table et trois fauteuils confortables, placés devant la cheminée. Il y avait aussi un sofa. Ainsi qu'une bibliothèque garnie de livres et de revues. D'autres étagères, de même que les murs, offraient une collection d'art érotique d'une remarquable variété et des gravures satiriques, dont nombre d'entre elles représentaient le duc.

Si Ashmont House jouissait d'un somptueux bureau, son maître préférait traîner dans sa garde-robe, au grand dam de Sommers. Quand Morris arriva, le valet allait et venait entre les tiroirs et les placards afin de rassembler les éléments de la tenue de son maître pour la soirée.

Assis à la petite table en veste d'intérieur, Sa Grâce sirotait un verre de vin en réfléchissant à l'article qu'il venait de lire dans le *Foxe's Morning Spectacle*. D'un geste, il invita Morris à s'asseoir sur le siège qui lui faisait face.

— Chez Carlotta O'Neil, dit Ashmont. Ce soir. Après le spectacle. Elle a promis des danseuses. Nues. À moins que ce ne soit des danseuses de corde ? L'un ou l'autre. Mais nues.

Carlotta était la courtisane la plus en vue de Londres, et pas seulement pour les raisons habituelles. Les divertissements qu'elle proposait étaient délicieusement grivois ou comiques ou excitants, quand ce n'était pas les trois à la fois. Ashmont était impatient d'assister à cette soirée. On pouvait toujours compter sur des danseuses nues pour détourner ses pensées, au moins temporairement, de trois colonnes du *Foxe's Morning Spectacle*.

Il eut soudain conscience du silence. *Morris ? Silencieux ?*

— Des danseuses *nues*, répéta-t-il. Tu es malade ?

Morris soupira.

— Prends un peu vin, suggéra Ashmont en remplissant un verre. Tu es tout pâle. Tu as des soucis d'argent ?

— Non, répondit Morris. Rien d'aussi simple. C'est juste…

Il baissa les yeux sur le journal.

— Tu as vu ? reprit-il. La fête de bienfaisance ?

— La grande fête de bienfaisance ? Dans les salons de Hanover Square ?

— Oui. Tu l'as vu aussi ?

— Difficile de passer à côté. Toutes ces dames ravies de jouer à la marchande pour vendre leurs travaux d'aiguille. La reine a promis d'être présente. Il y aura foule.

Ashmont feignit de bâiller.

— Je comprends que tu aies l'air épuisée, ajouta-t-il. Le simple fait d'y penser vous sape toute votre énergie. Si au moins ces dames organisaient un combat de boue, là, au moins, ce serait intéressant.

— Tu es aveugle ? *Elle* sera là, dit Morris, qui s'empara du journal et indiqua, d'un geste empreint de respect, un nom figurant au milieu de la deuxième colonne. Mlle Hyacinthe.

— Qui ?

— Mlle Hyacinthe Pomfret, répondit Morris.

— Ah, oui ! Les dames de la famille de lord Chelsfield. Stand neuf, jeudi.

La tentation était forte : événement public, Mlle Pomfret sur un stand dont elle pourrait difficilement s'échapper… si tant est qu'elle soit là. Elle pouvait fort bien ne pas y être. Le journal était inhabituellement vague sur ce point. Tant de femmes correspondaient à l'appellation de *dames de la famille de lord Chelsfield* : tantes, belles-sœurs, cousines…

Quoi qu'il en soit, Ashmont n'avait pu s'empêcher d'imaginer toutes les possibilités. C'était plus fort que lui.

Sauf que son oncle lui avait conseillé de garder ses distances. La dame avait besoin de temps.

Elle lui avait pourtant adressé un message en cachette. Et lui avait octroyé un point. Il n'arrêtait pas d'y penser. En accordait-elle à d'autres hommes ? Qui ? Combien de points ?

Il réalisa que Morris attendait quelque chose.

— Eh bien, voilà ta chance, dit-il. Tu n'auras qu'à lui acheter une babiole et contempler ta dulcinée avec adoration.

— Tu plaisantes ? Je ne pourrai jamais l'approcher si Méduse monte la garde.

— Pourquoi ne pourrais-tu pas… Méduse, dis-tu ?

Le duc d'Ashmont ne se rendit pas compte que sa voix avait baissé d'une octave. Il ne se rendit pas davantage compte qu'un démon intérieur, accroupi à l'entrée d'une grotte, s'apprêtait à bondir. Il perçut juste une bouffée d'excitation familière, joyeux prélude à la violence.

Morris en revanche, comme quiconque ayant passé du temps en sa compagnie, capta le signal. Il s'empourpra.

— Oui – sans vouloir l'offenser, je…

— Tu veux dire *Mlle Pomfret* ?

Il avait posé cette question d'un ton suave, Morris jugea toutefois plus prudent de reculer légèrement son siège.

— C'est exactement ce que je veux dire, confirma Morris.

Le démon retourna à l'intérieur de la grotte.

— Comment le sais-tu ?

— À ton avis ? répliqua Morris.

— Ta mère.

— La chose s'est décidée à la dernière minute, expliqua Morris. Ma mère prétend qu'ils l'ont fait exprès pour la contrarier...

— Mais Mlle Pomfret sera là.

Morris acquiesça.

— Et comment veux-tu que je fasse... avec *elle* à côté ?

L'esprit soudain très occupé, Ashmont mit une minute à comprendre.

— Tu as peur de ce que Mlle Pomfret pourrait te dire ? Peur qu'elle t'humilie devant tout le monde ? Qu'elle te fasse pleurer ?

Morris hocha la tête.

— Les autres peuvent aller au diable... devant Mlle Hyacinthe, en revanche...

Ashmont avait du mal à comprendre. Les femmes qu'il fréquentait ne l'humiliaient pas. Elles ne lui parlaient pas méchamment. Il n'était pas un des fils cadets du comte de Bartham, mais un duc fortuné et séduisant. C'était uniquement pour cela que les femmes le traitaient comme elles le faisaient, si insupportable soit-il. Et il s'en moquait. Il avait toujours considéré cela comme un échange équitable vu ce qu'il attendait d'elles.

À deux exceptions près, et toutes deux étaient des jeunes femmes respectables. Un fléau dans la vie d'un homme.

— Courage, dit-il.

— Mlle Pomfret t'a quasiment fait tomber de la galerie !

— Je l'avais agacée.

Ashmont n'arrivait pas à croire qu'il avait été imprudent au point de poser la main sur elle. Seuls les rustres se comportaient ainsi. Or, s'il était pénible, il n'avait rien d'un rustre.

— Agacé ? Elle a failli te tuer !

— Elle ne te tuera pas à une vente de charité, le rassura Ashmont. Au pire, elle te lancera un coussin à épingles à la figure.

L'air soudain abattu, Morris avala une gorgée de vin.

— Peu importe. Je n'ai aucune chance, de toute façon. Il y aura des centaines de types, tous avec la même idée en tête.

Des centaines de types.

Qu'avait donc dit oncle Fred ?

Je crois pouvoir affirmer sans grand risque d'erreur que personne ne tentera de te la ravir dans l'intervalle.

Possible. Mais tous les hommes n'étaient pas aussi pusillanimes que Morris.

— Tu baisses les bras trop vite, déclara Ashmont. Tout ce qu'il te faut, c'est une diversion.

Morris le dévisagea sans comprendre.

— Quelque chose qui détourne l'attention de Mlle Pomfret, précisa Ashmont. Ce quelque chose, ce sera moi. Je subirai son courroux et pendant ce temps-là, tu pourras faire les yeux doux à Mlle Violette.

— Mlle *Hyacinthe*.

— Oui. Nous ferons cela. Demain.

Ashmont se sentait déjà beaucoup mieux. Enfin il pouvait agir. Personne n'aurait besoin de savoir ce qui l'avait incité à assister à cette fête de bienfaisance. Une farce. Cela devrait suffire. Rien de plus facile que d'en inventer une. Et il se trouverait juste que Mlle Pomfret était là.

— Hum... oui.

Ashmont regarda son ami, qui ne semblait pas aussi enthousiaste qu'il aurait dû l'être.

— Qu'y a-t-il ?

— Comment comptes-tu entrer ?

— Par la porte.

— La reine Adélaïde est attendue, lui rappela Morris d'un ton patient, Des membres de la famille royale. Des dignitaires étrangers.

— Et ?

— Toi et ces gens-là dans la même salle ? Tu te souviens de ce que le roi a dit à ton sujet après la farce avec les lapins, à la fête donnée en l'honneur de la grande-duchesse de Voldenham ?

— Non. Et je m'en moque.

— Il a dit : « Je ferai pendre ce maudit Ashmont haut et court s'il approche à moins d'un mile un membre de la famille royale. »

— C'est une façon de parler pour ce vieux matelot de Billy.

Le roi Guillaume IV avait été marin et jurait comme un loup de mer.

— Ashmont.

— C'est une fête de bienfaisance, pas un de ces dîners assommants au château de Windsor. J'irai. Et j'y resterai aussi longtemps que je le souhaiterai. Je suis prêt à miser dix guinées là-dessus.

Jeudi 20 juin

La fête de bienfaisance se révéla fidèle aux prédictions de Cassandra. Au lieu des odeurs d'animaux du marché de Smithfield, de coûteux parfums flottaient dans l'air des salons de Hanover Square, sans toutefois parvenir à masquer les fragrances d'une multitude d'aristocrates en sueur.

Les badauds se plaignaient de la cohue, mais ne partaient pas pour autant, et quand ils réussissaient enfin à s'approcher d'un stand, ils hésitaient longuement avant de se décider à acheter.

Au bout de deux heures, les conditions avaient eu raison de l'esprit de sacrifice de lady deGriffith, qui était descendue dans la salle des rafraîchissements. Tante Elizabeth devait être de nouveau enceinte car elle n'avait cessé d'être cassante depuis son arrivée. Même Hyacinthe semblait s'être départie de sa bonne humeur.

Cassandra, quant à elle, était sur le point de s'éclipser. Pas tant pour se rafraîchir que pour s'octroyer un répit, après s'être efforcée de rester polie face aux grossières provocations du public. Elle était à mi-chemin de la porte quand elle l'aperçut. Non que la chose requière un talent d'observation extraordinaire.

Le duc d'Ashmont, dans toute sa splendeur satanique, se tenait à l'entrée.

Lui. À une fête de bienfaisance. Un événement sans alcool, sans jeux, sans bagarres ni femmes légères. Le dernier endroit sur terre susceptible de l'attirer.

Il était escorté de Humphrey Morris et d'un garçonnet d'âge incertain, crasseux, et qui embaumait comme la Tamise à marée basse.

Le fumet qu'il dégageait était assez puissant pour traverser la moitié de la salle.

Cassandra flaira – littéralement – l'imminence d'une farce de mauvais goût.

On aurait pu penser que tout le monde la flairait. Cependant, personne ne s'attendant à la venue d'Ashmont – aussi improbable que celle de Gengis Khan ou d'Attila le Hun –, les organisateurs n'avaient pas pensé à se pourvoir d'une meute de chiens enragés ou d'un régiment de cavalerie pour le tenir à distance.

La veille, premier jour de la vente, les organisateurs avaient ordonné la fermeture temporaire des portes à cause de la cohue et du trop grand nombre de dames qui se trouvaient mal. Personne, cependant, n'avait songé à ordonner que l'on fermât les portes à cause de *lui*.

Personne ne les avait chargés de lui dire que la vente de charité avait été soudainement annulée – le duc était souvent accueilli ainsi à la porte des demeures aristocratiques.

Ashmont n'étant pas une personne raisonnable, cette méthode n'aurait pas nécessairement fonctionné avec lui. S'il voulait entrer, il entrait, d'une façon ou d'une autre, et il savait se montrer très astucieux pour arriver à ses fins.

En outre, il était duc. Né et élevé dans le but d'hériter du titre, il était un véritable Beckingham qui exsudait l'autorité même quand il était éméché... ce qui, étrangement, ne semblait pas être le cas en cet instant.

Non que cela fasse une différence. Sobre ou pas, Ashmont restait un fauteur de troubles.

Il pénétra dans la grande salle d'un pas nonchalant, telle une divinité descendant de l'Olympe pour frayer avec les mortels.

Qu'ils soient aveuglés par la beauté angélique de Sa Grâce, terrassés par la pestilence du gamin qui l'accompagnait ou simplement terrifiés, les gardiens qui surveillaient l'entrée les laissèrent passer sans broncher. Tout le monde se contenta de les regarder.

Morris sur leurs talons, le duc et la créature malodorante traversèrent cet océan de personnes distinguées, étonnamment silencieuses. Dès que le fumet de l'enfant atteignait les narines aristocratiques, la foule s'écartait et le trio avançait de stand en stand, sans entrave.

La réputation du duc était telle qu'il n'aurait été guère surprenant que les personnes sensées préfèrent s'en aller. Eh bien, non. Ils ressemblaient aux curieux au bord d'un volcan en colère, guettant l'éruption.

Cassandra était une personne sensée, pour autant, elle pouvait difficilement s'enfuir. D'une part parce que c'était contre ses principes. D'autre part parce qu'elle ne pouvait pas abandonner sa sœur et sa tante à l'enfer qui était sur le point de se déchaîner. Et enfin, parce qu'elle était sans doute la seule personne capable et désireuse d'agir. De quelle façon, elle l'ignorait, mais elle le saurait forcément le moment venu.

Tête baissée, demeurant cachée parmi la foule, elle le suivit.

Le duc présentait le garçon aux dames – qui étaient coincées derrière leur étal et ne pouvaient pas s'échapper – comme « Jonsatovickya, étranger réfugié » et le couvait d'un œil bienveillant en bavardant avec elles tandis que l'enfant tripotait les ouvrages de soie et de dentelle.

Bien que trop éloignée pour saisir ce que disait le gamin, Cassandra reconnut l'accent cockney des quartiers populaires de Londres. Déconcertées, les dames reculaient autant qu'elles pouvaient dans leurs petites prisons... jusqu'à ce qu'Ashmont sorte sa bourse.

Pour le bien des réfugiés étrangers, sans parler de l'intense rivalité qui régnait entre elles, les vendeuses se retenaient de respirer et prenaient l'argent du duc.

En tant que telle, la farce n'était pas mauvaise, et même plutôt amusante, en fait...

... jusqu'à ce qu'Ashmont et sa suite se dirigent vers le stand neuf.

Cassandra découvrit alors que Hyacinthe était seule sur le stand. Tante Elizabeth s'était volatilisée, et les gentlemen avaient commencé à affluer autour de sa sœur tels des détritus rejetés sur le rivage.

Cassandra se fraya un chemin parmi la foule pour rejoindre Hyacinthe. Dès que la Gorgone deGriffith apparut, les débris flottants refluèrent pour se fondre dans la masse.

— Où est tante Elizabeth ? demanda-t-elle.

— Elle est partie – des nausées, je crois, répondit Hyacinthe.

Cassandra se planta devant sa sœur et s'avança en première ligne pour monter la garde devant ses articles, un instant avant que le circuit nonchalant du duc et de sa Cour atteigne leur stand.

Il lui sourit, son regard d'azur reflétant la plus pure bienveillance.

— Mademoiselle Pomfret.

Elle plaqua sur ses lèvres le sourire poli qu'elle réservait aux imbéciles.

— Duc.

— Regardez ce que je vous amène. Un étranger en détresse rien que pour vous. Permettez-moi de vous présenter maître Jonsatovickya.

Elle écarquilla les yeux et battit des cils.

— Rien que pour moi ? Comme c'est gentil. Vous n'auriez pas dû. Vraiment, ajouta-t-elle, abandonnant tout sourire et plissant les yeux, vous n'auriez pas dû.

Il lui décocha un sourire radieux et ce fut comme si Apollon déversait un flot de lumière dorée sur la pauvre mortelle qu'elle était. L'espace d'un instant, elle vacilla, mentalement déséquilibrée.

Seigneur, il aurait fallu enfermer cet homme dans un cachot sombre et profond.

Il était vraiment dangereux – le plus séduisant des monstres voleurs d'âme qu'elle ait jamais vu.

Heureusement, elle aussi était un monstre.

Elle s'inclina au-dessus du comptoir.

Le garçon lui sourit.

Il ne s'était pas lavé depuis très longtemps – si tant est que cela lui soit arrivé un jour – et l'odeur qu'il dégageait aurait suffi à faire défaillir une autre qu'elle. Mais Cassandra avait grandi parmi sept frères, de nombreux cousins et leurs amis. Il lui était arrivé de fréquenter des lieux insalubres. Elle avait l'estomac solide.

— Si maître Jones, ou quel que soit son vrai nom, pose la main sur *mes* articles, dit-elle, il y perdra ses doigts.

Le prétendu étranger en détresse cacha en hâte sa main derrière son dos.

Cassandra avait l'impression de l'avoir déjà vu sans en être tout à fait certaine. La casquette de jockey jaune, tachée et trop grande, dissimulait un visage sale. Les autorités avaient du mal à distinguer les gamins des rues les uns des autres – un fait dont ces derniers tiraient évidemment avantage.

— On ne s'est pas déjà rencontré ? lui demanda-t-elle.

Le gamin secoua la tête.

Elle étudia ses traits avec attention et distingua sous les couches de crasse le visage d'un enfant pas vilain qu'elle avait déjà vu.

— Tu es Jones, n'est-ce pas ? Ou Jonesy, comme t'appellent tes acolytes.

Elle croisa le regard d'Ashmont, aussi étincelant que le saphir. Elle eut beau éprouver une légère sensation de vertige, elle ne cilla pas.

Ne jamais ciller et ne jamais reculer faisait partie des choses qu'une fille apprend de bonne heure quand elle appartient à une fratrie essentiellement composée de garçons. C'était son frère Julius qui, le premier, l'avait appelée *Méduse*.

— Te voilà en bien élégante compagnie, poursuivit-elle.

Jonesy leva vers Ashmont un regard accusateur.

— Vous aviez pas dit que ça serait *elle*.

L'accent du gamin déformait effroyablement les mots, mais Cassandra avait, entre autres choses, appris l'argot des bas-fonds auprès de Keeffe.

— Sans doute n'a-t-il pas vu l'intérêt de te le dire, répliqua-t-elle. Combien le duc te paye-t-il pour faire cela ?

Elle sentit les gens se rapprocher du stand. Du coin de l'œil, elle en vit certains se couvrir le nez de leur mouchoir.

Le galopin afficha aussitôt la plus parfaite innocence. Il pinça les lèvres et plissa les yeux, feignant de se concentrer pour réfléchir.

— J'crois bien qu'il m'a donné un souverain.

— Un souverain ? répéta Cassandra. Je ne pense pas. Deux pence, tout au plus.

— Une demi-couronne.

Deux shillings et demi représentaient une fortune colossale pour un va-nu-pieds. Pour bon nombre de travailleurs aussi, d'ailleurs. Toutefois, venant d'Ashmont, une telle largesse était parfaitement envisageable. On pouvait l'accuser de bien des défauts – la liste de ceux-ci était infinie –, mais de pingrerie, jamais.

— Je te donnerai une couronne si tu files te laver aux bains les plus proches, promit-elle.

Un grand sourire illumina le visage du garçon. Il glissa sous son bras les marchandises qu'il avait collectées et tendit une main sale. Cassandra tira une petite bourse de sa poche. Elle compta cinq shillings et les laissa tomber dans la petite paume.

Le garçon referma les doigts sur l'argent. Serrant toujours les travaux d'aiguille de ces dames sous son bras, il tourna alors les talons et quitta la salle en courant.

La scène qui venait de se dérouler était si éloignée de ce qu'Ashmont avait prévu qu'il ne put que regarder sa farce retomber comme un soufflé. Bouche bée, il suivit Jonesy des yeux.

Personne ne tenta d'arrêter ce dernier. Ce qui n'avait rien d'étonnant. Personne n'avait envie de le toucher.

Une fois que l'enfant eut disparu, Ashmont resta là, les bras ballants, comme… une andouille. Un âne. Un grand âne bâté.

— Bien joué, lança quelqu'un. C'est ce qui s'appelle se faire avoir.

— C'était censé nous faire rire ? demanda un autre.

— J'avais parié dix livres que vous arriveriez à vider la salle, se plaignit une troisième voix.

— Personne n'a seulement poussé un cri.

— C'est tombé à plat.

— Le pauvre vieux, on aurait dû le prévenir qu'il ne ferait pas le poids face à la Gorgone.

— La prochaine fois, c'est le duc qui prendra ses cliques et ses claques.

— Il ferait mieux de se sauver tant qu'il est encore entier !

Les hommes continuèrent de rire à ses dépens. Une image de Godfrey Wills revint fugitivement à l'esprit d'Ashmont.

Son regard parcourut l'assemblée, croisa celui de Mlle Pomfret. Son visage froid et dénué d'expression justifiait son surnom de Gorgone. Ses yeux luisaient cependant d'un éclat inhabituel et un sourire lui chatouillait le coin des lèvres.

Mille fois plus lucide que la dernière fois qu'il l'avait vue, il prit conscience de ce qui lui avait alors échappé : de la plénitude de sa bouche, par exemple, ou de ses pommettes élégamment sculptées, sans parler de ses yeux en amande. Son visage n'avait décidément rien de commun.

Elle aussi était habitée par un démon.

Évidemment. Il l'avait su – senti, même quand il n'était pas tout à fait lui-même. Il avait deviné qu'il y avait davantage en elle qu'une tendance à aboyer des ordres et à écarter de son chemin ceux qui la gênaient.

L'ébauche d'un sourire. De l'amusement et de la moquerie. Le même sourire que celui qu'elle avait esquissé après lui avoir jeté un seau d'eau à la figure.

« Oh, oui, semblait dire ce sourire, je vous mets au défi de riposter ! »

Un seul faux pas et il romprait l'équilibre ; son infime avancée disparaîtrait tel un grain de poussière par grand vent.

Un seul faux pas et il détruirait tout le travail qu'il avait accompli pour la protéger.

Il lui fallait reconnaître sa défaite et la laisser tranquille, sans que personne puisse se douter de leur précédente rencontre. C'était la chose intelligente à faire.

Mais son visage… Ce merveilleux visage qui faisait pâlir tous les autres. La sœur prétendument belle n'était qu'une poupée de porcelaine, par comparaison.

Sans parler de sa silhouette…

Et sans compter que parmi les centaines d'hommes qui se trouvaient là, tous n'étaient sans doute pas aveugles.

Alors, non. Il ne battrait pas en retraite.

Elle l'avait défié, et bien qu'elle l'ait remis à sa place, il n'en était pas pour autant devenu un sage.

Il prendrait le risque de la riposte.

6

Ashmont leva la main.

— La demoiselle m'a damé le pion. Je m'incline devant elle, dit-il en penchant le buste de façon théâtrale. Bien joué, milady. Vous avez retourné ma plaisanterie contre moi et m'avez fait passer pour un imbécile devant mes amis.

Comme elle avait fait avec Wills.

Il revoyait clairement la scène : ses battements de cils, sa voix pleine d'assurance, et cette poignée de mots qui lui avait permis de retourner la situation à son avantage.

Mlle Pomfret était une force avec laquelle il fallait compter, et il était parfaitement disposé à le faire.

— Cela ne m'a demandé aucun effort, répondit-elle. Vous avez si bien répété le rôle de l'imbécile qu'il suffit de s'écarter et de vous laisser faire.

— Vous m'avez donc étudié ?

— En détail et en profondeur. Comme on étudierait une forme de vie étrange. Vous n'avez jamais regardé, à l'aide d'un microscope, les créatures bizarres qui s'agitent dans une simple goutte de liquide ?

Si Ashmont eut conscience des rires de la foule, il eut davantage conscience de sa présence.

— Jamais.

— Vous devriez élargir votre horizon, lui conseilla-t-elle.

— Je le ferai. Bien volontiers. Montrez-moi votre microscope, aimable philosophe. Montrez-moi tout et n'importe quoi. Je suis à vos ordres.

— Fort bien. Je vous montre la porte, dit-elle en désignant la sortie d'un geste de la main. Allez-vous-en. Et emmenez votre bouffon de carnaval avec vous.

Il jeta un coup d'œil à Morris.

— Maintenant que vous le dites, je reconnais qu'à première vue, mon ami peut sembler un tantinet baroque. Mais c'est un véritable prodige qui peut aborder une infinité de sujets et réciter de mémoire toute votre généalogie jusqu'au premier baron deGriffith, qui a combattu à Bosworth Field ou quelque part par là. Dis quelque chose d'intelligent, mon garçon, ajouta-t-il en abattant la main sur l'épaule de Morris. C'est le moment ou jamais.

Morris ne répondit pas.

Ashmont lui donna un coup de coude.

— Regardez-la, chuchota Morris. Je brûle. Je me languis. Je meurs.

— Que dit-il ?

Arquant les sourcils, Mlle Pomfret se pencha en avant, ce qui attira irrépressiblement l'attention d'Ashmont sur son décolleté.

Les dames respectables portaient de nombreux sous-vêtements – jupons rembourrés, corsets et plusieurs épaisseurs d'étoffe auxquelles s'ajoutaient encore d'autres épaisseurs. Le corsage ne suffisait pas. Une dame devait avoir une armure supplémentaire sous la forme d'une mantille, d'un canezou ou d'une pèlerine qui lui couvrait les épaules et la gorge. Et il y avait aussi les manches, d'énormes choses bouffantes.

Ashmont l'avait cependant vue dans des vêtements trempés, et la façon dont ceux-ci se plaquaient sur son corps lui avait donné une excellente idée de sa silhouette.

Elle était aujourd'hui sèche et bien couverte – jusqu'au cou –, le corsage de sa robe verte étroitement ajusté. Il remarqua la façon dont sa poitrine se soulevait, et n'eut aucune difficulté à estimer quelle épaisseur correspondait à du tissu et quelle autre correspondait à sa chair.

Il s'ordonna de ne pas laisser son esprit s'égarer. Un mot de travers, un faux pas, et tout espoir serait perdu.

— Il est sidéré, répondit-il.

— Tant mieux, dit-elle. Les hommes muets sont les meilleurs. Forts et silencieux. Ou faibles et silencieux. Silencieux, surtout.

— Vous connaissez déjà ce gentleman, je crois. Humphrey Morris, fils de…

Les yeux gris étincelèrent brièvement, et Ashmont compris qu'il avançait en terrain miné.

— Je sais qui il est.

— Il rêve d'être présenté à la jeune dame.

Ashmont se rapprocha légèrement et un délicieux parfum, frais et végétal, lui chatouilla les narines. Il dut faire appel à toute sa volonté pour ne pas se pencher davantage lorsqu'il murmura :

— Il est épris de Mlle Marjolaine.

— Qui ?

— Mlle Rose ?

— Vous voulez dire *Hyacinthe* ?

— Celle-là même, confirma-t-il. Ayez pitié de lui. Ne pouvez-vous l'autoriser à lui vendre quelque chose ?

De nouveau, une lueur s'alluma dans les beaux yeux gris. Elle jeta un coup d'œil à la jeune fille blonde par-dessus son épaule.

— Ma chérie, cette personne douteuse aurait besoin d'assistance.

La jeune fille s'approcha.

Ashmont entendit Morris émettre un son étrange, semblable au bêlement étranglé d'un mouton.

— Hyacinthe, voici M. Humphrey Morris, dit Mlle Pomfret. C'est le fils de lady Bartham.

Les deux sœurs échangèrent un regard.

— Quoique d'assez piètre compagnie, poursuivit Mlle Pomfret, M. Morris est relativement inoffensif – dans la mesure où les représentants de son sexe peuvent l'être. Il aimerait acheter quelque chose pour cette chère lady Bartham. Et pour ses sœurs. Et ses tantes et grands-tantes. Peut-être pourrais-tu l'aider à choisir.

Les joues de la jeune fille rosirent, comme rosissent les joues de ce genre de jeunes filles.

Morris restait planté là tel un grand dadais écarlate.

Ashmont lui donna un coup de coude.

— La jeune fille est disposée à te servir. *Fais quelque chose.*

Morris s'avança vers le comptoir comme un somnambule.

— Monsieur Morris, peut-être vous plairait-il de jeter un coup d'œil à ce coussin à épingles que maman a réalisé, suggéra Mlle Hyacinthe. Lady Bartham l'a beaucoup admiré.

Abandonnant son ami énamouré à son sort, Ashmont reporta son attention sur sa cible, qui s'était déplacée pour continuer à surveiller – et sans doute pétrifier Morris s'il s'avisait de ne pas respirer comme il fallait.

Quant à Ashmont, s'il n'y prenait garde, il risquait de déclencher une avalanche qui les engloutirait tous les deux.

Ils jouissaient d'un public des plus attentifs, qu'il ne pouvait espérer disperser – hors de question d'avoir un entretien privé avec une jeune fille de bonne famille.

Fort bien. N'était-il pas friand de défis ?

— Le gamin n'est pas allé prendre un bain, dit-il. Cette engeance est allergique au savon et à l'eau. Cela vaut sans doute mieux. Se débarrasser de toutes ces couches de crasse aurait pu perturber son équilibre nerveux.

— Vous êtes encore là ? s'étonna Mlle Pomfret. N'ai-je pas déjà consacré des trésors de patience et de générosité en présentant votre ami trop bavard à ma sœur ?

— Il va dévaliser votre stand, répliqua Ashmont. C'est uniquement pour cela que vous avez coopéré.

— Et maintenant, il est trop tard pour que vous puissiez tout acheter à seule fin d'admirer ma splendeur, digne de Vénus, et de vous prosterner devant mon autel.

Cela faisait effectivement partie du plan : Jonesy était censé mettre la main sur tout ce qu'il pouvait atteindre, en prenant tout son temps, et Ashmont n'aurait plus qu'à acheter le reste. Pendant que Mlle Pomfret se serait occupée d'eux, Morris aurait eu le champ libre pour faire les yeux doux à la sœur cadette.

Le plan n'avait pas fonctionné comme prévu, mais Ashmont savait s'adapter aux circonstances.

Il n'avait pas beaucoup de temps. Plus il s'attardait, plus il risquait de commettre une bévue. Il pouvait cependant accorder à Morris quelques minutes de plus avec la sœur.

— Je ne dirais pas Vénus, commença-t-il. Je dirais plutôt…

— Scylla, lança une voix dans la foule.

Ashmont n'avait jamais été un élève très studieux. Il était néanmoins, comme presque tout le monde parmi cette assemblée, familiarisé avec l'*Odyssée* – un récit palpitant, rempli de pillages, d'énucléations et de monstres mangeurs d'hommes, entre autres joyeusetés. Il savait que Charybde et Scylla étaient deux monstres, chargés de garder un détroit. Charybde était un tourbillon mortel. Scylla avait six têtes dotées chacune de trois rangées de dents acérées.

Son démon intérieur bondit hors de sa grotte et un dangereux mélange de joie et de fureur, attisé par un souffle satanique, s'empara d'Ashmont.

Il se retourna lentement et sourit. D'une voix douce et suave que tous ceux qui le connaissaient reconnurent aussitôt, tout comme ils reconnurent son sourire, il demanda :

— Qui a dit cela ?

Le public recula de deux pas.

— Qui a dit cela ? répéta Ashmont sans cesser de sourire. J'aimerais qu'il vienne le redire devant moi, au lieu de rester caché dans la foule.

Tous ceux qui se trouvaient à proximité semblèrent soudain pressés d'aller voir ailleurs.

Le démon regagna sa grotte.

— Comme c'est commode, reprit-il en se tournant vers Mlle Pomfret. Le problème, dans ce genre d'endroit, c'est qu'on ne dispose d'aucune intimité.

— Ce dont je n'ai absolument pas besoin avec vous, répliqua-t-elle à voix basse, c'est bien d'intimité.

— Je voulais seulement dire…

— Cela ne m'intéresse pas. Je sais que c'est un jeu pour vous. Pas pour moi. Et je tiens à souligner que s'il me prenait l'envie de vous poignarder, tout le monde m'applaudirait. Ces gens sortiraient votre cadavre dans la rue, laveraient le sang et déclareraient qu'il s'agissait d'un accident.

— Votre imagination est très rafraîchissante, commenta-t-il à voix tout aussi basse.

— Allez-vous-en. Et emmenez-le avec vous.

— Vous m'avez accordé un point, lui rappela-t-il, baissant encore davantage la voix.

— Vous êtes sur le point de le perdre.

— Vous ne pouvez pas le reprendre.

— Si je l'ai donné, je peux le reprendre.

— Mais ce ne serait pas fair-play.

— Perturber une vente de charité en exploitant un gamin des rues vous semble fair-play ?

— Vous appelez cela de l'exploitation, moi, j'appelle cela un emploi rémunéré. Je l'ai trouvé qui traînait devant chez moi, désœuvré. Je l'ai recruté pour qu'il s'occupe à autre chose qu'à cambrioler ou à jouer les pickpockets. Vous devriez me féliciter de l'avoir sauvé de la potence pendant dix minutes. Si vous croyez que la couronne que vous lui avez donnée lui servira à se laver, vous…

— Je me moque de ce qu'il en fera, le coupa-t-elle. J'espère juste que d'autres garçons, plus grands et plus costauds, ne l'en délesteront pas. Qu'il ne se fera pas trancher la gorge à cause de cela. Néanmoins, il est plus malin que la moyenne et il n'a pas survécu dans la rue aussi longtemps en se montrant imprudent.

Elle connaissait donc ce garçon. Comment diable pouvait-elle le connaître ? Ashmont avait fait sa connaissance le jour où Olympia s'était enfuie. Jonesy traînait avec une bande de gamins au relais de poste de Kensington High Street. Il l'avait aidé à chercher sa fiancée disparue, puis s'était volatilisé quand ils avaient atteint le pont de Battersea.

— Les gendarmes croiront qu'il a volé les napperons brodés, dit Ashmont. Ils l'auront vu sortir d'ici en courant et appréhendé avant même qu'il ait rejoint le repaire où il se terre. Il se retrouvera au poste de police de Great Marlborough Street. Ou à Bow Street s'il est rapide. Dans un cas comme dans l'autre, il faudra que je me déplace pour le faire libérer. Cela prendra toutefois un moment. Nous avons tout le temps. Assez parlé de lui. Vous n'arrêtez pas de changer de sujet.

— Vous et moi n'en avons aucun.

— Tout d'abord, ce que je m'apprêtais à dire, avant que cet ignorant m'interrompe, c'était *Diane*. Pas Vénus, mais Diane chasseresse, conduisant son chariot…

— J'avoue que c'était un des spectacles les plus comiques que j'aie vu depuis longtemps, déclara une voix familière derrière lui. Ton entrée remarquée, escorté de ce va-nu-pieds.

Ashmont pivota et découvrit un visage à l'expression sardonique qu'il connaissait bien. Ah, ces yeux aux paupières tombantes qui faisaient battre le cœur des dames – enfin, celles qui étaient attirées par les grands bruns ténébreux !

— Blackwood.

Ils s'étaient séparés en très mauvais termes la semaine passée, et Ashmont ne l'avait pas revu depuis.

— Mais j'ai encore ri davantage quand ce chenapan s'est carapaté comme s'il avait tous les chiens de l'enfer à ses trousses.

— Il fuyait bien pire que cela, intervint Mlle Pomfret. Je venais de lui ordonner d'aller prendre un bain.

Blackwood sourit.

— Bien joué, mademoiselle Pomfret. J'espère que vous en avez également terminé avec Ashmont ? À voir sa mine, je gagerais que vous avez exigé un effort intellectuel de sa part.

— Aussi peu que possible. Je sais qu'il n'y est pas habitué.

— Certes. Il faut l'y amener progressivement. Il risque la fièvre autrement. Avec votre permission, je vais l'emmener. Ainsi que son complice – à condition que Morris se décide à cesser de regarder

Mlle Hyacinthe avec des yeux de merlan frit à et payer son dû.

Mlle Pomfret gratifia Blackwood d'un sourire ravi, comme s'il venait de tuer pour elle et à lui tout seul Charybde, Scylla et six ou sept dragons par-dessus le marché.

Ashmont avait eu droit au regard de Gorgone. Il avait surpris des éclairs de sa personnalité de temps à autre. Pour autant, il n'avait pas réalisé l'ampleur de ses dissimulations jusqu'à ce qu'elle se laisse aller à sourire ainsi. Ce fut comme si son sourire inondait la pièce d'un flot de lumière aveuglante qui lui coupa le souffle.

Ce sourire ne lui était pas adressé et il en fut vexé. Plus vexant encore, la pensée qu'elle venait d'accorder un point à Blackwood, ce sale traître répugnant.

Cassandra les regarda partir, le cœur battant, son visage ne trahissant aucune émotion.

Elle ne parvenait pas à comprendre ce qui venait de se passer – c'était trop tôt. En quelques minutes, Ashmont avait bouleversé l'équilibre de son univers. Une fois de plus.

Elle était allée de surprise en surprise.

Son apparente sobriété, pour commencer.

La joute verbale, dont elle ne l'aurait pas cru capable, et qu'elle avait appréciée plus qu'elle n'aurait dû.

La sensation d'intimité qu'il avait réussi à créer parmi cette foule. La conscience du secret qu'ils partageaient, et le soin qu'il avait mis à ne pas le trahir.

Et puis, le brusque changement dans son comportement quand quelqu'un l'avait appelée *Scylla*. Elle avait revu le garçon d'autrefois, celui qui s'était rallié à elle dans sa bataille contre Godfrey Wills. Le même sourire conquérant – qui ne reflétait que sa jubilation à l'idée de détruire un autre mâle.

« De l'esbroufe », se dit-elle. Il voulait éloigner les spectateurs à seule fin de… flirter avec elle.

Comme si elle n'était pas un monstre.

Mais il en était un, lui aussi. Il n'y avait donc rien d'étonnant que cela ne le dérange pas, pour autant qu'il l'ait remarqué.

Et tout cela faisait partie du jeu. Il ne savait pas résister à la tentation de causer un scandale…

La Diane chasseresse, conduisant son chariot.

Pas Vénus. Pas Minerve.

Diane, la divinité mythique qu'elle avait imaginé devenir, étant plus jeune. La chasseresse chaste, libre et puissante, avec son arc, ses flèches et sa compagnie de nymphes.

Comme s'il avait pu lire dans son esprit, dans son cœur, avec son regard bleu perçant.

— Seigneur, souffla Hyacinthe en s'approchant d'elle. Que d'émotions ! Je ne l'avais jamais vu d'aussi près.

— Qui ? demanda Cassandra en s'extirpant du brouillard de ses souvenirs et de la confusion de ses émotions.

L'orchestre jouait. Avait-il joué tout du long ? Ou le monde avait-il cessé de tourner pendant un moment ? Les gens déambulaient à travers la grande salle, comme avant. Autour de leur stand, les gentlemen commençaient à se rassembler, quoique prudemment, en jetant des coups d'œil autour d'eux comme s'ils craignaient qu'Ashmont ne surgisse soudain.

— Tu le sais très bien, répondit Hyacinthe. Qu'est-ce que je t'avais dit ? Il se languit. Il n'a pas pu s'empêcher de venir.

Vous m'avez accordé un point.

Cassandra secoua la tête.

— C'est ma faute. J'ai été sotte.

Elle regarda autour d'elle. Un trio de jeunes gens élégants s'avançait d'un pas décidé vers leur stand.

— De nouveaux admirateurs, ma chérie, murmura-t-elle à sa sœur. Te reste-t-il quelque chose à leur vendre ?

— Pas grand-chose. M. Morris a presque tout acheté.

— Sa mère sera furieuse.

Ce qui signifiait que lady Bartham veillerait à rapporter chaque détail de l'intrusion d'Ashmont, en exagérant le temps qu'il avait passé à parler à Cassandra et en émettant les plus scabreuses hypothèses sur la nature de leur conversation. Elle irait même sans doute jusqu'à prétendre avoir vu et entendu des choses qu'elle n'aurait ni vues ni entendues.

Mais Ashmont avait ennuyé d'autres vendeuses avant elle et Cassandra se faisait fort de trouver quelque chose à dire à ses parents. Tout ce qui comptait, c'était Hyacinthe. Sa sœur était heureuse. L'élégant trio examinait les pitoyables restes de ce que leur mère avait estimé suffisant pour toute la durée de la vente. Cassandra recula discrètement au fond du stand, afin d'éviter de les alarmer. Qu'ils admirent donc sa sœur, tant qu'ils se tenaient convenablement.

Pendant ce temps, près de George Street

— Navré de jouer les trouble-fêtes, dit Blackwood. Mais quand j'ai vu lady Bartham fendre la foule dans votre direction, je me suis dit que Morris préférerait éviter que sa mère lui fasse honte devant tout le monde.

La mention de sa mère tira vaguement Morris de son extase, quoique pas tout à fait.

— Merci, dit-il en serrant contre son cœur le paquet que son adorée avait ficelé pour lui. Je te suis reconnaissant. C'est généreux de ta part.

— Il y a une semaine, tu le traitais de canaille, souffla Ashmont à Blackwood.

Ce dernier s'arrêta devant St. George's Church.

— Sois gentil, Morris, continue. Je dois m'entretenir avec Ashmont. Nous te rattraperons.

Serrant toujours le paquet comme s'il s'agissait d'une sainte relique, encore sous le charme de Mlle Fleur, Morris poursuivit son chemin.

Blackwood contempla la façade de l'église.

— Je l'avais mal jugé. Il faut dire que la plupart des membres de sa famille ne sont pas dignes de confiance.

— Il est bavard, mais il est inoffensif, assura Ashmont.

Mlle Pomfret avait dit la même chose à sa sœur. Rien ne la forçait pourtant à se montrer aimable. Elle aurait pu chasser Morris d'un mot ou d'un regard, or, elle ne l'avait pas fait. Certes, sa sœur et elle avaient largement profité du pauvre garçon – les dames pouvaient se révéler impitoyables dans ces fêtes de bienfaisance. À en croire une veuve sémillante qu'Ashmont avait fréquentée autrefois, les rivalités étaient féroces. Elles auraient pu en remontrer à ces coqs de combat.

— Je crois qu'il vaut mieux que cela, déclara Blackwood. On m'a rapporté qu'il avait fait son possible pour que tu te réconcilies avec Ripley, et qu'il s'était comporté de façon tout à fait honorable. Il a veillé sur toi après votre dispute. Tu n'es pas mort. Ripley n'est pas mort. Qu'il n'en soit plus question.

Ashmont sentit un poids, dont il n'avait pas eu conscience, quitter ses épaules. Ripley et lui s'étaient réconciliés promptement. Blackwood, en revanche, avait gardé ses distances et il lui avait manqué bien plus qu'il ne l'admettrait jamais.

— Entendu, répondit-il.

Le ténébreux regard de Blackwood revint sur lui.

— Cette question étant réglée, que dirais-tu d'emmener Morris boire un verre, histoire qu'il se remette de ses émotions ?

— Un remontant ne lui ferait pas de mal.

— Et à toi non plus, observa Blackwood. Tu m'as l'air un tantinet défait. Ce qui n'a rien d'étonnant après avoir passé *au moins* dix minutes à converser avec Mlle Pomfret. Ton cerveau ne te fait pas trop souffrir ? J'ai hésité à te porter secours plus tôt, puis j'ai finalement jugé préférable de te laisser faire tes propres expériences.

— Je n'avais nul besoin d'être secouru, rétorqua Ashmont. En fait, cela commençait à devenir intéressant quand tu as débarqué.

— Je ne doute pas que tu l'aies pensé. Le problème, c'est que je n'ai pas seulement vu lady Bartham, prête à fondre sur vous toutes griffes dehors. Mlle Pomfret avait visiblement envie de se débarrasser de toi. Et je sais qu'il est impossible de se débarrasser de toi tant que tu n'y es pas disposé. Hâter ton départ m'est donc apparu comme le meilleur moyen de regagner un peu de crédit.

— Un peu de crédit ! répéta Ashmont. Elle te décerne des points, à toi aussi ?

Blackwood le dévisagea.

— Je parlais de mon crédit auprès d'Alice, pour avoir porté secours à son amie. Que croyais-tu que je voulais dire ?

— Rien.

— Je vois, murmura Blackwood. Tu assisteras au gala de Ripley, demain soir ?

— Je ne manquerais cela pour rien au monde. Qui sait ? Je m'enfuirai peut-être avec sa femme.

— Voilà qui serait amusant. Je te recommande toutefois d'être discret. Ripley a l'intention, comme tu l'as sans doute deviné, d'établir sa duchesse dans la bonne société. Le mariage exige certains sacrifices et les amis doivent le comprendre. Tu t'en rends compte, je l'espère, mais nous allons devoir nous montrer irréprochables, tous les trois.

— Certainement. Je n'entretiens aucun grief. Je serais incapable de faire le moindre mal à Olympia.

Il était sincère. Elle lui avait sauvé la vie et avait toujours fait preuve de gentillesse envers lui. Et il s'était mal comporté le jour qui aurait dû être celui de leur mariage.

— J'ai entendu dire que Sa Majesté le duc de Sussex serait présent, reprit Blackwood. Il est sans doute dévoré de curiosité, comme tout le monde. Surtout si tu es censé être là – le marié abandonné. Tous ceux qui n'ont pas été invités sont furieux. On ne parle que de cela en ville.

Cette réception lui parut soudain moins attirante. Il serait sous haute surveillance et n'aurait pas droit à l'erreur, le moindre faux pas risquant de porter atteinte à la nouvelle duchesse.

Mais il avait des torts à réparer, et il devait au moins cela à lady Olympia.

Et puis, Mlle Pomfret serait peut-être là.

— Alice viendra-t-elle ? s'enquit-il.

— Oui. Elle est rentrée de son escapade, où que celle-ci ait pu la conduire. Elle a l'intention d'accompagner sa tante, lady Charles Ancaster – ce qui est infiniment préférable à m'accompagner, moi.

Il étudia un des piliers de l'église comme s'il s'efforçait de déchiffrer un message.

— Mlle Pomfret a été invitée, pour faire plaisir à Alice, ajouta-t-il. Cependant, même si lord deGriffith le permettait, ce qui est impensable, Mlle Pomfret déclinerait certainement.

Morris lui avait dit qu'elle n'assistait plus à ce genre d'événements mondains depuis des années.

Ashmont ne pouvait le lui reprocher. Lui aussi aurait préféré décliner. L'honneur lui imposait toutefois d'y assister afin de réparer ses torts, autant que faire se pouvait.

— Dommage, dit-il. J'espérais faire plus ample connaissance avec elle.

— Je ne te savais pas aussi avide de punitions.

— Elle n'est pas ennuyeuse, rétorqua Ashmont.

— C'est une façon de présenter les choses, concéda Blackwood. Allons chercher Morris avant qu'il ait des ennuis. Dans son état d'hébétude, il fait une proie idéale pour les pickpockets.

C'était parfois bien commode d'être Méduse. Cela évitait d'avoir à supporter les imbéciles. Et cela épargnerait à Cassandra bien des ennuis après la visite d'Ashmont à la fête de bienfaisance.

Tout le monde semblait persuadé que le duc n'était venu que pour déclencher un scandale, et que Méduse, en faisant peur au gamin, avait gâché sa farce. D'un point de vue général, Ashmont ne s'était attardé que pour mettre sa patience à l'épreuve.

Personne n'avait été surpris qu'il parte avec Blackwood – en quête de nouvelles activités plus excitantes, à coup sûr.

La mère de Cassandra ne s'était certes pas plainte. Quand lady Bartham avait tenté de semer le doute en elle, elle mit ses propos sur le compte de la jalousie, arguant qu'elle n'avait pas aussi bien vendu qu'elles. Elle était même allée jusqu'à retourner le couteau dans la plaie en demandant à lady Bartham si elle n'aurait pas quelques articles à leur céder.

La seule à ne pas accepter le point de vue général fut Alice. Tante Julia et elle vinrent dîner ce soir-là. Après le repas, quand les plus âgés se retirèrent au salon pour prendre le thé, Hyacinthe, Cassandra et Alice se réfugièrent dans le boudoir qui leur était réservé.

— Cela cache quelque chose, déclara Alice. Je le sens au picotement de mes pouces, comme disent les sorcières de *Macbeth*.

— À moins que tante Julia ne t'ait mis la puce à l'oreille, hasarda Cassandra.

— Pas du tout. Elle peut se montrer impénétrable quand elle veut.

— Elle a dit la même chose de toi.

Toutes deux savaient qu'elle faisait allusion à l'état du mariage d'Alice. Mais Hyacinthe était là et celle-ci ignorait le peu que savait sa sœur aînée.

Alice se contenta de sourire.

— Raconte-moi, dit-elle.

Cassandra lui raconta les événements survenus à Putney Heath et ensuite.

Quand elle évoqua le tableau qu'Ashmont avait offert à Keeffe, Alice haussa les sourcils. Elle avait les mêmes yeux verts que son frère, cependant comparé à la beauté brune et raffinée d'Alice, Ripley faisait figure d'ébauche mal dégrossie.

Rien de commun avec Sa Grâce au visage d'ange.

— Le cheval n'appartenait-il pas au père de lord Pershore ? s'enquit Alice.

Cassandra acquiesça. L'étalon de l'actuel lord Pershore était aussi célèbre que celui de son père, et Keeffe les tenait tous deux en haute estime.

— J'aurais aimé être une petite souris pour assister à cette négociation, avoua Alice. Pershore était le témoin de Ripley lors du duel, tu sais. Mais Ashmont n'est pas du genre à rester fâché longtemps et… Oh, mon Dieu ! s'exclama-t-elle.

Elle dévisagea son amie.

— Il cherche à plaire à Cassandra, intervint Hyacinthe. J'ai beau le lui dire, elle refuse de me croire.

Alice parut soudain pensive. Elle se remémorait sans doute tout ce que Cassandra venait de lui apprendre.

— Je comprends mieux pourquoi tu ne tiens pas à assister à la soirée de Ripley, dit-elle finalement.

— Navrée de te décevoir, mais il me déplaît d'assister à une soirée quand Hyacinthe ne le peut pas.

— Oh, Cassandra ! s'exclama sa sœur. Je me contenterai du récit de ce qui se sera passé. C'est aussi passionnant qu'un roman, je t'assure.

— Tout à fait, approuva Alice. Cassandra a toutefois de l'instinct. Ashmont a tendance à foncer tête baissée. Quand il s'était mis en tête de séduire Olympia, il a balayé tous les obstacles, et il a même réussi à lui arracher une promesse. Il peut se montrer extrêmement persuasif quand il veut obtenir quelque chose, et c'est là qu'il est le plus dangereux.

— Olympia n'en a pas moins réussi à s'enfuir, observa Cassandra.

Alice opina, songeuse.

— Ce qui soulève une question intéressante. S'il la désirait tellement, pourquoi ne s'est-il pas donné plus de mal pour la récupérer ?

— Il était tellement saoul qu'il tenait à peine debout. Tout le monde sait cela.

— Pourquoi était-il saoul le jour de son mariage ?

— Parce que c'est un imbécile ?

— Parce que, tout au fond de son cœur, il savait qu'il ne l'aimait pas, déclara Hyacinthe, qu'il avait fait une erreur et qu'il ne voulait pas l'épouser.

Cassandra et Alice la regardèrent sans mot dire.

— C'est possible, soutint Hyacinthe.

— Un réflexe éthique depuis longtemps enfoui aurait refait surface le temps d'une illumination ? traduisit Alice.

— Et cela s'est de nouveau produit, quand il a voulu réparer ses torts à Putney. Il a demandé à Cassandra de l'épouser.

— Je dirais plutôt qu'il me l'a ordonné, corrigea Cassandra.

— C'est un duc ! lui rappela sa sœur.

— Il n'était pas complètement sobre.

— Il l'était assez pour s'efforcer d'agir correctement, riposta Alice. Hyacinthe a peut-être raison sur ce point. Et toi aussi, tu as fait le bon choix. Demain soir, il doit réparer ses torts auprès d'Olympia et de Ripley afin d'assainir la situation. Ta présence ne ferait que le distraire et compliquer les choses.

Cassandra s'autorisa un soupir de soulagement.

— Je savais que tu comprendrais.

— Moi, je ne comprends pas, s'entêta Hyacinthe. Je donnerais tout pour être une petite souris à cette soirée.

— Je promets de tout vous raconter, dit Alice.

— Ce ne sera pas la même chose sans Cassandra.

— Ce ne sera pas la même chose, mais ce sera intéressant, j'en suis certaine, répliqua Alice.

La nuit de la Saint-Jean. La nuit la plus courte de l'année. Ashmont eut pourtant l'impression qu'il s'agissait de la plus longue.

Comme prévu, Mlle Pomfret n'était pas venue et il avait été obligé d'inviter tout un chapelet de femmes à danser. À commencer par son hôtesse, bien sûr. Il avait perdu l'habitude de ces soirées respectables, et il lui fallait avoir la tête froide afin de garder à l'esprit tout un tas de vieilles règles à demi oubliées. En d'autres termes, se saouler était hors de question.

Il réussit toutefois à s'en sortir. Le principal étant qu'Olympia et lui soient parvenus à régler les problèmes les plus importants. Après leur danse, elle avait rejoint Ripley, l'air soulagée, tandis qu'Ashmont passait à la partenaire suivante, se sachant pardonné.

Il dansa avec Alice, lady Charles et quelques autres matrones. Ces dernières étaient nettement plus nombreuses que les demoiselles, et aucune ne fut assez folle pour jouer les entremetteuses. Du reste, ces dames se montrèrent aussi prudentes avec lui qu'il l'était d'ordinaire avec elles, ce qu'il trouva plutôt amusant.

La soirée se passa sans incident, et le lendemain, peu après midi, son oncle lui rendit visite pour lui exprimer son approbation – un événement sans précédent.

— Tu as survécu à une soirée qui a dû te sembler affreusement ennuyeuse, déclara oncle Fred.

— Je ne sais pas si le mot *ennuyeux* est assez fort.

— Et pourtant, tu n'as commis aucun impair.

Ashmont scruta son oncle, d'ordinaire si prompt à relever la moindre faute. Les saints et les martyrs auraient eu du pain sur la planche s'ils avaient dû affronter une inspection de sa part.

— Tu es sûr ? demanda Ashmont.

Son oncle hocha la tête.

— Bien joué. Je pense que cela te sera de plus en plus facile avec le temps.

— Avec le temps ? Qu'entends-tu par là ?

— Tu viens d'accomplir le premier pas qui fera de toi un homme acceptable pour une jeune femme respectable. Ainsi que pour sa famille.

— Tu tiens vraiment à ce que je meure d'ennui ?

— La nouvelle se sera répandue dans tout Londres d'ici quelques jours. Ta farce de jeudi apparaîtra sous un jour nouveau. J'ai désespéré, sur le moment. Je m'autorise maintenant à penser que tu n'es pas une cause totalement perdue. C'est absurde, sans doute, mais tu es souvent absurde. Quoi qu'il en soit, je ne peux te reprocher d'avoir mauvais goût.

Parfois, oncle Fred était douloureusement direct. D'autres fois, il parlait par énigmes.

— Vous faites allusion à Mlle Pomfret ?

— À qui d'autre ?

— Qu'est-ce qui est absurde ?

— Ton apparente guérison miraculeuse s'agissant des événements de la semaine dernière.

Ashmont n'était pas guéri. Pardonné ou pas, il restait troublé par son duel avec Ripley. Sa conversation avec Olympia, quand ils avaient dansé ensemble, l'avait rendu honteux.

Il l'avait courtisée et avait fait son possible pour la conquérir. Il l'avait désirée, du moins l'avait-il cru, à présent cependant, il n'était plus du tout certain de savoir ce qu'il avait voulu. Une épouse. Parce que Blackwood en avait une et qu'il ne voulait pas être le dernier à se marier ? L'affaire se résumait-elle à cela ? Olympia s'était trouvée là. Jolie. Elle s'était montrée gentille avec lui et l'avait traité… comme un frère.

Pour autant, il ne s'était pas soucié de ce qu'elle voulait ni de ce qu'elle pensait vraiment.

S'il avait gagné, finalement, et si elle l'avait épousé…

Il l'aurait certainement rendue malheureuse.

Cette pensée lui déplut et il la refoula au fond de son esprit – un endroit déjà fort encombré.

Il n'avait pas plutôt remisé Olympia dans son débarras mental que Mlle Pomfret s'avança au premier rang de ses pensées – le regard ferme traversé, à l'occasion, d'éclairs argentés, la bouche tendre, la voix assurée…

la peau douce, l'odeur d'herbe fraîchement coupée, la robe modeste qu'elle portait, telle une armure, à cette fête de bienfaisance…

Cette pensée-là aussi était dérangeante, quoique fort différemment.

Il se rappela le moment où elle l'avait enjambé alors qu'il était à terre, ses jupes frôlant fugitivement son pantalon.

Il avait commis l'erreur de poser la main sur elle et elle avait failli le tuer.

Où avait-elle appris à se battre ainsi ?

Le point qu'elle lui avait accordé, grâce à Keeffe.

Tellement d'énigmes, tant de choses à découvrir à son sujet.

Son oncle interrompit le flot de ses pensées.

— Tu ferais peut-être bien de t'éloigner de Londres quelque temps.

— Maintenant ?

— Oui.

— Pour permettre aux autres de me damer le pion ? Je ne crois pas, non. De fait…

— Si un gentleman manifeste une once d'intérêt pour la dame, je te le ferai savoir. Dans l'intervalle, je te demande d'attendre quinze jours pour être absolument certain de vouloir poursuivre dans cette voie. Tu feras ainsi meilleure impression sur elle, et sur son père. Tu ne peux pas t'attendre que lady Charles se range de ton côté ; elle s'est déjà montrée plus indulgente que tu ne le mérites. Et son frère n'est pas très bien disposé à ton égard.

— Quinze jours, répéta Ashmont.

— Emmène Blackwood avec toi. Lui aussi aurait bien besoin d'un changement de décor.

7

Le samedi après-midi, tante Julia vint à la maison en compagnie d'Alice et invita ses nièces à aller chevaucher avec elles à Hyde Park.

Comme Cassandra le fit remarquer à sa mère, les interdictions de lord deGriffith ne s'étendaient pas aux promenades à cheval.

— Joignez-vous donc à nous, si vous craignez que je ne fasse pas un chaperon digne de ce nom, proposa tante Julia.

— Seigneur, non ! C'est le jour de mes sœurs.

Quand elle était à Londres, lady deGriffith retrouvait ses sœurs pour le thé chaque samedi après-midi, chacune jouant l'hôtesse à tour de rôle.

— Ah, j'avais oublié !

— C'est juste que Henry risque de ne pas aimer cela.

— J'en répondrai auprès de lui, répliqua tante Julia. Mais je sais que les filles veulent parler de la soirée d'hier, et il faut qu'elles prennent l'air. Règlement ou pas, Hyacinthe ne peut pas rester enfermée toute la journée. Elle n'est pas en prison pour autant que je sache, et je suis sûre que vous ne voulez pas prêter davantage le flanc aux commérages.

— Certes non. Lady Bartham a déjà bien assez de grain à moudre, comme je l'ai dit à Henry. Mais que faire ? Un homme se doit d'être maître chez lui, je le comprends fort bien, même si cela met mes nerfs à rude épreuve. Mais allez donc vous promener.

Cassandra et Hyacinthe ordonnèrent qu'on prépare leurs chevaux et filèrent se changer.

Comme promis, Alice leur fit le récit complet et détaillé de la soirée donnée par Ripley. Récit auquel tante Julia apporta son point de vue.

Les deux femmes reconnurent qu'Ashmont s'était très bien comporté et qu'il avait dû s'ennuyer à périr. Il n'y avait eu aucune farce. Aucune explosion. Aucune dame ne s'était trouvée mal et aucun gentleman ne l'avait provoqué en duel.

— Une réception effroyablement civilisée, résuma Alice. Mais qui ne manquait pas d'un certain piquant, car personne ne savait combien de temps Leurs Dis-Grâces parviendraient à contenir leur… exubérance naturelle. Les ducs se sont donné beaucoup de mal pour se montrer charmants, et j'ai trouvé cela d'autant plus délicieux qu'ils le faisaient pour lady Olympia.

— Et aussi pour eux-mêmes, intervint tante Julia. Ils sont loyaux, quand bien même ils tentent parfois de s'entre-tuer.

— J'admets que j'en ai été soulagée, avoua Alice. Il est évident que Ripley est follement épris d'Olympia et que ce sentiment est partagé.

— Pauvre Ashmont, murmura Hyacinthe.

— Ta compassion est superflue, déclara Alice. Il ne m'a pas donné l'impression d'avoir le cœur brisé. En fait, il paraissait soulagé quand il a raccompagné Olympia auprès de Ripley.

— Oh, ce n'est pas ce que je voulais dire ! Et même s'il est à présent follement épris de Cassandra…

— Je vais devoir résilier ton abonnement à la Bibliothèque des Romans d'amour, l'interrompit sa sœur. Ou t'infliger une dose massive de Mary Wollstonecraft.

Cassandra était d'avis que toutes les femmes devaient avoir lu *Défense des droits de la femme* avant leur majorité, et ensuite une fois par an.

— Je ne suis pas aveugle, rétorqua Hyacinthe. J'ai vu de quelle façon il te regardait. J'ai vu ses yeux briller lorsqu'il te parlait.

— Je ne suis pas aveugle non plus, dit tante Julia en regardant ostensiblement droit devant elle.

Les autres suivirent son regard. Un groupe de gentlemen dirigeaient leurs chevaux vers leur petit quatuor.

— Voilà qui risque de se révéler instructif.

— Ils ont repéré Hyacinthe, déclara Cassandra. Nous continuons d'avancer, tante Julia, ou souhaitez-vous des renforts ?

— J'espère ne jamais connaître le jour où je ne serai plus capable d'affronter un groupe de sémillants jeunes gens.

Une fois qu'elles eurent croisé le groupe de cavaliers, Alice lâcha :

— La punition qu'endure Hyacinthe m'attriste. Qu'as-tu l'intention de faire, Cassandra ?

— Pour l'instant, je ne peux rien faire. D'aussi loin que je me souvienne, mon père et moi avons toujours été à couteaux tirés. Il a établi cette règle stupide après l'affaire Owsley. Je suis sûre qu'il le regrette, à présent, il est hélas trop fier pour le reconnaître. Nous en sommes donc réduites à débusquer les exceptions à la règle – la fête de bienfaisance, une promenade au parc... Difficile, dans ces conditions, de rencontrer des jeunes gens. Une jeune fille a besoin d'aller au bal afin de comparer les offres du marché.

Alice s'esclaffa.

— Ta formulation est on ne peut plus juste. Ce n'est pas pour rien qu'on appelle cela le Marché du mariage.

— Ma sœur est un joyau qui doit être présenté dans un cadre élégant, déclara Cassandra. J'aurais aimé que tu voies comme elle étincelait à cette fête étouffante. Elle se contente d'être elle-même et les hommes tombent en pâmoison. Certes, ils ne voient que les apparences, et elle est belle, mais elle est tellement plus que cela.

— Tante Julia a promis de l'aider.

Les deux jeunes femmes jetèrent un coup d'œil par-dessus leur épaule. Les cavaliers entouraient à présent tante Julia et Hyacinthe.

— Intéressant, murmura Alice.

— N'est-ce pas ? C'est tellement injuste de la priver de la fin de sa saison. Papa est vraiment…

— Non, non, c'est juste que je viens de reconnaître lord Frederick Beckingham.

Cassandra plissa les yeux et le reconnut à son tour – il était bâti comme son neveu. Tous deux avaient le même port de tête et la même carrure.

— Je peux te garantir qu'il n'est pas là pour Hyacinthe, dit Alice.

Cassandra n'en aurait pas été surprise. Moins d'un mois plus tôt, la fille de dix-huit ans de Charles Manners-Sutton avait épousé un homme de presque cinquante ans. Un homme très riche.

— J'aurais aimé que tu les voies danser hier soir, souffla Alice. Je suis sûre qu'il y a quelque chose entre eux. Il m'est arrivé de surprendre quelques indices, mais quelle qu'elle soit, leur histoire est antérieure à notre naissance. En l'occurrence, on voyait pratiquement des étincelles crépiter autour d'eux.

Les cavaliers se dispersèrent et Hyacinthe revint vers elles, laissant le couple d'âge mûr derrière elle.

— Lord Frederick aurait-il fait peur à tes admirateurs ? s'enquit Alice quand elle les eut rejointes.

— Penses-tu ! À peine a-t-il agité le bout des doigts qu'ils se sont aussitôt égaillés. Je crois qu'il a le béguin pour tante Julia.

— Possible, reconnut Alice. À moins que ces deux courtisans aguerris ne soient occupés à comploter.

— Ou les deux.

Cassandra demeura silencieuse. Elle se souvenait d'un subtil et ducal geste de la main, et des effets que celui-ci avait eus sur les témoins de Putney Heath.

Épousez-moi.

Elle jeta un coup d'œil à sa sœur, puis au couple derrière elle.

Non, elle ne serait jamais à ce point désespérée.

Si Ashmont devait quitter Londres – et il était conscient que ce serait le plus sage, même si cela ne lui plaisait pas –, il avait tout intérêt à le faire rapidement. Il envoya un message à Blackwood, qui accepta de l'accompagner aussi promptement qu'avant d'être marié.

Dans l'impossibilité de faire ses adieux à Mlle Pomfret, il recourut à un intermédiaire. En compagnie de Blackwood, il se rendit chez lady Charles le dimanche, peu après son retour de l'église. Elle occupait Chelsfield House, la résidence londonienne de ses parents, sa propre demeure étant en travaux pour encore un bon mois.

— Le personnel que j'ai laissé à Camberley Place est réduit à sa plus simple expression, dit-elle. Vous voudrez peut-être vous y arrêter pour pêcher. Si je me souviens bien, vous n'avez jamais eu besoin d'une armée de domestiques. Même Ripley, qui est soucieux de son confort, était content de vivre « à la dure » dans le pavillon de pêche. Plus que content même. Aucun de vous n'avait jamais envie de repartir.

Ashmont et Blackwood échangèrent un regard. Ils avaient eu l'intention d'aller aux courses de Stockbridge, avant d'assister à d'autres courses programmées en juillet.

Mais Camberley Place… le merveilleux pavillon de pêche où ils se réfugiaient, enfants, puis jeunes adultes… l'atmosphère de cet endroit, chargé de tant de souvenirs heureux.

— Dois-je comprendre que nous sommes toujours les bienvenus ? risqua Blackwood.

— Vous y serez tranquilles. Je me suis dit que vous apprécieriez de jouir d'un peu de calme.

— Pour réfléchir à nos péchés, hasarda Blackwood avec un petit sourire.

— Pêcher est bon pour l'âme, disait mon mari. Il a pêché jusqu'à la fin de ses jours. Je suis sûre qu'il vous le conseillerait.

Cela régla la question.

Les deux ducs la remercièrent et prirent congé peu après.

Camberley place,
mercredi 26

Chère mademoiselle Pomfret,

Blackwood et moi-même avons pris nos quartiers d'été dans notre retraite préférée, que lady Charles a fort obligeamment consenti à nous prêter pour que nous y réfléchissions en paix. Elle semble croire que nous en sommes capables, bien que Blackwood prétende que toute tentative en ce sens de ma part risque de me déséquilibrer. Il me surveille avec attention, guettant le moindre signe de fièvre. Elle nous a conseillé de pêcher et nous avons évidemment suivi son conseil.

Nous nous sommes installés dans le pavillon de pêche en compagnie de Sommers. Le pauvre pleure beaucoup, quoique un peu moins aujourd'hui qu'hier. Cela ne ressemble pas à ce qu'il avait imaginé. Les conditions de vie sont assez spartiates, comme vous vous en souvenez sans doute. Il s'attendait à un grand temple de pêche semblable à celui dont je dispose à Selston Hall. Il se révèle cependant aussi habile à écailler le poisson qu'il l'est dans toutes ses autres fonctions domestiques. Il a le coup de main, pour me raser – vous devez vous demander comment il a pu résister à la tentation de me trancher la gorge. J'ai l'impression de vous l'entendre dire, en fait.

Nous avions l'intention d'aller aux courses de Stockbridge, cette semaine, or, à notre grande surprise, nous avons découvert que le calme nous plaisait. Celui qui règne ici, du moins. Cet endroit a toujours eu un charme particulier. Lord Charles n'est plus parmi nous et lady Charles est à Londres, pourtant l'atmosphère demeure. S'il pleut, notre humeur changera certainement. Par beau temps, c'est parfait, toutefois, si nous devions rester enfermés plus d'une journée, de violentes disputes ne manqueraient pas d'éclater. Les domestiques de Camberley nous apportent à manger et veillent sur nous, vérifiant discrètement au passage que nous ne saccageons pas le mobilier. Mais nous sommes très sages, pour le moment, en tout cas.

J'ai écrit à Keeffe, mais dans la mesure où il a du mal à tenir une plume, comme vous me l'avez expliqué, peut-être aurez-vous la bonté de me dire comment il récupère. Je lui souhaite un prompt rétablissement.

Sincèrement vôtre,
A.

Cassandra leva les yeux de la lettre.

Elle rendait visite à Keeffe au moins une fois par jour. Grand-papa Chelsfield, qui l'avait engagé, payait pour tout. Il avait veillé à ce que le logement qu'il occupait au-dessus des écuries soit spacieux et bien entretenu, plus digne de recevoir un ancien grand jockey qu'un cocher ou même un maître palefrenier.

Keeffe avait fièrement accroché le tableau à la place d'honneur, au-dessus de la cheminée.

— Le duc vous corrompt, déclara Cassandra.

— Comme si vous ne m'aviez pas utilisé pour lui adresser une lettre. Ça m'ennuie de le dire, mais c'est vous, mademoiselle, qui m'avez montré le mauvais exemple.

— Vous m'avez demandé d'écrire ladite lettre.

— La douleur me faisait délirer, sinon j'aurais réalisé que ce n'était pas convenable.

— Vous étiez tout à fait lucide, et je regrette juste de ne pas l'avoir été autant que vous. J'ai commis une erreur de jugement qu'il a prise pour un encouragement.

Une grave erreur de jugement. Accorder un point à Ashmont était une des choses les plus idiotes qu'elle ait jamais faites, or elle en avait un certain nombre à son actif. Elle savait parfaitement qu'il était incapable de résister à un défi. C'était comme si elle l'avait invité à en décrocher davantage.

— Que dit Sa Grâce ? Ou est-ce trop précieux pour être partagé ?

— Je ne qualifierais pas cela de *précieux*, répondit-elle avant de lire la lettre à voix haute.

— La pêche, dit Keeffe. De quoi le tenir à l'écart des ennuis.

— Se tenir à l'écart des ennuis l'ennuie vite.

— Peut-être. Ou peut-être pas. Mais au point où nous en sommes, peut-être auriez-vous la bonté de lui écrire une réponse de ma part.

deGriffith House,
jeudi 27

Cher duc,

Keeffe me charge de vous faire savoir qu'il est complètement remis. Hélas, personne ne veut le croire, il se retrouve donc littéralement prisonnier de charlatans et de femmes dévorées d'inquiétude. La vérité, c'est qu'il se rétablit comme prévu, que personne ne l'a enfermé ni enchaîné à son lit – bien que j'aie envisagé de telles mesures plus d'une fois, car il ne sait pas ce que signifie « se reposer ». « Aucun effort » pourrait aussi bien être une formule en sanscrit, pour ce qu'il en comprend. Vendredi, lord Pershore a eu la bonté de nous envoyer son propre chirurgien, et ce M. Williams a fait écho aux recommandations de M. Greenslade.

Keeffe a accroché votre tableau à la place d'honneur au-dessus de la cheminée.

Il me charge également de vous dire qu'il n'a jamais appris à pêcher, en dehors de la pêche à pied quand il était enfant, sans grands résultats.

Sincèrement,
Cassandra Pomfret

P.-S. : Ne m'écrivez plus.

deGriffith House,
samedi 29

Cher duc,

Je suis désolée d'interrompre votre partie de pêche ou de plaisir ou de je ne sais quoi, et je ne le ferais pas, croyez-moi, si j'avais le choix. Pour l'heure, n'en ayant pas, et sur les conseils de Keeffe, je me vois dans l'obligation de recourir à vos services.

Il me faut un ruffian. Keeffe tient habituellement ce rôle à mon club, quand nous nous intéressons aux moyens de se défendre des dames. Malheureusement, et par votre faute, Keeffe est hors de combat. Il semble toutefois persuadé que vous seriez parfait pour le remplacer dans le rôle du dangereux agresseur.

Ashmont et Blackwood se reposaient sous un arbre, au bord de l'eau, quand la lettre avait été apportée. Par coursier express.

Le cœur d'Ashmont, qui s'était mis à battre follement à la vue de l'écriture familière, peina à retrouver son rythme habituel. Le post-scriptum de sa précédente lettre l'avait abattu. Il avait cependant maintenu un vernis d'insouciance pour le bénéfice de Blackwood.

— Elle a besoin de moi, annonça-t-il.

Blackwood garda les yeux rivés sur la page d'un exemplaire fatigué du *Défense des droits de la femme* de Mary Wollstonecraft qu'il avait déniché dans le pavillon de pêche.

— J'en doute énormément – qui qu'elle puisse être.

Comme s'il pouvait en exister une autre !

— Mlle Pomfret. Il lui faut un ruffian pour son club.

— Ah, déclara sobrement Blackwood en reposant son livre.

— Un club d'assassins selon toi ?

— J'imagine qu'elle fait allusion à la Société Andromède. Un club pour dames à visée caritative. Ses membres portent secours aux Andromède si j'ai bien compris. En référence au mythe.

— En référence au...

Ashmont contempla les nuages et se rappela une nuit étoilée. Il avait failli trébucher sur elle dans l'obscurité. Une toute jeune fille aussi menue qu'un elfe. Elle se tenait près du pavillon de pêche, les yeux fixés sur les étoiles, et pivotait sur elle-même.

— Vous allez avoir la tête qui tourne et vous allez tomber dans la rivière, l'avait-il avertie.

— Je suis sortie en cachette, avait-elle répondu en s'immobilisant si abruptement qu'elle avait vacillé. Ne le répétez pas.

— Je ne suis pas un rapporteur.

— Vous êtes venu ici pour tourner sur vous-même, vous aussi ? C'est amusant.

Il avait oublié quelque chose dans le pavillon de pêche, un gant, un livre – il ne se souvenait plus. Mais sur une impulsion, peut-être parce qu'elle avait désobéi ou qu'il l'avait trouvée drôle, il avait improvisé une réponse plus séduisante.

— Je suis venu trouver des histoires dans les étoiles.

Andromède était une de celles qu'il lui avait désignées. Il lui avait raconté comment la princesse Andromède avait été enchaînée à un rocher, offerte en sacrifice à un monstre marin et comment Persée avait tué le monstre et l'avait délivrée.

Une nurse était arrivée peu après pour ramener l'elfe à la maison, et le lendemain, Blackwood, Ripley et lui étaient retournés à Eton.

C'était cette même fille qu'il avait revue l'année suivante à la lumière du jour, qui avait courageusement affronté Godfrey Wills. Et c'était pour cela qu'elle lui avait semblé familière. Sa façon de se tenir, de se comporter, fière et forte, comme si elle était beaucoup plus grande qu'elle n'était vraiment. Il se souvenait aussi de sa voix, une version juvénile de la voix pleine d'assurance qu'elle avait aujourd'hui.

Curieux, la façon dont les visages se brouillent, se mélangent avec d'autres ou disparaissent de la mémoire, alors qu'une voix résonne clairement, même des années plus tard.

— Andromède, répéta Blackwood. Tu te souviens du mythe ?

— Oui. Mon esprit divaguait.

— Se comporte-t-il jamais autrement ?

Ashmont revint pleinement au présent. Le doux murmure de la rivière. La sérénité. La simplicité des lieux.

— Un club à visée caritative, disais-tu.

— Oui. Selon Alice, le club vient en aide aux femmes qui ont besoin d'être défendues contre « les dragons de la pauvreté et de l'ignorance ».

Ashmont reprit la lecture de sa lettre.

Mon club se réunira vendredi prochain à 14 heures au stade Baron de Bérenger à Chelsea. L'assemblée générale durera environ une heure. Nous y parlons généralement de l'asservissement des femmes, des projets de lois parlementaires relevant de notre mission, des lettres à adresser aux journaux et de l'avancée des projets en cours. Vous trouverez cela mortellement ennuyeux. Les démonstrations pratiques viennent ensuite et durent environ une demi-heure. C'est là que j'aurai besoin de vos services.

Les membres du club sont toutes des femmes matures. Je suis la plus jeune et j'y ai été admise car ma grand-mère, lady Chelsfield, en est une des fondatrices et que je dispose de certains talents utiles, grâce à elle et à Keeffe. Les dames seront entièrement vêtues et possèdent toutes un solide bagage intellectuel. Si vous trouvez cette perspective trop morne, trop intimidante ou trop contrariante en regard de vos projets, et que vous n'avez aucun désir de vous rendre utile – alors que vous avez blessé mon palefrenier et endommagé ma voiture, me privant ainsi d'activités auxquelles je prends plaisir –, ayez la bonté de me le faire savoir par retour de courrier. Keeffe a pensé à vous d'emblée, mais je ne doute pas qu'il saura me recommander quelqu'un d'autre au cas où vous déclineriez.

Sincèrement vôtre,
Cassandra Pomfret

Camberley Place,
samedi 29

Partirai demain à la première heure. Passerai vous chercher à 13 heures vendredi prochain. Je m'occupe de tout. Je m'arrangerai avec lady Charles pour le chaperonnage.

A.

Salon de deGriffith House, mardi 2 juillet

— Tu as perdu l'esprit, Julia ? s'exclama lord deGriffith. Ashmont n'est plus admis nulle part. Le roi lui-même ne veut plus le recevoir.

— Enfin, Henry, je reviens du Surrey, pas de Sibérie, répliqua sa sœur. Je suis au courant. Il n'y a pas trois semaines, quand il est venu chez moi, je lui ai passé un savon. Il n'en demeure pas moins qu'il est duc, et qu'il semble s'être épris de Cassandra.

— Épris de Cassandra ? Depuis quand ?

— Voyons, vous le savez bien, mon cher, intervint son épouse. Lady Bartham l'a laissé entendre. Elle clamait partout qu'il s'était longtemps attardé sur notre stand afin de flirter avec Cassandra.

Lord deGriffith interrogea Cassandra du regard. Celle-ci haussa les épaules.

— Je n'ai pas eu l'impression qu'il flirtait. Cela étant, je ne suis pas experte en ce domaine.

— Pour quelle autre raison lui aurait-il infligé la présence de ce gamin crasseux ? dit tante Julia. C'est le genre de choses que font les petits garçons. Ils offrent des araignées mortes, des souris et toutes sortes d'objets dégoûtants aux petites filles qui leur plaisent. Ils leur tirent les cheveux. Une fois adultes, ils recourent au ridicule et aux insultes pour exprimer leur affection. Aux disputes aussi. D'ailleurs, à ce sujet, on m'a rapporté qu'il s'était offensé d'une remarque faite au sujet de Cassandra.

Rien de tout cela n'était faux. Le duc d'Ashmont semblait épris de Cassandra, pour des raisons sans doute aussi incompréhensibles qu'éphémères. Et il s'était effectivement offensé – mais il réagissait ainsi à la moindre provocation. Cassandra se sentit toutefois très mal à l'aise et regretta de ne pas avoir réfléchi davantage à la suggestion de Keeffe s'agissant de son remplaçant.

Alice aurait pu faire l'affaire si elle n'avait quitté la ville, laissant Cassandra pester sur un nouvel aspect de sa vie qu'Ashmont avait endommagé. Non seulement elle ne pouvait plus voyager aussi librement qu'avant, mais elle ne pouvait plus honorer les promesses faites à des dames qui comptaient sur elle et qui l'avaient aidée à faire quelque chose d'utile de son temps.

Il lui avait semblé juste que le responsable de cet état de fait interrompe ses loisirs pour remédier à la situation. Elle réalisait à présent qu'elle avait peut-être agi un peu vite et commis une nouvelle erreur de jugement. Comme pour ajouter à son inconfort, une petite voix irritante ne cessait de lui répéter qu'elle n'était pas vraiment différente de lui à cet égard.

Je suis scandaleux. Vous êtes scandaleuse.

— Il est toujours prêt à en découdre, commenta le père de Cassandra. Je ne laisserai pas ce débauché approcher ma fille.

— Je crois Cassandra de taille à l'affronter.

— Si les circonstances l'exigeaient, elle serait capable de l'assommer, assura lord deGriffith. Je crois que c'est même ce qu'elle préférerait faire.

Il se tourna vers sa fille.

— Qu'as-tu à dire pour ta défense ? Que tu es éprise du beau Lucius peut-être ?

— Il semble que je doive trouver un époux si je ne veux pas que Hyacinthe reste vieille fille.

— Si tu crois me faire changer d'avis en me lançant cet imbécile à la figure, je te conseille d'y réfléchir à deux fois.

— Je préférerais vous lancer quelqu'un d'autre, papa, mais il semble que le duc d'Ashmont soit le seul qui ne s'enfuie pas à toutes jambes dès qu'il me voit.

— Tu exagères. Si tu assistais aux soirées et cessais de jouer les viragos, tu aurais des tas d'admirateurs.

— Quoi qu'il en soit, Ashmont est venu me trouver, intervint tante Julia. Cassandra a accepté qu'il la conduise à sa réunion. Je les accompagnerai. Le stade est à un peu moins de cinq kilomètres d'ici ; entre l'aller et le retour, elle aura le temps de découvrir si sa compagnie lui est désagréable. Le cas échéant, nous nous en tiendrons là. Dans le cas contraire, nous verrons ce que nous verrons. Car dès que cela se saura, il est plus que probable que l'intrépidité d'Ashmont aiguise l'esprit de compétition d'autres gentlemen.

Lord deGriffith réfléchit, son regard passant de tante Julia à Cassandra avant de se poser sur son épouse.

— Très bien, déclara-t-il. Mais au moindre soupçon d'inconvenance, je le tue.

— De cela, je ne doute pas un instant, papa, dit Cassandra. Et quand bien même vous lui tireriez une balle dans la tête à une table de jeu devant quarante témoins tout le monde serait prêt à jurer sous serment qu'il s'agissait d'un accident.

Vendredi 5 juillet

Le duc d'Ashmont arriva à deGriffith House dans un rutilant cabriolet noir couvert, tiré par un immense étalon noir et doté d'un laquais minuscule – encore plus petit que Keeffe.

Lord deGriffith, qui observait la scène depuis une fenêtre du premier étage, grommela :

— En gants de chevreau d'un blanc immaculé, s'il vous plaît. Et les poignets de chemise repliés sur les manches du manteau, tel un vrai dandy.

Les dames se tenaient près de lui.

Le cabriolet emplit Cassandra d'envie. Elle tâcha de se persuader que c'était pour cela qu'elle avait soudain si chaud et le souffle court tandis qu'Ashmont en descendait avec une aisance athlétique. Vêtu d'un manteau noir impeccablement coupé, d'un pantalon blanc, d'une lavallière assortie et coiffé d'un chapeau fauve, l'homme qui gravit le perron n'avait rien de commun avec celui qu'elle avait rencontré à Putney Heath.

Son père eut beau grommeler, il n'enferma pas Cassandra dans sa chambre et ne lança pas de chaises sur le duc depuis le balcon. Quand Ashmont pénétra dans le salon, nimbé de son charme sulfureux, lord deGriffith se montra d'une politesse glaciale.

Cassandra, elle, ne se sentait pas aussi glaciale qu'elle l'aurait souhaité.

Elle avait l'impression d'avoir franchi un pont sans s'en être rendu compte.

Elle songea que c'était absurde.

Ashmont s'efforçait de faire bonne impression, mais cela ne durerait pas.

Ce n'étaient pas quelques jours à Camberley Place qui risquaient de le métamorphoser.

Il salua les deGriffith et tante Julia, plaisanta avec Hyacinthe sur le fait qu'elle avait à elle seule réussi à sauver tous les réfugiés étrangers à la fête de bienfaisance. Après quoi, il s'avança vers Cassandra.

— Mademoiselle Pomfret.

— Duc.

— Quelle belle journée pour notre petit voyage.

Il baissa les yeux sur le robuste parapluie vert qu'elle tenait à la main et une lueur amusée dansa dans son regard d'azur.

— Nul n'est cependant à l'abri des caprices du vent, ajouta-t-il.

— En effet, dit lord deGriffith. Quel que soit le sens dans lequel il soufflera, je compte sur vous pour escorter ces dames jusqu'à Chelsea et veiller à ce qu'elles reviennent ici sans encombre.

La suite implicite de cette déclaration était : « Ou vous connaîtrez une mort douloureuse. » Si Ashmont la devina, il n'en laissa rien paraître. Quelques instants plus tard, Cassandra se retrouvait sur le trottoir devant l'éblouissant équipage.

Ashmont lui prit la main pour l'aider à grimper dans le véhicule... et la garda un peu trop longtemps.

— Ne faites pas cela, souffla-t-elle. Mon père est à la fenêtre, guettant le moindre prétexte pour vous lancer des briques sur la tête.

— Ne vous inquiétez pas pour ma tête.

— Votre tête est bien la dernière chose dont je ne m'inquiéterais jamais.

— Je sais ce que je fais. Il sait pourquoi je suis ici, et je me comporte en gentleman, que je sois ou non épié par un père protecteur.

— Vous êtes ici en tant que substitut de Keeffe, lui rappela-t-elle.

— Cela aussi.

— Cela *uniquement*, rectifia-t-elle quand il se décida finalement à lui lâcher la main et qu'elle prit place sur la banquette, les nerfs en pelote.

Des nerfs qui n'eurent pas le temps de se calmer avant qu'il se retrouve assis près d'elle, le fouet et les rênes dans ses mains gantées de blanc. Cassandra prit alors pleinement conscience, jusqu'à la pointe des orteils et avec une étrange sensation au creux de l'estomac, de l'étroitesse de la banquette.

Contrairement au siège d'un phaéton demi-mail, celui de l'élégant cabriolet semblait conçu pour un homme de sa taille, escorté d'une femme moitié moins épaisse que Cassandra. Le côté droit de son corps se retrouvait pressé contre le flanc gauche du duc.

Sa chaleur transperçait toutes les couches de vêtements qui les séparaient... non que les hommes en portent autant que les femmes... et tenter d'imaginer ce qu'il portait ou ne portait pas sous ses vêtements n'était pas très intelligent.

Vêtue d'une superbe robe d'équitation verte à corsage blanc et coiffée d'un chapeau à voilette, tante

Julia passa à cheval près d'eux pour donner le signal du départ à Ashmont.

C'était la même jeune fille, songea Ashmont, émerveillé.

Celle qui tournait sur elle-même jusqu'à en avoir le vertige, les yeux rivés sur les étoiles. La petite rebelle qui refusait de se laisser ridiculiser. La même, devenue femme.

Pas une créature elfique, mais une Boadicée, vêtue d'une robe verte toute simple. Une pèlerine de dentelle blanche, fermée par des rubans violets, lui couvrait les épaules. Quelques rubans assortis ornaient le chapeau blanc perché sur sa chevelure rousse.

Dans le fantasme d'Ashmont, l'absurde parapluie dont elle avait jugé bon de s'équiper était une épée, un accessoire plus digne de Boadicée la guerrière.

Pendant un moment, il ne put que savourer la sensation d'un corps féminin voluptueusement pressé contre le sien. Il devait cependant se concentrer sur sa conduite tant qu'il n'aurait pas réussi à s'extraire des encombrements.

Nestor, l'étalon noir, était assez discipliné, le diriger ne demandait donc pas beaucoup d'efforts. La partie la plus intéressante consistait à se frayer un chemin parmi les carrosses, diligences, omnibus, charrettes, chariots, cavaliers, piétons, chiens errants et enfants, sans compter parfois du bétail en tous genres. Tout cela pouvait, à tout moment, provoquer un incident inattendu.

Ashmont avait conscience que Mlle Pomfret voyait ce qu'il voyait, anticipait ses réactions et retenait parfois son souffle. Il avait cependant appris à conduire auprès de maîtres stricts qui lui avaient enseigné à se soucier des créatures trop insouciantes, ne serait-ce que pour sa propre sécurité. Il souhaitait, en outre, acquérir cinq mille neuf cent quatre-vingt-dix-neuf nouveaux points, et provoquer un nouvel accident n'était pas la meilleure façon d'y parvenir.

Ils franchirent bientôt le carrefour de Hyde Park et abordèrent Grosvenor Place. Quand ils s'engagèrent sur King's Road, lady Charles leur adressa un petit signe de la main en les dépassant et demeura à une courte distance devant eux.

— Je ferai de mon mieux pour ne pas nous faire verser, dit-il à Mlle Pomfret, qu'il sentait tendue.

— C'est le cadet de mes soucis, assura-t-elle. Vous conduisez plutôt bien.

— Suffisamment bien ?

— Ma tante ne chevaucherait pas devant si elle craignait pour ma sécurité.

— Elle souhaite nous laisser le temps de parler, je suppose. Je suis dévoré de curiosité à propos de votre club et de ce que je suis censé y faire. J'aurais peut-être dû vous demander si je devais apporter un masque.

— Vous n'allez pas jouer les bandits de grand chemin, mais un ruffian. C'est important, sinon je n'aurais pas été obligée de solliciter votre aide.

Elle lui expliqua ensuite que les membres de son club venaient en aide aux familles de prisonniers pour dettes. Elles enseignaient la lecture, l'écriture et le calcul ; la couture, le tricot et les travaux d'aiguille ; les principes d'hygiène et de puériculture de base. En résumé, elles faisaient leur possible pour tenir les femmes loin des manufactures et du trottoir.

— Notre activité n'attire pas l'attention, dit-elle. Pas de fêtes de bienfaisance. Pas de location de grandes salles de concerts. Pas d'apparition de la famille royale. Nous intervenons dans des lieux souvent insalubres et parfois dangereux.

— Pas dans les bas-fonds tout de même ?

Lui-même évitait certains quartiers de Londres. Prendre des risques était une chose, chercher sciemment à se faire égorger en était une tout autre.

— Cela peut arriver. Keeffe rend cela possible. C'est le monde dans lequel il a grandi. Il sait comment parler aux gens et éviter les ennuis.

Ashmont dut paraître sceptique, car elle jugea bon d'ajouter :

— Il est handicapé, pas incapable.

— Je le crois remarquablement robuste, pour avoir survécu à cet accident.

— Il a trouvé des façons de compenser ce qu'il a perdu et n'a jamais oublié les techniques de survie qu'il a apprises en grandissant. Il m'a enseigné tant de choses. Et nous transmettons son enseignement à des femmes qui le transmettront à leur tour à d'autres. C'est de cela qu'il s'agit. Et c'est pour cela que j'ai fait appel à vous.

— Pour jouer un ruffian, avez-vous dit.

— Nous avions promis une démonstration qui est très attendue. Mme Roake, qui a fondé ce club avec ma grand-mère, nous a rendu visite samedi dernier. Elle a pris des nouvelles de Keeffe et s'est demandé ce que nous pourrions faire à la place de la démonstration. Je ne supporterais pas de les décevoir. Ces dames ont tant fait pour moi. Elles m'ont aidée à employer mon intelligence et mes talents à quelque chose qui en vaut la peine.

« Elle fait pleurer les hommes », avait dit Morris, et Ashmont avait cru qu'il faisait allusion à son franc-parler, qui devait en avoir blessé plus d'un. Il avait, quant à lui, le cuir épais et appréciait sa façon de jouer cartes sur table. Au moins savait-on à quoi s'en tenir.

Ce qu'il ressentait était entièrement différent – il n'était pas blessé, non, c'était autre chose. Une sensation étrange, une sorte de contraction de la gorge, comme si quelqu'un cherchait à l'étrangler.

Elles m'ont aidée à employer mon intelligence et mes compétences à quelque chose qui en vaut la peine.

Il se souvint de ce qu'elle avait écrit. Il s'en souvint d'autant plus aisément qu'il avait relu sa lettre jusqu'à la connaître par cœur.

... me privant ainsi d'activités auxquelles je prends plaisir.

Il avait blessé son palefrenier et abîmé sa voiture, effrayé sa femme de chambre au point de lui faire prendre la fuite et gâché tout ce qui était important pour elle – la petite fille qui tournoyait sous les étoiles telle une nymphe sylvestre.

Cinq mille neuf cent quatre-vingt-dix-neuf points. Pour apparaître comme un être humain *tolérable*.

Pour l'heure, il en était à se demander si dix mille points suffiraient.

8

Le Stadium, ou British National Arena, Chelsea. Peu après

— Un choix intéressant pour votre club de dames, commenta Ashmont. Plutôt excentré.

Mlle Pomfret et lui se dirigeaient vers ce qui avait été autrefois l'hôtel particulier de lord Cremorne.

— Ce n'est qu'à trois kilomètres de Piccadilly, observa-t-elle. C'est plus commode pour celles qui ne résident pas en ville. Pour les autres, c'est l'occasion d'une plaisante escapade à la campagne.

Quelques années auparavant, le baron de Bérenger avait acheté cette propriété connue sous le nom de Chelsea Farm et en avait fait un mélange attrayant d'espaces de loisirs auxquels s'ajoutait un stade.

Lady Charles avait profité de son avance pour faire le tour des lieux, où elle n'était pas revenue depuis que Bérenger en avait fait l'acquisition. Avant de prendre congé, elle avait rappelé à Ashmont qu'elle comptait sur lui pour se comporter convenablement.

C'était placer sa confiance de façon bien hasardeuse, vu les tentations. Mlle Pomfret avait peut-être réussi à étouffer sa bonne humeur, la tentation n'en demeurait pas moins.

Elle était jolie, vive et bien faite, et l'avoir pratiquement tenue assise sur ses genoux ne l'avait pas incité à la modération. Prendre le cabriolet avait été une idée de génie, et pas seulement à cause de sa banquette qui favorisait l'intimité.

Il avait vu la lueur d'excitation dans ses yeux et le rose qui lui était monté aux joues quand ils étaient sortis de chez son père – et c'était le cabriolet, et non lui, qu'elle contemplait à ce moment-là. Mlle Pomfret aimait manier le fouet et s'y employait fort bien, pour autant qu'il ait pu en juger à travers le brouillard d'alcool et de terreur ce fameux matin à Putney Heath. L'intérêt qu'elle portait à la conduite hippomobile était si puissant qu'elle avait été incapable de cacher son envie.

Elle consulta la montre élégante qui pendait à sa taille tandis qu'il considérait son chapeau de paille, qu'il rêvait de lui ôter. Il se la rappela tête nue, à l'auberge. Il s'imagina retirant une à une les épingles de son chignon, sa chevelure se répandant sur ses épaules nues.

Patience. Il pouvait être patient. N'était-il pas devenu pêcheur récemment ?

— Nous sommes à l'heure, dit-elle. Comme je vous l'ai dit, la première partie de la réunion sera consacrée aux discussions. Je n'aurai pas besoin de vous avant 15 heures. D'ici là, je suis sûre que vous trouverez de quoi vous occuper.

— Je n'assiste pas à la réunion ?

— Votre présence ne sera pas nécessaire avant la démonstration pratique. Ce qui précède est assez ennuyeux, croyez-moi. Mais il y a de quoi faire ici. Il y a une aire de tir aux pigeons et un manège où les messieurs tranchent la tête d'ennemis imaginaires. Cricket. Golf. Palet.

— Oui, je sais. Je suis déjà venu. Mais je suis intéressé par votre club.

Elle le gratifia de son regard de Méduse.

— C'est ridicule. Je me rends certes compte que le Stadium n'est pas l'endroit le plus excitant qui soit. Pas de femmes contorsionnistes, pas d'explosions ni de risques d'explosions, les seuls risques ici se limitant à tomber de cheval ou à recevoir une flèche dans la nuque ou…

— Se noyer. Il y a une école de natation. On vous place dans un harnais et on vous plonge dans un petit lac artificiel.

Elle regarda le ciel.

— Savez-vous qu'il m'arrive de faire un rêve merveilleux dans lequel je vous plonge et vous replonge dans un lac. Très profond. Rempli de crocodiles. Et de requins.

— Je ne pense pas que les requins vivent dans des…

— Je vois, le coupa-t-elle en le fusillant à nouveau de son impitoyable regard. Vous avez décidé de jouer les tiques.

— Vous avez éveillé ma curiosité. Que fait Keeffe pendant la partie prétendument ennuyeuse ? Tir aux pigeons ? Palet ?

— Il nous donne des conseils tactiques.

— Je peux faire cela. Les farces, ce genre de choses, nécessitent préparation et organisation. Il faut prévoir comment se sortir des difficultés sans se faire attaquer par des femmes hurlantes ou des citadins en colère.

Elle considéra son parapluie d'un air songeur.

— J'avais l'intention de vous interroger à ce sujet, reprit-il. Le soleil brille. Rien ne semble annoncer la pluie. Pourquoi vous êtes-vous munie d'un parapluie ?

— C'est un… accessoire.

— Pour un crime ?

— Cela se pourrait bien. Sous peu.

En réponse, il la gratifia de son plus beau sourire.

Ce ne fut pas son sourire qui la dérangea, même si celui-ci plissait le coin de ses yeux et en intensifiait le bleu au point de lui faire palpiter le cœur et de lui donner envie de lui sourire en retour.

S'il ne s'était agi que de cela, elle aurait pu le supporter. Elle savait que cela ne signifiait rien. Ashmont souriait parce qu'il ne pouvait pas s'en empêcher, tout simplement.

Le problème, c'était qu'il allait venir à la réunion quoi qu'elle dise. Quand le duc d'Ashmont voulait entrer quelque part, il entrait. Elle ne voulait pas le voir jaillir par une porte ou par une fenêtre, ni surgir de derrière un rideau.

Ils avaient atteint l'ancien hôtel particulier. Un valet leur ouvrit.

— Très bien, dit-elle, mais si l'ennui vous donne soudain envie de sauter par la fenêtre, je vous saurais gré de vous retenir. Nous avons des affaires importantes à traiter et notre temps est limité. Les interruptions ne sont pas les bienvenues.

— Pas d'interruption, je vous le promets.

— J'aurai d'autres règles à votre intention. Si vous en brisez une seule, je me chargerai personnellement de vous tuer. Et personne ne s'en souciera. De fait, ces dames m'aideront à dissimuler votre cadavre.

Lady Charles chevaucha jusqu'à l'aire équestre où le baron de Bérenger avait fait aménager un manège. Elle admira les gentlemen qui faisaient la démonstration de leur talent et de leur élégance. Elle admira également leurs physiques virils.

Lady Charles avait porté le deuil de son époux pendant trois ans, un fait qui l'aurait elle-même choquée étant plus jeune. Elle ne s'était pas mariée par amour. Elle s'était mariée parce que lord Charles vénérait le sol qu'elle foulait, parce que, de tous les jeunes gens qui la courtisaient, il était le meilleur parti... et parce que le gentleman qu'elle croyait aimer à dix-huit ans l'ignorait complètement. Elle s'était mariée, persuadée que, son cœur étant brisé, peu importait celui qu'elle épouserait. La suite avait prouvé qu'elle s'était trompée, et qu'elle avait eu beaucoup de chance.

Mais lord Charles était parti depuis trois ans, et il aurait été chagriné d'apprendre qu'elle avait porté le deuil aussi longtemps. Ses récentes entrevues avec les trois jeunes ducs, que tous deux avaient autrefois pris sous leur aile, ainsi que les lettres de la famille de son frère Henry n'avaient fait que conforter son intention de retourner dans le monde.

Les messieurs qui faisaient la démonstration de leur talent équestre y contribuèrent également. Certes, elle était veuve et grand-mère. Cela dit, à quarante-six ans, son cœur battait encore, et le spectacle d'un bel homme était toujours susceptible d'en accroître le rythme.

Étant également dotés d'un cœur, lesdits messieurs étaient loin d'être indifférents à lady Charles. Sous son regard, les cavaliers se donnèrent franchement en spectacle. Après leurs exercices, trois d'entre eux, qui faisaient partie de ses relations, vinrent la saluer. Un léger flirt s'ensuivit, qu'elle apprécia beaucoup.

Peu de temps après les avoir quittés, et alors qu'elle se demandait où elle irait ensuite, elle ne feignit pas d'être surprise quand elle aperçut lord Frederick

Beckingham qui chevauchait dans sa direction. Cet homme savait toujours où se trouvait son neveu.

Bien qu'ils se soient toujours montrés courtois tout au long de leur vie d'adultes quand ils étaient en public, ils ne perdaient pas de temps en bavardages polis quand ils se retrouvaient en tête à tête.

— Vous n'auriez pas dû vous déranger, dit-elle. Rien d'inconvenant ne s'est produit.

— Avec lui, on ne sait jamais, répondit lord Frederick. J'avoue que je suis terrifié à l'idée qu'il puisse tout gâcher.

— S'il n'est pas capable de relever ce défi, c'est qu'il ne mérite pas ma nièce.

— J'espère que vous le lui avez dit.

Elle haussa légèrement les sourcils.

— Vous ne me croyez pas capable de gérer ce genre de choses ? Je pourrais le faire les yeux bandés et les mains attachées dans le dos.

— Cela semble intéressant.

Lady Charles ne rougit pas. Pas extérieurement.

Elle se contenta de sourire.

— Cela pourrait l'être, répondit-elle en jetant un coup d'œil aux cavaliers du manège.

— Certainement, approuva-t-il en lui retournant son sourire. En ce qui concerne mon neveu, je crois que, pour une fois, il sait ce qu'il fait.

— Cela reste à voir. Les hommes sont souvent persuadés de le savoir…

— … et découvrent qu'ils se sont trompés.

— En effet.

— Malheureusement.

Un court silence, chargé, suivit cette déclaration.

Si lady Charles estima qu'un pont venait d'être franchi, elle n'en laissa rien paraître. Cependant, quand il suggéra de chevaucher jusqu'au terrain de tir aux pigeons, elle accepta.

Pendant ce temps

Les bras croisés, le duc d'Ashmont était appuyé à l'une des fenêtres au fond de la salle. Il ne passait pas inaperçu – pour un homme de sa taille, qui ressemblait à un dieu grec, c'était impossible. Mais il se tenait tranquille et ne fit rien pour attirer l'attention. Les premières minutes passées, les membres du club se concentrèrent sur leur réunion comme si c'était Keeffe qui s'était trouvé là.

Tout le monde savait qui était le duc et pourquoi Keeffe était absent, aussi Cassandra s'était-elle contentée d'annoncer que le duc d'Ashmont avait bien voulu remplacer Keeffe « dans la mesure du possible ».

Elle fut surprise qu'il reste à sa place, comme Keeffe l'aurait fait, jusqu'à ce qu'on ait besoin de lui. Bien que la première et la plus longue partie de la réunion se soit déroulée comme elle l'avait décrite, Ashmont ne s'endormit pas, n'arpenta pas la salle tel un lion en cage et ne sauta pas par la fenêtre.

Une fois toutes les affaires en cours traitées vint le moment préféré de ces dames : les démonstrations pratiques.

L'heure du grand test pour Ashmont. Keeffe était tellement sûr que le duc, bagarreur notoire, était le choix idéal.

Cassandra en était nettement moins sûre. Il venait pourtant d'endurer cette réunion sans l'interrompre, alors qu'elle le croyait incapable de se concentrer plus de quelques minutes. Il avait même semblé intéressé par leurs projets.

Semblé. La discussion avait dû lui passer très haut au-dessus de la tête et il avait sûrement pensé à autre chose. L'apparente fascination n'était qu'un masque. En réalité, il avait dû rêvasser à des danseuses d'opéra court vêtues ou évaluer ses chances de gain dans une prochaine course de chevaux.

Cela dit, il pouvait bien penser à ce qu'il voulait. Tout ce que Cassandra lui demandait, c'était de faire ce qu'on attendait de lui afin qu'elle ne regrette pas de l'avoir invité.

Elle consulta ses notes.

— La dernière fois que le baron de Bérenger s'est joint à nous, nous avons abordé le sujet du parapluie en tant qu'arme, dit-elle. Il a rappelé qu'un parapluie n'était pas aussi robuste qu'une canne et moins maniable qu'un fouet. Il a suggéré de ne l'utiliser que comme bouclier. Lui-même s'en était servi pour éviter qu'un agresseur le voie sortir un pistolet. Et pour empêcher un chien de le mordre.

Elle leva son parapluie fermé, la partie recourbée du manche orientée vers le haut.

— Cela nous apparaît comme une vision limitée. Ce qui nous amène au sujet du jour : le parapluie est-il une arme efficace ? Je suggère que nous commencions par notre expert en combats. Duc, quelle est votre opinion ?

— Quelle est la vôtre ? s'enquit-il.

— La mienne ?

Elle s'était attendue qu'il se moque du parapluie, gentiment ou pas. Le baron de Bérenger ne s'était pas moqué, mais il ne s'était pas montré aussi enthousiaste et utile qu'elle l'espérait. Elle n'avait pas prévenu Ashmont parce qu'elle voulait une réaction spontanée de sa part.

Ce ne fut pas sa seule surprise. Elle tâcha de se rappeler la dernière fois où un homme avait sollicité son opinion sur quelque sujet que ce soit. Ou même la dernière fois qu'un homme avait hésité à lui faire part de la sienne, qu'elle l'ait sollicitée ou non.

Jamais. La réponse était jamais.

— Oui, la vôtre, répondit-il. C'est vous qui cherchez à vous défendre contre les voleurs et les ruffians. Vous avez cet objet à la main. Que pensez-vous pouvoir en faire ?

Il se détacha de la fenêtre d'un mouvement souple.

— Imaginons que je sois un voyou qui rôde dans l'ombre. Je bondis soudain sur vous.

Joignant le geste à la parole, il traversa la pièce en un éclair, et fonça sur elle.

Elle fit pivoter son parapluie pour lui en asséner un coup. Il s'en saisit, ou du moins tâcha de s'en saisir, car elle réagit au quart de tour et recula d'un bond. Il chancela, surpris, se ressaisit et repartit à l'attaque. Instinctivement, elle glissa la main le long du parapluie, loin de la poignée, le leva et toucha le duc au cou. Il pivota en riant et recula d'un pas dansant.

— Bien, très bien, dit-il.

Il était rapide, aussi rapide que Keeffe. Mais elle connaissait bien ce dernier, alors qu'elle ne connaissait pas Ashmont. Elle risquait d'être en danger.

Le duc chargea.

Elle s'accroupit et se tourna, amenant la pointe du parapluie sous son cou. Il fit aussitôt machine arrière pour revenir à la charge dans la foulée, la main tendue vers le parapluie.

Elle déjoua l'attaque et projeta le parapluie au niveau de ses genoux. Il bondit et repassa à l'attaque, les poings fermés, cette fois. Il projeta le poing droit en avant et elle feinta le coup comme Keeffe le lui avait appris, levant son parapluie pour écarter les poings d'Ashmont.

Elle eut conscience d'être gagnée par un sentiment qu'elle reconnut – l'esprit combatif, comme l'appelait Keeffe. Elle eut plus vaguement conscience des murmures et d'un bruit de chaises raclant le sol.

Elle n'eut toutefois pas le temps de remarquer quoi que ce soit d'autre car le duc revenait à l'assaut et si elle ne s'investissait pas dans la bataille de toute son âme, elle allait perdre.

Elle fondit sur lui, visant son aine de la pointe du parapluie. Il virevolta et tenta une attaque par-derrière. Elle se retourna, se baissa et réussit enfin à le toucher aux mollets. Déjà, il s'éloignait, veillant à rester hors d'atteinte.

Le combat reprit. Il n'arrêtait pas de bouger et elle en faisait autant. Il ne lui laissait pas un instant de répit, pas le temps de réfléchir. Il était toujours là, l'attaquant sans cesse, impitoyablement.

Elle le repoussait, mais n'arrivait pas à le frapper franchement. Pour un homme de sa corpulence, il était remarquablement léger sur ses pieds et ses réflexes étaient aussi bons que ceux de Keeffe.

La boxe. Évidemment. Ashmont était un pugiliste.

— Et je n'ai même pas d'arme, dit-il en parant un nouveau coup. Que feriez-vous si j'en avais une ?

Elle commençait à être fatiguée et haletait alors qu'il semblait frais comme un gardon.

— Qu'on lui fournisse une arme ! lança-t-elle.

Quelqu'un fit glisser un parapluie sur le sol dans leur direction.

Cassandra s'écarta le temps qu'il le ramasse.

Il se redressa en agitant son arme. Elle avait anticipé l'offensive, empoigné son parapluie à deux mains, et alors qu'ils se trouvaient très près l'un de l'autre, elle para le coup. Il recula, se fendit, puis :

— *En garde*, mademoiselle Pomfret.

— Idiot, dit-elle en lui portant un coup.

Il para habilement et ils échangèrent quelques passes d'armes avec leurs parapluies, mais cela ne dura guère. Changeant soudain de posture, il plaça son parapluie à l'endroit précis où elle allait mettre le pied, et elle fut à un cheveu de trébucher.

Détournement.

C'était elle, l'idiote.

« Cachez vos intentions », lui souffla la voix de Keeffe. Sans le vouloir, elle s'était trahie. Ashmont avait lu dans ses pensées.

Garde la tête froide.

Cela devenait de plus en plus difficile. Bientôt, son corps et son esprit seraient en désaccord. Elle ne tiendrait plus très longtemps. Il fallait qu'elle lui fasse mordre la poussière. Et *vite*.

Il fondit sur elle, elle pivota en levant son parapluie comme si elle avait l'intention de l'abattre sur sa nuque ; quand il s'écarta, elle frappa plus bas. Le manche recourbé du parapluie lui saisit la cheville et, cette fois, il ne fut pas assez rapide. Il s'affala par terre et lâcha un juron.

Comme venant de très loin, Cassandra perçut des applaudissements. De plus en plus nombreux. Son cœur battait si fort qu'il étouffait les autres sons. Son sang rugissait dans ses veines. Sa chemise était humide de transpiration et elle avait les jambes tremblantes.

Elle baissa les yeux sur le duc. Son torse se soulevait rapidement, signe qu'il avait, lui aussi, besoin de reprendre son souffle. Son visage était empourpré et ses yeux étaient très brillants.

Il éclata de rire.

— Pas mal pour une fille, dit-il.

— Pas mal pour un duc, répliqua-t-elle en haletant.

Ashmont n'aurait rien demandé de mieux que de rester étendu là, aux pieds de Cassandra, à la contempler – le visage en feu, le regard étincelant de triomphe, la poitrine se soulevant au rythme de son souffle.

Son chapeau, qui avait glissé sur le côté, lui donnait un air canaille. Des mèches s'en échappaient, sinuant le long de son cou en délicates volutes, tandis que d'autres, humides, lui collaient à la joue. Sa robe était de guingois. Sa pèlerine avait glissé sur ses épaules. Une de ses manches gigot était affaissée et sa ceinture avait glissé sur le côté.

Il fut tenté de passer le pied derrière sa cheville pour la faire tomber sur lui dans un grand envol de mousseline. D'arracher le chapeau et la pèlerine de dentelle. De défaire ses cheveux. De tout défaire.

Il ne put jouir de cette vision qu'un bref instant, car ces dames s'agitaient déjà autour d'eux.

— Nous sommes en retard ! lança l'une d'elles.

Mlle Pomfret écarta les mèches de son visage.

— Nous avons dépassé les limites du temps qui nous est imparti, expliqua-t-elle. Le prochain groupe de dames devrait arriver d'une minute à l'autre. Pressez-vous un peu, je vous prie. À moins que vous ne soyez blessé ? Vous aurais-je cassé quelque chose, par chance ?

— Navrée de vous décevoir, mais non, répondit-il.

Il se leva et s'il éprouva un léger vertige, celui-ci n'avait rien à voir avec la fatigue et tout avec leur glorieux combat. Elle s'était révélée vive, leste et imprévisible. Et bien plus drôle que quiconque aurait pu le penser.

Délicieusement appétissante, aussi, dans l'état où elle était.

— Vous êtes complètement dépenaillée, fit-il remarquer.

Elle parut déconcertée. Sa propre mise était loin d'être irréprochable, mais il ne s'inquiétait jamais de ce genre de détail.

D'une légère poussée, il l'incita à se diriger vers la porte.

— Peu importe. Prenez mon bras.

— Certainement pas.

— Pour y prendre appui.

— Je n'ai nul besoin d'appui.

— Ce n'est pas l'impression que vous donnez. On dirait que vous sortez d'une bagarre.

— Je *sors* d'une bagarre.

— Une sacrée belle bagarre, même. Mais vous ne pouvez pas le laisser voir. Si votre tante vous voit ainsi, elle me piétinera jusqu'à ce que mort s'ensuive et tout sera perdu.

Il n'exagérait pas. Une jeune fille devait avoir un chaperon et Ashmont avait besoin de la complicité de celui-ci. Lady Charles était la seule personne susceptible de remplir cette double et délicate fonction.

— Tout sera perdu pour qui ?

Avant qu'il ait pu répondre, Mlle Pomfret inspecta sa tenue.

— Par Junon ! s'exclama-t-elle.

Il l'entraîna vers la porte pour gagner l'escalier au bas duquel les derniers membres de la Société Andromède venaient de disparaître.

— Et encore, vous ne voyez pas tout, lui dit-il. Le reste est pire. Mais nous n'avons pas le temps de nous inquiéter de cela.

Comme ils atteignaient l'escalier, des voix de femmes leur parvinrent, l'une d'entre elles plus stridente que les autres.

Mlle Pomfret recula vivement.

— Je vais vous tuer, souffla-t-elle.

— Vous avez bien essayé, mais…

— C'est *lady Bartham* !

Ashmont jura intérieurement. Même lui connaissait la réputation de langue de vipère de la mère de Humphrey Morris. Qui ne la connaissait pas ?

— Il ne faut pas qu'elle me voie dans cet état, chuchota Mlle Pomfret. Avec vous, qui plus est !

Des bruits de pas retentirent sur les marches de pierre.

Mlle Pomfret regarda autour d'elle, cherchant une issue.

— Laissez-moi faire, dit-il.

En plus de courir vite, un fauteur de troubles aguerri savait dénicher les issues et les bonnes cachettes.

Il tira Cassandra dans une grande salle ovale située en face de celle où le club s'était réuni, l'entraîna vers la fenêtre la plus proche et se glissa avec elle dans l'embrasure. Là, il détacha les embrasses des rideaux, qui retombèrent devant eux à l'instant où le groupe de femmes jacassantes atteignait le palier.

Elles s'y attardèrent pour discuter d'une de leurs œuvres caritatives.

La fenêtre était orientée au nord-est et les branches d'un arbre obscurcissaient la vue. Un mince filet de jour filtrait entre l'endroit où ils se tenaient et le rideau. Près de lui, Mlle Pomfret respirait fort ; sa poitrine tendait le tissu de son corsage.

Ashmont n'était pas si calme que cela, lui non plus.

C'était bien beau de se cacher – et même amusant, parfois. Mais pas là. L'état des vêtements de Cassandra… sa présence auprès de *lui,* entre tous les hommes. Les conséquences…

La situation était catastrophique.

Finalement, le groupe de femmes s'éloigna, leurs voix décroissant jusqu'à ne plus former qu'un murmure, brutalement interrompu par un claquement de porte.

Il risqua un œil entre les rideaux.

— La voie est libre, murmura-t-il. Je tente une sortie. Rajustez-vous. Si quelqu'un vient, je l'occuperai.

Ç'avait été une très mauvaise idée.

La pire de toutes.

Cassandra aurait dû lui tenir tête.

Elle était juste un peu décoiffée et aurait très bien pu se justifier. Elle avait des témoins. Les membres de son club. Mais avec Ashmont, au lieu de Keeffe… Oh, elle n'aurait jamais dû écouter Keeffe ! Elle n'aurait jamais dû écrire à Ashmont. Depuis l'accident de Putney Heath, elle n'avait fait qu'enchaîner les erreurs de jugement. Il avait infecté son esprit.

Baissant les yeux, elle réprima un gémissement. Elle était débraillée. Quiconque la verrait imaginerait forcément le pire.

Sauf que personne ne les avait vus – pour le moment. Le cœur battant, elle entreprit de se rajuster. Plus facile à dire qu'à faire sans femme de chambre. Elle se tourna vers la fenêtre dans l'espoir d'y voir son reflet, mais ne distingua que des branches couvertes de feuillage entre lesquelles on apercevait des bouts de jardin.

Elle réussit à redresser son chapeau – lui sembla-t-il. Elle remit sa pèlerine sur ses épaules et en renoua le ruban. Oh, sa manche ! Le rembourrage était descendu jusqu'au coude si bien qu'elle était complètement affaissée. Les liens avaient dû se découdre pendant le combat.

Ce glorieux combat.

Elle s'efforça de chasser cette pensée de son esprit et de juguler le flot de chaleur qui s'était emparé d'elle à ce souvenir. Mieux valait se concentrer sur sa tâche.

Sa ceinture avait glissé sur le côté. Elle tira dessus et pesta. La sangle refusait de coulisser. Furieuse, elle dut faire appel à toute sa volonté pour ne pas hausser le ton.

— Je ne vois pas ce que je fais !

Ashmont repassa derrière le rideau et des voix s'élevèrent de l'escalier au même instant.

— Ils vont de l'autre côté, chuchota-t-il. Il y a autant de monde qu'au Bureau central des Postes, ici !

— Il faut que vous m'aidiez avec ma robe, je n'y arriverai jamais sinon.

Elle le sentit hésiter, comme si l'air entre eux – le peu d'air qu'il y avait entre eux – vibrait soudain.

— Vous aider, répéta-t-il.

— Oui. Vous avez dit que ce que je ne voyais pas était encore pire, et je n'y vois goutte ici ! Il faut que nous partions avant que quelqu'un arrive ou que ma tante commence à s'inquiéter.

Après tout, cette idée de se cacher derrière le rideau n'était peut-être pas la meilleure qu'ait eue Ashmont.

Des gens ne cessaient de monter et de descendre l'escalier qui desservait le hall d'entrée.

L'oreille tendue, il s'empressa de se mettre à l'ouvrage. Il rajusta sa robe et replaça tant bien que mal le rembourrage de sa manche. Il lissa la pèlerine sur ses épaules et renoua le ruban. Il batailla contre la ceinture pour la remettre en place. Mlle Pomfret avait réussi à redresser son chapeau, en revanche, les rubans avaient souffert. Il les reprit un à un pour leur redonner du gonflant. Il s'y employa, dans cet espace propice à l'intimité, tout en s'efforçant de rester vigilant aux mouvements alentour. Il n'en était pas moins troublé par le visage de Cassandra levé vers le sien et par l'éclat de son regard. Ou n'était-ce qu'une impression due à l'éclairage incertain ?

Il avait trop conscience de ses mains, aussi – sur sa robe, sur son chapeau ou écartant ses cheveux de son visage.

Il aurait préféré ne pas avoir à faire cela.

C'était insupportable.

Elle se tenait face à lui, parfaitement immobile, tandis qu'il jouait les femmes de chambre.

Il se souvint de son visage éclairé par les étoiles, du regard qu'elle levait vers lui tandis qu'il lui expliquait les mystères de la Voie lactée.

Ne croise pas son regard. Concentre-toi sur ce que tu fais. Pense aux points. Encore cinq mille neuf cent quatre-vingt-dix-neuf.

Il s'appliqua à sa tâche, aussi prestement qu'il put, se contentant de remettre de l'ordre dans la tenue de Mlle Pomfret comme s'il avait… – mais il n'avait encore jamais rien fait de tel. Il ne rangeait jamais sa table de toilette ou son bureau, ne pliait jamais ses vêtements. Il ne mettait jamais d'ordre dans sa tenue. Quelqu'un d'autre s'en chargeait pour lui.

Et pourtant il peaufinait les détails, inclinant les rubans et redonnant du gonflant aux manches.

— Voilà, il faudra que cela fasse l'affaire, murmura-t-il.

Elle ne bougea pas, se contentant de le regarder.

— Quoi ? demanda-t-il.

— Je me dois de vous décerner un point.

Elle avait dit cela si bas qu'il l'entendit à peine et ne fut pas certain d'avoir compris.

— J'ai peine à le dire, duc, mais vous vous en êtes très bien tiré.

— Avec vos vêtements ?

— Cela aussi, oui – mais non. Je parlais du combat.

— Du combat.

Il s'efforçait de se concentrer sur sa tenue et rien d'autre. Ce n'était pas parfait et il ne savait pas quoi faire de plus.

— Oui, vous n'avez pas cherché à m'épargner à cause de mon sexe, de ma taille ou de mon incompétence. Vous vous êtes comporté en véritable ruffian et j'ai dû lutter pour ma vie.

Le glorieux combat. Il venait d'avoir lieu et pourtant cela ressemblait déjà à quelque rêve ancien et merveilleux.

— Je n'avais pas l'intention de vous tuer, dit-il.

— Je sais, il n'empêche que vous me l'avez fait oublier. Vous m'avez obligée à travailler dur, à réfléchir vite… C'était très bien joué de votre part et la raison exige que je le reconnaisse. Je vous décerne donc un point.

Elle était si près de lui qu'il sentait la caresse de son souffle qui passait sur son visage. Son cœur s'emballa.

— C'est bien.

Alors, parce que les vieilles habitudes ont la vie dure, ses lèvres articulèrent des mots qu'elles auraient dû retenir.

— Cela signifie-t-il que je mérite un baiser ?

Elle se figea.

— J'ai dit un *point*, pas un *baiser*. Les baisers n'ont rien à voir avec l'affaire.

« Arrête ! Arrête ! Recule ! lui conseilla son cerveau. Les points. Pense aux points. Lord deGriffith. Lady Charles. L'enjeu est trop important. Recule ! »

Sauf qu'ils se tenaient à quelques centimètres l'un de l'autre, dans un espace qui devenait de plus en plus étouffant, il inhalait son parfum, et ses mauvaises habitudes menaçaient d'avoir le dessus sur son intelligence. Il était un homme, doté d'un puissant esprit de compétition de surcroît, et Mlle Pomfret était une femme qui ne se laissait pas conquérir facilement. Et pour dire les choses simplement, il n'était pas du tout en état de réfléchir, mais plutôt de réagir et de gagner.

Il désigna donc sa propre joue de l'index.

— Un bisou sur la joue, pour m'encourager à poursuivre mes efforts.

— Non.

— Un tout petit bisou de rien. Vos lèvres qui me frôlent la joue, c'est tout. Un baiser symbolique. En guise d'encouragement.

— Depuis quand avez-vous besoin d'encouragement ?

— Depuis que j'ai fait quelque chose de bien sans même m'en rendre compte, répondit-il. Vous n'avez jamais dressé un chien ? Ou un cheval ? Keeffe ne vous a pas enseigné la méthode de la récompense ?

— Comme si vous étiez susceptible d'être dressé, rétorqua-t-elle. Comme si j'avais du temps à perdre à cela.

— Comme si vous n'étiez pas capable de maîtriser un simple mâle.

Une très longue pause suivit cette déclaration.

Puis Cassandra laissa fuser un soupir d'impatience avant de se hisser sur la pointe des pieds.

Elle déposa un baiser sur sa joue, aussi léger qu'un pétale de rose.

Et s'attarda une fraction de seconde de trop.

Elle était si près que sa poitrine lui effleurait le bras. Tous ses sens l'appréhendèrent d'un coup : la chaleur de son corps, le frottement de sa robe contre ses jambes, son parfum – note de fond de sueur, son essence féminine en note de tête.

Évidemment, il sauta à pieds joints dans les ennuis.

— Il faut que je vous embrasse à présent, dit-il.

Le souffle de Cassandra s'accéléra. Celui d'Ashmont aussi.

— Non, dit-elle.

— Pourquoi pas ?

Dans un sombre cachot, un être qui ressemblait à celle qu'elle avait été autrefois et qu'elle retenait prisonnier en s'efforçant de l'affamer posa la même question.

Pourquoi pas ?

Dans cet espace confiné, il n'y avait aucun moyen de lui échapper. L'air qu'elle respirait était composé de particules de son être – viriles, musquées, épicées –, une atmosphère qu'elle était trop troublée pour tenter de l'analyser.

L'air autour d'elle semblait vibrer de sa présence physique. Et de la sienne propre. Jamais encore elle n'avait été aussi consciente de son corps, de la force de vie qui l'animait, comme si son être physique et son esprit n'avaient été que de vagues connaissances.

Elle s'était sentie dans un état d'esprit étrange, électrique quand ses mains avaient arrangé sa robe, son chapeau, ses cheveux. Ses gestes avaient été très rapides, et pourtant…

La proximité de son grand corps. Sa chaleur, son odeur. Le froissement de leurs vêtements à chacun de leurs mouvements.

Toutes sortes de sentiments bouillonnaient en elle. Des sentiments de rébellion. Pourquoi une femme devait-elle toujours se comporter convenablement ? Pourquoi était-ce à elle de lutter contre la tentation ?

Son « moi secret » lui murmura : « Quand donc une occasion comme celle-ci se reproduira-t-elle ? »

Elle tourna la tête pour lui présenter sa joue.

Il s'inclina – grand, indubitablement viril et, oui, un peu fou aussi et à coup sûr indiscipliné.

Ses lèvres lui frôlèrent la joue, aussi légères qu'une aile de papillon, et puis ce contact se transforma. Ce fut un vrai baiser, pas un simple frôlement.

Une pression, douce et tiède. Elle eut envie de pleurer.

Il s'attarda le temps d'un battement de cœur. Et puis d'un autre. Et d'un autre encore. Les sentiments prirent alors le dessus. Toutes les émotions inutiles et irrationnelles qu'elle avait cherché à étouffer après leur glorieux combat, quand elle avait feint d'être parfaitement maîtresse d'elle-même alors qu'en elle le chaos faisait rage, sauvage, dangereux et... heureux.

Désormais, feindre était au-dessus de ses forces.

Son souffle sur sa peau. Sa bouche, ferme et douce à la fois, la gratifiant d'un baiser si tendre et tellement inattendu de la part d'un libertin voué à l'enfer.

D'anciennes émotions, des rêves, des souhaits, s'échappèrent des boîtes mentales où elle gardait enfermés depuis si longtemps qu'ils auraient dû tomber en poussière et qu'elle aurait dû les avoir oubliés.

Elle devait les remettre dans leurs boîtes. Vite !

Elle leva la main, la posa sur son bras.

Son esprit – la part raisonnable – dit : « Cela suffit. »

La voix d'une jeune fille sauvage, rebelle et délurée dit : « N'arrêtez pas maintenant. »

Elle l'entendit retenir son souffle.

Elle s'ordonna d'écarter sa main, or celle-ci se crispa sur son bras.

« Fais-le. Maintenant. Qui d'autre te donnera cette chance ? murmura la voix. Quel autre homme te désirera telle que tu es, ne serait-ce qu'un instant ?

C'est un débauché et tout cela n'est qu'un jeu à ses yeux, mais quelle importance ? Pourquoi ne pas en faire un jeu, toi aussi ? »

Elle tourna la tête afin que leurs bouches se retrouvent à quelques centimètres l'une de l'autre… Et abolit cette distance.

« Il est temps d'arrêter », dit le cerveau d'Ashmont.

« Mais cela commence tout juste à être bon », rétorqua son sexe.

Un vrai gentleman aurait écouté son cerveau.

Ashmont n'était pas un vrai gentleman.

Il encadra le visage de Cassandra de ses mains et l'embrassa. Il avait eu l'intention de se montrer doux, et ce fut ainsi qu'il commença. Ce qui était aussi bien, car elle était clairement inexpérimentée. Le problème, ce fut qu'elle comprit très vite, et qu'après une première tentative de réponse hésitante, elle s'enhardit au point qu'il en fut ébranlé.

Il oublia son père et sa tante. Il oublia les cinq mille neuf cent quatre-vingt-dix-neuf points. Il oublia tout ce dont il aurait dû se souvenir. Seul comptait le présent, et celui-ci s'enflamma quand leurs lèvres se rencontrèrent et s'unirent.

Je brûle. Je flambe. Je péris.

Certes, il aurait dû s'écarter. Une part de lui – la part cérébrale – voyait la catastrophe se profiler. Malheureusement, il n'avait pas l'habitude de faire montre de retenue.

Ses pouces caressèrent l'ovale de son visage. Il aurait dû s'arrêter là, mais la bouche de Cassandra, si prompte à laisser fuser des piques acérées, se révéla si douce et docile qu'il en demeura sans défense. Il quêta alors davantage de plaisir. Lentement, il explora les lèvres de Cassandra. La façon qu'elle avait de répondre, sa timidité, son empressement et son abandon qui n'en était pas tout à fait un l'émerveillaient.

Cassandra explorait, elle aussi, faisait ses propres découvertes et apprenait de lui. Comme lorsqu'ils s'étaient battus, elle rendait coup pour coup à chacun de ses assauts. Il la laissait deviner ses intentions et elle répondait à chacune de ses sollicitations.

La pointe de sa langue parcourut le sillon séparant ses lèvres, qui s'entrouvrirent après une brève inspiration. Il découvrit la saveur et la texture de sa bouche à nulle autre pareille. Aussi fraîche et douce que sa voix. Ni frais ni doux, Ashmont était, quant à lui, gagné par un violent désir comme il n'en avait encore jamais connu en dépit de sa vaste expérience.

Il avait toujours foncé tête baissée – plus c'était risqué, mieux cela valait –, et Cassandra ne fit rien pour le ramener à la raison. Elle répondait à son baiser avec la même fougue qu'elle avait mis à combattre, sa langue suivant les menées de la sienne, puis retournant ses mouvements contre lui. Elle accumulait le savoir au fil de son avancée, se révélant une excellente élève, et il apprenait aussi – des leçons qu'il ne comprenait pas et ne tentait pas même de comprendre. Son univers se transformait, sinuant de-ci, de-là alors qu'il évoluait dans un endroit qu'il ne reconnaissait pas.

Et il s'en moquait.

Il lâcha le visage de Cassandra, l'enveloppa de ses bras et l'attira contre lui. Ses seins se pressèrent contre son torse. Ses longues jambes promettaient de s'adapter aux siennes comme si elle était faite pour lui.

Mais il ne s'agissait là que d'une promesse.

Il aurait voulu l'attirer encore plus près. Trop de choses les séparaient. Corsage, corset, chemise et tout ce qui composait l'armure féminine. Il glissa la main plus bas, la plaqua contre son sexe. Cela ne suffit pas. Jupe, jupons et tout l'attirail des sous-vêtements féminins lui barraient la voie.

Un bruit sourd franchit la brume de son désir. Une porte claqua. Un bruit de pas.

— C'est parfaitement absurde, claironna une voix stridente. Je ne veux plus rien savoir… Qui est là ?

Boum, boum, boum. Le bruit de pas se rapprocha.

Ashmont interrompit son baiser à l'instant où Mlle Pomfret posait la main sur son torse pour le repousser. Il relâcha l'étreinte mortelle de sa main sur son postérieur – du moins autant qu'il put.

Le rideau s'ouvrit brusquement.

— Mademoiselle Pomfret ! s'écria la comtesse de Bartham.

D'une voix triomphante.

9

Qu'est-ce que Keeffe avait-il coutume de dire, déjà ?

« C'est vous qui commandez, mademoiselle. Pas les chevaux. Ils ont besoin de sentir que vous êtes calme et que vous savez ce que vous faites. Rien ne doit vous surprendre. Vous restez calme, parce que vous êtes prête à affronter toutes les éventualités. »

Quand lady Bartham ouvrit le rideau, le programme d'entraînement de Keeffe l'emporta sur tout le reste : Rester calme en temps de crise. Se comporter comme si tout allait bien, même quand les chevaux filent droit dans les ornières et le bourbier de la lande.

Métaphoriquement parlant, Cassandra prit les rênes de la situation en main, même si elle ne plaçait aucune confiance dans la paire de chevaux qu'ils formaient, Ashmont et elle.

— Lady Bartham, salua-t-elle avec un hochement de tête poli.

Le duc s'inclina, parfaite incarnation du gentleman anglais. Elle ignorait ce qu'il pensait ou ce qu'il allait faire. Elle pouvait juste espérer qu'il suivrait son exemple.

Un court silence suivit tandis que lady Bartham ajustait son face-à-main et inspectait la tenue de Cassandra.

— On fait de la culture physique ? s'enquit la comtesse d'un ton suave. Cela demande de la vigueur, ai-je cru comprendre.

— Non, répondit Cassandra. Il ne s'agit pas de culture physique.

— Il fait sacrément chaud ici, déclara le duc. Prête à prendre l'air, mademoiselle Pomfret ?

— Oui.

Elle le regarda ramasser le parapluie qu'elle avait laissé tomber sans s'en rendre compte. Une des extrémités devait sans doute dépasser de sous le rideau, ce qui avait attiré l'attention de la reine du commérage.

Il remit le parapluie à Cassandra. Elle envisagea brièvement de s'en servir pour assommer la comtesse, puis y renonça. Cela ne relevait pas de la légitime défense.

— Vous joindrez-vous à nous, lady Bartham ? proposa-t-il d'une voix douce en arborant un léger sourire.

Cassandra se raidit et la comtesse recula d'un pas.

— Oh, non, merci ! Mon club se réunit. J'étais juste sortie un instant.

Elle avait quitté la réunion sur un coup de colère, jurant sans doute qu'elle ne voulait plus avoir rien à faire avec ces femmes. À présent, elle allait s'empresser de les rejoindre, ces dames redevenant ses plus chères amies, et elle leur raconterait ce qu'elle venait de voir.

En d'autres termes, la réputation de Cassandra Pomfret était sur le point d'être ruinée, et cette fois, Ashmont ne pouvait pas disparaître.

Elle se sentait étrangement indifférente, aussi calme intérieurement qu'elle le paraissait à l'extérieur. À moins qu'elle ne soit engourdie. Paralysée par le choc d'avoir été découverte. Le choc de ce qui s'était passé derrière le rideau. Le choc de voir lady Bartham si peu loquace. Pas de sermon. Pas la moindre remontrance. Rien que de la pure jubilation venimeuse.

Ashmont offrit son bras. Cassandra l'accepta. Pourquoi pas ?

Ils saluèrent la dame avec la plus grande courtoisie, et tournèrent les talons.

C'était d'un ridicule ! La scène qui venait de se jouer repassa dans son esprit telle une pièce de théâtre. Elle revit le rideau s'ouvrir à l'instant où Ashmont et elle s'écartaient l'un de l'autre. Elle revit le visage de lady Bartham : la surprise, puis la jubilation. Sa voix, si suavement perfide.

Un rire remonta dans sa gorge. Elle ne succombait pourtant jamais aux crises de nerfs.

Mais ne venait-elle pas de succomber au duc ?

La chaleur de son bras raviva le souvenir de leur étreinte, de la caresse de ses doigts sur son visage, de leur premier baiser, si tendre et délicat, et de ceux qui avaient suivi. Une part d'elle-même eut soudain envie de pleurer.

Elle ne succombait jamais aux crises de nerfs.

Ils quittèrent la salle, descendirent l'escalier et franchirent la porte de Cremorne House.

— C'est ennuyeux, n'est-ce pas ? dit Ashmont.

Elle leva les yeux vers lui.

— Oui, mais…

L'absurdité de cette affaire la frappa de nouveau et elle fut prise d'une telle envie de rire qu'elle se révéla incapable de parler. Ashmont laissa échapper un son étranglé.

— Attendez, pouffa-t-il. Pas ici…

Il l'entraîna vers un coin ombragé du jardin dissimulé derrière une haie. À peine l'eurent-ils atteint qu'elle se mit à glousser. Le gloussement enfla et donna naissance à des éclats de rire. Elle lâcha le bras du duc, lui tourna le dos et rit tout son saoul. Les larmes coulaient de ses yeux. Ce n'était pas drôle. Cela n'aurait pas dû l'être, mais c'était tellement ridicule.

Le duc ricana, puis se laissa aller à rire.

Elle l'entraîna plus loin dans les buissons.

C'était grotesque. Elle était en grand danger, or, elle ne pouvait pas s'arrêter de rire. Le visage de la comtesse ! Comme sorti d'une pantomime. L'expression innocente d'Ashmont et sa courbette aussi cérémonieuse que si Cassandra lui avait présenté la reine Adélaïde !

— On fait sa culture physique ? mima Cassandra entre deux éclats de rire. Oh, mon Dieu, cette femme est...

— Et il a fallu que nous tombions sur elle !

Ils furent pris d'un nouveau fou rire.

S'ils finirent par se calmer, le sentiment, si inattendu, demeura. Cette injustice aurait dû mettre Cassandra en rage. Et c'était le cas. Toutefois, ce qu'elle retenait surtout, c'était l'absurdité de la situation.

— J'aurais dû vous tuer quand j'en avais l'occasion, dit-elle.

— Trop tard, répliqua-t-il. Épousez-moi.

Ashmont détesta l'instant où le rire cessa. L'espace d'un court moment, il avait eu l'impression qu'ils étaient des conspirateurs occupés à manigancer quelque farce complexe.

Il regrettait cependant de ne pas s'être calmé plus tôt ; il aurait ainsi pu profiter plus pleinement de son rire. Oui, il aurait aimé savourer ce rire perlé, ces pommettes rosies, l'éclat de son regard, la voir poser la main sur sa bouche et détourner la tête, avant de renoncer à se montrer convenable.

Il aurait voulu revoir cette bouche souriante, celle qu'il avait finalement réussi à embrasser. Il aurait voulu l'embrasser de nouveau, s'enivrer de ce plaisir sans mélange.

Il avait tâché de ne pas rire. La situation était épouvantable et rire l'aurait fait paraître irréfléchi, insensible, et tout ce qu'elle lui reprochait déjà.

En même temps, comment résister ?

Finir par obtenir d'elle un baiser, et même davantage. Finir par poser les mains sur elle, et pas n'importe où.

Et puis se faire surprendre ! Derrière un rideau ! Comme dans une farce théâtrale.

Mais elle avait ressenti la même chose. Elle avait ri.

Et maintenant ?

Elle ne riait plus.

Son cœur se mit à battre de façon erratique, trop vite.

Des gens allaient et venaient dans le jardin. Des voix retentissaient au loin, ainsi que des coups de fusil. Le champ de tir aux pigeons était situé à bonne distance de l'hôtel particulier. Bien qu'il ait apporté de nombreuses modifications à la propriété, le baron de Bérenger n'avait pas arraché les élégantes plantations d'antan, trouvant plus judicieux de les embellir et de disséminer les aires de pratique sportive parmi elles.

Le domaine comportait ainsi plusieurs boqueteaux retirés. Un gentleman ingénieux, s'il se trouvait en galante compagnie, pouvait tirer un excellent parti de cet agencement.

D'un autre côté, une dame pouvait y laisser court à sa colère si besoin était. Une fois de plus, Ashmont avait trouvé le moyen d'égarer son chapeau. Mlle Pomfret aurait fort bien pu lui fracasser le crâne à coups de parapluie sans attirer l'attention.

Elle avait dû penser la même chose, car elle jeta un coup d'œil à son parapluie.

— Je ne peux pas vous épouser, dit-elle.

Un frisson parcourut Ashmont. Il l'ignora. Cassandra était parfaitement en droit de décliner. Il n'était qu'un abruti, alors qu'elle était une jeune femme intelligente.

— Je sais, dit-il. Ce ne serait pas une bonne affaire. Mais la mère de Morris va faire un scandale. Elle est déjà à l'œuvre en ce moment même.

— Je n'en doute pas. Pour autant, je ne suis guère encline à échanger un cauchemar contre un autre.

— Oui, je comprends. Simplement…

— Savez-vous à quel point c'est rageant pour moi ? S'il s'agissait de *vous*, surpris en flagrant délit…

— Si seulement, soupira-t-il. Nous ne sommes pas allés plus loin que la partie flagrante. Pour ce qui est du délit…

— La racine latine du mot *délit* ne signifie pas *délice*, quoi que puisse imaginer votre esprit dissolu. *Delicto* signifie *crime* ou *offense*.

— Et nous n'y étions pas arrivés, s'entêta-t-il. À ce propos…

— Non.

— Votre robe est toujours de travers.

— Quelle importance ? Lady Bartham ira raconter que j'étais encore plus débraillée que je ne l'étais avant que vous m'aidiez à me rajuster. Elle prétendra que nous étions à demi nus, en train de nous tortiller par terre.

L'image qu'elle venait de décrire se déploya dans son esprit. Il s'obligea à l'oblitérer. Il avait besoin de réfléchir aussi clairement que possible.

— Je voulais juste suggérer d'améliorer votre tenue. Je sais que vous préférez apparaître aussi décente que possible de retour chez vous.

Chez vous.

« Ton comportement rejaillit sur elle, sur nous tous. »

Sa mère serait mortifiée. Son père serait mortifié et furieux.

« Au moindre soupçon d'inconvenance, je le tue. »

Si Ashmont refusait de se battre contre un homme tellement plus âgé que lui, les frères de Cassandra feraient la queue pour avoir le privilège de remplacer leur père.

C'était *injuste*.

Oui, elle avait agi comme une sotte, doublée d'une écervelée. Oui, un homme avait le droit de se comporter de façon tout aussi sotte et écervelée sans avoir à en subir les conséquences. Le monde était ainsi fait et elle n'y pouvait rien.

En l'occurrence, le poids de la faute ne reposait pas entièrement sur les épaules d'Ashmont puisqu'elle avait choisi d'écouter sa petite voix intérieure, qu'elle savait très mauvaise conseillère.

Sans doute méritait-il des éloges pour avoir immédiatement proposé de faire ce que tout le monde appelait « la chose qui convenait ». D'autant que cette fois, contrairement à Putney Heath, il n'était pas ivre et savait très bien à qui il présentait sa demande.

— Merci, dit-elle. Vous avez raison. Autant atténuer les dommages du mieux que nous pourrons.

— Mademoiselle Pomfret…

— Non, non, faites ce que vous pouvez avec ma robe. Et vite. Ma tante va se demander ce qui nous est arrivé.

Il jeta un coup d'œil alentour, puis se mit au travail.

Elle avait une conscience aiguë de chaque mouvement – la brise qui soulevait ses cheveux d'or pâle, ses mains, aussi efficaces que lorsqu'il tenait les rênes de son cabriolet. Elle se souvint de la façon dont ses mains avaient bougé, rapides et habiles, durant leur combat. Et elle n'eut pas besoin de se souvenir des sensations qu'elles avaient éveillées en elle – elle les sentait encore partout sur elle.

Il recula pour l'inspecter du regard.

— Ce n'est pas parfait, mais vous êtes présentable.

Elle était loin d'être parfaite. Elle avait beau savoir sa situation catastrophique, elle ne pouvait s'empêcher d'avoir envie de ses mains et de sa bouche. Elle avait goûté le fruit défendu, l'avait trouvé délicieux et avait découvert qu'elle n'était pas celle qu'elle croyait être.

Elle se força à détacher les yeux de lui et promena le regard alentour. Elle aperçut une paire de silhouettes à travers la haie.

— L'heure est venue de faire face, annonça-t-elle. J'aperçois ma tante au bout de l'allée. Elle bavarde avec votre oncle.

Cassandra se dirigea vers l'allée et Ashmont la suivit.

Ils n'avaient pas fait dix pas qu'un domestique accourut, le chapeau du duc à la main.

Celui-ci le remercia, lui donna une pièce et mit son chapeau.

— Je me sens mieux, dit-il. Un gentleman se sent nu sans son couvre-chef.

Cassandra se sentait nue. Exposée. Pas seulement face à lady Bartham, mais aussi face à elle-même.

Ashmont était un libertin. Il avait employé avec elle ses ruses de libertin et elle avait été heureuse d'y succomber.

Le premier paragraphe, si choquant, des *Mémoires* de Harriette Wilson s'inscrivit en lettres de feu dans son esprit :

Je ne saurais dire comment et pourquoi je devins, à l'âge de quinze ans, la maîtresse du comte de Craven.

Que ce fût par amour, du fait de la sévérité de mon père, de la dépravation de mon propre cœur, ou des talents de séduction de ce noble sire...

Cassandra comprit soudain pleinement le sens de ces paroles provocantes. Si Mlle Wilson ou Mary Wollstonecraft avaient été des hommes, personne ne leur aurait reproché d'avoir succombé à leur désir.

Le problème, c'était que Cassandra n'était pas un homme, et que contrairement à ces deux célébrités, elle devait penser à Hyacinthe. Mlle Wilson n'avait certainement ressenti aucune responsabilité envers sa famille. Il faut dire qu'elle avait commencé sa carrière à quinze ans.

« Ton comportement rejaillit... sur nous tous. »

— Maudit Lucius ! fulmina tante Julia en se dirigeant vers eux au pas de charge. Je ne peux donc pas vous laisser seul avec ma nièce dans un lieu public plus d'une minute ?

— Qu'ai-je fait ? s'étonna le duc, toute innocence.

Le voyant faire, Cassandra ne put s'empêcher de penser à Jonesy, le gamin des bas-fonds. Et alors même que l'univers de tous ceux qui lui étaient chers menaçait de s'écrouler, elle eut envie de rire.

— Tenez votre langue, souffla-t-elle. Ma tante n'est pas stupide.

— Mais...

— Silence. Laissez-moi faire.

Lord Frederick, nota-t-elle, restait en retrait, se contentant d'observer la scène d'un air détaché. Aussi diplomate que tante Julia, il savait se faire oublier quand les circonstances l'exigeaient.

Le regard de tante Julia balaya Cassandra depuis son chapeau jusqu'à ses bottines. Elle ferma les yeux, puis les rouvrit brusquement, comme son frère quand il se trouvait momentanément à court de mots.

— Duel au parapluie, dit le duc.

Tante Julia reporta son attention sur Ashmont. Cassandra remarqua alors que le nœud de sa lavallière était défait, qu'il manquait un bouton à son manteau et que des traînées noirâtres maculaient son pantalon. Une absurde envie de réparer les dégâts l'assaillit – comme si la chose était humainement possible.

— Je vous ai dit que notre club s'entraîne aux méthodes de défense féminines, rappela-t-elle à sa tante. Et j'ai demandé au duc de nous conseiller.

— Je tenais le rôle de l'agresseur, expliqua ce dernier. Mlle Pomfret est diaboliquement experte dans le maniement du parapluie.

— Vous pourrez vous renseigner auprès de ces dames, ma tante, dit Cassandra. En fait, je vous le conseille, car…

— Nous avons été surpris, la coupa Ashmont. En flagrant délit.

Cassandra le fusilla du regard.

— Qu'est-ce qui vous prend ?

— Vous avez dit que le délit était un crime. Nous avons commis le crime affreux de l'inconvenance. Voyez-vous, lady Charles…

— Pourriez-vous tenir votre langue ? l'interrompit Cassandra. Tante Jul…

— Elle était toute débraillée, continua le duc en indiquant ses vêtements. Je m'efforçais d'arranger sa… mise, vous comprenez. Discrètement. Derrière un rideau. Mais…

— Derrière un rideau, répéta tante Julia.

— Lady Bartham l'a ouvert, lâcha Cassandra.

Lady Charles porta la main à sa tempe.

— Oui, je sais, reprit Cassandra.

— Ashmont, allez parler à votre oncle, dit sa tante.

— J'ai offert de…

— Allez voir lord Frederick, articula tante Julia. Je dois parler à ma nièce. En privé.

Cassandra regarda le duc s'éloigner, aussi sûr de lui qu'une divinité. Elle vit son oncle inspecter sa mise de la même façon que tante Julia avait inspecté la sienne.

— Que s'est-il passé ? demanda celle-ci. Dis-moi toute la vérité si tu veux que je te vienne en aide.

Cassandra la lui révéla.

— Il ne t'a pas forcée ? demanda lady Charles à la fin de cette brève et douloureuse narration.

— Vous ai-je donné cette impression ? Et pensez-vous qu'il ait besoin de forcer qui que ce soit ? Il lui suffit de se tenir devant vous, de plonger ses yeux au fond des vôtres, et votre esprit succombe.

Tante Julia pinça les lèvres, visiblement irritée. Elle détourna les yeux, son regard se posa sur Ashmont et lord Frederick, sur le paysage qui les entourait et enfin sur le ciel – comme si elle cherchait l'inspiration.

— Je crois que tu vas devoir accepter sa demande en mariage, déclara-t-elle.

Cassandra tourna la tête et découvrit qu'Ashmont et son oncle la regardaient. À moins qu'ils n'aient regardé tante Julia. Ou elles deux.

Elle eut soudain très chaud, puis très froid et le monde parut vaciller autour d'elle. Elle croyait être préparée à cela, or, elle ne l'était pas. Telle l'adolescente qu'elle avait été, elle s'attendait toujours que des événements magiques se produisent.

Seule une écolière se berçant d'illusions ou une femme atteinte de démence pouvait imaginer qu'une dame surprise en compagnie de Sa Dis-Grâce le duc d'Ashmont dans des circonstances clairement compromettantes pouvait ensuite reprendre joyeusement le cours de sa vie. Comme un homme y aurait été autorisé.

— Je ne peux pas l'épouser, ma tante.

— Mon enfant, tu sais que cette femme filera raconter cette histoire à ta mère. Une histoire tellement abracadabrante qu'on sera forcé de la croire. Et comme tu reconnais avoir coopéré… avec enthousiasme…

— C'est parfaitement injuste. Les hommes peuvent faire les quatre cents coups, mais pas nous.

— C'est injuste, comme bien d'autres choses dans la vie, tu le sais très bien. Si la vie était juste, la Société Andromède n'aurait aucune raison d'exister, n'est-ce pas ? Alors, réfléchis à cela. Une fois duchesse, tu pourras accomplir bien plus de choses que dans ton état actuel.

Duchesse. *Sa* duchesse. Si Cassandra avait été une adolescente, elle aurait flotté sur un nuage. En l'occurrence, elle était une femme de presque vingt-six ans qui voyait le monde sous un éclairage implacable. Le duc était beau, charmant, amusant et passionnant.

Et son cas était désespéré. Un beau gâchis. Il lui briserait de nouveau le cœur. Et recommencerait, encore et encore.

Elle ne pouvait pas faire cela. C'était tout simplement impossible.

— Il doit y avoir une autre solution, déclara Cassandra alors qu'Ashmont engageait son cabriolet sur King's Road.

Lord Frederick et tante Julia chevauchaient devant eux, leurs montures très proches l'une de l'autre tandis qu'ils bavardaient.

— Les deux sages semblent incapables d'en trouver une autre, observa-t-il. Le mariage arrange tout.

— Ils n'envisagent les choses que d'un point de vue pratique.

Cassandra se demandait ce que lord Frederick voyait en elle. Sans doute une reproductrice de bonne lignée. Et une jeune femme assez tyrannique pour dompter son neveu rebelle.

C'était trop attendre d'une femme, quelle qu'elle soit.

— Cela ne vous suffit pas ? demanda Ashmont. Les avantages pratiques. Le fait que tous les problèmes se trouvent résolus d'un coup, y compris la situation de votre sœur.

Pour une fois, et c'était rare, Cassandra se sentit lâche. Parce qu'elle redoutait d'avoir le cœur brisé, elle était prête à risquer le bonheur de sa sœur et l'honneur de sa famille. La situation était si délicate qu'elle n'était pas certaine que ses grands-parents prendraient son parti, comme ils le faisaient d'ordinaire.

Le plus irritant, c'était qu'elle n'avait rien fait d'épouvantable. Cela se résumait à un baiser. Un baiser certes fougueux, mais elle n'avait pas perdu sa vertu.

Comme si la vertu d'une femme résidait uniquement entre ses jambes.

Elle hésitait entre en rire ou en pleurer. Elle ne fit ni l'un ni l'autre. Il lui fallait recouvrer ses esprits.

« C'est vous qui commandez, mademoiselle. »

— Je trouverai une solution, reprit Ashmont. C'est moi qui vous ai attiré des ennuis.

— Vous avez reçu de l'aide.

Il tourna la tête et lui sourit.

— Regardez la route, lui conseilla-t-elle. Et ne tirez pas trop fierté de vos ruses de séduction. Je sais me défendre, comme vous avez pu le constater.

— Il n'empêche, c'est moi qui ai commencé. Alors même que je savais que c'était mal de prendre des libertés avec vous.

— *Quoi ?*

Elle pivota sur son siège pour le dévisager, ce qui ne fit que les rapprocher davantage. Elle n'avait que trop conscience de son corps puissant – et de son profil grec.

— Le baiser, dit-il. Et les... euh... mains là où elles n'étaient pas censées se trouver.

Elle les sentait encore. En fait, elle aurait aimé les sentir en *vrai* – c'était exaspérant.

— Oui, eh bien, j'ai eu tort de ne pas vous gifler ou de vous donner un coup dans les parties sensibles.

— Soit vous étiez fatiguée après notre duel, soit nous progressons.

— *Nous* ne progressons pas.

— Je ne vous laisse pas complètement indifférente.

— Et cela vous apparaît comme une raison suffisante pour épouser quelqu'un ?

— Nous nous sommes bien entendus durant ces quelques heures, fit-il remarquer.

Trop bien. Comme deux âmes sœurs. Comme elle l'avait rêvé autrefois.

Ces quelques heures n'avaient toutefois pas suffi à faire de lui le héros de ses rêves de jeunesse. Ce qu'ils avaient en commun était fort simple et il l'avait énoncé clairement. *Je suis scandaleux. Vous êtes scandaleuse.*

Un couple de rêve : la Gorgone et le Farceur.

Un stratagème lui vint soudain à l'esprit. Elle le laissa se déployer et le trouva parfait, tout à la fois solution et pied de nez à la bonne société et à ses règles infernales.

— J'ai une idée, annonça-t-elle.

Ashmont sentit son cœur sombrer.

Il ne voulait pas qu'elle ait une idée. Il voulait qu'il n'y ait pas d'autre solution que le mariage. Elle n'avait pas envie de l'épouser, mais il la ferait changer d'avis. Et cette fois, il ferait les choses bien, étape par étape, un point à la fois, s'il le fallait.

— Cela implique-t-il d'assassiner la comtesse de Bartham ? hasarda-t-il. Parce que je ne peux pas faire cela. Je ne pourrai pas attaquer une femme – sauf si elle me l'ordonne et qu'elle est armée d'un parapluie…

— Nous allons faire comme si j'acceptais de vous épouser. Nous allons feindre d'être fiancés. Nous retarderons le mariage en clamant que nos notaires n'arrivent pas à s'entendre. Mon père pourra nous aider avec cela, et votre oncle aussi, je pense. Bien sûr…

— Attendez.

— … nous dirons la vérité à ma tante, à votre oncle et à mes parents. On peut difficilement tromper tante Julia ou lord Frederick, et mentir à ma tante me ferait horreur de toute façon. Mon père devra être informé pour la même raison et aussi parce qu'il vous méprise. Toutefois, si c'est provisoire…

— Attendez.

— Quelques semaines devraient suffire. D'autres scandales surgiront. Ou, mieux encore, vous pourrez en créer un. Vous ferez quelque chose de tellement affreux que personne ne me blâmera d'avoir rompu nos fiançailles. Ce qui s'est passé aujourd'hui est assez gentil, tout bien réfléchi. Nous n'avons eu qu'un seul témoin, aussi vindicatif soit-il. Ce ne sera pas très agréable, je sais, mais cela ne durera pas. La bonne société raffole des scandales tout frais.

— Mademoiselle Pomfret, je ne dis pas que l'idée est mauvaise...

— Que lui reprochez-vous ?

— C'est juste que... Olympia s'est enfuie, cela ne fait même pas un mois. Et franchement, je préférerais ne pas être éconduit de nouveau aussi rapidement.

Une courte pause suivit cette déclaration.

— Dans ce cas, que suggérez-vous ?

— Que vous m'épousiez.

— *Non.*

— Pourquoi ? Je ne vous laisse pas indifférent. Je suis jeune. Je suis riche. Je suis *duc*, morbleu !

Nouvelle pause, un peu plus longue, cette fois.

— Je n'ai aucune confiance en vous, lâcha-t-elle sèchement. La perspective de placer mon avenir entre vos mains me remplit d'effroi.

— L'avenir peut s'arranger avec des avocats, mademoiselle Pomfret. Si vous aviez vu les conditions qui avaient été établies pour Olympia. Il y en avait des pages et des pages. J'ai dû plonger ma main dans la glace après avoir signé ce satané contrat.

— En d'autres termes, vous refusez de coopérer.

Ashmont eut l'impression de se retrouver sur un lac gelé et de sentir la glace craqueler autour de ses pieds.

— Je n'ai pas dit cela.

— Ce n'est pas l'impression que j'ai eue. Il m'a semblé que vous teniez à imposer votre solution, or, il se trouve que je tiens autant que vous à imposer la mienne. J'aime ma famille. J'aime ma sœur. Je ne veux embarrasser personne. Cependant, par la faute d'une règle absurde et d'un incident trivial…

— Trivial ?

Elle avait fait basculer son monde. Il ne comprenait toujours pas ce qui lui était arrivé, tout ce qu'il savait, c'était qu'il n'avait toujours pas retrouvé l'équilibre.

— Pour un instant d'égarement derrière un rideau, dit-elle, je devrais miser mon futur bonheur, sans parler de celui de mes enfants…

Bonté divine. Des enfants. Ils auraient des enfants. Bien sûr. Il voulait une famille.

— … sur un homme qui n'a rien fait durant sa vie d'adulte qui mérite mon respect ou mon estime. Pour ce qui est de l'amour…

— Non, non, revenez plutôt aux enfants, parce que…

— Je veux que mes enfants grandissent dans une famille aussi aimante que celle que j'ai connue. Je veux que leurs parents se respectent, s'estiment et se soucient profondément l'un de l'autre. Qu'ils donnent l'exemple. La chose n'a rien d'impossible. Vouloir cela n'a rien de déraisonnable, et je ne vois pas pourquoi une petite erreur de jugement devrait me condamner à jamais.

— Vous condamner !

— Non que j'envisage de recevoir d'autres demandes en mariage, mais ce n'est pas une raison – disons que je ne suis pas à ce point désespérée.

Lady Charles jeta un coup d'œil au cabriolet.

— Ils se chamaillent.

Lord Frederick ne tourna même pas la tête.

— Il va encore tout gâcher, ce balourd.

— Au moins, ils se parlent. Je ne m'attendais pas qu'elle réagisse aussi vivement. Je n'ai peut-être pas présenté les choses comme il fallait. Mais franchement, lord Frederick : derrière un rideau ! Et entre toutes les femmes, *celle-là*. C'est ridicule. Vous n'avez pas idée des efforts que je fais pour garder mon calme.

Elle laissa échapper un rire étranglé.

Il rit aussi.

— Quoi qu'il en soit, il n'y a pas lieu de rire, dit-elle.

— Loin de là.

— Je ne suis pas certaine que cela puisse s'arranger. Ma nièce est inflexible. Quant à mon frère, je doute qu'il trouve la chose amusante.

— C'est ce dont Ashmont a besoin, déclara Frederick. Se retrouver confronté aux difficultés. À la déception. Être obligé de se départir de sa suffisance. Obligé de se servir de sa tête. Je crains toutefois qu'il ne se soit engagé trop loin sur le mauvais chemin pour revenir en arrière. Il n'a jamais eu à affronter le moindre obstacle pour obtenir ce qu'il voulait. On n'apprend rien de cette façon-là.

— Il semble pourtant avoir appris quelque chose ces derniers jours.

Lord Frederick lui coula un regard.

— L'accident de Putney, précisa-t-elle. Quelque chose a changé depuis. Je me demandais si c'était lié au duel avec Ripley.

— Je l'ai trouvé étrangement abattu à son retour.

Julia acquiesça.

— Quand un problème le tracasse vraiment, il s'en remet toujours à vous et suit vos conseils. Je ne doute pas qu'il serait resté loin de Londres, comme vous l'aviez suggéré, plus longtemps si ma nièce ne l'avait pas rappelé.

— Qu'elle l'ait fait est intéressant.

— Elle sait. Au plus secret de son cœur, elle sait. Forcément.

— Nous ne savons pas toujours ce qui se passe à cet endroit-là, lady Charles. Il demeure trop souvent obscur à nos yeux.

Elle lui jeta un bref coup d'œil.

— Je serai la première à admettre que les événements ne me semblent guère favorables. D'un autre côté, je vois davantage de progrès que je n'aurais osé l'imaginer dans mes rêves les plus fous il y a seulement un mois.

Détournant les yeux, il ébaucha un sourire.

— Savez-vous, lady Charles, que je me demande ce qui peut bien se passer, précisément, dans vos rêves les plus fous.

RÉFLÉCHIS, ASHMONT. RÉFLÉCHIS.

Le cerveau de Mlle Pomfret était volumineux. Il prenait visiblement beaucoup plus de plaisir que le sien à s'entraîner. Et il allait avoir un mal de chien à se hisser à son niveau.

Elle ne lui faisait pas confiance. Même quand il promettait une armée de notaires pour la protéger de son odieuse et déplaisante personne, elle refusait de prendre le risque.

Alors que cette femme n'avait peur de rien ! Comme elle le lui avait prouvé à de multiples reprises depuis qu'il avait failli la tuer à Putney Heath.

Comment gagner sa confiance ? Cinq mille neuf cent quatre-vingt-huit points à partir de maintenant, sauf qu'il n'avait pas le temps. Il détestait son projet, qui était purement et simplement conçu pour qu'elle puisse se débarrasser de lui. Une fois qu'elle l'aurait mis à exécution, elle ne reviendrait plus jamais vers lui.

Mlle Pomfret n'avait rien d'une coquette ou d'une fausse timide. Elle était plus directe que bien des hommes et jouait cartes sur table.

« Je n'ai aucune confiance en vous. La perspective… me remplit d'effroi… Enfants. »

Respect. Estime. Amour.

Amour. Sa sœur. Elle aimait sa sœur. Qu'avait dit Keeffe à propos de la règle imposée par lord deGriffith ?

« Cette histoire l'avait affreusement contrariée. »

Ashmont réfléchit et réfléchit encore. À sa sœur. Et à ce qu'il avait découvert cet après-midi.

— Très bien, dit-il.

— Vous approuvez mon plan ?

— Je ne l'approuve pas, mais nous le mettrons à exécution.

Il ne voyait pas d'alternative. D'un autre côté, il entrevoyait une possibilité.

Il ferait ce qu'elle voulait. À une différence près : lui ne ferait pas semblant.

10

Bien que le duc d'Ashmont n'ait rien à voir avec le Parlement, il connaissait, grâce à Morris, la redoutable réputation de lord deGriffith.

Ce dernier avait une façon de vous regarder qui vous donnait l'impression d'être un ver de terre.

Il n'approuvait guère Ashmont, pour dire les choses gentiment. Il avait été clair sur ce point quand Ashmont était venu chercher sa fille.

Vu la réputation du duc, il ne faisait aucun doute que lord deGriffith serait chez lui, guettant leur retour. Avec un pistolet ou une épée à portée de main possiblement.

Et tandis que leur petit groupe pénétrait dans sa demeure, il était peu probable qu'il se montre plus amical.

À cela, plusieurs raisons. Il y avait la mise de Mlle Pomfret, qui, malgré les efforts d'Ashmont, donnait l'impression d'avoir essuyé une tempête. Il y avait oncle Fred. Et il y avait lady Charles.

Nul besoin d'être grand clerc pour comprendre qu'il s'était passé quelque chose. D'autant que, s'agissant d'Ashmont, tout le monde savait que les événements étaient bien trop souvent de l'ordre du cataclysme.

Et donc, après des salutations guindées, quand Ashmont demanda à s'entretenir en privé avec lord deGriffith, il ne fut pas surpris de sentir la température chuter brutalement tandis que des nuages s'amoncelaient au-dessus de sa tête.

Laissant le soin à son épouse de s'occuper des personnes présentes, lord deGriffith invita Ashmont à faire un tour au jardin.

Celui-ci n'était pas très grand. Contrairement à Ashmont House, située sur Park Lane, deGriffith House était une maison de ville étroite, nichée sur un terrain exigu de St. James's Square. Le jardin offrait cependant un espace ombragé ainsi qu'une allée permettant de se promener parmi les arbres, les bosquets et les fleurs. Les plantations créaient aussi des espèces de paravents de sorte que, si lord deGriffith plantait un poignard dans le cou d'Ashmont, les témoins oculaires postés aux fenêtres ne seraient pas certains de ce qu'ils avaient vu.

Non que lord deGriffith ait l'intention de le tuer tout de suite. Du reste, s'il devait en arriver là, il choisirait une méthode plus lente et plus douloureuse qu'un simple coup de poignard.

— Vous ne seriez pas venu dans cet état, escorté de deux courtisans aguerris, si vous n'aviez pas une nouvelle importante à me communiquer, déclara lord deGriffith sans détour. J'imagine que m'annoncer votre intention de partir pour l'Amérique afin d'explorer seul des contrées sauvages et de batailler contre de féroces indigènes serait trop espérer.

Ashmont lui raconta ce qui s'était passé. La vérité, dépouillée cependant des détails les plus scabreux.

Lord deGriffith ferma les yeux, puis les rouvrit. Ce fut la seule manifestation de son émotion.

— Lady Bartham, soupira-t-il.

— Avant que je poursuive, monsieur, dit Ashmont, je tiens à être clair sur un point. Je veux épouser votre fille. Je le veux depuis…

Il réalisa soudain qu'il ne pouvait pas en dire plus. Il ne pouvait pas mentionner Putney Heath puisque l'incident n'avait jamais eu lieu.

— Depuis... ?

— Eh bien, vous savez, monsieur, c'est difficile à dire dans ce genre de situation. J'ai l'impression que c'est depuis toujours.

— Mmm.

— Le fait est que mes sentiments sont sincères. Mlle Pomfret est cependant peu encline à s'engager dans la voie du mariage. Elle m'a même avoué que cette perspective l'emplissait d'effroi.

— C'est une fille raisonnable. Jusqu'à un certain point.

— Elle a donc conçu un stratagème, que j'ai approuvé.

Ashmont décrivit le stratagème en question.

Lord deGriffith l'écouta sans mot dire.

— Je dois cependant vous avertir, par esprit de fair-play, que j'ai l'intention de faire mon possible pour qu'elle change d'avis.

— Vous ne vous attendez pas que je vous souhaite bonne chance, répliqua lord deGriffith. Tout bien considéré, le stratagème de Cassandra n'est pas déraisonnable. Seule la comtesse de Bartham vous a vus, et si ce n'était pas un être aussi venimeux, je ne la fréquenterais même pas. Mon épouse croit cependant plus sage de garder ses ennemis près de soi, de façon à les avoir à l'œil. Je ne peux désapprouver ce raisonnement. Puisque nous ne pouvons pas ignorer lady Bartham, semble-t-il, nous avons tout intérêt à fausser ses armes.

— Content de vous aider, déclara Ashmont. Le pire, à mes yeux, serait que Mlle Pomfret subisse une humiliation. Elle n'était aucunement fautive, je vous assure, monsieur. Je me suis très mal comporté.

J'aurais dû résister. Je ne l'ai pas fait. Je n'ai aucune excuse.

— Mais elle a coopéré.

Prudence. Ne va pas envenimer la situation. Ce n'est pas en lui laissant croire que tu as manqué de respect à sa fille que tu gagneras son cœur de père. Il ne serait pas non plus très sage de sous-entendre que sa fille a volontairement couru à sa propre perte.

— Elle était fatiguée après avoir déployé tant d'efforts pour tenter de me tuer avec son parapluie, expliqua Ashmont.

— Trop fatiguée pour vous pousser par la fenêtre ou vous casser le nez.

— Exactement.

Lord deGriffith regarda autour de lui.

— J'ai bien fait de vous inviter à sortir. J'ai besoin d'air. Une marche d'une trentaine de kilomètres parviendrait sans doute à me calmer, mais cela attendra. Je vais devoir me ressaisir, pour le bien de mon épouse, sans compter ma propre tranquillité d'esprit.

— Je suis vraiment navré, monsieur, d'être la source de tant de problèmes. Je comprends que vous me détestiez. Je me détesterais aussi si j'étais à votre place.

Lord deGriffith balaya cette déclaration d'un geste.

— Au cours de ma longue carrière, j'ai appris à gouverner mes sentiments, à regarder les faits et à en tirer parti. Je ne suis pas séduit par le plan de Cassandra, d'autant qu'il m'obligera à supporter votre présence. Je dois cependant reconnaître que c'est une solution simple et raisonnable. Vous avez mon autorisation pour le mettre à exécution. Ne voyez cependant pas là un encouragement à courtiser ma fille. Vous n'êtes peut-être pas le dernier homme sur terre que je souhaiterais avoir pour gendre, mais vous figurez bel et bien dans cette catégorie.

C'était un camouflet. Ashmont avait beau s'être préparé au pire, le coup porta. Désormais, quoi qu'il tente d'accomplir, il se heurterait à un puissant vent contraire d'opposition paternelle.

— Je me le tiens pour dit, monsieur. Je me demandais toutefois si vous auriez la bonté de m'accorder encore quelques minutes de votre temps.

— Duc, vous avez déjà abusé de ma patience plus qu'il n'est humainement supportable.

— Compris. Cela ne peut toutefois pas attendre.

Quand le duc d'Ashmont prit congé, Cassandra le trouva pâle et défait.

Le phénomène était certes fréquent après un entretien avec son père, se dit-elle, sans parvenir toutefois à calmer sa conscience.

Les aînés tinrent ensuite conseil – un conseil dont Cassandra et Hyacinthe furent exclues.

Une éternité plus tard, tante Julia et lord Frederick s'en allèrent, et lord deGriffith convoqua Cassandra dans son bureau.

— Après notre discussion de famille, je me suis entretenu avec ta tante en privé, dit-il. Je me suis aussi entretenu avec lord Frederick en privé. Je suis furieux d'avoir dû consacrer un temps précieux à cette absurdité, tout cela à cause d'une femme aigrie, qui s'ingénie à nuire à ses semblables. Je vais arriver en retard à la séance du soir, et qui sait ce qu'ils auront encore manigancé en mon absence.

Son père ratait rarement une séance parlementaire, pas même celles du midi, pourtant truffées de pétitions.

— Je suis navrée d'avoir causé autant d'ennuis, murmura Cassandra.

Elle aurait dû être navrée au sujet du baiser, or, elle ne l'était pas et ne pouvait s'empêcher de penser que toute cette affaire était totalement injuste. Le moment était toutefois mal choisi pour défendre les droits des femmes.

Il agita la main avec impatience.

— Oui, bon, quelques baisers volés. Cela fait partie de la vie. Les filles ne sont pas toujours les parangons de vertu que l'on souhaiterait qu'elles soient, mais nos attentes sont peut-être déraisonnables. Je ne me serais pas autant inquiété avec un autre qu'Ashmont.

— Oui, papa. Je sais.

— Nous devons nous attendre à faire le bonheur des caricaturistes.

Il ferma les yeux, puis, sans doute épouvanté par ce qu'il voyait mentalement, les rouvrit et regarda sa fille d'un air presque résigné.

— Les caricaturistes raffolent d'Ashmont. Il a même supplanté le défunt roi, qui battait pourtant des records dans cette catégorie peu enviable.

Cassandra imaginait sans peine ce qu'ils feraient de la Scène du Rideau.

— Le duc s'en est toutefois mieux sorti que je ne m'y attendais, et le stratagème que tu proposes a un certain mérite. J'ai accepté le projet de... simulacre. Ashmont a en outre imaginé un stratagème à sa façon, qui n'est pas sans mérite non plus.

Cassandra ne s'évanouit pas. Elle ne s'évanouissait jamais.

Elle ne s'écria pas : « Non ! Non ! Pas une *idée* d'Ashmont ! »

Son visage demeura impénétrable et elle garda le silence tandis que son père poursuivait :

— Il t'accompagnera au théâtre demain soir. Ta tante vous chaperonnera. Ce sera la première étape de la campagne. Avec un peu de chance, cela se révélera suffisant et cette absurdité sera vite réglée. À présent, si tu veux bien avoir la bonté de dire à ta sœur que je souhaite la voir.

— Papa, j'espère que vous n'allez pas la punir davantage à cause de mon erreur…

— Mon enfant, j'aimerais ne pas avoir à te rappeler qui est le chef de cette famille.

Cassandra quitta le bureau et fit ce qui lui avait été demandé, non sans s'être excusée auprès de sa sœur au cas où une nouvelle calamité viendrait à s'abattre sur elle.

L'exil dans le Hertfordshire, très probablement.

Moins d'un quart d'heure plus tard, Hyacinthe entra en courant dans la bibliothèque.

— Oh, Cassandra, c'est absolument merveilleux ! Je te l'avais dit ! Je te l'avais dit !

Cassandra reposa son livre.

— Qu'est-ce qui est merveilleux ?

Hyacinthe la rejoignit et la serra dans ses bras.

— Il a réussi ! Le duc a convaincu papa de déroger à la règle. Ce n'est que pour un soir, a dit papa, ensuite « nous verrons ce que nous verrons ». Mais il m'autorise à aller au théâtre avec toi demain !

Le samedi après-midi, lady Bartham rendit visite à sa *chère* amie lady deGriffith.

La comtesse se répandit en excuses pour avoir été celle qui avait malencontreusement écarté le rideau, mais mieux valait, et de loin, que ce soit une amie qui ait fait cette découverte, car on pouvait lui faire confiance pour n'en souffler mot à personne.

À vrai dire, depuis la veille, la prétendue amie avait claironné la nouvelle à plus de la moitié de ses relations, et ladite nouvelle avait déjà retenu l'attention des principaux imprimeurs d'estampes de la capitale.

Lady Bartham attendait depuis longtemps une telle occasion. Elle était dans le public quand Cassandra Pomfret avait ridiculisé M. Owsley – ainsi qu'elle-même par voie de conséquence, car M. Owsley était son protégé. Tomber par hasard sur sa plus belle chance de revanche sans avoir fait le moindre effort rendait la chose d'autant plus délectable.

Alors qu'elle afficha une expression de profonde commisération, elle fut déçue de constater que lady deGriffith ne s'effondrait pas. Au contraire, elle se redressa et sourit.

— Les jeunes gens peuvent se révéler très tenaces, n'est-ce pas ? Il va de soi que le duc s'est entretenu avec lord deGriffith dès leur retour.

— Entretenu ?

— Vous ne pouviez pas savoir que les choses avaient autant progressé, naturellement, répondit lady deGriffith. Il se trouve que vous aviez vu juste en parlant de flirt à la fête de bienfaisance. Je ne me doutais de rien, et Cassandra n'est pas le genre de jeune fille à se vanter de ses conquêtes.

« À raison, songea lady Bartham, la pauvre fille n'en compte aucune. »

— En effet, dit-elle à voix haute, elle n'est que la deuxième jeune fille qu'il courtise, pour autant que je sache. J'avais cru comprendre qu'il lui avait fallu des mois pour conquérir la première. Alors qu'il connaît Mlle Pomfret depuis, quoi ? Quelques jours à peine ? À moins que je ne sache pas tout ?

— Oh, ils se connaissent depuis toujours ! répondit son amie. Depuis l'enfance. Ils se retrouvaient à Camberley Park chaque été. Apparemment, les choses ont soudain pris une tournure plus sérieuse, ajouta-t-elle avant de secouer la tête. Ces jeunes gens impétueux ! Comment leur résister ? Surtout quand il s'agit d'un duc. Habitué à n'en faire qu'à sa tête et prêt à tout pour obtenir ce qu'il désire.

Sans faire allusion à quelque chose d'aussi trivial que l'argent, elle rappelait à lady Bartham que le duc en possédait des quantités, et que la richesse permettait de faire oublier bien des péchés.

— C'est éprouvant, pour les nerfs d'une mère, je le reconnais, enchaîna-t-elle. J'ai été stupéfaite de découvrir la profondeur de ses sentiments pour Cassandra et son impatience à faire d'elle sa duchesse. Lord deGriffith lui-même n'a pas pu résister à une telle ardeur. Quelle chance vous avez, ma chère, d'avoir des filles qui ne se sont jamais trouvées en butte à des prétendants aussi déterminés.

Lady Bartham comprit qu'elle venait non seulement de se ridiculiser, mais de voir ses filles dépréciées par-dessus le marché. Pressentant des conversations déplaisantes avec ses autres amies, elle eut la sagesse de prendre rapidement congé.

Elle était furieuse. Les deGriffith n'étaient que des menteurs, tous autant qu'ils étaient, surtout lady deGriffith. Une manipulatrice depuis leurs débuts dans le monde. Une créature prête à tout pour obtenir ce qu'elle voulait, y compris les prétendants de ses propres amies.

Pas étonnant que ses filles se révèlent aussi monstrueuses. Et dire qu'un de ces monstres allait épouser un *duc*, aussi débauché soit-il ! C'était proprement intolérable.

Adelphi Theater, samedi 6 juillet

— Nous nous arrangerons pour qu'ils parlent d'autre chose, avait dit le duc pour justifier cette sortie.

Cassandra l'espérait. Sa mère avait beau avoir remis lady Bartham à sa place, le mal était fait. Des caricatures étaient apparues dans les vitrines des imprimeurs en fin d'après-midi. D'après tante Julia, Cassandra y apparaissait vêtue d'une toge, prophétisant la perte de sa virginité. Les artistes les avaient aussi croqués, Ashmont et elle, vraisemblablement nus, à demi cachés par le rideau dans lequel ils étaient empêtrés. Il y avait eu débauche de mots d'esprit, les calembours habituels et des plaisanteries à propos d'activités athlétiques au Stadium.

Ce n'était pas la première fois que Cassandra était la cible de ce genre d'attaques, qu'elle aurait trouvé plus amusantes si elle n'avait pas eu à se soucier de sa famille.

Pauvre papa ! C'était si embarrassant pour lui. Il avait admirablement pris sur lui à l'annonce du scandale à venir.

Ashmont non plus n'avait pas démérité. Son idée portait déjà ses fruits.

Situé sur le Strand, l'Adelphi Theater était deux fois plus petit que celui de Covent Garden. Le public avait accueilli avec enthousiasme la nouvelle pièce de M. William Bayle Bernard, *The Long Finn*, ainsi que sa précédente farce, *La Momie*, qui avait longtemps fait salle comble.

Le duc avait tout prévu pour faire sensation, comme s'il mettait en scène sa propre pièce.

Sa loge, située côté cour, surplombait la scène. Il s'était assis dans l'ombre des rideaux, sur le siège le plus à gauche de la scène – le moins visible possible.

Cassandra regarda les spectateurs d'en face ajuster leurs jumelles sur sa loge et découvrir – juste ciel ! – que trois *dames* s'y trouvaient. Et pas n'importe lesquelles – des dames connues.

À côté du duc d'Ashmont se tenait Méduse, la Gorgone deGriffith, vêtue d'une robe chatoyante en soie bleu pâle. Près d'elle, vêtue d'une robe d'un rose plus pâle encore, se tenait la Débutante de la Saison – le duc avait gagné ; grâce à lui, Hyacinthe avait été libérée de sa captivité. Enfin, sur le siège le plus près de la scène, moulée dans une somptueuse robe de soirée rouge au décolleté profond et parée d'une rivière de diamants, présidait celle qui avait longtemps manqué à la haute société londonienne : lady Charles Ancaster.

Du fait de l'emplacement de la loge, les spectateurs qui occupaient les loges voisines ne découvrirent l'identité de ses occupants qu'une fois que le mot eut fait le tour de la salle.

La nouvelle parcourut l'orchestre, la corbeille, les baignoires et les balcons telle une vague. Les têtes se tournèrent, jumelles et faces-à-main brandis, certains se levèrent à demi ou tendirent le cou. La vague reflua tandis que le rideau se levait sur la troupe rassemblée sur scène, et chacun entonna le *God Save the King*.

Cassandra avait eu toutes les peines du monde à garder son sérieux face à un spectacle aussi hilarant.

— Mes félicitations, duc, murmura tante Julia en se penchant au-dessus de Hyacinthe. Vous avez réussi à faire scandale sans briser aucune loi, ni même interrompre le spectacle.

Le duc se pencha au-dessus de Cassandra pour lui répondre :

— La chance des débutants, lady Charles.

La robe de soirée de Cassandra était agrémentée de courtes manches ballon et ses gants lui arrivaient au-dessus du coude, pourtant, Ashmont s'arrangea pour que la manche de sa veste frôle les quelques centimètres de peau nue de son bras.

Cassandra attendit que sa tante se fût radossée à son siège pour chuchoter au duc :

— Vous me soufflez dans le cou.

— Je donne du grain à moudre à notre public.

— Vous ne leur en avez pas déjà donné assez ?

— Il se trouve aussi que vous sentez bon.

— Je ne sens pas la transpiration, vous voulez dire ?

— Sur une femme, c'est une odeur agréable, répliqua-t-il. Ce soir, vous sentez l'herbe fraîchement coupée. Si je le pouvais, j'enfouirais le nez au creux de votre cou.

Il s'adossa à son siège.

— J'ai promis à votre père de donner de quoi parler à tous ceux qui sont déjà fascinés par notre aventure derrière un rideau, ajouta-t-il. Je doute toutefois qu'il ait eu en tête l'expression publique de mon désir.

Désir.

Le cou de Cassandra la picota là où son souffle l'avait caressé et une troublante palpitation se répandit dans son ventre. La température de la salle s'éleva de plusieurs degrés.

— D'un autre côté, personne ne croira jamais que je veux vous épouser – vous ou n'importe quelle autre femme – pour votre esprit, reprit-il. Il faut bien que je vous coule des regards lascifs, de temps à autre. Auxquels vous répliquerez par quelque parole mordante ou un coup d'éventail. Voire les deux.

Évidemment qu'elle répliquerait. Si le fait de se trouver près de lui avait tendance à lui paralyser l'esprit, elle n'avait pas pour autant entièrement perdu la raison.

Ayant grandi à la campagne, elle avait passé une partie de son temps à côtoyer des chevaux, et bien qu'elle n'ait aucune expérience, elle connaissait les rudiments de ce qui se passe entre un homme et une femme.

Elle se souvenait de ce qu'elle avait ressenti derrière le rideau, cette façon qu'a le raisonnement logique de céder face au désir physique. Telle était la nature humaine. C'était ainsi que le genre humain se perpétuait. Elle était peut-être un monstre, cependant, de ce point de vue-là, elle restait très humaine.

Elle avait déjà fait l'expérience du désir et de l'engouement. Un engouement, en particulier, avait tourmenté son adolescence, mais elle avait mûri et s'en était libéré.

Du moins l'avait-elle cru jusqu'à la veille.

Elle n'avait pas fini de mûrir. Elle n'était pas vraiment immunisée contre son charme. Existait-il seulement un vaccin contre ce genre de maladie ? L'adolescente irrationnelle en elle avait terriblement envie qu'il enfouisse le nez au creux de son cou.

Cet homme était un piège. Un piège à femmes ambulant et doué de parole.

— Taisez-vous, dit-elle en se forçant à se concentrer sur la pièce.

Il fallut un moment à Ashmont pour reporter son attention sur la scène. Après tout, il n'y avait pas grand-chose à faire d'autre. S'il avait déjà vu la pièce – *The Long Finn* était un merveilleux divertissement, truffé d'histoires de pirates, d'amants maudits, de trésors cachés et de meurtres –, elle ne pouvait rivaliser avec Cassandra Pomfret.

Elle était délicieusement dévêtue, ce soir-là – en tout cas plus qu'à l'ordinaire. Quelques rares rubans, stratégiquement disposés, agrémentaient sa robe. Deux d'entre eux frôlaient ses épaules nues, et celui qui se trouvait au creux de son décolleté palpitait au rythme des mouvements ascendants et descendants de sa poitrine. Au-dessus dudit décolleté, sa peau lisse de soie laissait deviner ce qui pulsait sous le corsage, le corset et la chemise.

Quand il s'était penché vers elle, un parfum de romarin, de lavande et de Cassandra Pomfret avait assailli ses narines. Il continuait d'en sentir de petites bouffées par intermittence, quand il ne percevait pas le doux bruissement de la soie au moindre de ses mouvements.

Il se souvenait de la façon dont elle avait répondu à ses baisers, de la sensation de son corps entre ses bras. La chaleur. L'inimaginable frisson d'excitation auquel il n'était pas préparé.

Il était censé être un homme fait. Il avait découvert le sexe opposé à un âge encore tendre et avait aussitôt considéré la chasteté comme une absurdité.

Or, il avait soudain l'impression d'être un collégien qui découvre la passion amoureuse. Sauf que ce qu'il ressentait était infiniment plus puissant et plus troublant. Il aimait ce trouble. Il lui semblait juste. Des années durant, il n'avait pas soupçonné à côté de quoi il passait.

Il s'efforça de se concentrer sur les comédiens plutôt que sur elle. Il n'avait pas l'habitude de résister à la tentation et ne pouvait se permettre le moindre faux pas. S'il s'en était bien tiré, jusqu'ici, mieux valait éviter de tenter le sort, notoirement capricieux.

Au premier entracte, ils se rendirent au bar parmi une foule bruyante et chatoyante. Comme prévu, de nombreuses personnes entourèrent la tante et la sœur de Cassandra – Humphrey Morris figurait parmi elles évidement.

Cassandra ne s'était cependant pas attendue que le groupe d'admirateurs soit aussi conséquent, et elle comprit mieux pourquoi son père s'était montré aussi strict s'agissant de la vie sociale de Hyacinthe. Elle décida toutefois que tant que cet essaim de gentlemen ne perturbait pas tante Julia, il ne la perturberait pas non plus.

Elle se tenait un peu en retrait, dans une petite oasis de calme. Au début de l'entracte, Mme Roake les avait rejoints, le duc et elle. Celui-ci avait toutefois rapidement entraîné la dame à l'écart pour lui parler en tête à tête.

Cassandra reporta son attention sur sa sœur, qui rayonnait littéralement. Regarder les flirts et autres petits jeux auxquels se livraient les gens était également distrayant. Elle s'en amusait quand elle vit approcher M. Owsley.

Alors qu'elle pensait qu'il allait rejoindre le flot des prétendants qui encerclaient Hyacinthe, il les contourna et se dirigea vers elle.

— Mademoiselle Pomfret, la salua-t-il.

— Monsieur Owsley.

— Quelle agréable surprise.

— C'est étrange, s'étonna-t-elle. Vous n'étiez guère heureux de me voir à votre conférence voilà quelques semaines.

— À ce sujet, je crois que nous sommes partis du mauvais pied.

Elle le gratifia du regard glacial qu'elle réservait à la majorité des hommes.

— Vous avez rejeté ce que j'avançais. Alors, oui, je décrirais cela comme un départ du mauvais pied.

Owsley rougit légèrement.

— Certes, la situation ne se présentait pas sous les meilleurs auspices. Je me suis dit par la suite que j'aurais mieux fait d'expliquer ce que nous nous efforcions d'accomplir.

Franchement les hommes lui donnaient parfois envie de hurler. Et elle n'était pas la seule femme à ressentir cela.

— Vous présumez qu'en plus de ne pas avoir compris votre conférence, je n'aurais pas suivi les arguments en faveur et en défaveur de votre projet de loi. Ou peut-être supposez-vous que j'aie tenté de le faire, mais que je ne suis pas parvenue à les comprendre parce que mon cerveau de femme est trop petit.

— La difficulté vient de ce que les satiristes n'ont mis en avant qu'un seul aspect de la question.

— Les satiristes ne sont pas ma seule source d'inspiration. Comme quantité de femmes de toutes tendances politiques, je lis les rapports parlementaires ainsi que les rubriques politiques des journaux londoniens.

Elle allait enchaîner lorsque l'océan des admirateurs de sa sœur et de sa tante se fendit en deux pour laisser passer le duc d'Ashmont.

Owsley dut sentir le mouvement de foule, car il jeta un coup d'œil en direction d'Ashmont, puis :

— Je souhaitais simplement tirer le meilleur parti de cette occasion inattendue. Je réalise toutefois que le lieu et le moment ne se prêtent pas à une discussion sérieuse. Peut-être aurons-nous la possibilité de parler une autre fois.

— Ah, vous voilà, mademoiselle Pomfret ! s'écria Ashmont en s'arrêtant près d'elle. Peut-être aurez-vous la bonté de me présenter votre ami ? ajouta-t-il en regardant Owsley.

Si le duc souriait, son sourire était plus menaçant que le regard noir de n'importe quel autre homme.

À la grande surprise de Cassandra, Owsley parut soudain moins pressé de partir. Au contraire, il carra les épaules et releva le menton.

Elle fit les présentations.

— M. Owsley ? dit Ashmont. Celui du projet de loi en faveur du retour de la stricte observance du sabbat ? Il faudra que nous parlions un jour, vous et moi.

Bien qu'habituée de longue date à afficher un masque impénétrable en toutes circonstances, Cassandra ne put s'empêcher de ciller. Mme Roake, qui était arrivée dans le sillage d'Ashmont, dévisagea celui-ci sans chercher à masquer son étonnement.

— On sonne la fin de l'entracte, ajouta Ashmont, et je sais que ces dames ont hâte de savoir si le fils du chercheur de trésors survivra à ses mésaventures.

Il offrit son bras à Cassandra, qui l'accepta. Il était tendu et elle réalisa qu'ils venaient de frôler une explosion de violence. S'il avait été l'homme de paix et de charité qu'il prétendait être, Owsley aurait dû avoir le bon sens de disparaître. Quant à Ashmont…

Elle se souvint qu'il était censé la courtiser. Si elle n'avait aucune expérience dans ce domaine, elle avait assez observé les comportements masculins pour savoir que le fait de prendre de grands airs et d'intimider des rivaux potentiels faisait souvent partie du jeu.

Non qu'Ashmont ait jamais eu besoin d'un solide prétexte pour se bagarrer.

Cassandra fut ennuyée de découvrir à quel point cette manifestation de possessivité lui faisait plaisir. Elle n'était pourtant plus l'adolescente amoureuse d'autrefois. Ce qu'elle ressentait n'était qu'une réponse primaire, irréfléchie, qui relevait de l'instinct d'accouplement. Les chiens faisaient de même. Cela ne relevait pas de la raison.

Une fois qu'ils eurent regagné leurs places, Ashmont se pencha vers elle et murmura :

— Je pensais qu'Owsley était plus âgé. Je me suis demandé s'il essayait de me voler ma charmeuse ou de la persuader de soutenir son projet de loi.

— Voler votre...

Elle s'interrompit. Pas question qu'elle s'engage dans cette voie.

— Il perdait son temps. Comment se fait-il que vous soyez au courant de ce projet de loi ? Mme Roake ne peut pas vous en avoir parlé, elle était aussi stupéfaite que moi quand vous l'avez évoqué.

— J'ai assisté à votre réunion, vous vous souvenez ?

— Et vous écoutiez vraiment ?

— C'était fort intéressant. J'ai appris bien des choses. Il faudrait que je songe à dépoussiérer mon siège à la Chambre des lords. Morris m'a dit ce matin que M. Stanley avait proposé un projet de loi visant à abolir l'esclavage dans les colonies. Je n'avais pas réalisé que ce genre de choses se pratiquait encore. J'étais si stupéfait que j'en ai oublié qu'on était en train de me raser. J'ai voulu bondir de mon siège et Sommers a failli me trancher la gorge.

— Quoi ? s'exclama-t-elle. De qui parlez-vous ?

— De Morris. Il fallait bien que je lui dise que Mlle Lily serait présente ce soir et...

— C'est *Hyacinthe*, comme vous le savez pertinemment.

Il sourit.

— Je ne pouvais pas ne pas le prévenir. Il s'est révélé un ami très correct. Le pauvre, ce n'est pas sa faute si sa mère est épouvantable. Je lui ai donc demandé de quel genre d'affaires votre père s'occupait ces temps-ci. Histoire de gagner une fraction de point, avec lui.

— Vous n'allez pas siéger au Parlement. Ce n'est qu'une rumeur qui fait partie de notre farce.

Farce qui consistait à faire semblant de la courtiser assidûment. De vouloir entrer dans les bonnes grâces de son père.

Épousez-moi.

Il ferait tout pour obtenir ce qu'il voulait.

Il toucha son gant, près du poignet.

— Chut. La pièce reprend.

Elle eut envie de poser sa main sur celle d'Ashmont. D'entrelacer ses doigts aux siens. Elle avait vu ses parents faire cela. Ses grands-parents. Tante Julia et oncle Charles. En toute discrétion. Ils ne faisaient pas étalage de leur affection devant les autres. Mais c'était des moments d'intimité, de complicité.

Sauf qu'il n'existait aucune complicité entre Ashmont et elle. Elle glissait dans une sorte de délire en imaginant cela. Un délire qu'il avait créé. Le beau visage. Le chuchotement. La proximité physique. Tout cela nuisait à la réflexion.

Elle reporta son attention sur la scène alors que le rideau révélait Arnold, le fils du chercheur de trésors, étendu sur un lit bas.

Elle chassa les doigts entrelacés et la politique de son esprit. Cela faisait une éternité qu'elle n'avait pas été au théâtre. Elle était heureuse d'être là. D'autant plus heureuse que sa sœur profitait du spectacle avec elle. Il n'était pas question qu'elle manque une seule minute de l'expérience, quelle que soit la personne assise à côté d'elle.

11

Le rideau retomba sur le second et dernier acte de *The Long Finn*. Les dames applaudirent et sourirent à Ashmont comme s'il avait écrit, produit et dirigé la pièce exclusivement pour elles.

Mlle Fleur manifestait sa joie aussi ouvertement qu'une petite fille. Pas de feinte sophistication, ni de grands airs chez elle. Il lui suffisait d'être elle-même pour être belle.

Le duc commençait à comprendre pourquoi Mlle Pomfret aimait tant sa sœur. La jeune fille n'était pas du tout à son goût, mais elle semblait d'un naturel très doux, et il ne pouvait que souhaiter bonne chance à Morris. Vu la concurrence, il en aurait besoin.

Le programme se composait ce soir-là de deux pièces du même auteur. Ashmont avait déjà vu deux fois la farce suivante, intitulée *La Momie*, et il se réjouissait d'avance de regarder Mlle Pomfret rire à gorge déployée.

Le deuxième entracte commençait cependant, et il voulait en profiter pour s'entretenir avec Owsley.

En temps normal, il se serait contenté de lui casser la figure.

Que la question fût ou non politique – et elle l'était assurément –, l'homme avait posé sur Mlle Pomfret un regard concupiscent qui avait instantanément réveillé son démon intérieur.

Sachant toutefois que la violence ne lui ferait gagner ni point ni respect auprès de la fille comme du père, il força son démon intérieur à retourner dans sa caverne.

Respect. Estime. Ces choses étaient importantes pour elle et supposaient une approche stratégique. Il pouvait y arriver. Il avait de l'expérience en matière de stratégie.

Pour l'heure, il lui fallait dénicher ce père la vertu d'Owsley parmi la foule des hommes peuplant le bar. Cet individu avait besoin qu'on lui rappelle quelques principes fondamentaux. Premier point : Tu ne convoiteras point la femme d'autrui. Il n'était pas d'humeur à plaisanter à ce sujet.

Deuxième point : Si le projet de loi en faveur de la pratique du sabbat était voté, cela ruinerait tous les projets de la Société Andromède. Les gens du peuple avaient besoin de manger et de se déplacer autrement qu'à pied, et ce, sept jours sur sept. Ce n'était pourtant pas difficile à comprendre.

Comme souvent, de nombreux spectateurs arrivés en retard se joignirent à la foule du bar. La clientèle était également de plus en plus éméchée. Pas le duc d'Ashmont.

Bien que sa loge disposât d'une petite desserte chargée de boissons, il n'avait bu qu'un verre de vin. Il ne pouvait se permettre d'avoir l'esprit embrumé. Il avait besoin d'être en possession de toutes ses facultés.

La sobriété n'était pas le meilleur moyen d'endurer une soirée au cours de laquelle il ne pouvait espérer toucher ou embrasser Mlle Pomfret malgré la tentation. Ces rubans diaboliques qui palpitaient sur sa peau tels de petits doigts bleus lui faisant signe – *approche, touche, goûte.* Il avait pourtant vaillamment résisté pendant tout le second acte, alors même que la loge s'emplissait d'une odeur de romarin et de lavande, mêlée de senteur féminine.

Il persisterait à résister. Il n'avait pas le choix. L'enjeu était trop important.

Pour l'instant, les rubans palpitaient à quelques pas de lui. Mlle Pomfret était en compagnie de Mme Roake et d'une autre dame. Elles parlaient derrière leurs éventails et ne regardaient pas dans sa direction. Avec un peu de chance, elles ne remarqueraient pas ce qu'il s'apprêtait à faire.

Après quelques frustrantes minutes de recherche, il repéra sa proie, près de la cheminée au fond du bar. Monsieur le père la vertu pérorait au milieu d'un petit groupe. Scandalisé par la pièce, sans doute. Il ne devait guère apprécier les pirates, ces individus dépravés qui volaient, pillaient et commettaient leurs méfaits, même le dimanche !

Souriant d'avance, Ashmont se dirigea vers la cheminée.

Il n'avait pas fait cinq pas qu'un homme le bouscula. Il s'apprêtait à le repousser quand il comprit qu'il ne s'agissait pas d'un simple spectateur éméché. Derrière cet homme, une soudaine agitation s'était élevée parmi la foule entourant Mlle Fleur.

Deux jeunes gens se poussaient l'un l'autre, cherchant visiblement à se rapprocher de la jeune fille. Ils n'étaient guère plus âgés qu'elle, semblaient avoir trop bu et paraissaient prêts à en découdre.

Ashmont rejoignit les deux rivaux sans trop de difficultés. Il ne se rendit pas compte que son démon intérieur rampait hors de sa caverne. Il ne se rendit pas compte qu'il affichait le Sourire de la Mort. Les autres l'avaient remarqué, cependant, et s'écartaient spontanément devant lui.

Il attrapa le plus proche des querelleurs par le bras.

— Assez ! Vous faites peur aux dames. Allez régler vos différends dehors !

— Je vous interdis de me toucher ! rétorqua le garçon.

— Mêlez-vous de ce qui vous regarde ! renchérit son rival.

Le silence se fit instantanément autour d'eux et une partie du public recula.

Le démon se prépara à bondir. Ashmont serra les poings, prêt à frapper d'abord et à poser des questions ensuite. Il avait envie de frapper quelqu'un de toute façon. Il n'avait pas pour habitude de faire preuve d'abnégation ; il n'aimait pas cela. Il avait besoin de *faire* quelque chose.

Puis il vit les sourcils froncés de lady Charles et les grands yeux écarquillés de Mlle Fleur. Il perçut l'incertitude des spectateurs, qui n'avaient pas envie d'être bousculés, heurtés ou piétinés. Certains d'entre eux étaient ivres ; ils se précipiteraient dès qu'une bagarre commencerait et ce serait la mêlée générale. Dans une salle étroite, dotée de peu d'issues.

Il avait promis à lord deGriffith de veiller sur les dames.

Il s'immobilisa et ses mains se détendirent. Ce n'était que des gamins pris de boisson et ils n'étaient que deux contre le grand et dangereux Ashmont.

Sans relâcher le premier imbécile, il saisit l'autre de sa main libre.

Le premier geignit en cherchant à se dégager.

— Lâchez-moi, couina l'autre en tâchant de le repousser.

Il les ignora l'un et l'autre.

Il était grand. Il était puissant. Il était duc. Ils étaient si saouls qu'il n'était pas certain qu'ils l'aient reconnu, en revanche, ils reconnurent le pouvoir et l'assurance absolue. Et s'ils continuèrent de protester, ils n'offrirent qu'une molle résistance quand il les traîna à travers la foule.

Il n'eut aucun mal à les conduire jusqu'à la porte. Il les poussa dehors en lançant :

— Et que je ne vous revoie pas.

Les idiots.

Il secoua la tête et se retourna.

Pour se trouver confronté à un silence de mort.

Tous les regards étaient braqués sur lui.

Il soupira.

Plus question d'approcher discrètement Owsley. De toute façon, il n'aurait pas eu le temps de lui donner de matière à réflexion.

Alors qu'il s'avançait pour rejoindre les femmes qui partageaient sa loge, il la vit. Rayonnante. Le regard étincelant. Elle le regardait – *lui*, comme s'il venait de tuer à lui seul Scylla, Charybde et six ou sept dragons, rien que pour elle.

Il l'avait fait. *Lui*.

Cassandra entendit Mme Roake lui parler, mais le seul mot qu'elle comprit fut *Owsley*. Elle ne chercha pas plus loin. Heureusement que l'entracte était presque fini, car elle aurait été incapable de soutenir une conversation intelligente avec qui que ce soit.

Elle avait assisté à la scène, médusée. Certes, elle avait entendu parler de bagarres dans des théâtres. Elle en avait même déclenché sans le vouloir. Quoique pas dans un espace aussi restreint, parmi tant d'hommes éméchés, dont la majorité était rassemblée autour de sa sœur. Sa tante était là, et des amis. Tous étaient en danger.

L'espace d'un instant, elle était restée pétrifiée, consciente de ce qui risquait de se produire, cherchant comment l'empêcher.

Ashmont était alors intervenu tel… tel le héros de ses rêves. Celui qui avait remis Godfrey Wills à sa place des années plus tôt, au moment où cela risquait de mal tourner.

Il aurait pu aggraver les choses. Précipiter la catastrophe. Or, il avait fait preuve de retenue et s'était montré si sûr de lui que personne n'avait douté de lui.

Il avait mis un terme à l'incident avant le basculement fatal.

Ç'avait semblé si simple. Et pour lui, ça l'était. Mais il était l'un des rares à pouvoir se le permettre.

L'acte n'était pas anodin. Elle était peut-être la seule, avec quelques très rares personnes, à pouvoir l'apprécier pleinement.

Elle n'avait d'yeux que pour lui.

Il lui offrit son bras et elle y posa la main comme dans un rêve, le regard levé vers son merveilleux visage.

— Lucius, souffla-t-elle, émerveillée. Bravo.

Il fixa sur elle ses yeux si bleus.

— Quoi ? Vous voulez parler de ces deux freluquets ?

Elle acquiesça.

Il sourit et son sourire n'avait rien de joyeusement meurtrier. Il était doux, presque – quoique pas tout à fait – innocent, et l'espace d'un instant, il lui rappela le garçon qu'il avait été. Le garçon qui lui racontait l'histoire des étoiles et l'avait aidée à combattre un monstre.

Le garçon qu'elle avait aimé.

Le garçon, elle le comprenait à présent, qui n'avait laissé dans son cœur aucune place pour aucun autre.

Elle leva vers lui un regard rempli d'étoiles et le monde autour d'eux s'évanouit. Il l'entraîna jusqu'à la loge dont le valet s'empressa de leur ouvrir la porte. Il la referma, la fit reculer dans le recoin le plus sombre, prit son visage entre ses mains et l'embrassa.

Elle étouffa un cri, se cramponna à ses épaules. Ses lèvres s'entrouvrirent et il l'embrassa follement – une collision, une mêlée de langues, et un flot de chaleur le submergea. Ses mains coururent sur son cou, ses épaules, sa poitrine, sa taille, ses fesses. Il oubliait où ils se trouvaient. S'en moquait.

Cette façon qu'elle avait eue de le regarder ! Il avait cru mourir et revenir à la vie au même instant.

Et l'avoir dans ses bras, à présent ! Comme s'il retrouvait son foyer après un long voyage ou comme le combat qu'il rêvait de livrer depuis toujours.

Leur étreinte lui semblait… juste. Sauvage et juste.

Il fallait qu'il arrête. Il le savait. Pas tout de suite cependant. Il avait besoin du contact de son corps, de sa chaleur et de son désir.

Tant de choses le frustraient. Ces vêtements. Tout. Le monde entier. Il devait pourtant se contenter de ce moment, alors il plongea tête la première, comme d'habitude, soucieux de ne pas perdre un instant.

Arrête.

Oui, dans une minute.

Arrête.

Sa silhouette. La saveur de sa bouche. Le feu et l'intrépidité.

Arrête. Tout de suite.

Mais il avait saisi ses fesses à pleines mains et s'efforçait de la presser plus étroitement contre son entrejambe. Toujours ces maudits vêtements ! Comme il se plaquait contre elle, il heurta le pied d'une table voisine et des verres s'entrechoquèrent.

Ce fut comme un signal d'alarme.

Il reprit contact avec le monde, entendit des voix toutes proches. Cassandra laissa échapper un son étranglé et le repoussa.

Il recula en chancelant, et son cerveau se remit à fonctionner. Il la guida jusqu'à sa place, et elle s'assit, tremblante, au moment précis où la porte s'ouvrait sur lady Charles et Mlle Fleur.

— Désolé pour notre départ hâtif, dit-il. Mlle Pomfret se sentait... faible. Elle avait besoin de s'asseoir.

Il l'entendit déglutir. Il la regarda, vit l'éclat métallique de son regard, et comprit : Mlle Pomfret se retenait de rire.

Elle se ressaisit toutefois si rapidement que personne n'aurait pu deviner qu'ils s'embrassaient éperdument un instant plus tôt. Seuls le rose de ses joues et sa poitrine qui se soulevaient un peu trop vite auraient pu la trahir.

Une poitrine sur laquelle il avait posé les mains. Sur de la soie, essentiellement, et aussi sur le galbe d'un sein somptueux.

Juste un instant – le plus beau de tous les instants.

C'était loin, très loin, de lui suffire. Mais il survivrait grâce à cet instant aussi longtemps qu'il le faudrait.

— Je ne me sentais pas faible, rectifia-t-elle. Je reconnais toutefois avoir ressenti un léger vertige en voyant le duc d'Ashmont se comporter de manière utile et raisonnable. Je m'étonne que toutes les dames présentes ne se soient pas évanouies.

Elle était merveilleuse. Il n'avait perçu qu'un infime tremblement dans sa voix, cette voix délicieuse qui l'avait ramené dans le monde, ramené à la vie, à Putney Heath.

— Quoi qu'il en soit, plusieurs gentlemen en sont restés bouche bée, intervint Mlle Fleur. C'était très amusant, conclut-elle avec un grand sourire.

Lady Charles ne semblait pas du tout amusée, quant à elle. Son regard passa du duc à Mlle Pomfret. Un long silence suivit. Elle finit par s'asseoir.

— Ce qui a précédé était assez éprouvant. Je l'avoue, je n'avais pas une idée très juste de l'effet délétère que Hyacinthe a sur les jeunes gens.

— Tous ne se comportent pas aussi sottement, ma tante, assura la jeune fille. M. Morris aussi voulait s'interposer entre les fauteurs de trouble, mais Sa Grâce l'a devancé.

— M. Morris a eu la courtoisie de nous escorter jusqu'à votre loge après votre soudaine disparition en compagnie de mon autre nièce, précisa lady Charles.

— C'est un jeune homme sérieux, déclara Ashmont.

Il s'en tint là. L'étreinte torride qu'il venait de partager avec Mlle Pomfret lui avait brouillé l'esprit. Mieux valait ne rien dire plutôt que dire une sottise qui ferait plus de tort que de bien à Morris.

— C'est l'impression qu'il m'a donnée, avoua lady Charles. Duc, ayez la bonté de nous servir à tous un verre de vin. Hyacinthe n'a pas idée du chaos auquel nous venons d'échapper. Elle ne s'est jamais retrouvée prise dans un mouvement de foule au théâtre. J'en ai malheureusement fait la désagréable expérience – et j'ai beaucoup de mal à réaliser que vous êtes celui qui nous a sauvées. Soyez gentil, remplissez mon verre jusqu'au bord.

Cassandra Pomfret, Prophétesse de malheur, prédit un grand danger pour elle-même.

Elle avait baissé la garde et cédé à son moi adolescent. Elle avait laissé un instant, un seul, avoir raison de son jugement.

Et elle n'arrivait pas à le regretter.

Intérieurement, elle flottait, se sentait libre. Intérieurement, son cœur battait la chamade et son corps exultait.

Pour l'heure, elle s'autorisait à ressentir cela pleinement. Cela n'arriverait plus, elle ne le permettrait pas.

Pendant quelques minutes, Ashmont avait été l'homme auquel elle avait cru autrefois. Des années durant, elle avait cru qu'il deviendrait celui qu'elle voulait qu'il soit. En petite fille obstinée, elle avait été longtemps persuadée que ce qu'elle souhaitait pouvait et devait arriver.

Elle avait déchanté. Ashmont ne changerait pas uniquement parce qu'elle le souhaitait.

Mais il était grand, fort et séduisant, et elle était loin d'être la femme la plus convenable du monde. Elle avait beau être Méduse, elle n'était pas de marbre. Elle avait donc succombé, dans un moment de folie.

De folie, oui. Ils s'étaient comportés comme s'ils cherchaient à se faire surprendre. À scandaliser la salle entière. Elle imagina toutes les jumelles braquées sur eux, la lumière des lustres se reflétant sur des centaines de lentilles de verre. Les spectateurs retenant leur souffle, bouche bée.

Elle fut gagnée par un irrépressible fou rire. Par chance, ils regardaient une farce, elle rit donc aux scènes qu'elle imaginait mentalement, tout en suivant le spectacle. Comment s'en priver ? Le théâtre était une des grandes joies de la vie londonienne, et Ashmont avait rendu cette soirée possible. Il avait pensé à Hyacinthe et réussi à convaincre leur père de la laisser sortir. Rien que pour cela…

Avait-elle vraiment besoin de prétextes ?

Était-ce de l'amour… la dépravation de mon propre cœur ou les talents de séducteur de ce noble lord…

L'un des trois. Ou les trois à la fois.

Elle en viendrait à bout quoiqu'il en coûte. Elle n'avait pas le choix.

À l'entracte suivant, lady Charles décida que les dames ne retourneraient pas au bar. Naturellement, une armée de gentlemen se pressa devant la loge, tâchant de se faufiler à l'intérieur. Le seul à bénéficier de ce privilège fut Humphrey Morris.

— Ses progrès me stupéfient, murmura Ashmont à l'oreille de Mlle Pomfret. Malgré l'affection que j'aie pour lui, je ne lui donnais que peu de chances. Fils troisième né. Une mère épouvantable. Des frères aussi déplaisants que la mère. Cela dit, une de ses sœurs a la réputation d'être agréable. Pour autant, je n'aurais jamais misé sur lui.

— Réservez votre pronostic, lui conseilla Mlle Pomfret. S'agissant de Hyacinthe, mieux vaut éviter les conclusions hâtives. Sous ses dehors tendres… elle sait ce qu'elle veut, et je vous garantis qu'elle a du caractère.

— Je n'ai pu m'empêcher de remarquer qu'elle l'avait littéralement dépouillé à la fête de bienfaisance.

— Elle est combative, et bien plus intelligente qu'il n'y paraît. Naïve et idéaliste, aussi, mais elle analyse finement le caractère des gens. Si elle encourage M. Morris, c'est qu'elle a ses raisons, ce n'est pas simplement pour le réduire en esclavage. Ce n'est pas son genre.

Il feignit d'être choqué.

— Me pousseriez-vous à encourager mon ami, mademoiselle Pomfret ?

Elle jeta un coup d'œil à Humphrey Morris, qui contemplait Mlle Fleur comme si elle était la huitième Merveille du monde.

— Vous donne-t-il l'impression d'avoir besoin d'encouragements ?

— Le fait de se trouver près d'elle est probablement un encouragement en soi.

— Quoi qu'il en soit, il s'est suffisamment bien comporté pour mériter l'approbation de ma tante. Vous aussi, ajouta-t-elle en levant son éventail devant son visage, ne laissant visibles que ses yeux. Deux points, duc.

Il la regarda d'un air incrédule.

— Deux ?

— Absolument. Vous avez pensé à Hyacinthe et réussi à faire fléchir notre père. Cela n'a pas dû être facile.

Ç'avait été douloureux et presque terrifiant. Et cependant indispensable. Le duc d'Ashmont voulait une famille. Il devait prouver qu'on pouvait lui faire confiance pour veiller sur elles.

— En outre, vous l'avez protégée, vous nous avez tous protégés, poursuivit-elle. Ma tante l'a vu. Je l'ai vu. Alors, oui, deux points.

— Mais je me suis très mal comporté ensuite, chuchota-t-il. J'ai pris des libertés. J'aurais aimé en prendre davantage.

Les yeux de Mlle Pomfret étincelèrent.

— Et je ne vous ai pas giflé. Songez-y.

— Mademoiselle Pomfret.

— Je ne sais pas quoi faire de vous, soupira-t-elle. À moins que ce ne soit de moi-même ? Peu importe. Je trouverai la réponse bien assez tôt.

— Épousez-moi. C'est cela, la réponse.

Il la sentit reculer, même si elle ne bougea pas.

— Je ne suis pas à ce point perdue, dit-elle. Ou désespérée.

Elle lui infligea une petite tape sur la main du plat de son éventail alors que la sonnerie signalant la fin de l'entracte retentissait. L'éventail lui échappa et tomba au sol. Ashmont le ramassa et le lui rendit. Elle le referma et le garda sur sa cuisse, celle qui était la plus proche de lui.

Il referma la main sur la sienne. Elle ne chercha pas à se libérer.

Une infime capitulation, et cependant suffisante. Il avait l'impression qu'il venait d'escalader l'Olympe.

Leurs mains jointes reposaient dans l'ombre, invisibles du public. Un délicieux secret, comme leur étreinte ou le rire qu'elle avait retenu.

Le rideau se leva et la dernière pièce de la soirée, *Le Mauvais Œil*, commença.

Il voyait à peine ce qui se passait sur scène. Tout son être était concentré sur la jeune femme auprès de lui et la main qu'il tenait.

Tout semblait si simple à présent. Et sacrément compliqué en même temps.

Le souvenir de sa main tiède dans la sienne et de leur folle étreinte le soutiendrait durant les jours à venir.

Les mésaventures qui se déroulaient sur la scène finirent par attirer son attention, et il fut bientôt captivé par le spectacle.

Même si son esprit avait été un peu moins embrumé de bonheur, il n'aurait probablement pas remarqué le regard noir dont les couvait M. Owsley depuis sa loge située en face.

Cassandra savait qu'elle aurait dû réagir. Elle savait que c'était hautement inconvenant. Mais quand il avait posé sa main sur la sienne, son cœur avait bondi. *Pourquoi pas après tout ? Juste ce soir. Pourquoi ne pas en profiter ?*

« Il peut se montrer extrêmement persuasif quand il veut obtenir quelque chose, et c'est là qu'il est le plus dangereux », l'avait avertie Alice.

Elle avait raison.

Quoi qu'il en soit, cela semblait injuste.

Il était là, beau comme un dieu, assis à côté d'elle, apparemment domestiqué. Sauf que les dieux ne se domestiquent pas. Ils utilisent toutes sortes de ruses pour obtenir ce qu'ils désirent. Et une fois qu'ils l'ont obtenu, ils passent à la victime suivante.

Oui, c'était injuste. Une femme qui cédait à une pulsion parfaitement naturelle ne pouvait espérer être respectée.

Elle ne pouvait se laisser aller sans déshonorer ceux qu'elle aimait.

Le monde fonctionnait ainsi.

Ashmont l'avait aisément oubliée autrefois, se rappela-t-elle. Il ne l'avait même pas vue, ce fameux soir, à l'Almack's, alors qu'elle se tenait devant lui. Au cours d'autres rares et brèves rencontres, lors d'événements mondains, elle n'avait été à ses yeux qu'une débutante en mousseline blanche parmi tant d'autres.

L'épouser pour qu'il l'oublie ensuite… Elle n'était pas certaine de le supporter.

Si M. Owsley avait été conscient de l'agitation grandissante, il avait été trop lent à comprendre ce qui se passait et trop éloigné pour agir rapidement.

Il avait manqué une occasion d'accroître l'admiration de ses partisans. Plus important encore, cela aurait pu changer l'opinion que Mlle Pomfret avait de lui.

Hélas, il avait trop tardé, et le regard admiratif de la demoiselle avait été dirigé sur ce dépravé de duc d'Ashmont, qui ne la méritait pas, ni elle ni aucune jeune fille bien née.

Owsley se dit qu'il valait mieux abandonner la partie. Elle l'avait humilié publiquement lors de sa conférence, et battu froid pendant le premier entracte. Il n'aurait pas dû l'approcher. Il n'aurait pas dû mentionner son projet de loi.

Elle était si belle cependant. Cela tenait autant à son visage et à sa silhouette qu'aux paroles qu'elle avait prononcées à sa conférence, qui l'avait laissé sans voix et les joues en feu.

Lui, décontenancé par une femme ! La majorité de ses partisans, s'agissant du rétablissement du sabbat, étaient des femmes. Il était bel homme, jouissait d'une belle situation et d'excellentes perspectives. Il n'avait que l'embarras du choix.

Mais non. La flèche de Cupidon avait transpercé son cœur, faisant naître en lui un désir insensé pour Cassandra Pomfret.

Elle incarnait pourtant tout ce qu'il détestait chez une femme : butée, véhémente et obstinée. On l'avait surprise dans une situation hautement compromettante en compagnie du duc d'Ashmont. Et semblait-elle un tant soit peu contrite ou honteuse ?

Pas le moins du monde ! Elle trônait dans la loge privée du duc, son regard balayant la salle telle la Reine évaluant l'étendue de son royaume.

Owsley se jura de combattre ce fléau. Il ne laisserait pas ce stupide engouement avoir raison de lui.

Pour autant, il mourait d'envie de refermer les mains autour du cou du duc d'Ashmont et de l'étrangler.

Après le théâtre, le duc avait arrangé un souper au Clarendon Hotel en compagnie des parents de Cassandra. Pour avoir aidé Ashmont à escorter ces dames parmi la foule qui se pressait à la sortie de l'Adelphi, Humphrey Morris fut invité à se joindre à leur petit groupe à la dernière minute.

Une fois sortis de la cohue, ils durent encore affronter la longue parade d'attelages qui avançaient sur le Strand à une allure d'escargot.

Le groupe du duc s'en tira cependant avec plus de célérité que la plupart. Après tout, c'était un homme devant qui la foule s'écartait, et ses domestiques manœuvrèrent efficacement pour leur dégager le passage. Ils arrivèrent à l'hôtel à peine quelques minutes après lord et lady deGriffith.

Là, tante Julia fit un compte rendu succinct de leur soirée. Elle résuma l'intervention d'Ashmont en quelques mots, mais ce fut suffisant pour que lord deGriffith comprenne, car il s'adossa à sa chaise et gratifia le duc d'un long regard pensif, comme s'il le voyait pour la première fois.

Au bout d'un moment, et après quelques verres de vin, Humphrey Morris sortit de son inhabituelle réserve et raconta quelques anecdotes. Cassandra remarqua que sa sœur l'écoutait attentivement, souriant et hochant la tête tandis qu'il parlait.

Humphrey Morris ? Vraiment ?

— Humphrey Morris ? dit Cassandra. Vraiment ?

Les deux sœurs évoquaient la soirée, assises sur le lit de Cassandra.

— Il est intéressant, dit Hyacinthe. Il semble tout savoir sur tout le monde.

— Comme sa mère.

— C'est différent. Je crois que papa aussi l'a remarqué. Si je l'ai vu, lui aussi, forcément – quoique je ne lui en voudrais pas de s'être concentré sur le duc d'Ashmont.

— Tout ce que j'ai remarqué, c'est que la langue de M. Morris s'était enfin déliée en ta présence.

— Papa sait comment inciter les gens à parler. Il sait qu'il peut être intimidant parfois.

— Ma chérie, il est intimidant à dessein.

— Il utilise cela comme un accessoire.

Cassandra songea que si l'accessoire se révélait efficace avec ses fils et ses collègues, la méthode ne marchait pas aussi bien avec ses filles.

— Je crois que M. Morris pourrait lui être d'une grande utilité, enchaîna Hyacinthe. Et je suis raisonnablement certaine que papa s'est fait la même réflexion.

Cassandra regarda sa sœur sans mot dire. Hyacinthe éclata de rire.

— Tu es préoccupée par le duc. Il est naturel que tu n'aies pas remarqué de quelle façon papa s'est adressé à M. Morris et l'a écouté. Pour ma part, j'ai été très agréablement surprise par l'ami du duc. Il me tarde de mieux le connaître.

— Mais, Hyacinthe, sa mère !

Sa sœur haussa les épaules.

— Maman a beau s'en plaindre, elle la supporte plutôt bien. Je soupçonne une vieille querelle mal digérée entre elles. Tante Julia l'a d'ailleurs laissé entendre. Je ne suis sûre de rien, je devine pourtant qu'il s'agit d'une ancienne rivalité autour de papa.

— Cela ne me surprendrait pas, avoua Cassandra. Lady Bartham semble ne voir la plupart des femmes que comme des rivales et je ne serais pas étonnée qu'elle se soit toujours comportée ainsi. Certaines sont vraiment redoutables, cela dit. Il s'en trouve chaque année, à chaque nouvelle fournée de débutantes.

— Je devrais sans doute la plaindre, dit Hyacinthe. Ce doit être affreux d'être aussi pleine de rancœur. Mais elle est si fatigante. Je sais déjà ce qu'elle va raconter de notre excursion au théâtre.

— Elle sera d'autant plus furieuse que le souper s'est déroulé à merveille. Pas d'explosions, Pas de cris. Aucune intervention des constables.

Ils avaient créé l'attraction à l'Adelphi Theater et le souper ne ferait qu'ajouter aux spéculations.

La Scène du Rideau serait pardonnée quand elle apparaîtrait comme le prélude à des fiançailles approuvées par la famille. Si tout se passait comme prévu, une fois la farce des fausses fiançailles terminée, il n'y aurait plus grand monde à Londres pour s'y intéresser.

La fin de la saison parlementaire était prévue pour le mois d'août. Une question de semaines. Cassandra retournerait alors chez ses grands-parents sur le Continent. Et son dernier accroc à la bienséance ne serait plus qu'un incident parmi tant d'autres.

Et Hyacinthe pourrait profiter de la prochaine saison sans que l'ombre de sa sœur vienne tout gâcher.

D'ici là, Cassandra envisagerait tout cela comme un jeu. Une farce. Elle s'en amuserait le temps que cela durerait. Elle savait qu'elle serait désolée que cela se termine. Les chicaneries et les instants coquins, la voix du duc et le contact de ses mains lui manqueraient. Elle sangloterait sans doute, et s'apitoierait sur son sort.

Mais elle s'en remettrait. N'avait-elle pas déjà survécu, toute jeune encore, quand elle croyait qu'une déception amoureuse était la fin du monde ? Elle survivrait à cela.

Bartham House, dimanche

— Vraiment, monsieur Owsley, cela me brise le cœur de voir cette fille se brader au profit du duc d'Ashmont, déclara lady Bartham. Que peut-elle espérer d'autre qu'une vie de malheur ?

La comtesse l'avait abordé à la sortie de l'église pour l'inviter à prendre le thé.

Elle avait entendu parler des événements survenus à l'Adelphi la veille. Elle savait que M. Owsley avait tenté de parler à Mlle Pomfret et qu'il avait essuyé une rebuffade. Elle savait aussi que son troisième fils était présent, pendu aux basques de Mlle Hyacinthe Pomfret. Étant donné le nombre de prétendants de la demoiselle, elle n'était pas excessivement inquiète à ce sujet.

Les dangereuses machinations de certaines personnes l'inquiétaient bien davantage : lady deGriffith était derrière les événements de la veille, elle en était certaine.

— J'espère que ce n'est pas le cas, dit M. Owsley. Je ne le souhaite assurément pas.

— Il n'en demeure pas moins que lord deGriffith n'a jamais su tenir ses filles. Et c'est dommage, voyez-vous, parce que ce qu'il faudrait à Mlle Pomfret, c'est une main à la fois ferme et patiente.

— Vous le croyez vraiment ? s'enquit M. Owsley d'un ton plein d'espoir.

— Je n'ai aucun doute à ce sujet. Le problème, c'est qu'on l'a laissée trop longtemps agir à sa guise. Un gâchis, selon moi. Une fille aussi jolie et intelligente. Elle pourrait être fort utile à son mari. Mais quel usage en fera Ashmont ? Il s'amusera un moment, avant de passer au divertissement suivant.

Elle secoua la tête avec tristesse.

— Peut-être la rendra-t-il heureuse, risqua Owsley. On ne peut que l'espérer.

S'il l'espérait, il affichait une expression sinistre.

— Un échec en matière d'éducation des plus regrettables, insista lady Bartham. S'il s'agissait de ma fille, j'aurais reconnu son potentiel et je l'aurais dressée pour en faire une parfaite hôtesse.

Cette déclaration retint l'attention d'Owsley.

— Un diplomate ou un membre du Parlement pourrait accomplir de grandes choses avec une épouse pareille, continua la comtesse. Malheureusement, ce n'est pas ma fille et je n'ai aucune chance de l'avoir pour belle-fille. Mes deux aînés sont déjà mariés et ce grand dadais de Humphrey s'est entiché de sa sœur.

— Mlle Hyacinthe Pomfret semble une jeune fille fort aimable, observa Owsley.

Lady Bartham chassa d'un geste l'irritant sujet de la très jolie sœur cadette.

— Certes. Mais quel dommage pour l'aînée. On ne peut que se lamenter pour elle. Quel gâchis. Quel immense gâchis.

Elle secoua la tête avec tristesse – une fois de plus.

Ces paroles, auxquelles elle en ajouta d'autres de la même veine, ébranlèrent les sages résolutions d'Owsley.

Il songea à la beauté et à l'intelligence de Mlle Pomfret. Il pensa à cette belle jeune femme bradée au profit du duc d'Ashmont. Il se rendit fou en l'imaginant dans le lit du duc.

La comtesse lui administra le coup de grâce alors qu'il prenait congé. Elle lui remit un poème intitulé *Le Cadeau de mariage*, paru dans *The Court Journal*.

Le poème en question racontait les malheurs d'un mariage mal avisé. Il apparut à Owsley que l'époux dont il était fait le portrait présentait une forte ressemblance avec le duc d'Ashmont. Bien que publié plusieurs mois auparavant et adressé à une certaine lady Charlotte, M. Owsley songea, comme lady Bartham l'avait prévu, qu'il aurait pu être écrit pour Mlle Pomfret.

Il quitta Bartham House convaincu qu'il était de son devoir de sauver d'elle-même la fille aînée de lord deGriffith.

12

Le simulacre de Cour se poursuivit le dimanche après-midi par une promenade à cheval à Hyde Park.

Tout le monde se retrouvait au parc, le dimanche – une bonne raison de l'éviter, surtout par une chaude journée de juillet. Mais ils étaient venus là pour être vus. Ashmont et son trio de dames : Mlle Fleur en robe d'amazone bleue, sa tante en vert et Mlle Pomfret dans une nuance de vert moins soutenue, montant un pur-sang bai.

Ashmont n'avait rien d'autre à faire que d'être vu en leur compagnie et de se comporter en prétendant. Tout le monde irait alors raconter que ce débauché de duc d'Ashmont courtisait la redoutable Mlle Pomfret – et qu'il le faisait dans les règles de l'art, sous l'égide de la famille. On en parlerait tellement que la Scène du Rideau sortirait des mémoires, espérait-il.

En attendant, il souhaitait vraiment la séduire, alors qu'elle s'évertuait à le repousser à chacune de ses tentatives.

Il avait mal dormi, le sommeil troublé par des rêves lascifs avec elle qui se terminaient mal. Et maintenant, il ne pouvait même pas lui tenir la main. Son premier devoir consistait à garder son calme, ce qui n'était pas une mince affaire quand autour de lui les cavaliers se comportaient stupidement, et qu'il ne pouvait en tuer aucun.

Il chevauchait Jupiter, un étalon noir intimidant. Tout comme son demi-frère Nestor, le cheval d'attelage, Jupiter était en fait une créature douce et sensible. Mais il paraissait dangereux – ou peut-être n'était-ce dû qu'à l'homme qui le montait.

Juché sur cet étalon d'allure satanique et nimbé de sa propre sulfureuse réputation, Ashmont avait fait traverser à ses compagnes la foule compacte – voitures, chevaux et piétons mêlés – qui encombrait Hyde Park Corner sans rencontrer les difficultés que les autres avaient à affronter, obligeant ceux qui se trouvaient sur son passage à s'écarter tant bien que mal. Parvenue à ce point, la petite troupe se dirigea vers Rotten Row.

Des grappes de dandys, des militaires en uniforme, des membres du Parlement, des lords – grands et petits –, de simples citoyens et tous les employés de bureau de la capitale semblaient s'être donné rendez-vous sur la piste cavalière.

À cela s'ajoutait toute une ribambelle de cavalières qui n'avaient rien à faire près d'un cheval, des chevaux mal sellés qui n'auraient jamais dû être montés, des hordes de badauds accoudés à la rambarde bordant l'allée et, histoire d'ajouter un zeste d'imprévisibilité, des enfants et des chiens – tout cela dans la chaleur et la poussière d'un après-midi de juillet.

Il faisait partie du spectacle, songea Ashmont. Plus le public serait nombreux, mieux ce serait.

— C'est horrible, dit Mlle Pomfret. On peut à peine avancer. Surtout avec Hyacinthe ! Je comprends pourquoi mon père détestait la laisser sortir de la maison.

L'adorée de Morris et lady Charles se trouvaient devant eux afin qu'Ashmont puisse surveiller les prétendants trop entreprenants.

— Elle nous rend un grand service, dit-il. Elle draine la foule, ce qui garantit davantage de témoins à la Cour parfaitement convenable que je vous fais.

— Lady Bartham va être furieuse.

— Quelle pensée réjouissante.

— Qui sait ? Peut-être va-t-elle faire une apparition. Cela rendrait cette épreuve vraiment profitable.

— Nous pourrions échanger des regards d'adoration qui la rendraient folle de rage, car c'est ainsi que sont censés se regarder les jeunes couples amoureux.

— Je ne suis pas certaine de vouloir aller aussi loin, avoua-t-elle. Je vous ai regardé avec adoration hier soir, et je me souviens de ce qui s'est passé ensuite.

Comment l'oublier ?

— J'en ai profité, confessa-t-il. Je n'ai pas pu m'en empêcher. Votre regard idolâtre a eu raison de moi.

— Idolâtre !

— Oui. Ne recommencez pas ici. Je ne répondrais pas des conséquences.

— Je ferai de mon mieux pour être « résistible ». Je m'étais toujours considérée comme experte à ce jeu-là. En fait, je sais que je le suis. Le problème, c'est que vous êtes pervers.

— Et Owsley ? Pourquoi persiste-t-il à vous approcher ?

— Par obstination ? Hier, c'était la première fois que je le revoyais depuis sa conférence. Je me suis demandé pourquoi il m'avait parlé. Je pense à présent qu'il cherche à m'amadouer pour que je cesse de lui causer des ennuis. Il me perçoit comme une menace. Ce que je suis, ajouta-t-elle en esquissant un sourire. Moi et la Société Andromède. Pour autant, il ne nous fera pas taire.

Ashmont faillit lui faire remarquer qu'elle représenterait une menace bien plus grande si elle acceptait de devenir sa duchesse. Mais il s'était un peu trop précipité, la veille, et elle s'était rétractée. Elle l'avait embrassé avec passion, l'avait laissé lui tenir la main, puis son humeur avait changé.

Elle avait réfléchi.

Je ne vous fais pas confiance.

Il allait devoir se montrer patient.

— Si vous pouviez l'amener à se rallier à votre point de vue, que voudriez-vous qu'il fasse ? s'enquit-il.

— Qu'il soutienne le projet de loi visant à réduire les heures de travail des enfants dans les manufactures.

— Pas celui de Stanley contre l'esclavage ?

— D'après mon père, les beaux parleurs hypocrites sont en minorité sur celui-là ; il passera facilement.

— Il en est certain ?

Le projet de loi contre l'esclavage n'était pas le seul débat parlementaire avec lequel Ashmont tentait de se réconcilier. Il se passait tant de choses à Westminster auxquelles il n'avait jamais prêté attention. Il se donnait rarement la peine de lire les articles politiques des journaux. Trop ennuyeux.

— Des progrès ont déjà été accomplis, dit-elle. Plusieurs lois sont passées au fil des ans. C'est sans doute pour cela que... La peste soit de cet homme ! s'interrompit-elle brusquement.

Ashmont suivit son regard. Owsley venait dans leur direction, perché sur une remuante jument alezane qui ne semblait guère apprécier la foule.

— C'est le problème avec les hommes, reprit Cassandra. Un des *nombreux* problèmes. Ils ne semblent pas comprendre qu'on ne veut pas d'eux – ou ils ne s'en soucient pas. Je l'ai humilié en public. Je lui ai fait savoir sans détour que j'étais fermement opposée à son projet de loi. Et pourtant, le voilà. À moins qu'il n'ait repéré quelqu'un d'autre à ennuyer.

— Vous vous êtes regardée dans un miroir ? demanda Ashmont. Vous avez idée de l'effet que produit sur un homme cette robe d'amazone ? Quand je vous ai vue, tout à l'heure, j'ai cru que mon cœur allait cesser de battre.

Le corsage à col montant très ajusté de sa robe mettait sa silhouette en valeur. Elle était d'une féminité bouleversante et la touche masculine apportée par son petit chapeau haut de forme était proprement renversante.

— Entre votre tenue et votre façon de monter…

— Je ne monte pas, objecta-t-elle. Je passe la plupart du temps assise au même endroit, trop heureuse d'avoir choisi Dora, aujourd'hui, ajouta-t-elle en flattant l'encolure de sa jument. C'est une bonne fille, douce et patiente. Contrairement à moi. Maudit soit cet homme, il s'en vient bel et bien par ici.

— Tirons avantage de la situation, proposa Ashmont. Puisque nous sommes coincés ici et que nous ne pouvons pas nous cacher derrière un rideau, voyons de quel bois est fait cet homme.

Cassandra n'avait pas envie de parler à Owsley.

L'adolescente de dix-huit ans qu'elle avait été autrefois voulait continuer de flirter avec Ashmont. Et qu'il la dévore de ce regard amoureux – sincère ou pas – qui la troublait tellement.

En même temps, comme elle allait sur ses vingt-six ans, elle voulait aussi continuer à discuter des débats parlementaires avec lui.

La politique. Ashmont. Les deux n'allaient pas ensemble. C'était pourtant lui qui venait d'évoquer des débats auxquels il semblait s'intéresser.

Elle se dit qu'un homme habitué à concevoir des farces élaborées devrait comprendre sans peine les bases de la stratégie politique. Pour peu qu'il soit motivé. Et s'il ne s'agissait pas d'un caprice du moment.

Owsley approchait. Il était ambitieux, il n'était pas stupide, et il était membre du Parlement. Pour le bien de la Société Andromède, elle devait penser comme son père et trouver un terrain d'entente ou un levier pour le manipuler.

Des salutations polies furent échangées.

— Monsieur Owsley, dit le duc, je suis heureux que vous vous soyez arrêté. On m'a encouragé à occuper mon siège à la Chambre des lords. Je ne suis pas certain d'être à la hauteur, mais nous verrons bien. Pour commencer, j'aimerais avoir votre point de vue sur un débat qui s'est tenu à la Chambre des communes.

Ce n'était donc pas un caprice du moment. À moins que celui-ci ne soit pas encore passé.

— Je serais ravi de vous aider si je le peux, assura Owsley. Si c'est au sujet de mon projet de loi, je serais prêt à le réviser avec vous, en détail.

— Votre projet de loi mérite d'être repensé, rétorqua Ashmont. Il est bancal. Comme Mlle Pomfret l'a déjà souligné, je crois. Elle n'est pas la seule, du reste.

— En effet. Ces personnes sont toutefois passées à côté de l'essentiel. Si les lois du sabbat étaient respectées, les classes inférieures ne seraient pas forcées de travailler un jour qui devrait être dédié au repos et à la réflexion.

— Louables intentions, reconnut Ashmont, mais plan mal conçu. Je serai heureux d'en parler plus longuement une autre fois. Histoire de vous aider à mieux en cerner les défauts.

Les joues d'Owsley se colorèrent visiblement.

Ashmont fit comme s'il ne remarquait rien, balayant le sujet d'un geste de la main.

— J'étais curieux de connaître votre position sur d'autres sujets. La réforme du travail des enfants dans les manufactures, par exemple.

— C'est un tout autre sujet, déclara Owsley. Trop complexe pour être abordé ici.

Il gratifia le duc de ce sourire condescendant qu'il avait offert à Cassandra quelques semaines plus tôt, à la conférence.

— Trop complexe ? répéta celle-ci. Vous avez lu les rapports ? Vous êtes conscient de leurs conditions de travail ?

— Je n'ai pas eu l'occasion de les étudier de près.

— Trop occupé à tenter de gâcher le dimanche des malheureux qui n'ont pas même une cuisine où préparer les repas, ni un cheval pour se promener à Hyde Park ? demanda Ashmont d'un ton mielleux.

— Les faits ne pourraient être plus simples, enchaîna Cassandra. *Tout le monde* a commenté ces rapports.

— Rien d'étonnant, rétorqua Owsley. Les auditions d'enfants semblent calculées pour jouer sur les sentiments.

Lui-même en était apparemment dépourvu. Toute son énergie était consacrée à se faire un nom et à livrer une croisade moralisatrice qui ne concernait que les gens ordinaires.

Il continuait de parler, mais Cassandra avait cessé de l'écouter. Elle était déçue. Ce n'était finalement qu'un autre de ces politiciens hypocrites.

Se contrôler était chez elle une seconde nature, cependant, la foule, la chaleur et la contrariété eurent raison d'elle. Ses mains se crispèrent sur les rênes. Dora baissa la tête et remua nerveusement.

— Tenez votre cheval, monsieur, ordonna le duc. Il y a une dame.

La sécheresse de son ton permit à Cassandra de se ressaisir, de tenir compte de l'endroit où elle se trouvait et de l'animal qu'elle chevauchait. La patiente Dora était clairement malheureuse.

Il faut dire que la jument d'Owsley mettait en garde les deux autres chevaux en faisant claquer ses dents, les oreilles rabattues en arrière.

Cassandra rectifia sa prise sur les rênes et incita Dora à se placer hors d'atteinte de l'irascible alezan.

— Allons-y, mademoiselle Pomfret, reprit Ashmont. Il n'y a rien de bon à gagner ici. Attendez… Pourquoi serait-ce à vous de battre en retraite ? C'est lui qui vous a approchée. Owsley, vous avez eu votre chance et vous l'avez manquée. Une fois de plus. Si j'étais vous, je m'en irais. Et je garderais mes distances.

Owsley refusa de céder. Il les fusilla du regard.

— Moi, au moins, je m'efforce de servir mon roi et mon pays, alors que votre siège à la Chambre des lords est couvert de poussière.

— Je ne prétendrai pas le contraire, répliqua Ashmont. Cela ne change rien aux faits. Je n'ai rien à vous dire, ajouta-t-il en le congédiant d'un geste nonchalant. Je vous conseille de passer votre chemin.

Owsley rougit violemment.

— Si j'étais le genre d'homme qui se laisse facilement intimider, je ne siégerais pas au Parlement, monsieur, et…

— Facilement intimidé ou pas, vous m'ennuyez.

Au lieu de s'éloigner, Owsley fit avancer sa jument vers le duc, cherchant à le défier. La créature, déjà contrariée, bouscula l'étalon d'Ashmont, qui s'écarta d'un pas dansant. Cassandra s'écarta elle aussi, juste avant que la monture d'Owsley s'énerve soudain, hennisse et se cabre.

L'alezan se dressa et pivota sur lui-même, projetant furieusement ses sabots en avant, encore et encore.

Les sangles de la selle se desserrèrent et celle-ci commença à glisser. Cassandra vit les mains d'Owsley battre l'air, juste avant que la jument se penche en avant. Il fut alors projeté en avant et heurta durement le sol.

Il resta étendu là, inerte, tandis que sa monture colérique s'en allait ruer le long de Rotten Row.

Toute l'allée cavalière perdit soudain collectivement l'esprit. Trop de mauvais cavaliers sur une portion de route surchargée. Hurlements féminins. Cris masculins. Chevaux hennissant et soufflant par les naseaux.

Deux canassons s'élancèrent à travers la foule à la suite de la jument d'Owsley, tandis que d'autres piétinaient anxieusement, cherchant une issue, et que d'autres encore tentaient de battre en retraite alors qu'il n'y avait aucun endroit où aller.

Ashmont descendit de cheval, tendit les rênes à la personne la plus proche et s'approcha de l'homme à terre.

Un instant plus tard, Mlle Pomfret était à ses côtés.

— Reculez, écartez-vous ! ordonna-t-elle à la foule d'une voix calme et assurée qui domina le brouhaha.

Elle se mit alors à lancer des ordres, comme à Putney Heath. Une civière. Un médecin. Quelqu'un pour rattraper la jument d'Owsley.

Elle était un général au milieu d'une bataille où tout le monde était devenu fou. Son ton autoritaire fit effet et la foule commença à se calmer.

Quand la tante et la sœur de Cassandra les rejoignirent, Owsley revenait à lui.

Il allait parfaitement bien, assura-t-il. Il voulait remonter sur son cheval et refusait de croire qu'il s'était enfui. Des amis à lui s'approchèrent et le persuadèrent de voir un médecin. Il ne s'était pas rompu le cou, mais il était possible qu'il souffre d'une commotion cérébrale. Ainsi que de fractures mineures.

On le chargea bientôt sur une civière pour le porter jusqu'à une voiture. Les curieux commencèrent à se disperser.

Ashmont suivit le convoi des yeux. Il se souvenait de Putney Heath. D'accidents. Combien en avait-il causés ?

— Ce n'était pas votre faute, dit Cassandra.

— Je ne saurais dire.

— Non, je vous assure.

— Nous sommes passés à un cheveu d'une catastrophe. Votre sœur était tout près. Votre tante aussi. Ainsi que tout un tas de personnes innocentes. C'est un miracle que cette jument n'ait pas causé plus de dégâts. J'ai été trop lent.

— Trop lent ? Vous n'aviez aucune place pour manœuvrer. Les gens pressaient pour mieux nous voir. Deux messieurs se disputant pour une dame, voilà le spectacle que nous devions donner. Nous n'avions nulle part où aller.

Ashmont secoua la tête.

— J'ai vu qu'il ne savait pas tenir sa jument. Nous aurions dû partir plus tôt. Mais ce Monsieur Je-sais-tout, avec son petit sourire suffisant… tellement provocant… Ce moralisateur…

Elle posa la main sur son bras.

— Il a le don d'irriter tout le monde. Dieu merci, personne d'autre que lui n'a été blessé. Nous avons évité le chaos.

— Nous ?

Il baissa les yeux sur sa main. Elle la retira… lentement.

— Oui, vous et moi. Aussi étrange que cela puisse paraître. J'imagine déjà les titres des journaux de demain : *Le duc d'Ashmont évite le chaos, secondé par la Gorgone deGriffith ! Autant dire qu'il gèle en enfer.*

Nous. D'un mot, elle avait fait d'eux un couple.

Nous. Un seul petit mot si beau.

Il se sentit rasséréné tout à coup.

— Il n'empêche, j'ai eu envie de lui briser le nez !

— Mais ce n'était ni le lieu ni le moment, et vous ne l'avez pas fait. Une autre fois peut-être, ajouta-t-elle en lui décochant un sourire. Je vous aiderai.

— Deux contre un. Ce ne serait pas fair-play.

— Nous jouerions cela à pile ou face.

— Je pourrais vous embrasser.

— Je pourrais en faire autant. Vous l'avez mérité.

Elle ne jouait pas. Ashmont eut soudain l'impression de planer à un pied au-dessus du sol.

Il regarda autour de lui. La foule se pressait de nouveau autour d'eux.

— Mais pas ici, à l'évidence. Que diriez-vous que je vous aide à vous remettre en selle ?

Elle hésita un instant, puis :

— Si vous y tenez.

— Je ne peux faire aucune promesse quant à l'endroit où mes mains se poseront. Je viens de vivre une expérience choquante qui m'a temporairement déséquilibré. Sans parler de la retenue dont j'ai dû faire preuve. La part la plus noire de moi-même avait envie de lui écraser la tête, même quand il était à terre.

— J'ai ressenti la même envie. Ç'aurait été de très mauvais goût, évidemment.

Ils retournèrent auprès de leurs chevaux, que tenaient une bande de gamins. Bien qu'ils aient été une demi-douzaine pour seulement deux chevaux, Ashmont donna une pièce à chacun d'eux avant de les chasser.

— Ils peuvent se montrer pénibles, dit-il. Mieux vaut les contenter, cependant. Ils me connaissent, voyez-vous, et se passent le mot entre eux. Où que j'aille, je suis certain de trouver un garçon – parfois une fille – à qui confier ma monture.

Il se pencha en avant et noua les mains. Cassandra y posa le pied et se hissa sur son cheval avec une telle aisance qu'il eut à peine le temps de laisser ses mains s'attarder sur ses jambes.

Ses longues jambes. Son corps souple aux courbes harmonieuses. Le galbe de son buste. Sa bouche. Ses mains.

— Je ne sais pas combien de temps je vais être capable de supporter ce supplice, avoua-t-il. Quand pourrons-nous nous marier ?

Elle baissa les yeux sur lui.

— Je ne peux pas vous épouser.

— Pourtant vous avez dit que vous pourriez m'embrasser.

— Un baiser. Pas un serment pour la vie. N'insistez pas. Je suis déjà très charitable avec vous. Pour l'instant.

— Rien qu'un baiser ? Bon sang, Cassandra...

— Quelques jours, dit-elle. Rien de plus. Vous m'avez déçue pour des années. Je n'ai pas confiance en vous. Est-ce si difficile à comprendre ? lâcha-t-elle avant de s'éloigner.

Ashmont ne comprenait pas.

Il resta un instant immobile, puis lâcha un juron et décida qu'il en avait assez. Il n'était pas fait pour cela. La patience n'était pas dans sa nature.

Il allait recommencer ses frasques, voilà ce qu'il allait faire.

Elle l'avait embrassé comme si c'était la fin du monde et que ce baiser était le dernier qu'ils échangeaient jamais. Il n'avait pas eu l'impression qu'il s'agissait d'un jeu. Et tout de suite après, elle l'avait repoussé.

Il allait s'enivrer. Après quoi, il irait chez Carlotta O'Neil profiter des charmes de femmes peu farouches. Ensuite, il irait chez Crockford et perdrait au moins mille livres aux tables de jeu. Il serait si saoul que quelqu'un finirait par le jeter dans un fiacre qui le ramènerait chez lui où ses domestiques le mettraient au lit.

Voilà ce qu'il allait faire.

Ce qu'il faisait toujours...

Systématiquement.

Il cligna des yeux et regarda autour de lui – les cavaliers qui restaient à distance prudente, les gens accoudés à la rambarde, la large allée cavalière que Mlle Pomfret avait empruntée. Il la regarda s'éloigner, très droite sur sa selle. Son regard remonta le long de son dos, de sa tête chapeautée, et s'arrêta sur le ciel où de grandes lanières bleues s'étendaient entre de moutonneux nuages blancs.

Il vit tout cela tandis que chacun des épisodes qui l'avaient amené là repassait dans son esprit. Il avait été saoul le jour de son mariage. Trop saoul pour poursuivre sa fiancée qui s'était enfuie. Saoul, quand il s'était finalement décidé à la poursuivre. Saoul, le soir où il avait appris la vérité au sujet d'Olympia et de Ripley. Saoul, à Putney Heath.

Tout cela s'était produit quelques semaines auparavant et tout était lié à son état d'ébriété.

Les années de débauche. Les farces. Les bagarres. Les chahuts. Les duels.

Chaque fois que les choses ne se passaient pas comme il voulait. Chaque fois qu'il s'ennuyait. Qu'il avait le cafard. Qu'il était mécontent. Perdu. Vexé.

En d'autres termes, chaque fois qu'il n'était pas parfaitement heureux.

Et il s'étonnait qu'elle ne lui fasse pas confiance ? Il s'indignait qu'elle refuse de s'enchaîner à lui pour la vie ?

Il n'était qu'un abruti. Un imbécile vaniteux.

Il pouvait s'estimer heureux qu'elle ne l'ait pas tué quand elle en avait eu l'occasion. Qu'elle l'ait autorisé à l'approcher à moins d'un kilomètre.

Son père le méprisait, pourtant il avait renoncé au privilège de l'abattre. Un père qui avait sans doute également refréné les ardeurs meurtrières de ses fils.

Oui, il pouvait s'estimer heureux.

Encore cinq mille neuf cent quatre-vingt-seize points à marquer. Pas un de moins.

Pour devenir un être humain acceptable.

Ashmont grimpa sur sa monture et rejoignit ces dames. Il se montra de bonne humeur tandis qu'il les escortait jusque chez elles. Ni soucieux. Ni boudeur. Il pouvait vraiment s'estimer heureux d'être arrivé aussi loin. Il avait intérêt à ne pas l'oublier.

Parvenu à deGriffith House, il écarta d'un geste le valet d'écurie et se chargea lui-même d'aider Mlle Pomfret à descendre de son cheval. Il en profita pour prendre d'infimes libertés parce que, après tout, il n'était pas un saint.

Elle ne lui flanqua pas un coup sur la tête.

Ces libertés ne la dérangeaient pas, réalisa-t-il soudain. C'était l'idée du mariage qui la dérangeait.

— Je comprends pourquoi vous ne me faites pas confiance, lui murmura-t-il. Me laisserez-vous une chance de la gagner ?

Elle ouvrit la bouche, la referma, et soupira.

— Duc.

— Je préfère que vous m'appeliez Lucius.

— N'exagérez pas, Ashmont, répondit-elle avec un soupçon de sourire.

— Très bien. Pas à pas.

Sa tante et sa sœur gagnaient déjà la porte. L'un des avantages d'une Cour officielle, réelle ou feinte, c'était que les chaperons toléraient une certaine intimité. Dans les limites de la bienséance, bien sûr. Mlle Pomfret et lui avaient donc le droit d'échanger encore quelques mots avant qu'elle rejoigne son foyer.

— Vous êtes censé *feindre* de me courtiser, lui rappela-t-elle.

— Je sais, et *vous* pouvez feindre autant que vous voulez. Il me suffira pour ma part de déplacer une ou deux montagnes. De pousser un énorme rocher jusqu'au sommet de la colline en espérant qu'il ne me retombera pas dessus. Ce que je veux dire, c'est que je comprends que vous ne fassiez pas de promesses. Le jour venu, quand vous déciderez que vous en avez assez de moi, je ferai quelque chose d'effroyable, comme prévu. Vous romprez alors notre engagement et personne ne vous en blâmera. Personne n'a blâmé lady Olympia, n'est-ce pas ?

— Mais, dit-elle en jetant un coup d'œil à la maison, certaine que son père les observait depuis une des fenêtres. Il y a toujours un *mais*.

— Mais j'aimerais que vous m'accordiez une chance. Vous savez. Les travaux d'Hercule, ce genre de choses. Déplacer des montagnes. Tuer des dragons.

— Ah, oui ! Vous êtes incapable de résister à un défi, je sais.

Elle le connaissait bien. Trop bien même.

Seigneur, cela s'annonçait difficile. Voire impossible.

— Nous avions prévu de poursuivre cette mascarade jusqu'à la clôture de la saison parlementaire, reprit-elle.

Si Ashmont prêtait aussi peu attention au calendrier parlementaire, il savait que la bonne société quittait massivement la capitale tard dans l'été. Ce qui ne lui laissait pas beaucoup de temps pour déplacer des montagnes.

— En effet, confirma-t-il.

— Très bien. Je vous donne votre chance. Mais je ne fais aucune promesse.

— Aucune promesse, acquiesça-t-il.

Elle hocha la tête et tourna les talons.

Il s'abstint de donner un coup de pied au réverbère le plus proche et de jurer. Il ne jeta pas non plus son chapeau par terre pour le piétiner. Il voulait Cassandra et il la voulait *tout de suite*. N'ayant pas l'habitude de ne pas obtenir ce qu'il voulait dès qu'il le voulait, le duc d'Ashmont avait envie de donner des coups de pied, de trépigner, de frapper quelque chose ou quelqu'un. Pourtant il s'en abstint.

Il enfourcha son cheval et rentra chez lui. Là, il écrivit un mot à l'amie de Mlle Pomfret, Mme Roake. La brève conversation qu'ils avaient eue la veille s'était révélée fort instructive.

Il passa ensuite deux heures dans sa bibliothèque, à chercher le livre dont Mme Roake lui avait parlé.

Il ne se saoula pas, n'alla ni chez Carlotta ni chez Crockford.

À la place, il se plongea dans la lecture de *Défense des droits de la femme*, de Mary Wollstonecraft.

Le lundi, il escorta ces dames à Vauxhall pour une soirée au bénéfice des réfugiés polonais. La foule qui se pressait à la Rotonde, où un concert devait avoir lieu, était cependant si nombreuse et indisciplinée qu'il décida de ne pas même tenter d'y entrer.

Comme ils l'apprirent ensuite, on avait laissé entrer trop de gens et trop de gens s'étaient vu refuser l'accès, résultat, le vacarme empêcha d'entendre les musiciens. Certains spectateurs avaient aussi été blessés dans la cohue, et les pickpockets n'avaient pas chômé.

Abandonnant la Rotonde au chaos, Ashmont conduisit son petit groupe dans les jardins d'agrément, que Cassandra n'avait pas visités depuis des années. Hyacinthe s'extasia. Le soir, les jardins illuminés ressemblaient à un royaume enchanté.

Un immense arrangement de lanternes, plusieurs milliers sans doute, figurait les armoiries de la Pologne. Les feux d'artifice aussi furent splendides.

Et puis, il y eut le bal.

Quand Cassandra avait-elle dansé pour la dernière fois ? Pas en Angleterre, à coup sûr, où les éventuels cavaliers évitaient soigneusement la Gorgone deGriffith. Même sa première saison avait été notablement dépourvue de partenaires. Sa réputation allant croissant, ils s'étaient faits de plus en plus rares, jusqu'à disparaître tout à fait.

L'orchestre du duc de Darmstadt entama la *Waterloo Waltz*. Elle s'apprêtait à passer son tour lorsque Ashmont lui murmura à l'oreille. :

— Il est impératif que nous dansions.

Cassandra leva les yeux vers son beau visage.

Elle se souvint de cette soirée à l'Almack's, où son cœur avait bondi à l'idée de danser avec lui. Cette fois, il se serra douloureusement.

— Vraiment ?

Le regard d'Ashmont balaya la foule autour d'eux.

— Ah, oui, pour les beaux yeux de l'assemblée, dit-elle.

— Vous pouvez penser cela.

Quand ils prirent place sur la piste de danse, celle-ci parut soudain plus lumineuse. Il s'inclina. Elle fit la révérence.

Dès qu'il referma sa main sur la sienne, toutes les anciennes sensations, et les nouvelles, s'animèrent brusquement et ce fut comme si elles se mettaient à danser en elle.

Il plaça alors la main droite au creux de ses reins et elle posa la main gauche sur son épaule… puis ils se mirent à tourner, tourner, et un vertige la gagna alors qu'ils venaient à peine de commencer.

Le monde autour d'eux parut se fondre dans un brouillard d'où n'émergeait que la musique. C'était comme s'ils dansaient dans un petit espace parfaitement dégagé, et que tout le reste faisait partie d'un paysage lointain. En même temps, une part d'elle-même avait une conscience aiguë de ce qui les entourait : les tourbillons de couleurs, l'éclat des bijoux, les autres couples qui tournaient et tournaient, cercles à l'intérieur d'autres cercles.

Elle savait aussi, parce que Keeffe lui avait appris à ne jamais oublier ce qui l'entourait, que les autres les regardaient.

C'était pour eux qu'ils dansaient. Ils se donnaient en spectacle.

Ce n'était pourtant pas l'impression qu'elle avait.

Elle était dans ses bras. L'air autour de lui pulsait d'une virilité qui semblait l'envelopper tout entière.

Ils faisaient cela pour la galerie, or elle avait le sentiment qu'ils étaient destinés à danser ensemble depuis très longtemps. Que sa place était entre ses bras.

Cela ressemblait au bonheur.

Ils dansèrent plusieurs fois ensemble, et elle vit tante Julia danser avec lord Frederick, et Hyacinthe avec Humphrey Morris. Ses parents, qui étaient venus de leur côté, dansèrent aussi, les yeux dans les yeux. C'était une soirée magique et ce ne fut que lorsqu'elle fut de retour à la maison, alors qu'elle s'apprêtait à se coucher, que Cassandra le réalisa.

Avec ses allées ombragées et ses recoins discrets, Vauxhall offrait d'innombrables possibilités de se comporter de façon inconvenante.

Ashmont ne l'avait emmenée dans aucun de ces endroits. Il n'avait pris aucune liberté. Il n'avait pas même essayé.

« Cette affaire finira par me tuer », songea le duc d'Ashmont.

Pourtant, après avoir raccompagné ces dames, il n'alla ni chez Carlotta ni chez Crockford.

Il rentra chez lui.

Il reprit la lecture de son livre.

Estime. Confiance. Respect.

Cela le tuerait, mais il devait le faire.

Il se dit qu'un mariage se préparerait entre le duc d'Ashmont et la fille aînée de lord et lady deGriffith. En l'occurrence, nous nous interdirons de commenter les curieuses rumeurs qui circulaient ces derniers jours au sujet du comportement inconvenant du jeune couple. Nous notons cependant que le duc et sa promise ont participé à plusieurs événements sous l'égide de lady Charles Ancaster, que toute la bonne société se réjouit de revoir à Londres. Mlle Hyacinthe Pomfret, beauté s'il en fut, était également présente à ces événements.

Dimanche à Hyde Park, M. Titus Owsley, défenseur d'un projet de loi controversé sur le sabbat, a été jeté à bas de son cheval après que la sangle de sa selle se fut rompue. Bien qu'il ait souffert de multiples contusions, nous avons le plaisir d'annoncer que son rétablissement ne fait aucun doute. Cet accident a néanmoins été à l'origine d'un dangereux mouvement de foule sur l'allée cavalière, très encombrée ce jour-là. Le calme est cependant revenu très vite, et une catastrophe a été évitée, nous a-t-on rapporté, grâce aux promptes réactions du duc d'Ashmont, de Mlle Pomfret et de lady Charles Ancaster.

Foxe's Morning Spectacle, mardi 9 juillet 1833

Mardi matin

Il avait tout gâché, songea Owsley. Telle était l'irritante vérité. Pour des raisons inexplicables, son esprit s'engourdissait quand il se trouvait à proximité de Mlle Pomfret. Cela dit, lorsqu'il se trouvait près d'elle, le duc d'Ashmont y était également, paré de toute sa morgue ducale, le chassant comme un vulgaire moucheron.

À deux reprises, il avait tenté d'attirer l'attention de la jeune femme et s'était donné en spectacle.

Un véritable naufrage, cette fois.

Il était étendu sur une méridienne dans son salon à l'Albany.

Quelques rapports d'enquête, son *Livre de prières* et le miroir avec lequel il se torturait depuis samedi étaient placés sur le guéridon à côté de lui. Il reposa l'édition du jour du *Foxe's Morning Spectacle* et s'empara du miroir.

Son corps entier était douloureux, mais au moins cela ne se voyait pas. Son visage, en revanche, était dans un tel état qu'on aurait cru qu'il était passé sous les roues d'une voiture. Sa mâchoire était enflée du côté droit. De vilaines ecchymoses le défiguraient, ainsi que des croûtes et des égratignures.

Par chance, son nez n'était pas cassé, mais ce n'était pas grâce à sa capricieuse jument. Non qu'on puisse la blâmer d'avoir attaqué le duc. Elle avait cependant failli tuer son propriétaire. S'il n'arrivait pas à la vendre dans le courant de la semaine, il l'enverrait chez l'équarrisseur, décida Owsley.

Il reposa le miroir et attrapa la pile de rapports. Il lut quelques pages de l'un d'eux, puis s'en désintéressa.

Le sujet du travail des enfants dans les manufactures était complexe, comme il l'avait dit. Les médecins n'arrivaient pas à se mettre d'accord au sujet de la santé des enfants. Le fait d'être sales, dépenaillés et ignorants n'en faisait pas des anges. Les enfants étaient menteurs. Faites-les comparaître devant une commission d'enquête, ils se gonflent de suffisance et se font passer pour bien plus pitoyables qu'ils ne le sont. Devait-on les laisser se vautrer dans l'oisiveté ? Devrait-on leur permettre de jouer toute la journée ? Qu'auraient eu à y gagner les familles ? Et quelle leçon en tireraient les enfants ? Qu'ils pouvaient engendrer à leur tour d'autres enfants oisifs, qui deviendraient un fardeau supplémentaire pour la paroisse ?

Voilà ce qu'il aurait dû dire.

Cela n'aurait fait aucune différence. Rien de ce qu'il aurait pu dire n'aurait fait de différence tant que le duc d'Ashmont rôdait dans les parages.

Il prit le poème que lady Bartham lui avait donné.

Je te donnerai la Patience – d'endurer le jour morne et amer,
Si ténu pour toi, si éclatant pour celui qui a pris les chemins de traverse
Patience – une fois trompées les longues heures d'ennui sombre et morose
Tu pourras sécher tes larmes et, souriante, le retrouver enfin.

Il était tellement clair à ses yeux que c'était ce que l'avenir réservait à Mlle Pomfret. C'était pourtant une femme intelligente, qui avait vécu à l'étranger – comment pouvait-elle ne pas s'en apercevoir ?

D'un autre côté, comment voir quoi que ce soit avec cette grosse brute de duc qui lui bouchait la vue ?

Et comment Owsley pourrait-il l'écarter d'elle ?

13

Le mardi, Ashmont escorta ces dames au Cosmorama, sur Regent Street. Personne ne s'étonna que Humphrey Morris soit de la partie.

Le Cosmorama, qui offrait ce que d'aucuns appelaient un « glorieux panorama », était un centre d'attractions très prisé de la classe oisive. Un des murs de l'observatoire présentait une Galerie de vues de l'Europe, tandis qu'une Galerie de l'Asie et de l'Afrique figurait en face, chacune d'elles comportant sept scènes qui changeaient presque tous les mois.

Parmi les autres attractions, on trouvait une buvette, haut lieu de flirt où l'on servait des gâteaux et des glaces, ainsi qu'un espace dédié aux concerts et autres spectacles.

Les vues du Cosmorama constituaient cependant l'attraction principale. Le public était invité à passer de fenêtre en fenêtre pour admirer les scènes peintes à travers une loupe. Celles-ci étaient ingénieusement éclairées et agencées de telle façon qu'elles semblaient en trois dimensions et créaient même parfois une impression de mouvement. Deux personnes pouvaient regarder la même fenêtre en même temps pour peu qu'elles se tiennent assez près l'une de l'autre.

La présence de lady Charles rendait la manœuvre délicate. Mais Mlle Pomfret n'était pas venue depuis des années et ces images étaient entièrement nouvelles à ses yeux. Pendant qu'elle était occupée à contempler, disons, « L'extérieur de la basilique Saint-Pierre de Rome », Ashmont pouvait rôder près d'elle et inhaler ce séduisant mélange d'herbe fraîche et d'odeur corporelle qui émanait d'elle. Dans cet espace clos, la fragrance lui montait à la tête au point de le griser.

Plus d'une fois, il se rendit compte que son visage lui frôlait presque le cou.

Elle aurait dû lui donner une tape avec son catalogue, or, elle n'en fit rien.

Elle n'était visiblement pas opposée à un brin de polissonnerie. Il commençait à comprendre les tenants et les aboutissants de son comportement grâce à sa lecture – et bien qu'il ait été obligé de relire certains passages deux ou trois fois. Les concepts n'étaient pas faciles à assimiler et il avait parfois l'impression de déchiffrer une langue étrangère. Cependant, il persévérait, et la lumière commençait à se faire dans son esprit.

Grâce à ses études en cours, et parce qu'il n'était pas *complètement* idiot, il s'abstint de poser les lèvres sur sa nuque.

Il allait devoir se comporter convenablement, dût-il en mourir. Ce qui risquait fort d'arriver. Mais peu importait. Il avait un défi à relever.

Ravalant sa frustration, il se força à s'écarter d'elle.

Les gens allaient et venaient. Pas trop nombreux. La chaleur de l'après-midi avait expédié la haute société londonienne vers les stations thermales, les parcs et les yachts. Et ceux qui s'étaient aventurés au Cosmorama avaient tendance à gagner rapidement la buvette.

— Blasé ? s'enquit Mlle Pomfret.

— Au contraire. Cette combinaison est hautement excitante. L'éruption du Vésuve, ajouta-t-il en désignant la petite fenêtre d'un mouvement de la tête, et vous.

La voix de Mlle Fleur s'éleva, parée d'un étrange accent :

— *Le mont Vésuve. Scène de la dernière éruption ; on peut voir le feu et la fumée en plein mouvement.*

— C'est son plus bel accent italien, expliqua sa sœur en souriant.

— À ton tour, Cassandra, dit Mlle Fleur.

Mlle Pomfret baissa les yeux sur le catalogue qu'elle tenait à la main et entreprit de lire avec un accent grec très prononcé :

— *La cité d'Athènes, où l'on peut voir les temples de Thésée et d'Hadrien, la nécropole, le beau paysage du Péloponnèse alentour, etc.*

À l'autre bout de la salle, lady Charles laissa échapper un gloussement.

— À mon tour, reprit Mlle Fleur.

Elle adressa un sourire à Morris, qui chancela sous le choc.

— *La Mer de Glace ou les Glaciers de Savoie,* annonça-t-elle en forçant son accent français, prononçant les « r » comme si elle souffrait d'un rhume de cerveau. *D'énormes masses de glace semblent dévaler en roulant les montagnes extraordinaires.*

Elle fit quelques petits pas de côté, feignant de rouler jusqu'à la petite fenêtre en question.

Les messieurs restèrent un instant bouche bée avant de l'acclamer.

Après quoi, bien sûr, ils s'associèrent au petit jeu des deux sœurs, se livrant à des charades mimées et faisant mine de sauver des victimes, prisonnières des glaciers ou de courir pour échapper à des flots de lave en fusion. Le quartet lut tour à tour des légendes du catalogue en imitant le duc de Gloucester, le roi, lord Brougham, lady Jersey, la princesse Lieven et d'autres célébrités. Les sœurs Pomfret se révélèrent d'excellentes imitatrices.

Leur petit numéro attira un public, les gens s'efforçant de reconnaître les personnalités imitées ou de deviner les charades.

— Le moment est venu de partir, suggéra lady Charles. Avant que nous soyons priés de le faire.

— Que diriez-vous de poursuivre au Colisée ? proposa Ashmont une fois dehors. Je me demande si ces dames parviendront à nous en faire exclure.

— C'est peu probable, déclara Mlle Pomfret avant de le rejoindre et de murmurer : Je suis stupéfaite que ma tante ait laissé les choses aller aussi loin. Une jeune fille n'est pas censée se donner en spectacle, ni rire en public.

Jusque très récemment, Ashmont n'aurait jamais songé à cela. Il avait toujours pensé que les jeunes filles respectables étaient ennuyeuses. Il commençait tout juste à comprendre qu'on ne leur laissait pas vraiment le choix.

— C'était délicieux, dit-il. Votre sœur est surprenante. Elle cache bien son jeu.

— Je crois que M. Morris s'en est aperçu.

— Cela s'applique aussi à vous. Votre princesse Lieven était parfaite.

— Attendez d'entendre ma duchesse de Kent.

Il n'eut pas l'occasion de l'entendre ce jour-là. Au Colisée, ils rencontrèrent les Fitzclarence – la descendance illégitime du roi –, ainsi que quelques membres de la royauté aussi mineurs que légitimes. Tous se répandirent en compliments devant lady Charles et Mlle Fleur.

— Pas question de se faire éjecter, souffla Ashmont à Mlle Pomfret. Nous devons nous montrer irréprochables. Pas de facéties.

— Vous ne me ferez pas croire que la royauté vous intimide, répliqua-t-elle. Ses membres n'étaient pas épargnés par vos farces si je me souviens bien.

— C'était avant. Je ne suis pas en odeur de sainteté auprès du roi. Il a menacé de me faire pendre haut et court. J'ai quelques méfaits à me faire pardonner.

Il n'avait pas le choix s'il voulait que la duchesse d'Ashmont soit reçue à la Cour.

Il lui fallait charmer afin de désarmer, et il savait comment faire.

La désarmante entreprise de charme se poursuivit toute une semaine, durant laquelle ces dames veillèrent à occuper Ashmont.

Ils visitèrent le Jardin zoologique de Regent's Park. Ils assistèrent à des concerts et à des œuvres de bienfaisance. Ils allèrent à l'opéra. Et participèrent à d'autres galas de charité.

Le samedi, l'amie de Mlle Pomfret, Mme Roake, l'accompagna à sa réunion mensuelle sans qu'aucun ruffian soit nécessaire cette fois.

Le dimanche, ils retournèrent chevaucher à Hyde Park, et il y eut de nouveau une chute de cheval. Mais les chutes de cheval étaient fréquentes au parc, et, pour une fois, l'accident n'eut rien à voir avec Ashmont.

Le lundi, ils assistèrent à une fête de bienfaisance, à Vauxhall cette fois, où, fort heureusement, les sœurs Pomfret n'eurent pas de stand à tenir et où, mieux encore, un bal eut lieu en soirée. Mlle Pomfret porta à cette occasion une robe abricot dotée d'un audacieux décolleté bordé de dentelle. Une robe destinée à torturer un homme, en d'autres termes.

Ses yeux étincelaient sous les lustres. Il la tenait entre ses bras et elle s'y lovait comme si elle avait été conçue pour lui.

Elle avait été conçue pour lui. Il le savait. Le défi était de l'en persuader.

Un des défis. Restaurer sa réputation en était un autre. La duchesse d'Ashmont devrait être la bienvenue partout. Son époux ne pouvait être un paria. Il devait se faire une place. Une place qui conviendrait à un duc capricieux, perturbateur et insolent.

Il allait devoir reconstruire bien des ponts – peut-être même en construire de nouveaux.

Savoir qu'elle n'était pas heureuse dans sa vie quotidienne ne lui rendait pas la tâche facile. Il aurait préféré être près d'elle à tout instant, à s'efforcer de rendre son existence plus agréable, hélas, il ne le pouvait pas.

Il ne pouvait pas l'accompagner à ses visites obligatoires du matin, par exemple – visites qu'elle détestait.

— Nous restons assises et parlons de tout et de rien, s'était-elle plainte, le mardi soir. Ces femmes s'ennuient et n'ont rien d'autre à faire que cancaner et caqueter sur des sujets inintéressants. Hyacinthe aussi trouve cela pénible, alors elle laisse ces conversations glisser sur elle sans y prêter attention. J'aimerais pouvoir en faire autant, mais ce qui me submerge, c'est l'envie de déranger du désordre.

Ils occupaient ce soir-là une loge au Haymarket Theater. Elle portait une robe améthyste dont le décolleté était rehaussé d'une dentelle qui évoquait du sucre glace sur un gâteau. Ashmont tâcha d'endurer son supplice en lui tenant la main ou en laissant son bras ou sa jambe la frôler de temps à autre.

Le mercredi, cependant, il ne put espérer aussi délicieuse torture. Toute la famille assistait à un dîner auquel il n'était pas invité.

Il aurait été incapable de dire à quand remontait sa dernière invitation à un dîner dans la bonne société.

Il savait en revanche pourquoi il avait été rayé des listes d'invités.

Personne ne lui faisait confiance. L'inviter, c'était prendre un trop grand risque.

Le mercredi soir le trouva donc libre de se tourmenter en imaginant d'autres hommes lorgnant le décolleté de Cassandra Pomfret tout en ayant les mêmes pensées lubriques que lui.

Il était dans son vestiaire, occupé à parcourir des documents que lui avait adressés son avoué, quand la lettre arriva.

deGriffith House, le 17 du mois en cours

Cher Ashmont,

Mme Roake m'informe d'un problème urgent qui m'oblige à me rendre dans un quartier de Londres où mes parents ne voudraient pas que je m'aventure. En temps normal, Keeffe m'accompagne dans ces expéditions. Il s'agit d'un quartier pauvre, quoique pas nécessairement dangereux. Pas plus dangereux que d'autres quartiers de Londres, du moins. Cependant, étant donné qu'une femme ne peut pas espérer se déplacer seule sans faire l'objet d'attentions masculines non désirées, et étant également donné que faire valoir cela auprès des hommes demande du temps et des efforts dont je ne dispose pas, j'aimerais que vous remplaciez Keeffe.

Depuis la maison de Mme Roake, où je revêtirai la tenue requise, je prendrai un fiacre qui me conduira jusqu'à Furnival's Inn, *à Holborn. Vous me retrouverez là à 10 heures, vêtu aussi simplement que possible. Les résidents ont des raisons de craindre les aristocrates et de ne pas apprécier leur présence parmi eux.*

Notre tâche n'a rien de dangereux. Il s'agit d'une simple course, comme j'en accomplis régulièrement pour le compte de la Société Andromède, mais elle est urgente – autrement je ne m'y risquerais pas en ce moment, alors que la vie de Hyacinthe ressemble enfin à ce qu'elle devrait être.

Cassandra Pomfret

Matinée du jeudi 18 juillet

— Bleeding Heart Yard ? répéta Ashmont quand Mlle Pomfret lui révéla leur destination. Pourquoi y aller vous-même ? Vous auriez pu m'y envoyer.

— Grand comme vous êtes, dans toute votre gloire ducale, évoluant d'un pas nonchalant ? Je vous rappelle que nous nous efforçons d'agir sans attirer l'attention sur nous.

Ils cheminaient sur Holborn, une rue bruyante et encombrée, et les passants les regardaient à peine. Mlle Pomfret portait une robe marron dont les manches étaient nettement moins bouffantes que d'ordinaire et dont les ornements se limitaient à un fragment de dentelle au niveau du col. Son chapeau était austère, et elle n'avait pas de parapluie. Elle avait été retardée au moment de partir de chez elle, lui avait-elle dit, et avait dû se changer si rapidement qu'elle l'avait oublié chez Mme Roake.

— Je me suis habillé comme vous l'avez demandé, souligna-t-il.

Il portait les vêtements qu'il avait coutume de mettre lorsqu'il voyageait incognito.

Cassandra lui coula un regard oblique.

— Sous un ciel couvert, vêtu de ce que vous considérez comme des habits miteux, vous ressemblez un peu moins à un dieu grec, je l'avoue. Pour autant, votre allure vous trahit. Vous ressemblez trop à un aristocrate.

— C'est vrai. Je n'y pensais pas.

Il se voûta, rentra le menton et modifia sa démarche.

— C'est mieux ainsi ?

Nouveau coup d'œil.

— Pas mal, pour un duc. Le temps que vous avez passé dans les théâtres, j'imagine, à frayer avec les acteurs – et les actrices. Sans oublier la fréquentation des bas-fonds. Abstenez-vous de parler surtout.

— Je peux contrefaire mon accent, vous savez.

— C'est ce que vous croyez. Mais ils savent faire la différence. Je me suis entraînée avec un tuteur très strict.

— Keeffe.

— Qui d'autre ? Il est vrai que les femmes jouissent d'un avantage. Étant formées à nous adapter aux désirs des autres, nous avons moins de mal à modifier notre posture ou notre démarche. Ce qui nous permet de nous concentrer sur notre façon de parler. Pensez à ne pas vous comporter comme si vous étiez le propriétaire des lieux – même si, pour autant que je sache, vous l'êtes effectivement.

— Pas à Bleeding Heart Yard, non, je ne crois pas.

Ils s'engagèrent sur Ely Place.

— Vous ne m'avez toujours pas expliqué ce que nous venons faire ici, reprit-il.

— Nous venons empêcher une expulsion. Je me suis portée volontaire pour Holborn, comme je le fais souvent quand je suis à Londres. Ce ne sont pas les gens qui vivent ici qui sont un problème, habituellement. Ce sont les propriétaires, les gérants, les collecteurs de loyers. Certains font trop de zèle. D'autres volent les locataires, qui n'ont pas les moyens de payer un avocat ou qui ne savent pas qu'il leur en faut un.

— Je vois.

Ce n'était, malheureusement, que trop vrai. Il avait beaucoup lu ces derniers jours, et avait fait de troublantes découvertes. Apprendre qu'il existait des gens qui ne connaissaient pas leurs droits et n'avaient aucun moyen de défense…

— Vous êtes souffrant, Ashmont ? Vous avez bu plus que de raison hier soir ?

Sans s'en rendre compte, il s'était immobilisé et avait porté la main à sa tête. Il la laissa retomber et s'esclaffa. Cela ne suffit toutefois pas à le délivrer du poids qui semblait peser sur son crâne.

— Vous me donnez mal à la tête. Et au cœur. C'est assez… Comment dire ?

Bouleversant. Il regarda autour de lui les vieux bâtiments noirs de suie.

— Ce n'est pas une chose à laquelle j'avais songé.

— Moi non plus, jusqu'à ce que je rencontre Mme Roake et que je découvre le club et la possibilité de me rendre utile.

« J'ai besoin que vous vous ressaisissiez et que vous tentiez, pour une fois dans votre pitoyable existence, de vous rendre utile. »

Elle avait dit cela quelques semaines plus tôt, et sa voix froide avait percé le brouillard de son ébriété.

Il avait survécu ce jour-là à Putney, et il était parvenu à se rendre utile. Il voulait être utile, oui, pour une fois dans sa vie. Il n'y était pas habitué, voilà tout.

— Une petite partie de Londres, dit-il, à moitié pour lui-même. Tant de vies. Des endroits comme celui-là partout. Quelqu'un de trop zélé. Quelqu'un qui vole ceux qui sont sans défense.

Il n'avait jamais réfléchi à cela. Ce n'était pas un monde auquel il prêtait attention. Il était mal à l'aise et aurait voulu s'asseoir dans un endroit calme, avec un verre de vin, pour réfléchir. Sauf qu'il ne pouvait pas. Pas maintenant. Il devait aller de l'avant. Comme elle.

— Mieux vaut agir que rester les bras ballants.

Elle s'était remise en marche et il lui emboîta le pas.

Ils étaient en retard.

Mme Pooley était dans la Cour pavée, ses maigres effets rassemblés autour d'elle. Tenant un de ses enfants par la main et l'autre en équilibre sur sa hanche, elle regardait un homme s'éloigner.

— Oh non, monsieur Crummock ! cria Cassandra. Vous ne pouvez pas jeter une femme et ses enfants à la rue et prendre la fuite !

Il ne l'aurait pas fait si M. Pooley avait été là, mais M. Pooley n'était pas là. Parti chercher du travail, probablement.

Crummock s'arrêta et se retourna. Aussi solide qu'un bœuf, l'homme était vêtu sans élégance, quoique mieux que les habitants de l'immeuble, qui les observaient en silence.

— Commencez pas à me chercher des ennuis, mam'zelle. J'ai été aussi patient que j'ai pu avec eux. Ils ont plus de quatre mois de retard et ceux qui me payent font pas dans la charité.

Ashmont s'avança vers l'homme.

— C'est vous qui avez fait cela ? demanda-t-il d'une voix douce, en affichant une ébauche de sourire. Vous avez jeté leurs affaires dans la cour ?

D'un geste, il désigna le tas de hardes usagées, vaisselle brisée, ustensiles et autres pitoyables bricoles.

Cassandra s'apprêtait à lui saisir le bras, puis se ravisa. Elle lui avait dit de tenir sa langue. Il était là pour qu'on le voie, rien de plus. Avoir un homme avec soi changeait le rapport de force.

Mais elle était consciente du regard des gens. Des hommes qui sortaient de leurs ateliers. Des femmes qui se tenaient sur les pas de leur porte ou regardaient par la fenêtre.

Ils ne faisaient pas attention à elles. Tous avaient les yeux rivés sur Ashmont et attendaient de voir ce qu'il allait faire.

Elle croisa les bras et les imita. Si les choses tournaient mal, il ne lui resterait plus qu'à s'en débrouiller.

— Ils refusaient de partir, répliqua Crummock, qui parut se ratatiner à mesure qu'Ashmont approchait.

— Vous avez jeté leurs affaires, insista le duc. Sur des pavés crasseux. Une femme et deux enfants.

— Ils payent pas, monsieur. Ils ont pas payé depuis la fête de l'Annonciation. C'est mon travail de collecter les loyers. Je suis venu je sais pas combien de fois, et à chaque fois c'est pareil. C'est plus possible.

— On attend que M. Pooley soit payé, intervint Mme Pooley. On lui doit ses gages depuis des mois. Il est pas là. Il est parti chercher du travail. Il a jamais été payé pour son dernier travail. Je fais du raccommodage et des lessives. On veut pas la charité. Juste qu'on nous laisse le temps de reprendre pied. Le peu qu'on a, c'est pour nourrir les enfants.

Le regard d'Ashmont passa sur elle, les enfants et la collection d'effets répandus sur les pavés. Il serra les poings.

Crummock amorça un mouvement de recul.

Ashmont ferma les yeux, les rouvrit. Et desserra les poings.

— Monsieur Crummock, articula-t-il d'une voix douce, et aussi menaçante que le calme précédant la tempête.

Mme Pooley elle-même recula.

Le collecteur de loyers regarda autour de lui. Il ne pouvait s'attendre à trouver ni compassion ni alliés. Il aurait pu tenter de s'enfuir, mais il dut deviner qu'il n'irait pas bien loin avec Ashmont à ses trousses. Il serra son registre de loyers contre son torse.

— Il faut bien que je fasse mon travail, monsieur.

— En effet. Vous allez donc ramasser tout ce que vous avez jeté par terre comme s'il s'agissait d'ordures, rétorqua Ashmont. Les biens d'une famille. Vous allez les ramasser et les rapporter chez Mme Pooley. Après quoi, vous l'aiderez à tout remettre en ordre. Et vous vous excuserez de l'avoir dérangée.

— M'excuser !

— Vous vous excuserez, monsieur Crummock. Vous reviendrez ensuite vers moi et nous parlerons affaires.

M. Crummock vira à l'écarlate et un filet de sueur serpenta le long de sa joue. Il dévisagea le duc un instant. Celui-ci souriait. Il semblait fort à l'aise. Mais il était duc. Et il était Ashmont.

Si personne, dans la cour, ne semblait savoir qui il était, tout le monde devait sentir, à l'instar de Cassandra, que cet homme était dangereux.

Crummock revint sur ses pas et entreprit de ramasser les biens éparpillés de la famille Pooley.

« Une chose à la fois, se conseilla le duc. D'abord garder son calme. Ensuite réfléchir. »

Le temps que Crummock rapporte les affaires des Pooley dans leur logement et aide Mme Pooley à tout remettre en ordre, Ashmont avait élaboré un plan. Il emprunta le registre du collecteur de loyers et y inscrivit les coordonnées de son avoué.

— Appelez-le demain, dit-il. Il réglera les choses avec votre employeur.

Une fois le collecteur parti, Ashmont dut se résoudre à aborder Mme Pooley. Il n'avait pas le choix. Mlle Pomfret n'avait pas dit un mot depuis qu'il avait interpellé Crummock. Elle ne disait toujours rien, se contentant d'attendre, aussi calme qu'une statue.

Mme Pooley, quant à elle, paraissait effrayée. Les enfants le regardaient, les yeux comme des soucoupes.

Le logement était vieux et décrépi, toutefois, la hauteur sous plafond laissait à penser qu'il avait connu des jours meilleurs. Autrefois, il avait fait partie d'une grande demeure. S'il n'en restait plus rien de grand, l'endroit était propre. Mme Pooley avait beau être pauvre, ce n'était pas une souillon. En dehors des dégâts causés par Crummock – et pour lesquels il paierait –, le logement était impeccable. Sommers lui-même en aurait convenu.

— Je sais que vous ne demandez pas la charité, dit Ashmont, mais j'espère que vous voudrez bien accepter un prêt. Le temps que les choses s'arrangent. Que M. Pooley parvienne à se faire payer et à trouver un nouvel emploi.

Mlle Pomfret s'approcha. Elle sortit sa bourse et compta l'argent qu'elle avait apporté. Ashmont ajouta une somme substantielle en répétant qu'il s'agissait d'un prêt. Mme Pooley s'essuya les yeux avec le coin de son tablier. Il détourna le regard.

À son grand soulagement, les deux femmes s'éloignèrent pour bavarder.

Il s'alarma cependant quand le plus jeune des enfants, qu'on avait posé par terre sur une couverture, rampa jusqu'à lui et se redressa en s'agrippant à son pantalon. Il le souleva et après un instant de panique, le cala sur sa hanche, comme avait fait sa mère. L'enfant ne pesait rien.

Ces gens n'avaient rien.

Il eut envie de pleurer.

« Elle fait pleurer les hommes », avait dit Morris.

C'était peut-être mérité.

Ashmont et Mlle Pomfret quittèrent Bleeding Heart Yard et s'enfoncèrent dans un entrelacs compliqué de cours et de passages. Il ne savait pas trop où ils étaient, ni pourquoi ils prenaient ce chemin, elle semblait cependant savoir ce qu'elle faisait et il se laissa guider. Pour l'heure, il s'efforçait d'assimiler ce à quoi il venait d'assister et de maîtriser le chagrin et la colère qui bouillonnaient en lui.

Il avait à peine conscience de la pluie, un méchant petit crachin qui se mua en une véritable averse tandis qu'ils progressaient dans des ruelles de plus en plus sombres.

— Vous êtes perdue ? demanda-t-il finalement.

Elle lui attrapa le bras et l'attira sous un porche.

— Oui, dit-elle. Oui, je suis perdue. Vous ébranlez mes certitudes à chaque instant.

Ashmont sentit son ventre se nouer.

— Qu'ai-je fait ? Pourquoi ne m'avoir rien dit ?

Elle leva les yeux vers lui. Il faisait hélas trop sombre pour distinguer son expression – non que son beau visage fût facile à déchiffrer dans de meilleures circonstances.

— Vous vous souvenez de ce jour, à Camberley Place ? Cette fête où vous vous êtes battu avec Godfrey Wills ?

— Bien sûr que je m'en souviens. Comment pourrais-je l'oublier ?

— Vous m'aviez bien oubliée.

— Pas tout à fait. Mais que...

— Je vous aimais. J'avais onze ans, et je vous aimais pour ce que vous aviez fait. Et j'ai continué de vous aimer ensuite, sans raison.

— Je ne...

— Je croyais que vous alliez devenir un héros, quelqu'un de pur, de noble et de vrai. J'ai attendu, pleine d'espoir. J'ai attendu longtemps. Malheureusement, cela ne s'est jamais produit. Vous n'avez cessé de me décevoir. Pour finir, j'ai cessé d'attendre et d'espérer.

Ashmont avait froid tout à coup.

— Je l'ignorais.

— Comment auriez-vous pu le savoir ? Après cette bagarre, vous ne m'avez plus jamais vue, même lorsque j'étais là. Au bal de l'Almack's ? J'étais en face de vous et j'aurais aussi bien pu être un meuble.

Non. Non. Sauf que c'était vrai. Il ne s'en souvenait pas, et il savait qu'elle ne mentait pas – pourquoi se serait-elle ainsi mise à nu ?

— Finalement, j'ai renoncé, poursuivit-elle. J'avais d'autres choses à faire et d'autres gens en qui croire. Et voilà que vous faites cela.

— Je n'avais pas l'intention de gâcher votre projet.

— Vous avez été *splendide*, aujourd'hui. Vous ne comprenez donc pas ?

Il ne comprenait plus rien. Le monde partait à vau-l'eau. Une femme et ses enfants, et tous leurs biens répandus par terre. Des centaines, des milliers de femmes comme elle. Il avait envie de frapper quelqu'un.

Et maintenant cela. Elle l'avait aimé et il ne l'avait pas su, ne s'en était pas même soucié. Il l'avait blessée – la fille du pays des elfes qu'elle avait été et la jeune femme qu'elle était devenue –, à plusieurs reprises. Il s'était montré oublieux, trop absorbé par sa propre vie dénuée de sens.

Elle lui agrippa les épaules et le secoua.

— Aujourd'hui, vous avez été tout ce que je voulais que vous soyez. Oh, Lucius, qu'est-ce que je vais faire de vous ?

— Attendez.

Son moral était tour à tour monté en flèche, redescendu et remonté à un rythme vertigineux. Il grimpait de nouveau.

— Vous n'êtes pas déçue, dit-il. Je suis… splendide.

Elle noua les bras autour de son cou et s'empara de sa bouche.

Sans la moindre hésitation. Mais hésitait-elle jamais ? Elle l'embrassa fougueusement. Elle déposa une pluie de baisers sur ses joues, son menton, enfouit les doigts dans ses cheveux.

Le jour avait baissé et l'étroite venelle semblait plus sombre encore, comme si les maisons se refermaient sur eux. La pluie frappait les carreaux et ricochait sur les pavés. Ashmont ne savait pas où il était et peu lui importait.

Il prit le visage de Cassandra entre ses mains.

— C'est très perturbant, avoua-t-il.

— Je suis si fière de vous. Et maintenant, je suis de nouveau amoureuse de vous et cela ne va pas du tout.

Un flot de bonheur le submergea.

— Oh que si, cela va très bien !

Il baisa son visage trempé par la pluie, encore et encore – ses joues, ses paupières, ses sourcils –, et repoussa son chapeau pour lui embrasser le front. Il couvrit ses lèvres des siennes, en savoura la douceur accueillante. C'était à la fois si peu et tellement.

Il avait l'impression d'avoir attendu cela depuis toujours et craignait de devoir attendre une nouvelle éternité. Il préféra cependant s'enivrer du contact de sa bouche sous la sienne. Sa bouche pulpeuse si prompte à s'exprimer sans détour. Elle l'embrassait avec la même franchise. Elle laissa échapper un bref soupir impatient et sa langue vint agacer ses lèvres.

Son cœur fit un bond et il oublia toutes les bonnes intentions qu'il aurait pu avoir. Sa bouche était aussi fraîche et délicieuse que le ruisseau de Camberley Place au printemps. À l'instar du petit pavillon de pêche, elle était comme un refuge, un foyer, un port d'attache qui lui inspirait une faim dévorante. Intérieurement, il n'était jamais calme, semblait-il, et ses sentiments en ébullition l'incitaient à désirer follement le sanctuaire qu'elle paraissait lui promettre. Cette femme imprévisible et passionnée était tout à la fois la tempête et l'abri contre la tempête.

Ses mains glissèrent le long de son cou, puis plus bas, sur ses épaules et ses bras. Pas d'énormes manches bouffantes aujourd'hui. Pas d'immenses revers ni de couches de dentelle pour dissimuler ses courbes. Ses mains s'aventurèrent sur sa poitrine, emprisonnée dans le corsage et les sous-vêtements. Ce qui se trouvait dessous était tiède et velouté, il le savait. Il connaissait aussi l'odeur de sa peau : lavande, romarin et Cassandra.

Elle laissa échapper des petits bruits étranges et glissa les mains dans son dos, au creux de ses reins, l'incitant à se plaquer contre elle. Il l'enlaça étroitement, pressant en vain son sexe contre les épaisseurs de jupes et de jupons. Sa main descendit plus bas, épousant la courbe de sa hanche. Ses jambes, ses longues jambes... Ses doigts se souvenaient d'avoir frôlé ses jambes et rêvaient de se montrer plus audacieux – dénouer une jarretière et faire rouler son bas de soie pour caresser sa peau nue.

Il agrippa sa jupe et commença à la relever. La pluie frappait l'arrière de ses jambes et la réalité perça le tumulte qui bouillonnait en lui. Il se rappela où ils se trouvaient.

Quelque part à Holborn. Sous un porche, dans un labyrinthe de venelles, de passages et d'allées. Un endroit public.

Il pleuvait. Il se souvint de la pluie à Putney, la pluie qui crépitait dans la Cour de l'auberge. Il se souvint qu'il attendait Cassandra. Il l'avait attendue... pendant combien de temps ?

Il devrait attendre encore. Pas trop longtemps, espérait-il.

Il posa les mains sur sa taille, mit fin à leur baiser et appuya son front contre le sien.

— Attendez, parvint-il à articuler.

— Oui.

Ils demeurèrent ainsi, front contre front, la pluie cascadant le long de la maison et rebondissant sur les pavés.

— Nous ne pouvons pas, dit-il.

— Je sais. Mais je vous aime follement à cet instant précis.

— Je sais. C'est difficile de résister. Je suis tellement adorable.

Elle s'écarta et leva les yeux vers lui.

— Vous saviez quoi faire.

— Sous un porche ? Avec une jolie fille ? Il faudrait être sot pour ne pas le savoir.

— Dans la Cour de Bleeding Heart.

— C'était évident.

Il n'avait pas envie de penser à ce qu'il avait vu, à ce qu'il avait ressenti. Trop déstabilisant.

— Non, cela ne l'était pas, répliqua-t-elle. Pas d'agir aussi parfaitement que vous l'avez fait. Par Junon, vous mériteriez que je vous gifle ! Toutes ces années ! Je savais que vous aviez cela en vous. Vous êtes l'homme le plus exaspérant que je connaisse.

— Cela signifie-t-il que vous ne m'aimez plus ? Cela n'aura pas duré longtemps.

— Ashmont, pour l'amour du ciel !

— Ai-je gagné un point, quoi qu'il en soit ?

— J'ai très envie de vous étrangler.

Elle recula et rajusta son chapeau. Pas très bien. Lorsqu'il voulut lui écarter les mains pour s'en charger à sa place, elle recula.

— Ce n'est pas important. Il pleut. Personne ne le remarquera. Il faut que je retourne chez Mme Roake, où je dois me changer avant que la voiture de maman me récupère. Après quoi je retrouverai ma famille. Cette vie qui est la mienne. Après cette brève escapade. Que sommes-nous censés faire aujourd'hui ? Participer à cette maudite fête sur la Tamise. Quand en aurons-nous fini avec ce simulacre de cour ? Cela ne nous convient ni à l'un ni à l'autre, Ashmont, et cela ne fait que compliquer les choses.

— Nous pouvons cesser de faire semblant, suggéra-t-il. Nous pouvons nous marier.

— Ne faites pas cela. Pas maintenant. J'ai besoin de… réfléchir. De rassembler mes esprits.

Elle se détourna et s'éloigna à grands pas. Il la rattrapa en quelques enjambées. Son cœur battait follement, comprimé par l'angoisse, le désir frustré et le dégoût de soi.

— Cassandra.

— Quand vous agissez convenablement, cela rend tout le reste – tout ce gâchis qu'est votre vie – d'autant plus irritant. J'aurais dû vous laisser affalé au sol à Putney Heath. Prendre les choses en main et ne compter que sur moi. Au lieu de quoi, je n'ai fait que passer de la joie au désespoir, encore et encore. C'est exaspérant. Je suis devenue une femme que je méprise, larmoyante et irrationnelle.

Elle l'avait embrassé si passionnément. Et il lui avait répondu tout aussi passionnément.

Elle disait l'aimer follement. C'était donc cela l'amour ? Une folie ? C'était exaspérant, cela ne faisait aucun doute. Elle avait ébranlé son monde, et celui-ci se retrouvait à présent éparpillé autour de lui.

Comme les possessions de la famille Pooley.

Tout cela l'avait bouleversé. Cet enfant qui ne pesait presque rien et qui avait estimé qu'il serait en sécurité avec lui. Ces deux enfants dont les parents avaient été trompés, dont on avait honteusement profité alors qu'ils s'efforçaient juste de vivre décemment.

C'était trop. Il n'arrivait même plus à construire une phrase simple. Les mots et les images se bousculaient dans sa tête. Ces dernières semaines. Les événements qui s'étaient produits depuis Putney. Cela remontait à plus loin et il n'en avait rien su.

Pendant toutes ces années, elle avait été là, quelque part dans les coulisses enténébrées de sa vie inutile. Il ne l'avait jamais remarquée, et elle l'avait aimé, et il n'avait fait que la décevoir.

Un instant passa, ou peut-être des mois. Et puis ils se retrouvèrent à l'entrée du *Furnival's Inn*. La pluie tombait toujours, sans se soucier des affaires de deux personnes malheureuses. Ils étaient trempés, mais c'était l'été et ils n'avaient rien de créatures délicates.

Il se souvint d'elle, trempée jusqu'aux os quand elle était allée chercher le médecin à Putney. Pour Keeffe, elle n'avait pas hésité à braver la tempête. Si elle aimait tendrement sa sœur, Keeffe était l'équivalent pour elle de ce que Blackwood et Ripley étaient pour lui. Elle avait en lui une confiance absolue, il l'avait aidée à donner un sens à sa vie et à y trouver une marge de liberté. En d'autres termes, il avait rendu sa vie tolérable.

Au fond, aujourd'hui, elle n'avait pas vraiment eu besoin de lui, songea-t-il. N'importe quel homme aurait fait l'affaire pour empêcher d'autres hommes de lui manquer de respect – tous ces hommes qui trouvaient parfaitement acceptable d'accoster les femmes qui avaient l'audace de circuler dans Londres sans être accompagnées.

Elle aurait pu régler cette affaire seule. S'il s'était tenu à l'écart, comme elle le lui avait demandé, tout cela aurait peut-être été plus facile à supporter. Pour elle. Pour lui.

Il agissait de la même façon qu'avec Olympia. Il se montrait charmant, désarmant, et il minait sa résistance sans accorder une pensée à ce qu'elle était et à ce qu'elle voulait. Il n'avait rien compris au caractère d'Olympia, à ses souhaits, à ses rêves. Il ne s'en était pas soucié. Il voulait une épouse, elle correspondait aux critères de sélection et il s'était contenté d'abattre les barrières pour obtenir ce qu'il désirait.

Il recommençait, sauf que cette fois il s'agissait d'une femme qui en était venue à être tout pour lui.

Il ne s'était pas écoulé cinq semaines depuis Putney Heath. Pas assez pour défaire la longue décennie de souffrances et de déceptions qu'il lui avait infligées. Pas assez pour faire ses preuves. Il n'était qu'un individu obtus, frivole et gâté qui avait toujours refusé de grandir et de prendre ses responsabilités.

Pas étonnant que Cassandra soit aussi perdue et anxieuse.

Il la raccompagna au poste des fiacres et l'aida à monter dans la voiture.

— Vous avez raison, dit-il. C'est exaspérant.

Il referma doucement la portière et s'éloigna.

Il avait du pain sur la planche.

14

En dépit de la pluie qui l'avait retardée, Cassandra était prête quand la voiture de sa mère se gara devant chez Mme Roake.

De retour à la maison, elle n'eut pas le temps de se confier à Hyacinthe, ni même de réfléchir à ce qui s'était passé. Elles durent s'habiller pour la fête sur l'eau, et cela fut plus long que prévu. En effet, n'ayant pas encore trouvé de remplaçante pour Gosney, les deux sœurs devaient partager la même femme de chambre. Elles n'eurent donc pas l'occasion de parler en tête à tête.

Et lorsqu'elles rentrèrent, tard dans la soirée, Cassandra était si fatiguée et perturbée qu'elle alla se coucher directement.

Au moins Hyacinthe avait-elle apprécié le divertissement. Bien qu'elles n'aient pas navigué à bord de la barge du lord Mayor, elles s'en étaient trouvé assez près, à bord du yacht de lord Eddingham, pour suivre la procession nautique jusqu'à Richmond.

Il y avait un orchestre et un buffet ; le bruit avait toutefois donné la migraine à Cassandra et elle n'avait pas faim. Elle avait passé son temps à admirer les grandes demeures le long du fleuve, où la plupart des jardins étaient illuminés pour l'occasion.

La soirée avait été belle, mais elle était trop tendue pour en profiter. Des images de Bleeding Heart Yard s'obstinaient à tourner dans sa tête. Ashmont affrontant Crummock… la façon dont Mme Pooley avait regardé Ashmont, comme s'il était son ange gardien… Ashmont un peu affolé face au tout-petit de Mme Pooley, puis soulevant dans ses bras l'enfant confiant.

La confiance.

Cassandra aurait aimé être au calme pour réfléchir à tout cela. Elle aurait voulu faire davantage pour les Pooley. Elle aurait voulu parler avec Ashmont. Or, elle se retrouvait sur un luxueux bateau, entourée de gens à qui elle n'avait rien à dire.

Le lendemain, son humeur ne s'était pas améliorée. Lady Bartham leur rendit visite, M. Owsley dans son sillage.

Après avoir lacéré la réputation de plusieurs personnes croisées dans les réceptions auxquelles elle avait récemment assisté, la comtesse déclara :

— J'ai cru comprendre que le duc d'Ashmont ne s'était pas joint à vous hier. Je pensais qu'il vous aurait emmenées sur l'un de ses bateaux. Cela dit, il a beaucoup à faire avant de quitter Londres.

Cassandra veillait à ne jamais réagir durant les visites du matin. La seule façon de survivre à celles-ci sans commettre un crime social consistait à tenir sa langue et à afficher un masque impénétrable. En présence de lady Bartham, c'était crucial. Comme bien des personnes aigries, la comtesse ne supportait pas les gens heureux.

— Naturellement, un duc a toujours beaucoup à faire, acquiesça lady deGriffith.

Elle s'abstint de croiser le regard de sa fille – ce n'était pas pour rien qu'elle était l'épouse d'un habile politicien.

— Il paraît qu'il a l'intention d'aller à Southampton pour la régate, ajouta lady Bartham. Mon fils Humphrey l'a évoqué hier soir, quand il est passé au bal de lady Thurlow. Il accompagnera le duc, j'imagine.

Le sous-entendu était clair : les chevaliers servants de vos filles les abandonnent pour une course de bateaux.

Si la comtesse espérait les voir consternées, elle fut déçue. Cassandra, Hyacinthe et leur mère présentèrent un front uni d'intérêt plus que modéré.

— Comme c'est charmant, dit lady deGriffith. Les régates sont parfois si excitantes. Je m'en réjouis pour eux.

— C'est à coup sûr un passe-temps inoffensif, déclara M. Owsley. La pratique de l'exercice physique en plein air est très saine. Et la compétition en tant que telle n'a rien de malsain. Pour autant que je sache, le montant des paris aux régates est loin d'être aussi faramineux que ceux des courses de chevaux. Malheureusement, l'élément criminel a infecté ces dernières de façon alarmante.

Lady Bartham lui adressa un regard d'avertissement.

— Le duc et Humphrey ont ensuite l'intention de pousser jusqu'à Goodwood, dit-elle.

Les courses de Goodwood, qui se déroulaient sur le domaine du duc de Richmond, commençaient à la fin du mois et duraient quatre jours.

Owsley enchaîna aussitôt :

— Il va de soi que le duc de Richmond veillera à ce que le fair-play soit respecté et interdira l'accès de son domaine aux éléments indésirables.

« Dans ce cas, pourquoi en autoriserait-il l'accès à Ashmont ? » faillit répliquer Cassandra. Elle échangea un coup d'œil avec Hyacinthe, qui dut lire dans ses pensées car ses yeux pétillèrent.

Sa sœur s'amusait, réalisa Cassandra. Pour Hyacinthe, ces joutes verbales étaient un jeu. Pas étonnant qu'elle soit aussi à l'aise dans la bonne société. Elle laissait les mesquineries, les jalousies et le fiel glisser sur elle sans l'atteindre. Un talent que Cassandra ne possédait pas.

— M. Morris est un fils fort dévoué pour tenir sa maman informée de ses projets avec un tel luxe de détails, observa Hyacinthe.

— Humphrey me dit tout, déclara lady Bartham. C'est parfois difficile de suivre le fil de ses nombreuses activités et centres d'intérêt. Ils changent si souvent.

En clair : vous n'êtes rien de plus qu'une passade.

— Dans ce cas, il a beaucoup de chance d'avoir des amis qui ont les moyens de participer à des régates et de partir en voyage quand l'envie leur en prend, commenta lady deGriffith.

En clair : votre Humphrey n'est qu'un troisième fils, sans fortune ni perspectives d'avenir.

— M. Morris s'efforce toujours de se montrer agréable, intervint Hyacinthe. Je ne l'ai jamais entendu faire la moindre réflexion désobligeante au sujet de ses amis. Il n'est donc guère étonnant que ceux-ci prisent sa compagnie.

Hyacinthe était décidément une redoutable diplomate. Là où Cassandra déclarait la guerre, sa sœur désarmait en douceur.

Mais Cassandra n'était pas sa sœur, ne le serait jamais, et elle avait toujours l'impression que ces visites duraient des semaines. Celle-ci dura certainement plus longtemps que le quart d'heure préconisé. Aucune de ces dames de la maisonnée deGriffith n'accepta cependant de paraître froissée et la comtesse de Bartham dut prendre congé sans avoir réussi à irriter visiblement qui que ce soit et sans même savoir qui avait remporté cette joute verbale.

Alors qu'elle s'apprêtait à partir, cependant, elle attira lady deGriffith et Hyacinthe à l'écart pour leur murmurer quelque chose. M. Owsley en profita pour approcher Cassandra.

— J'espère que vous voudrez bien me faire l'amabilité de lire ceci en privé, souffla-t-il en posant un papier plié sur le guéridon près d'elle.

Il s'éloigna avant qu'elle ait le temps de lui répondre – si tant est qu'elle l'ait voulu.

Elle regarda le papier. Elle ne voulait pas y toucher. Puis elle se rappela qu'il n'était rien de plus qu'un homme ennuyeux parmi tant d'autres. Elle glissa le feuillet dans sa poche.

— Elles savent quelque chose que je ne sais pas, déclara lady Bartham à M. Owsley une fois dans sa voiture. Elles n'auraient pas accueilli la nouvelle aussi calmement, autrement.

Elles n'avaient pas même cillé. En fait, lady deGriffith avait paru amusée. Quant à Mlle Pomfret, autant s'évertuer à déchiffrer un galet.

— Pourtant, M. Morris vous a bien dit…

— Oui, oui, mais il doit y avoir autre chose là-dessous.

— Vous pensez à un genre de… farce ? Et dans quel but ?

« Pour se jouer de moi, songea lady Bartham. Une fois de plus. »

— Depuis quand le duc d'Ashmont a-t-il besoin d'avoir un but pour faire des farces ? Quelque chose cloche dans cette affaire. J'aimerais pouvoir être sûre qu'il partira bien ce soir ! Tant qu'il n'aura pas quitté Londres, Mlle Pomfret ne sera pas en sécurité.

Cassandra attendit de se retrouver avec Hyacinthe dans leur petit salon pour lui parler du papier qu'Owsley lui avait remis.

— C'est curieux, dit Hyacinthe. Tu crois qu'il s'apprête à présenter un nouveau projet de loi, et qu'il veut ton approbation ? hasarda-t-elle en riant.

— J'en doute fort, répondit Cassandra en sortant le feuillet de sa poche.

Elle trouva à l'intérieur une page soigneusement pliée du *Court Journal* datée du 27 avril de l'année en cours. Un poème adressé à une mystérieuse *lady Charlotte* remplissait la première page. Quelqu'un – Owsley, sans doute – avait rayé *lady Charlotte* et avait été écrire à la place *Mlle P.*

Cassandra lut le poème, sa sœur penchée par-dessus son épaule.

Une fois leur lecture achevée, elles échangèrent un regard.

— Seigneur, murmura Hyacinthe, est-ce là l'idée que M. Owsley se fait d'un message d'amour ?

— Cela ressemble plutôt à une prophétie de mauvais augure.

Cassandra lut à voix haute :

Je te donnerai la Patience – d'endurer des nuits plus fatigantes encore

Quand autour de toi résonneront les notes de la harpe, et que les lampes brilleront,

Et qu'il soufflera de douces paroles à l'oreille ravie de ta rivale,

Sans remarquer, parmi les sourires qu'elle fera pleuvoir sur lui, ton unique larme solitaire !

— Je me souviens de cela, dit Hyacinthe. C'est paru quand la grippe faisait rage. Tout le monde se demandait qui pouvait bien être cette mystérieuse lady Charlotte. Certains prétendaient qu'il s'agissait d'un pseudonyme. Quant au mari volage, on ne manquait pas de candidats.

— Je n'en doute pas, dit Cassandra. Mais dans le cas présent, Owsley ne peut viser qu'Ashmont.

Hyacinthe en relut un passage à voix haute :

Je te donnerai la Patience – de parler, dans la tendresse et la paix,
Face à un silence méprisant, destiné à te faire taire ;
La Patience – de juguler le rouge qui montera à tes joues – le sanglot – le soupir étranglé –
La Patience – de vivre sans un murmure, quand la mort t'apparaît comme une bénédiction.

Je te donnerai la Patience – de recevoir au sein du foyer sacré
Celle dont tu sauras aussi sûrement que tu sais le nom du jour, qu'elle est pour lui celle que tu fus autrefois ;
Celle à qui il t'ordonnera de sourire, et que tu devras accueillir comme un hôte de marque,
Et dont tu devras copier les gracieux sourires qu'elle adresse à ton propre époux !

Strophe après strophe, il n'était question que de la maîtresse étalée au grand jour, des enfants et du foyer bafoués, des soins patients de l'épouse auxquels ne répondaient que plaintes et ingratitude. Une peinture qui reflétait fidèlement le sort de trop nombreuses femmes, y compris celles qui n'épousaient pas un libertin notoire.

Les mots imprimés noir sur blanc exprimaient ses plus grandes peurs : avoir le cœur brisé, être délaissée, voir ses enfants négligés.

Elle n'était pas la seule à nourrir ces peurs-là. C'était celles de bien des femmes, car les hommes jouissaient de toutes sortes de libertés, alors qu'on apprenait aux femmes à souffrir en silence.

Elle contempla le journal.

— On ne m'a pas enseigné cela, murmura-t-elle. Ou si on l'a fait, la leçon n'a pas pris.

— Cassandra ?

Elle leva les yeux du troublant poème.

— Ce n'est pas moi, lâcha-t-elle.

Elle s'approcha de la fenêtre et regarda la rue sans la voir. Elle était concentrée sur les visions qui défilaient dans son esprit. Ashmont tenant le tout petit enfant sur sa hanche. Elle et Ashmont, gagnés par le fou rire après avoir été surpris derrière le rideau. Elle, conduisant le phaéton demi-mail – c'était elle qui conduisait, parce qu'elle en était capable. Leur duel au parapluie – elle, rendant coup pour coup, audacieuse et bien décidée à gagner.

Elle secoua la tête.

— Qui donc ai-je cru que j'étais ?

— Je ne sais pas, dit Hyacinthe. Je ne comprends pas ce que tu veux dire.

— Il ne s'agit pas de moi, répliqua Cassandra en agitant la page du journal. M. Owsley doit être dérangé, et je dois l'être aussi. De la patience ? Moi ? Endurer le... Qu'était-ce, déjà ? ajouta-t-elle en baissant les yeux. « Le jour morne et amer » ? Moi, endurer « les longues heures d'ennui sombre et morose », du fait de l'absence d'Ashmont ou de n'importe quel autre homme ?

Hyacinthe sourit.

— Toi, accueillir une rivale sous ton toit avec le sourire ? Si tu faisais cela, tu l'obligerais à lire Mary Wollstonecraft, tu l'amènerais à rejoindre tes vues, et le pauvre époux se retrouverait à la rue !

— Et cela : « de vivre sans un murmure » – autant dire dans le silence et la soumission. Moi, muette et soumise ? Je l'étoufferais avec un oreiller pendant son sommeil, et je prétendrais ensuite qu'il s'agissait d'une crise cardiaque. Je ne permettrai jamais à personne de me traiter de la sorte. Aucune femme ne devrait endurer cela.

— Ont-elles le choix ? risqua Hyacinthe.

Les hommes avaient le pouvoir. Ils possédaient tout. Les femmes ne possédaient même pas leurs propres enfants. Elles n'avaient aucun moyen de riposter. La loi était du côté des hommes.

Cassandra contempla le jardin où son père s'était entretenu avec Ashmont à leur retour du Stadium. Lord deGriffith se montrait parfois énigmatique. Buté aussi, et horripilant. Elle doutait toutefois qu'il aurait accepté ce projet de simulacre s'il avait estimé que sa fille courait un danger. Du point de vue de son père, c'était Ashmont qui était en danger.

« Si les circonstances l'exigeaient, elle serait capable de l'assommer », avait-il dit d'elle. Et il n'avait pas tort.

— Quelle sotte, j'ai été ! s'écria-t-elle. Sotte et lâche. Merci, M. Owsley d'avoir mis cela en évidence. Vous m'avez rendu un fier service. À présent, je sais ce que je dois faire.

— À savoir ?

— Je vais écrire une lettre.

S'il fallut un peu de temps à Cassandra pour organiser ses idées, elle parvint finalement à mettre par écrit ce qu'elle avait en tête. Sans se donner le temps de la réflexion, elle se rendit chez Keeffe pour qu'il se charge de faire porter discrètement son message à Ashmont House.

Une lettre l'y attendait.

Ashmont House, 18 du mois en cours

Chère mademoiselle Pomfret,

Vous avez besoin d'être débarrassée de ma présence. Je le comprends enfin. Désolé d'être aussi lent, mais vous savez ce qu'il en est de mon cerveau. Le pauvre manque cruellement d'exercice. J'ai besoin de faire quelque chose – je ne sais pas encore très bien quoi, mais je suis sûr que cela finira par me venir en temps voulu. Je quitterai la ville sous le couvert de la nuit – une touche de théâtralité ne fait jamais de mal. Les gens diront que je me suis éclipsé pour assouvir mes mauvais penchants. Si vous en avez assez de moi, cela vous fournira le prétexte que vous cherchiez pour rompre nos prétendues fiançailles. La vie de votre sœur a repris son cours normal, et la vôtre retrouvera le sien bientôt, puisque Keeffe est sur le point d'être complètement rétabli.

En d'autres termes, je n'ai plus aucune raison de vous importuner, ou alors si peu qu'elles ne valent rien. « Je ne fais aucune promesse », avez-vous dit, et je ne vous en demande aucune. Il est temps que je trouve enfin ma voie, sans compliquer davantage votre existence. Je ne vous ai pas laissé le temps de respirer depuis l'accident de Putney Heath. Il est grand temps que je le fasse.

A.

Ashmont House, soirée du vendredi 19 juillet

Quelques années plus tôt, au cours d'une partie de cartes très arrosée de Leurs Dis-Grâces, plusieurs tiroirs d'une commode du vestiaire d'Ashmont étaient tombés ou avaient été tirés si brutalement que leur contenu avait été renversé à terre et piétiné. Sommers en avait pleuré deux jours durant avant de déclarer que ses nerfs ne pouvaient en supporter davantage.

Des changements architecturaux se révélant plus simples à réaliser que de remplacer Sommers, Ashmont avait fait construire un dressing entre sa chambre à coucher et le vestiaire. Ses vêtements étaient désormais rangés là, et personne, excepté Sommers, n'avait le droit d'y toucher. Aujourd'hui cependant, ce dernier les avait longuement manipulés pour préparer les bagages en vue d'un voyage à durée indéterminée.

Il était sorti du dressing un instant plus tôt pour s'entretenir avec un valet de pied qui rôdait sur le seuil. Ashmont n'était qu'à demi vêtu et ne semblait guère pressé de finir de s'habiller. Il était assis à une petite table devant la cheminée sur laquelle était déposé un repas froid. Il s'apprêtait à se verser un verre de vin quand Sommers revint.

— Un gentleman s'est présenté, Monsieur, annonça-t-il.

— J'ai dit que je ne voulais pas être dérangé, sauf s'il s'agit de mon avoué.

Ses domestiques avaient reçu pour consigne de dire à tout le monde, sauf à Morris, qu'il n'était pas là, et qu'on ne devait lui remettre aucun message, sauf s'ils venaient de son avoué.

Les problèmes des Pooley étaient assez simples, somme toute. Ashmont avait élaboré des farces plus complexes. Aller au fond des choses s'était toutefois révélé assez long.

La veille, il était retourné à Bleeding Heart Yard afin de demander le nom du précédent employeur de M. Pooley. Il s'était ensuite mis en quête dudit employeur, et avait découvert que celui-ci travaillait lui-même pour quelqu'un d'autre. Il était vite apparu qu'il aurait besoin de requérir les services de juristes s'il voulait régler l'affaire de façon satisfaisante, si possible sans passer par les tribunaux. On ne pouvait pas tout arranger en attrapant les gens par le revers de leur veste, en les soulevant et en les secouant. Ashmont le savait pour avoir employé cette technique sans parvenir à un résultat entièrement convaincant.

S'occuper de cela lui avait cependant évité de penser à Cassandra Pomfret pendant un temps. À la détresse qu'il avait perçue dans sa voix.

« J'aurais dû vous laisser affalé au sol à Putney Heath… je n'ai fait que passer de la joie au désespoir, encore et encore… Je suis devenue une femme que je méprise. »

— Votre Grâce ?

— Aucune exception. Sauf pour Morris. Ce n'était pas Morris, n'est-ce pas ? Ni un de mes amis ?

Non que Blackwood fût susceptible de passer – il était toujours à Camberley Place. Quant à Ripley, son épouse et lui étaient occupés à transformer la maison d'un célibataire en nid douillet.

— Non, Votre Grâce. Mais le gentleman assure que l'affaire est urgente.

— Ils disent toujours cela. Qu'on le renvoie. J'aimerais dîner en paix.

Sommers sortit.

« Ce n'était peut-être pas le meilleur des plans », songea Cassandra après avoir été éconduite une troisième fois par le portier d'Ashmont House. Malheureusement, elle n'en avait pas d'autre à disposition.

Elle rajusta l'inclinaison de son haut-de-forme, tira sur ses gants et décida de partir en reconnaissance. Ashmont possédait une grande partie de ce quartier, dont sa maison et ses jardins occupaient une vaste portion. Elle finit par découvrir un portail entre la Cour de l'écurie et le mur d'enceinte. Veillant à rester dans l'ombre, elle parvint à s'approcher du portail. Il ne lui restait plus qu'à crocheter la serrure sans se faire prendre ou à escalader le portail sans se rompre le cou. La chance n'était décidément pas de son côté.

Elle guettait l'instant propice quand un homme vint déverrouiller le portail et entra. Retenant son souffle, Cassandra se faufila derrière lui et se cacha dans un buisson.

Il lui fallait à présent trouver le moyen de pénétrer dans la maison. Quelques-unes des fenêtres du premier étage donnant sur le jardin étaient éclairées et ouvertes en cette douce soirée de juillet. Elle s'en approcha.

L'écurie et les bâtiments qui entouraient la propriété atténuaient les bruits de la rue. Sans étouffer complètement le vacarme qui régnait en ce début de soirée sur Park Street et Park Lane, ils aidaient à créer une oasis de tranquillité. Cassandra entendit des voix provenant d'une des fenêtres ouvertes. Bien qu'elle ne parvienne pas à distinguer les mots, elle reconnut la voix d'Ashmont et son cœur s'emballa.

Il était encore là.

Plus moyen de reculer à présent.

Le bureau se trouvait dans l'aile ouest de la maison. Si Cassandra se fiait aux bruits qu'elle percevait, les domestiques étaient en train de dîner. Si cela n'éliminait pas complètement le risque de se faire repérer quand elle emprunterait l'escalier de service, cela le réduisait. Elle réussit à se glisser à l'intérieur de la maison sans difficulté. Cette étape franchie, elle sut que la chance était avec elle. Si on tentait de l'arrêter, elle élèverait de retentissantes objections et Ashmont l'entendrait.

Elle gagna à pas de loup les pièces du premier étage d'où lui était parvenue sa voix et entra dans la première. Une chambre à coucher. La sienne, à en juger par ses dimensions et le mobilier. Personne. Les voix s'élevèrent de nouveau, plus distinctes. De la pièce voisine, lui sembla-t-il. Une querelle au sujet d'un manteau. L'autre voix semblait larmoyante. Ce devait être Sommers, le valet de chambre.

— L'endroit où je vais est sans importance, répliqua Ashmont. Va donc dîner. Nous ne partirons pas avant plusieurs heures, et je veux être seul.

— Mais le gilet rouge de Votre Grâce…

— Je ne vois pas à quoi il pourrait me servir. Va dîner. Ou lis un livre. Fais ce que tu veux, mais sors d'ici. Je n'en peux plus de ces histoires de gilet. Si tu continues, je voyagerai en robe de chambre.

Le valet grommela. Des pas se rapprochèrent de Cassandra, qui se plaqua contre le mur derrière la porte. Puis les pas changèrent de direction et une porte se referma non loin.

Le moment était venu.

Ashmont se débarrassa de sa veste d'intérieur et ôta le gilet qui avait déplu à Sommers.

— Votre Grâce ne peut pas porter cela, dit Ashmont, imitant la voix de son valet. Sinon ce serait la fin du monde, répondit-il de sa voix normale. Pluies de grenouilles. Goules jaillissant des cimetières.

Il entendit soudain un bruit étouffé et fit volte-face. Un homme se tenait sur le seuil du dressing. Malgré l'éclairage diffus, il sut qu'il ne s'agissait ni de Sommers ni d'aucun autre domestique.

Ashmont ne prit pas le temps de réfléchir ni de poser des questions. Il s'élança en avant. Une canne l'arrêta aussitôt et une voix qu'il aurait reconnue entre mille lâcha :

— Si vous tentez de me tuer, je vous le ferai regretter.

Il recula et la propriétaire de la voix s'avança dans le grand vestiaire.

Il la regarda redresser crânement son chapeau, lisser sa lavallière, et épousseter la manche de son manteau.

— Si vous aviez accepté de m'accorder une minute de votre précieux temps, je n'aurais pas eu besoin de m'introduire chez vous de cette façon.

Ashmont se contenta de la dévisager, bouche bée, le cœur battant la chamade.

Son regard descendit du haut-de-forme au manteau cintré, en passant par le gilet de couleur vive et le pantalon de cosaque en soie rayée. Un étranger pouvait la prendre pour un jeune homme. C'était ce qu'il avait d'abord cru, et il se demanda comment il avait pu se laisser duper.

— Je ne pouvais pas me présenter en tant que Cassandra Pomfret, dit-elle.

Il retrouva sa voix.

— Vous n'auriez pas dû venir.

— Vous ne m'avez pas laissé le choix. Il y avait des chances que vous soyez déjà parti. Si vous devez aller à Southampton, c'est votre affaire, Ashmont, toutefois...

— Southampton ? Je ne vais pas à Southampton.

— Oh, directement à Goodwood, alors !

— De quoi diable parlez-vous ?

Elle lui rapporta l'histoire qu'elle tenait de la mère de Morris.

— Morris a tout inventé. Je lui ai dit que je ne voulais pas que quiconque sache où j'allais – à Camberley Place, en fait, mais peu importe. Vous n'avez pas compris mon message ? Certes, je ne suis pas toujours très cohérent – du moins selon Blackwood –, pour autant...

— Vous fuyez, l'interrompit-elle. Vous avez renoncé à moi.

— Ce n'est pas ce que...

— Non que je vous le reproche. Seulement, vous choisissez vraiment le pire moment. Alors que je viens tout juste de réaliser que – non, je ne vais pas vous expliquer mes pensées. Vous vous endormiriez avant que j'en sois à la moitié de mon récit.

— Il y a peu de chances que je m'endorme avec vous devant moi, en pantalon. Je vois pratiquement vos jambes.

— Ne dites pas de bêtises. Il est doublé.

— Je vois davantage vos jambes que lorsque vous portez une robe et deux cents jupons.

— Peu importe ma tenue. Je suis venue pour...

— *Peu importe ?* Vous portez un *pantalon* de soie, et je vois pratiquement *tout*.

Cassandra le balaya du regard et s'attarda sur sa cravate. Il réalisa alors qu'il était en chemise – autant dire en sous-vêtements. Un autre que lui aurait rougi. S'il ne rougit pas, il fut heureux que son pantalon dissimule son excitation. Plus ou moins.

— Ashmont, vous perdez vos nerfs. Cela m'aide d'autant moins que je m'efforce vaillamment de rester calme.

— Je ne perds pas mes nerfs. Il se trouve que je suis un homme et que vous portez...

— Je vous ai écrit une lettre, le coupa-t-elle en relevant le menton. Je vous l'aurais fait parvenir par les moyens habituels si j'avais eu le temps de m'encombrer de convenances. Ce qui, de toute évidence, n'est pas le cas. Je suis donc venue vous la remettre en main propre, au cas où son contenu ne vous semblerait pas parfaitement clair, et surtout pour m'assurer qu'elle vous parvienne.

Elle glissa la main dans son gilet et en tira une lettre.

— Je l'ai écrite avant d'avoir lu la vôtre, mais cela ne change rien. Je n'en retirerai pas un seul mot, ajouta-t-elle d'un air crâne.

Elle la lui tendit.

Il la prit, s'efforçant de comprendre ce qui se passait.

Elle était là. Chez lui. À quelques pas de lui.

Il regarda la lettre. Son cœur battait toujours furieusement.

Cette lettre avait reposé contre son sein. Elle était encore tiède et légèrement parfumée.

En fait, son parfum semblait emplir la pièce, de même que de sa silhouette en pantalon. Un pantalon de soie qui frôlait ses longues jambes *nues*.

« Pas maintenant », s'ordonna-t-il.

Il était tellement fatigué de ce « pas maintenant ». Et il soupçonnait la lettre de contenir de mauvaises nouvelles. Il eut envie de la déchirer.

Lâche.

Elle avait risqué sa vie et sa réputation pour la lui remettre personnellement.

Il se rapprocha d'une des lampes à gaz et déplia le feuillet.

deGriffith House, 19 du mois courant

Cher Ashmont,

*Cette journée a porté un coup à mon amour-propre, et plus spécifiquement à mon intellect. Je pourrais dire, à l'instar de l'héroïne d'*Orgueil et Préjugés*, l'excellent roman de Mlle Austen : « Jusqu'à cet instant, je ne me connaissais pas moi-même. » Maintenant que c'est le cas, nous devons remercier M. Owsley, qui a eu la bonté de me remettre un poème.*

Ashmont leva les yeux, refroidi.

— Owsley.

— Nous devons en accorder le mérite à celui à qui il revient. Mérite ou infamie, à vous d'en décider.

Elle arborait une expression superbement calme. Bien qu'Ashmont ait appris à déceler de subtils changements sur ses traits, il faisait trop sombre pour qu'il puisse les discerner.

Il poursuivit sa lecture.

Ce poème m'a incitée à réfléchir sur ce qui s'est passé depuis que vous avez surgi dans ma vie voilà quelques semaines. J'ai dressé la liste de ces événements afin de donner un semblant d'ordre à des sentiments tumultueux. Les éléments me sont venus sous une forme un peu shakespearienne, sans doute parce que j'ai trouvé plus facile de considérer les récents éléments de ma vie comme s'ils se déroulaient sur une scène de théâtre. Intitulons la pièce : Quel genre d'homme est-ce donc ? *Ou mieux encore, peut-être :* Quel genre de femme suis-je donc ?

1. *Vous avez blessé mon employé.*
2. *Vous avez détruit ma voiture.*
3. *Vous avez fait fuir ma femme de chambre.*
4. *Vous avez déloyalement joué avec mes sentiments et ceux de Keeffe en lui offrant ce précieux tableau.*
5. *Vous avez répandu une puanteur démoniaque dans les salons de Hanover Square en faisant entrer dans cette enceinte sacrée un délinquant connu, entre autres pseudonymes, sous le nom de Jonesy, m'incitant ainsi à céder à une inconvenante hilarité.*
6. *Votre façon de vous battre, efficace et impartiale, m'a plongée dans une joie que vous avez mise à profit pour anéantir ma volonté.*
7. *Vous avez inclus ma sœur bien-aimée dans vos stratagèmes, allant jusqu'à lui fournir un prétendant dont elle n'avait nul besoin, mais qui la divertissait.*
8. *Vous avez mis toute la bonne société en émoi avec vos facéties, et m'avez désarmée en me faisant rire.*
9. *Vous m'avez embrassée inconsidérément et avez pris avec moi des libertés trop nombreuses pour être mentionnées. À plusieurs reprises.*
10. *Vous m'avez incitée à vous aimer, contre toute logique et tout bon sens.*

Voilà dix raisons de vous détester. Et pourtant… et pourtant… il y a la dixième, et c'est là que réside le problème. J'ai commencé à vous aimer il y a fort longtemps, sans raison valable, et je semble incapable de m'en empêcher, ou de m'inquiéter de savoir si c'est raisonnable ou non.

Bien à vous,
Cassandra Pomfret

Cassandra était allée se planter devant la fenêtre pendant qu'il lisait sa lettre.

Il se racla la gorge.

Elle tourna les yeux vers lui, le cœur battant.

— Des questions ? Non ? Dans ce cas, je ferais mieux de partir, dit-elle en rajustant son chapeau. Des barrières à escalader. Des fiacres à héler. Je suis censée être clouée au lit par la migraine. Hyacinthe prend soin de moi et interdit à quiconque de me déranger. Heureusement, mes parents assistent à une réception. Beaucoup de politiciens seront présents, ce qui signifie qu'ils rentreront tard.

Elle commença à pivoter.

— Attendez.

Elle s'immobilisa.

— Qu'est-ce que cela signifie, exactement ?

— Qu'est-ce que cela signifie ? répéta-t-elle en le dévisageant d'un air incrédule, avant de réaliser que ce n'était pas une bonne idée de le dévisager trop longtemps parce qu'il était à peine vêtu et qu'elle risquait de rougir – ce qui serait ennuyeux.

Elle n'était pas prude. Ce n'était pas comme si elle n'avait jamais vu ses frères plus ou moins dévêtus. Mais Ashmont n'était pas son frère et cela changeait tout.

— Oui. Qu'est-ce que cela signifie ?

Elle marcha droit sur lui, lui prit la lettre des mains et désigna les lignes précédant sa signature. Là, dit-elle en tapotant le papier de l'index. Comment faut-il que je vous le dise pour que vous compreniez ?

— Aimer.

— Oui, je crois vous l'avoir dit récemment.

— Il me semblait que vous me détestiez.

— Pas autant que je le devrais. Pour l'amour du ciel, Lucius, je dois vous faire un dessin ?

— Je voulais juste savoir s'il faut que je parte ou si vous préférez que je n'en fasse rien ? Figurez-vous que vous êtes assez déroutante parfois. Pour un homme simple. Et j'ai décidé de ne plus vous donner de raisons d'être malheureuse. Je m'apprêtais à partir pour vous laisser du temps sans moi, moi qui suis perpétuellement à vos côtés, cherchant sans cesse à vous séduire. Et pour me donner du temps à moi aussi, pour réfléchir... à propos de ma vie. Et dans l'espoir que l'absence viendrait attendrir le cœur. Pas le mien, parce que si le mien s'attendrissait davantage, il fondrait ou se désintégrerait.

Ce fut elle qui fondit, cerveau, cœur, genoux, tout.

— Oh, Lucius !

— Ah ! Pas « duc » ni « Ashmont ». Peut-être que je n'ai pas besoin de partir, après tout.

Elle était assez près de lui pour sentir sa chaleur. Elle ne put résister à l'envie de s'appuyer contre lui.

Il enroula le bras autour de sa taille.

— Peut-être pas, souffla-t-elle.

— Vous mettez mes nerfs à rude épreuve, avoua-t-il. Je sens des parties de votre corps que je ne devrais pas sentir. Vous ne portez pas de corset.

— Je craignais que cela n'attire l'attention sur ma poitrine et que mes vêtements ne tombent pas correctement.

— Oui, il est préférable de ne pas attirer l'attention sur votre poitrine, dit-il tandis que sa main glissait plus bas. Pas de jupons. Et là, ajouta-t-il en descendant encore plus bas, le plus merveilleux derrière du monde.

— Je vous crois sur parole. Vous avez fait des recherches approfondies dans ce domaine.

— La tentation est insoutenable pour un homme dénué de volonté.

Sa main remonta sur sa hanche et il ne put retenir un gémissement.

— Vous ne portez pas de culotte ! Oh, Cassandra, il est grand temps que vous rentriez chez vous !

— Oui. Non. J'ai oublié d'en mettre une. Ce n'était pas pratique et j'étais pressée.

Elle aurait vraiment dû repousser sa main, mais elle n'en avait pas envie. Ladite main glissa sur ses fesses, puis plus bas et... entre ses cuisses ! Un flot de sensations fusa en elle, comme si son corps était rempli d'étoiles filantes.

— Je dois arrêter, dit-il.

Avant qu'elle ait eu le temps de retrouver son souffle, il remonta la main jusqu'au milieu du dos de Cassandra qu'il pressa contre lui.

Elle renversa la tête en arrière.

— Vous pouvez m'embrasser. Nous pouvons faire cela. Nous l'avons déjà fait.

— Vous étiez habillée.

— Je suis habillée.

— Pas assez. Et même quand vous étiez recouverte de je ne sais combien de couches de vêtements, les choses ont vite dégénéré.

Elle plongea son regard au fond du sien. Sous cet éclairage, ses yeux étaient de la couleur de l'Adriatique. Elle aurait voulu s'y noyer.

Il le savait. Et il ne la laisserait pas faire.

— J'ai cru autrefois que vous deviendriez un héros en grandissant. Un homme pur, noble et vrai.

— Je sais. Navré.

— Je ne m'étais pas trompée. Il vous a juste fallu un peu plus de temps que prévu. Vous êtes héroïque en ce moment. Je devrais vous imiter.

— Pas très héroïque. Je ne veux pas que vous partiez.

— Je ne le veux pas non plus.

Dans le silence qui suivit, elle s'enivra de son odeur – savon ou eau de Cologne, amidon… Lorsqu'elle caressa son bras musclé, il prit une courte inspiration

— Bon sang, Cassandra.

Il plaça deux doigts sous le bord de son chapeau et, d'une pichenette, le fit tomber sur le tapis.

— Ce n'est pas une façon de traiter un honorable chapeau de castor.

— Je vous en achèterai un autre. Une fois que nous serons mariés. Vous pourrez le porter de temps en temps. Ce sera amusant.

— Une fois que nous serons mariés ? Vous ne m'avez pas encore fait votre demande.

— Juste une centaine de fois.

— Ce n'était pas une vraie demande. C'était…

Il l'embrassa.

15

Cassandra sentit le sol se dérober sous ses pieds et se retrouva emportée dans un éblouissant tourbillon. Elle saisit les épaules d'Ashmont, s'accrocha à lui comme elle en avait eu envie une grande partie de sa vie, lui semblait-il. Il avait toujours été hors d'atteinte, au-delà de tout espoir, avait-elle fini par se persuader.

À tort. Elle nourrissait maintenant des espoirs à son sujet, et il lui avait donné des raisons de lui faire confiance. Ce fut cependant la confiance en elle-même qui l'autorisa à accueillir l'instant tel qu'il se présentait.

Elle était dans ses bras, et cela semblait une évidence, et une fois dans ses bras, elle fut incapable de résister. Elle n'essaya même pas. Elle répondit à son baiser comme il lui avait appris à le faire, avec une douce insistance.

Plus tard, elle se demanderait comment deux bouches en s'unissant pouvaient créer une telle explosion de sensations, de bonheur, de plaisir et de désir. Pour l'heure, elle se contenta de ressentir.

Elle s'abandonna à la saveur de sa bouche. Tiède et douce, elle ne tarda guère à se révéler aussi ardente qu'une gorgée de cognac tandis que leur baiser s'intensifiait.

C'était une pure magie.

Il interrompit leur baiser et encadra son visage de ses mains.

— Épousez-moi.

— Êtes-vous incapable de *demander* ?

Ses pouces lui caressèrent les joues et elle se sentit fondre. Elle se cramponna à ses épaules.

— Où sont passés mes genoux ? Ils étaient là, tout à l'heure.

Il laissa échapper un rire bref. Ses doigts glissèrent sur sa nuque, puis plongèrent dans ses cheveux.

— Qu'est-ce que c'est que cela ?

Elle avait rassemblé ses cheveux en un chignon qu'elle avait aplati au sommet de son crâne, comme le faisaient certains dandys.

— Au cas où j'aurais dû ôter mon chapeau. Je ne pouvais pas me coiffer comme une femme. N'y touchez surtout pas – cela m'a coûté tellement d'épingles. Sans compter les kilos de pommade pour discipliner le tout.

— Je me demande pourquoi je trouve cela aussi excitant. Vous, en pantalon et cravate ?

— Parce que vous êtes pervers ?

Il referma la main sur sa nuque.

— Parce que c'est vous, souffla-t-il. Ma belle créature rebelle, acceptez-vous de m'épouser ?

Parce que c'est vous.

Son cœur vola en un millier d'éclats tandis qu'elle murmurait :

— Oui.

— Oui, répéta-t-il. Oui.

Il baisa son oreille, sema une traînée de petits baisers jusqu'à sa bouche. Il dénoua sa lavallière, et elle aurait dû protester. Nouer convenablement ce fichu bout de tissu requérait des aptitudes supérieures en physique et en mathématiques. Mais il y avait ses lèvres qui lui effleuraient la gorge, et ce flot délicieusement tiède qui se déversait en elle, et son cœur qui battait la chamade.

Il déboutonna le manteau et le gilet, promena les mains sur ses seins. Elle ne portait pas de caraco. La chemise en tenait lieu, et celle-ci aurait aussi bien pu être faite de brume. Elle frissonna, les pointes de ses seins se dressèrent et elle oublia comment respirer.

Elle fit courir ses mains sur le dos musclé du duc, jusqu'à sa taille mince et plus bas encore. Il laissa échapper un son étranglé.

— Il faut vraiment que nous arrêtions.

— Je sais. Mais, oh, Lucius…

Elle ne pouvait se rassasier de lui. De ses muscles durs sous ses paumes, de son odeur si virile qui lui montait à la tête, lui donnait le vertige et envie de… davantage. Elle se pressa contre lui.

Il l'embrassa à pleine bouche, émit un grondement sourd, puis la souleva dans ses bras pour la porter jusqu'au sofa. Il lui ôta son manteau et son gilet, dénoua sa lavallière, et jeta le tout à terre. Elle se mit à respirer plus vite et un flot de chaleur dansa sur sa peau tandis qu'une sensation nouvelle pulsait au creux de son ventre, se déployait dans tout son corps. C'était comme un courant puissant qui l'entraînait, et contre lequel elle n'avait pas envie de lutter.

Ashmont l'embrassa et elle se laissa aller contre les coussins du sofa, dévorant sa bouche comme si elle avait le pouvoir d'apaiser ce qui la taraudait – l'exigeante pulsation de désir. Plus rien n'existait que l'homme qui l'enlaçait et l'embrassait, et ce courant qui l'entraînait vers ce quelque chose qui demeurait distant et indescriptible.

Elle dénoua la cravate d'Ashmont, ses gestes aussi impatients que les siens, et glissa les mains sous sa chemise, sur son torse puissant et tiède. Lorsque ses doigts frôlèrent ses tétons, il retint son souffle mais n'écarta pas sa main. Elle s'aventura plus bas, sur le ferme relief des muscles de son abdomen, et plus bas encore...

Sa main se referma sur la sienne.

— Je ne crois pas que... Non... Oui.

Il guida alors sa main vers son sexe. Sous sa paume, elle le sentit durcir et palpiter.

Elle cessa de respirer. Elle n'était ni ignorante ni inconsciente. Elle avait vu des chiens, des chevaux et d'autres animaux s'accoupler. Elle avait vu des estampes obscènes. Elle ne s'en émerveilla pas moins.

— C'est la première fois que vous faites cela, dit-il d'une voix rauque. Je prie pour que ce ne soit pas la dernière. Mais... savourons l'instant.

Il laissa échapper un petit rire étranglé.

— Oh, Lucius !

— Il faut vraiment que nous nous mariions, dit-il. Très vite.

— Oui.

Il repoussa sa main et l'embrassa, d'un long baiser profond qui la projeta dans un nouveau tourbillon de sensations.

— Il faut que nous en gardions un peu pour la nuit de noces, dit-il d'une voix haletante quand ils s'écartèrent l'un de l'autre. En attendant, j'aimerais vous soumettre à la tentation. Car je suis un épouvantable débauché, comme vous le savez.

— Oui.

Le désir qui s'était emparé d'elle était à la limite du supportable. Elle voulait être encore plus près de lui. Elle en avait besoin. Elle tenta de l'attirer à elle, mais il se hissa sur ses coudes.

— J'aimerais que vous me débauchiez, souffla-t-elle. Vraiment.

— Vous n'imaginez pas combien il me tarde de le faire.

— Tout de suite ?

Il prit une longue inspiration, puis :

— Procédons par étapes. Commençons comme toutes les bonnes histoires commencent, par le prologue. Partons du principe que vous ne savez rien.

— C'est assez vrai.

Elle connaissait les principes de base. Elle comprenait, en théorie. Elle n'avait aucune expérience. Elle n'avait jamais embrassé personne de cette façon. N'en avait jamais eu envie.

— Puisque vous êtes novice, enchaîna-t-il, vous allez rester étendue là, dans toute votre séduisante innocence, pendant que je vous fais tout plein de vilaines choses.

Le pouls de Cassandra s'accéléra et son souffle se fit haletant.

— Oui. Pour l'amour du ciel, faites quelque chose avant que je m'en charge – et vous savez que ce sera maladroit, dans le meilleur des cas. Je n'ai aucune expérience.

Nouveau rire étranglé.

— Ne vous ai-je pas dit de rester étendue là ?

— Peu m'importent vos manières dictatoriales... Oh, sainte mère de Dieu ! s'écria-t-elle comme il s'inclinait et embrassait son sein.

Il en frôla la pointe de la langue à travers la fine étoffe de sa chemise, puis entreprit de le sucer. De nouveau, elle sentit cette pulsation au creux de son ventre.

Elle plongea les doigts dans sa chevelure tandis qu'il la caressait, mains et bouche, tel un propriétaire. Ses mains glissèrent sur son ventre et ses cuisses.

— J'adore vos jambes, murmura-t-il.

Il déboutonna son pantalon, le baissa et laissa échapper un juron quand il rencontra l'obstacle des souliers. Il la débarrassa de l'un et de l'autre rapidement. Elle ne tenta pas de se couvrir parce qu'elle n'éprouvait aucune honte. Elle l'aimait et le désirait. Et elle lui faisait confiance.

Il descendit du sofa et entreprit de tracer un chemin de baisers le long de sa jambe droite, en commençant par les orteils, s'attardant malicieusement sur le genou. Il continua, ses baisers frôlant la peau sensible à l'intérieur de sa cuisse, puis sa main fut sur son intimité, la caressant jusqu'à la faire trembler de désir.

Il posa alors sa bouche là, entre ses cuisses, et l'esprit de Cassandra s'obscurcit. Il n'y eut plus qu'une étincelante spirale de sensations qui la propulsèrent parmi les étoiles. Elle poussa un cri. Les baisers de nouveau, sur son ventre, ses seins, sur sa bouche pour finir. Elle lui tint la tête entre ses mains et ses yeux s'emplirent de larmes.

Ce fut un long, très long baiser tandis qu'elle redescendait lentement sur terre.

— Qu'avez-vous fait ? articula-t-elle d'une voix brisée.

Elle écouta le souffle de Lucius ralentir progressivement, sentit son cœur cogner sous sa paume. Alors que le monde retrouvait progressivement son contour, il murmura :

— Et maintenant, je parie que vous regrettez de ne pas m'avoir épousé la première fois que je vous l'ai demandé.

Il n'aurait pas dû, mais Ashmont n'était pas doué lorsqu'il s'agissait de noblesse et de sacrifice. Il était éperdument amoureux, et il fallait bien que le monde se montre indulgent. Bien qu'il ne s'en souciât pas.

Elle l'aimait – elle le lui avait écrit – et il n'avait besoin d'aucune autre approbation.

Elle avait dit oui, et rien d'autre ne comptait.

Pour autant, il n'avait pas le choix. Il devait faire preuve de noblesse et, que cela lui plaise ou non, la raccompagner chez elle… discrètement. Elle avait pris un risque effroyable. Le mariage ne suffirait pas à faire oublier un tel outrage aux convenances : elle était venue seule, chez lui – entre tous les hommes –, et portait un pantalon !

Les satiristes s'en donneraient à cœur joie. La famille deGriffith serait humiliée. Son père deviendrait un sujet de plaisanterie pour ses collègues. Sa sœur… il préférait ne pas même y songer.

Et il ne pouvait pas soudoyer tout Londres pour effacer un tel scandale.

Il s'autorisa à caresser du regard ses seins magnifiques qui tendaient la chemise d'homme, le doux bombé de son ventre entre les pans écartés, le triangle cuivré au sommet de ses jambes.

Ses jambes. Aussi parfaites que toute sa personne. Elle montait à cheval, conduisait son attelage, savait se battre et escalader un mur. On avait souvent dû la traiter de garçon manqué quand elle était petite fille. Cela devait encore arriver. Une odieuse épithète, destinée à faire honte aux femmes éprises de culture physique et de liberté. Quelle injustice.

Il n'aurait pas vu les choses ainsi quelques semaines plus tôt. Mais un livre lui avait ouvert les yeux. Désormais, une part de lui souffrait pour elle de ce qu'elle avait dû endurer, s'efforçant de grandir en restant fidèle à sa vraie nature dans un monde qui la désapprouvait. Pas étonnant que Keeffe ait été si important à ses yeux. Il l'avait comprise et encouragée. Et il l'avait sans aucun doute aidée à s'endurcir.

— Je ne regrette rien, dit-elle, et certainement pas d'avoir rejeté cette offre ridicule. Vous n'étiez pas prêt pour le mariage.

Lui non plus n'avait pas de regrets. Elle était aussi franche et directe dans sa façon d'aborder les jeux d'alcôve que pour tout le reste, et quel homme ne s'en réjouirait pas ? Il savait, sans l'ombre d'un doute, qu'il venait de lui donner du plaisir, et en était fier. L'assouvissement de son propre désir pouvait attendre.

— Et ce qui vient de se passer ?

— Pas davantage. Je regrette juste de ne pas avoir essayé plus tôt.

— Avec moi.

Elle haussa les épaules et s'autorisa un infime sourire.

— Avec moi, répéta-t-il.

Elle arqua un sourcil.

— Parce que d'autres que moi ne le feraient pas, vous savez. Ils ne sont pas assez dépravés. C'est donc moi ou rien.

Elle rit, se redressa et noua les bras autour de son cou.

— Vous m'amusez infiniment, messire.

— Tout le monde s'accorde à dire que je suis un garçon amusant. Mais nous avons assez ri pour ce soir et, à mon grand regret, nous allons devoir vous rhabiller et vous raccompagner chez vous.

— Chez moi ? répéta-t-elle en écarquillant les yeux.

Elle chercha la pendule du regard et poussa un soupir.

— Il n'est pas aussi tard que je le pensais. J'ai eu l'impression… de vivre un long et beau rêve. Il fait complètement nuit, à présent, et il est temps que je me réveille.

Comme elle quittait le sofa, il lui fit signe de rester où elle était. Il rabattit sa chemise, puis récupéra ses vêtements par terre, et entreprit de jouer les valets de chambre.

— C'est troublant, avoua-t-il. Je n'avais encore jamais habillé un homme. Je ne m'habille même pas moi-même, en général.

— Je ne suis pas un homme. Je croyais que vous l'aviez remarqué.

— C'est bien ce qu'il y a de troublant. Si vous étiez un homme et que j'étais votre valet… Oh, non ! Il ne convient pas de penser à cela. Sommers n'a pas la vie facile. Nous ferions mieux de nous attaquer au nœud de cette lavallière. Vous pouvez vous lever, à présent.

Elle s'exécuta. Elle était redevenue un jeune homme, pourtant elle n'avait définitivement rien d'un homme. C'était, à n'en pas discuter, Cassandra Pomfret, qui jouait cartes sur table et qui venait de prendre un risque énorme pour l'assurer de son amour et des raisons de celui-ci.

Cette pensée lui donna envie de rire et de pleurer en même temps. Et de la pousser sur le sofa pour une nuit de noces anticipée. Il se contenta de sourire.

— Sommers aurait une attaque s'il voyait cette cravate.

Il maintint le milieu de la bande d'étoffe devant sa gorge, fit passer une des extrémités autour de son cou pour la ramener sur le devant, puis fit de même avec l'autre, dans le sens inverse.

— Elle n'est pas assez empesée, nota-t-il. Ce qui ne nous laisse que deux solutions : la cascade ou le nœud de cocher.

— D'après ce que vous m'avez dit et ce que j'ai entendu ce soir, votre valet semble très nerveux.

— Les valets de chambre sont soit nerveux, soit très placides, répondit Ashmont sans cesser de s'activer. Sommers est nerveux, c'est évident. Mais quand il est question de ce que je peux et ne peux pas porter, c'est une vraie terreur. Il refuse de me laisser quitter la maison si ma tenue n'est pas impeccable. Levez le menton.

Elle obéit.

— Pourtant, il a accepté de vous laisser sortir très simplement vêtu hier.

— Je lui avais expliqué où j'allais et qu'il s'agissait d'une affaire délicate. Il a fait de son mieux pour s'en accommoder.

Ashmont entreprit de réaliser le nouage prétendument simple. Le résultat fut d'autant plus pitoyable que des urgences viriles le taraudaient.

— Il me fait l'effet d'être une bonne personne, dit Cassandra, le tirant de ses ruminations.

— Une excellente personne. Je fais généralement ce qu'il me dit, mais ce soir j'avais le cafard. Tenez, regardez ces gravures de Cruikshank. Il rend parfaitement ce genre d'états d'âme.

Une série de travaux du célèbre illustrateur était accrochée au mur. *Le Cafard, La Migraine, L'Indigestion* et *La Jalousie*.

Sur *Le Cafard*, un homme visiblement inconsolable était assis devant la cheminée tandis qu'une foule de petits personnages le tourmentaient. L'un d'eux agitait un nœud coulant. Un autre lui tendait un rasoir. Sur le plancher, un cortège funèbre se déroulait. Derrière lui, sur une étagère, un livre de médecine domestique reposait sous *Les Misères de la vie humaine*. Perché sur ce livre, un personnage peignait une scène d'incendie. À côté figurait une scène de naufrage. Tout était d'une justesse hilarante.

Le regard de Cassandra s'égara au-delà des gravures de Cruikshank.

— Je vois que vous possédez une intéressante collection d'estampes érotiques. Avant de déballer la peinture pour Keeffe, je vous ai soupçonné de m'avoir adressé une œuvre de ce genre.

— L'idée m'a traversé l'esprit.

Pendant qu'ils bavardaient, il avait fini par arranger le nœud de cravate, avec plus ou moins de succès.

— Et voilà ! Il ne nous reste plus qu'à vous ramener chez vous sans que personne le sache.

Cassandra s'avança jusqu'au miroir en pied pour étudier son reflet.

— J'étais persuadée que, étant déguisée, il serait facile de déposer mon message et de m'en retourner chez moi comme j'étais venue. Quand les choses se sont compliquées, je n'ai plus pensé qu'à la façon de m'introduire chez vous, sans réfléchir au moyen d'en repartir.

Ils allaient devoir se marier. Très vite. Ou ils risquaient d'avoir de gros ennuis. Si elle était aussi audacieuse et entêtée que lui, elle avait employé ces qualités de façons plus fructueuses que lui.

— Nous allons avoir besoin d'un acolyte, dit Ashmont. Blackwood est à Camberley Place et Ripley est très occupé par sa nouvelle vie. Il va falloir mettre Sommers dans la confidence. En plus d'être nerveux, il est aussi loyal et discret.

Pendant ce temps

M. Owsley avait compris le sous-entendu de lady Bartham. Lui non plus ne dormirait pas tranquille tant qu'il ne serait pas certain que le duc d'Ashmont avait quitté Londres.

On ne pouvait pas se fier à cet individu. Les farces des Dis-Grâces étaient aussi célèbres que douteuses. Ils avaient ainsi fait livrer une cargaison de poisson pourri à une de leurs victimes. D'autres cibles avaient trouvé une foule de personnes devant chez eux, en réponse à des annonces que les ducs avaient fait publier : pour un mariage, des joueurs de violon, des singes jongleurs, des chiens danseurs, des ânes musiciens, et toutes sortes d'autres animaux savants.

Et ce n'était là qu'un échantillon de leurs prétendues facéties.

Pour autant qu'Owsley sache, les plus puériles de ces plaisanteries étaient le fait d'Ashmont. Et comme l'avait dit lady Bartham, ce prétendu départ pouvait très bien être un élément d'une nouvelle farce.

C'était pour cette raison que M. Owsley se trouvait dans les parages de la maison d'Ashmont. Il était bien décidé à découvrir ce que ce maudit duc mijotait. Il n'avait absolument pas honte d'épier ce dernier. Au contraire, il estimait qu'il agissait ainsi pour le bien de Mlle Pomfret.

Il s'aventura aussi près qu'il put de la maison, lambinant sur Park Street, rôdant dans les allées menant aux écuries. De temps à autre, profitant de l'obscurité, il sortait une lorgnette pour scruter la façade de la maison. Certaines fenêtres étaient éclairées et, à une ou deux reprises, il vit passer une silhouette devant celles qui surplombaient le jardin.

Quand il regagna la Cour de l'écurie, il eut une sorte de confirmation. Certains palefreniers parlaient du Surrey et préparaient une berline de voyage. Parfait. Si le duc ne prenait pas la direction de Southampton ni de Goodwood finalement, il avait bien l'intention de partir. Bonne nouvelle et bon débarras.

M. Owsley s'apprêtait à mettre fin à sa surveillance lorsqu'il se retourna pour jeter un dernier coup d'œil aux fenêtres éclairées d'Ashmont House. C'est alors qu'il distingua deux silhouettes.

N'en croyant pas ses yeux, il braqua sa lorgnette sur les silhouettes en question.

La première difficulté consistait à sortir discrètement d'Ashmont House. Mieux valait éviter que les domestiques regardent de près l'étrange jeune homme que le portier avait éconduit ou qu'ils se demandent comment il était entré dans la maison.

Quand la dame viendrait vivre ici en tant que duchesse, elle devrait être considérée avec un respect sans équivoque. Ashmont ne voulait pas de domestiques qui spéculeraient ou ricaneraient derrière son dos.

Cette première étape ne s'annonçait donc pas facile.

Pour des raisons similaires, Cassandra et lui ne pouvaient pas utiliser un de ses véhicules. D'une part les palefreniers aimaient autant les ragots que n'importe qui, et d'autre part, les voitures d'Ashmont étaient trop facilement identifiables.

Dieu merci, après quelques tergiversations et manifestations de nerveuses, Sommers avait accepté de les aider.

Il promit de faire diversion et s'acquitta admirablement de sa tâche, permettant ainsi à Ashmont et à Cassandra de sortir sans encombre par le salon du rez-de-chaussée. De là, ils gagnèrent Grosvenor Street où ils trouvèrent un fiacre.

— Il ne reste plus qu'à vous ramener à bon port sans se faire remarquer, déclara Ashmont une fois à bord du véhicule.

— Je connais un chemin, par Duke Street. Le problème, ce sont les domestiques. Ils sont partout, et très difficiles à éviter. J'ai failli me faire pincer à trois reprises en quittant la maison.

Ashmont, qui s'était assis en face d'elle pour résister à la tentation, se pencha et s'empara de sa main.

— Vous avez pris un très grand risque.

— J'aime vivre dangereusement.

— Et moi, je vous aime, dit-il en lui pressant la main.

— Comment faire autrement ? Je suis tellement aimable, s'esclaffa-t-elle.

— Je me retiens de toutes mes forces de vous embrasser.

— Mieux vaut ne pas penser à cela, en effet. Je n'imaginais pas que les baisers pouvaient endommager le cerveau aussi gravement.

— Notre cas est particulier. Je me découvre incapable de vous embrasser sagement.

Cassandra laissa échapper un soupir, libéra doucement sa main et s'adossa à la banquette.

— Réfléchissons au moyen de me faire entrer chez moi sans scandaliser les domestiques, dit-elle.

Ashmont se redressa et regarda par la vitre d'une propreté douteuse. Il y avait beaucoup de monde dehors à cette heure-ci, beaucoup de voitures conduisant leurs passagers à des réceptions ou au théâtre.

Au théâtre.

Le plan lui apparut aussi clairement que s'il l'avait vu jouer sur la scène d'un théâtre. Il le lui exposa.

— Cela me semble ingénieux, dit-elle.

Ils mirent au point un certain nombre de signaux.

— Et demain, je viendrai voir votre père, conclut-il.

— Oui. Non, ajouta-t-elle après une pause.

— Non ? Je croyais…

— Tout le monde pense que nous ne nous sommes pas revus depuis mercredi. Vous étiez censé quitter Londres. Quand donc aurais-je changé d'avis au sujet de nos fausses fiançailles ? Mon père posera des questions. Nous devons être prêts.

Elle avait raison, bien sûr.

— Je me réjouis de ce que l'un de nous ait un cerveau en état de fonctionner, dit-il.

— Le vôtre l'est tout autant. Le problème, c'est qu'il manque d'exercice.

— Taisez-vous. Je m'efforce de le faire travailler.

Il se dit qu'ils avaient le temps de dresser un plan. Environ deux kilomètres séparaient leurs demeures respectives, et à cette heure, le fiacre ne pouvait guère rouler qu'au pas.

— J'ai une idée, annonça-t-elle quand ce dernier s'engagea sur Piccadilly.

— J'espère qu'elle exclut tout déguisement en garçon – et d'ailleurs, comment vous êtes-vous procurés ces vêtements ?

— Ils appartenaient à mon frère. On les a fait retailler pour un petit spectacle en famille.

— Sommers ne me laisserait jamais porter un pantalon de cosaque.

— Je trouve que les femmes le portent mieux, en fait.

— Moi aussi. S'il vous plaît, gardez-le. Pour après notre mariage. Pour des petits spectacles… privés.

— Privés, voyez-vous cela ! Si quelqu'un me reconnaissait, vêtue de la sorte – non pas dans un spectacle d'amateur, mais circulant dans les rues de Londres…

— Ne pensons pas à cela, la coupa-t-il. Nous ne permettrons pas que cela se produise. Parlez-moi de votre idée.

Pendant ce temps

Il ne serait pas exagéré de dire que M. Owsley fut terriblement choqué. Si on accusait Ashmont d'innombrables péchés, jamais il n'aurait envisagé ce dont il venait d'être témoin. Après tout, le duc faisait étalage de ses maîtresses. Il était un habitué du lieu de perdition que tenait Carlotta O'Neil ainsi que de bien d'autres tout aussi célèbres.

Bien que les deux silhouettes aient quitté la fenêtre, Owsley continua de fixer, incrédule, l'endroit où elles s'étaient tenues. Il avait beau savoir le duc capable de tout, cela dépassait l'entendement. S'agissait-il d'une plaisanterie ? D'un jeu ? Savait-il qu'on l'observait ? C'était le genre de farce dont il était capable. Plus probable, en tout cas que… non, c'était impossible.

Si le duc appartenait à cette catégorie… d'hommes, des rumeurs auraient circulé. Des indices auraient été relevés ici ou là. Quand un homme vivait aussi ouvertement et sans vergogne qu'Ashmont, il ne pouvait espérer dissimuler de sombres secrets.

— Il y a forcément une astuce, marmonna-t-il. Ou on aura joué à une sorte de jeu, dans cette maison. Comment savoir qui d'autre se trouvait là ?

Il patienta donc en se raclant les méninges. Il devait exister un lien entre ce qu'il avait vu et les volumes qui composaient l'histoire connue de tous du duc d'Ashmont.

La nuit était tombée à présent, et les rues s'étaient animées. Alors qu'il venait de consulter sa montre pour la centième fois, feignant d'attendre quelqu'un, il vit deux hommes émerger du jardin et se diriger vers Grosvenor Street. Comme le couple passait sous un réverbère, il reconnut la haute silhouette du duc d'Ashmont. L'autre était plus petit et sa démarche avait quelque chose de familier.

À un moment, Ashmont jeta un coup d'œil par-dessus son épaule. Owsley baissa vivement la tête et traversa la rue. Le cœur battant, il les suivit le long de Grosvenor Street en direction de la station de fiacres. Le duc s'adressa à son compagnon qui lui répondit, et Owsley s'arrêta abruptement.

Il aurait reconnu cette voix entre mille. Elle possédait ce ton persuasif dont son père usait si brillamment au Parlement. Elle avait aussi hérité de l'intelligence de son père.

Les remarques de lady Bartham lui revinrent en mémoire. « Je l'aurais dressée pour en faire une parfaite hôtesse… pourrait accomplir de grandes choses avec une épouse pareille. »

Il serra les poings. Il avait osé y croire. Jusqu'à cet instant.

C'était Cassandra Pomfret, l'autre silhouette qu'il avait vue à la fenêtre. C'était elle qu'Ashmont avait embrassée avec passion.

Sa réputation était ruinée. Qu'est-ce qui lui avait pris de gâcher ainsi son avenir, son nom ?

Non, il refusait de le croire. Elle ne pouvait pas se comporter de façon aussi vile. Alors que faisait-elle chez le duc ? Comment avait-elle pu se laisser entraîner dans une situation aussi scabreuse ? Elle était audacieuse, certes.

Mais non, elle ne ferait jamais…

Et pourtant des femmes intelligentes commettaient sans cesse des erreurs tout aussi effroyables. Les rues étaient pleines de femmes qui s'étaient laissé entraîner hors du droit chemin.

Non, pas elle. Impossible.

Combien de temps s'était écoulé depuis qu'il les avait vus à la fenêtre ? Moins d'une heure. Une demi-heure, peut-être ? Pourquoi n'avait-il pas fait davantage attention à ce qu'indiquait le cadran de sa montre ? Il ne savait même pas l'heure qu'il était à présent.

Il regarda le duc héler un fiacre. Il les regarda grimper à l'intérieur et nota mentalement le numéro sur l'insigne du cocher.

Dès que la voiture se mit en branle, il pressa le pas jusqu'à la station, monta dans un fiacre et ordonna au cocher de suivre l'autre véhicule.

Puis il sortit sa montre et releva enfin l'heure.

16

Après un arrêt devant un établissement de St. James's Street, le fiacre déposa la personne vêtue d'un pantalon de cosaque au coin de Great Ryder et de Duke Street. Le véhicule tourna alors sur la gauche, dans King Street, où il débarqua le passager restant.

Une bouteille à la main, le duc d'Ashmont tituba jusqu'à St. James's Square, avant de gagner le jardin central d'un pas incertain. Là, dans un espace protégé par une clôture, au milieu d'un bassin rempli d'eau, trônait la statue équestre du roi Guillaume III.

DeGriffith House se trouvait à l'angle nord-ouest du square. Ashmont alla se poster près de la clôture faisant face à King Street. Son chapeau était incliné sur sa tête comme celui d'un homme ivre si bien que son visage était dans l'ombre.

Il but une gorgée au goulot de sa bouteille, puis se mit à chanter à pleins poumons :

Le dey d'Alger, quand il craignait pour ses oreilles,
Mandait un messager à la Cour, sire,
Sachant que chez nous, les femmes pèsent leur poids,
Il en choisit une bien montée pour le sport, sire.
Il chercha dans tout le Conseil jusqu'à trouver un homme,
Dont les bourses étaient garnies et velues,

Et finit par venir depuis les côtes de Barbarie,
En tant que grand Plénipotentiaire.

Il arriva en Angleterre, avec la bite en feu,
Qu'il montra d'emblée à sa logeuse,
La dame vanta ses talents dans toute la ville,
Faisant savoir que sa quille dépassait l'entendement.
On en dit tant et tant, sur sa tête et son groin,
Qu'on surnomma ce dernier le grand Janissaire,
Aucune femme ne pouvait trouver le sommeil, tant qu'elle n'avait pas vu, de ses yeux, le grand Plénipotentiaire.

Les fenêtres des maisons donnant sur le square étaient ouvertes en cette douce soirée de juillet. Des gens s'en approchèrent et s'y attardèrent. Le duc n'en continua pas moins de chanter avec enthousiasme.

Pendant ce temps, Cassandra avait regagné sa maison. Elle réussit à se faufiler à l'intérieur en passant par le jardin, sa sœur ayant laissé l'une des fenêtres entrouverte, et s'empressa de gagner l'étage tout en élaborant une explication des plus farfelues au cas où on la surprendrait. Et en effet, comment expliquer qu'elle était sortie après la tombée de la nuit, vêtue des habits de son frère ?

Heureusement, elle pouvait compter sur Ashmont, elle le savait.

Tous les domestiques devaient être massés aux fenêtres en façade à présent.

Elle entra précipitamment dans sa chambre. Sa sœur bondit de sa chaise et lâcha le livre qu'elle était en train de lire.

— Dieu merci ! s'écria-t-elle. Je redoutais qu'il te soit arrivé quelque chose.

— Il m'est arrivé quelque chose, c'est certain, marmonna Cassandra. Aide-moi à me changer. Vite !

Alors qu'elle se débarrassait de son manteau, elles entendirent une voix familière chanter au loin. Sa voix portait admirablement.

— Il l'a fait, dit Cassandra.

— Fait quoi ? Qui ?

— Ashmont. Il crée une diversion. Oh, Seigneur ! Il n'est pas en train de chanter ce que je crois qu'il chante !

Le déshabillage fut rapide. Les vêtements masculins étaient tellement plus simples. Leurs vies aussi. C'étaient des êtres simples, tout bien considéré. Cassandra se dépêcha d'enfiler une chemise de nuit, puis une robe de chambre.

— Nous devons aller jeter un coup d'œil, dit-elle. Je suis prête à parier que tout le square le regarde.

Principalement les domestiques, à cette heure, leurs maîtres étant sortis.

Les deux sœurs gagnèrent le salon qui donnait sur St. James's Square.

Le chapeau incliné sur le front, se cramponnant d'une main à un réverbère et tenant une bouteille de l'autre, le duc d'Ashmont chantait à tue-tête :

La suivante à être embrassée, sur la liste du Plénipotentiaire,
Fut une délicate demoiselle d'honneur,
Elle hurla à la vue de sa bite, horrifiée,
Bien que tout le Palais lui soit déjà passé dessus.
Oh, mon Dieu, dit-elle, quelle bite, pour une demoiselle !
Je t'en prie, viens donc voir cela, Cary !
Je vais quand même essayer, dussé-je périr empalée,
Par le grand Plénipotentiaire.

— Je ne suis pas sûre de comprendre, avoua Hyacinthe.

— Cela vaut probablement mieux, dit Cassandra. Mieux vaudrait que je lui fasse savoir que je suis en sécurité.

Elle ouvrit la fenêtre et sortit sur le balcon étroit.

— Cessez votre tapage, cria-t-elle, ou je préviens les autorités.

Il leva les yeux et agita sa bouteille.

— Allez chanter la sérénade à quelqu'un d'autre, à présent, lui suggéra-t-elle.

Il rit et lâcha le réverbère. Ayant reculé dans l'ombre, il s'inclina cérémonieusement, puis s'éloigna sur King Street d'un pas titubant.

Ravagé par le doute et l'indécision, M. Owsley se décida à rentrer chez lui après avoir marché plus d'une heure dans le quartier. Là il écrivit un court message à lady Bartham, lui demandant un entretien pour parler d'un sujet hautement confidentiel.

Le duo se retrouva donc samedi matin au cimetière de la paroisse St. James, où les seuls éventuels curieux se trouvaient sous terre.

M. Owsley sanglotait.

— Je pensais avoir trouvé la partenaire de mon voyage terrestre, mais elle s'est perdue…

— Vous êtes absolument certain qu'il s'agissait de Mlle Pomfret ? insista lady Bartham. Vous étiez loin, il faisait nuit. Il était facile de se méprendre.

— C'était elle, sans l'ombre d'un doute, même si elle s'efforçait de marcher comme un homme.

— Vous étiez sous le choc.

— Pas au point de ne pas la reconnaître. C'était bien sa voix. Une version féminine de celle de son père.

— Son père. Ah, oui !

La comtesse avait appris la veille que Humphrey ne partirait pas en voyage avec le duc d'Ashmont, finalement, car il avait reçu un message de lord deGriffith qui demandait à le rencontrer ce samedi.

— Il a peut-être une place pour moi, avait risqué Humphrey, au grand étonnement de son père.

Lord et lady Bartham avaient beau aimer leurs enfants, ils n'avaient jamais considéré Humphrey comme susceptible de s'élever dans le monde – et encore moins que lord deGriffith le prenne sous son aile.

— Je peux à peine y croire, avait-il ajouté, mais il semble que j'aie fait bonne impression, même si je ne m'explique pas trop comment. Je soupçonne Mlle Hyacinthe d'y être pour quelque chose, quoique, là encore, j'ai du mal à y croire. Moi, entre tous ses prétendants ! Cela dit, elle s'est montrée tellement gentille.

Il s'était alors lancé dans un interminable monologue à propos de ses innombrables perfections.

Cela n'avait aucun sens selon lady Bartham. Hyacinthe Pomfret avait des centaines de soupirants, et elle choisissait *Humphrey* ? Ce n'était pas un garçon difficile, absolument pas – ses deux frères étaient bien plus pénibles –, et il n'était pas vilain. Mais lady Bartham elle-même ne se serait jamais laissée aller à le considérer comme *fringant*. Ni, de quelque façon que ce soit, exceptionnel. Un troisième fils ! *Son* fils.

Bartham, naturellement, avait été ravi. Cela lui éviterait d'avoir à se décarcasser pour Humphrey. Il avait déjà fort à faire avec les deux aînés.

Lady Bartham, elle, n'était pas ravie. Il ne lui avait pas fallu longtemps pour comprendre qui était derrière cela. Après sa visite à deGriffith House, la veille, lady deGriffith avait dû s'empresser d'aller trouver son mari et d'user de ses charmes afin que Humphrey continue à courir après Hyacinthe. Comme si cette fille n'avait pas déjà assez de soupirants !

Ce n'était pas la fille, c'était sa manipulatrice de mère.

Alors même qu'elle bouillait d'indignation, extérieurement, la comtesse n'était qu'inquiétude et compassion. Elle jetait de temps à autre un coup d'œil aux pierres tombales en songeant que le monde serait plus agréable si certaines personnes pouvaient bientôt se retrouver allongées sous l'une d'elles.

— Vous vous faites du mal inutilement, dit-elle à Owsley.

— Inutilement ! Elle est ruinée. Au-delà de l'imaginable.

— J'en doute fortement. Certes, Mlle Pomfret a toujours été un peu garçon manqué. Mais elle n'est allée chez lui que pour l'empêcher de partir. C'est le genre de démarche audacieuse dont elle est capable. C'est plus simple que vous ne le pensez. Elle se sera contentée de lui donner un avant-goût de ce qui l'attend s'il reste et l'épouse. Quelques faveurs mineures, rien de plus. Cependant, si vous êtes trop timoré pour la prendre en main…

— Une colombe souillée !

Lady Bartham soupira intérieurement. Les hommes pouvaient être si fatigants parfois. En la matière, alors qu'ils se sentaient autorisés à faire ce qu'ils voulaient, leurs épouses devaient être vierges. Comme si ce genre de choses ne pouvait s'arranger pendant la nuit de noces. Elle aurait pu citer quantité de femmes qui avaient perdu leur virginité avant le mariage.

— Je ne vois pas cette jeune femme offrir ce trophée à la légère, assura-t-elle. Je m'entête à croire qu'elle a octroyé quelques faveurs en gage des futures récompenses matrimoniales. Au pire, ce sera simplement une autre Marie Madeleine. Un homme doté d'une conscience aura à cœur de la sauver.

Elle le regarda lutter avec lui-même, le désir physique bataillant avec la vanité masculine. L'idée qu'Ashmont ait pu être le premier lui était odieuse... mais il la voulait. Il la voulait désespérément. Il était aussi entiché que Humphrey, cet idiot.

Peu importait. Quoi qu'il advienne, cette fille hardie et obstinée ne serait pas duchesse.

— Ne vous tracassez pas, reprit la comtesse. Je découvrirai ce qu'il en est. Quel était le numéro du cocher du fiacre ? Et quels vêtements portait-elle exactement ?

Tôt, cet après-midi-là

Ashmont fronça les sourcils face à son reflet dans la psyché.

Sommers avait sélectionné une redingote à queue-de-pie de laine noire, et un gilet de soie rayé de blanc, un pantalon blanc et des bottines noires. La lavallière était blanche.

— J'aurais plutôt opté pour l'une des redingotes bleues ou pour la veste verte. Là, c'est très... noir et blanc.

— Sobre, Votre Grâce, assura Sommers.

— C'est juste. Je dois l'impressionner par ma sobriété. Comme s'il risquait d'y croire.

« Il » étant lord deGriffith avec qui Ashmont avait l'intention de s'entretenir.

Mais avant cela, le rendez-vous. Il consulta la pendule sur la cheminée. Il avait encore largement le temps de se rendre à St. James's Park. Là-bas, il retrouverait Cassandra – et Dieu sait qui.

Il tourna les yeux vers la fenêtre. Le temps était passablement gris.

— Je n'aime pas ce que cela présage. S'il pleut, nous devrons reporter. Je ne peux pas me promener avec des dames sous la pluie. Nous n'avons pas prévu cela. Nous n'avons pas eu le temps de penser à tout, hier soir.

Ah, hier soir !

Ashmont avait l'impression d'avoir rêvé. Que Cassandra ait pris un tel risque pour lui dire qu'elle l'aimait... son empressement et sa franchise... sa confiance. Sa gorge se serra.

— Je ne suis pas sûr d'être à la hauteur, avoua-t-il.

— Sauf votre respect, lord deGriffith partagera sûrement cet avis, Votre Grâce. Il semblerait que les pères des jeunes filles aient tendance à voir leurs prétendants d'un mauvais œil, quand ils ne les méprisent pas ouvertement.

— Tu t'es montré héroïque, Sommers. Il faudra que j'augmente de nouveau tes gages. Quel dommage que je ne puisse pas te décerner un titre.

Sommers s'éclaircit la voix.

— Le personnel avait déjà assisté au spectacle que j'ai donné, Votre Grâce. Une crise de désespoir. J'ai menacé de quitter mon service sans préavis – ou de me trancher la gorge, au choix.

— Le public devait être en larmes.

— Je suis certain d'avoir entendu des sanglots. Finalement, mon sens du devoir a pris le dessus. Quatre valets m'entouraient, très anxieux. Je suis, comme vous le savez, une sorte de mentor pour le personnel, je les conseille sur leur tenue pour leur demi-journée de congé hebdomadaire. La plupart aiment s'habiller et voient en moi une sorte d'oracle de Delphes, à cet égard.

— Vous *êtes* un oracle de Delphes, à cet égard et à bien d'autres.

Sommers n'avait pas l'étoffe d'un Keeffe, certes. Il n'était ni mentor ni garde du corps. Toutefois, en matière de confident, c'était le meilleur que le duc ait jamais eu, et il avait été parfois le seul rempart entre son maître et le chaos absolu. Porter la cravate qui convenait, correctement nouée, et des tenues toujours adaptées à l'occasion avait quelque chose de réconfortant. Sommers était le lest dans la tornade qu'était l'existence d'Ashmont.

Mais un homme a besoin qu'une femme soit le soleil qui le maintient en orbite. Il y aurait des explosions, des météores et des tempêtes solaires, il n'en doutait pas. Cassandra et lui avaient du caractère. Toutefois, tant qu'elle demeurerait le centre de son univers, il supporterait toutes les tourmentes.

Une fois prêt, Ashmont arpenta le vestiaire en attendant l'heure convenue de son rendez-vous avec Cassandra.

Il ne lui fallut pas cinq minutes pour être submergé par l'anxiété. Et si elle arrivait plus tôt ? Elle n'était pas seule à décider. Il ignorait à quelle heure elle se mettrait en route et St. James's Park n'est qu'à dix minutes de deGriffith House. Elles seraient peut-être déjà reparties quand il arriverait.

Sans attendre davantage, il attrapa son chapeau et sa canne, et sortit en hâte.

Malgré le temps maussade, Cassandra persuada facilement sa mère de les accompagner, Hyacinthe et elle, à St. James's Park. Après tout, s'il pleuvait, elles ne seraient qu'à quelques rues de la maison.

Le temps sec se maintint et, en début d'après-midi, les deux sœurs et leur mère, escortées par deux robustes valets, pénétrèrent dans le parc. Ashmont, qui avait promis de les guetter, apparut au croisement d'un autre sentier alors qu'elles cheminaient le long du lac.

Quand elle le vit – impeccablement vêtu, d'une élégance folle et déraisonnablement séduisant –, le cœur de Cassandra effectua des acrobaties presque douloureuses. Elle savait qu'il serait là. Il avait dit qu'il viendrait et elle lui faisait confiance. Pourtant, le bonheur qui l'envahit fut teinté d'une petite dose de soulagement.

— Quelle surprise ! s'exclama lady deGriffith en jetant un coup d'œil à Cassandra. M. Morris avait dit à sa mère que vous deviez quitter Londres.

— Une impulsion momentanée, répondit le duc. Mais j'ai retrouvé mes esprits. Des affaires plus importantes et plus agréables m'attendent en ville. Quelle chance de vous croiser ici.

Quand son regard d'azur se posa sur elle, Cassandra se remémora leurs ébats de la veille. Ses muscles se contractèrent tandis que la température s'élevait subitement de plusieurs degrés.

— J'appellerais plutôt cela un miracle, observa lady deGriffith avec flegme. Je n'avais pas prévu de me promener aujourd'hui, or, Cassandra a insisté sous prétexte que sa sœur et elle avaient besoin de faire de l'exercice et de prendre l'air.

— Nous avons été dérangées, hier soir, par un ivrogne qui chantait des chansons paillardes dans le square, expliqua Cassandra. Après cela, nous avons eu du mal à trouver le sommeil.

— Quelle horreur, dit Ashmont. Il devrait y avoir une loi qui interdise ce genre de débordements.

— De quelle loi aurions-nous besoin quand ma fille aînée se trouve dans les parages ? Elle n'a pas pu laisser le soin à nos voisins ou aux domestiques de faire taire ce malotru. Non, il a fallu qu'elle sorte sur le balcon *en peignoir* – au vu de tous – et qu'elle règle l'affaire elle-même.

— Toute la bonne société était au théâtre, répliqua Cassandra. Et les domestiques étaient aux fenêtres pour profiter du spectacle. Et puis, quel intérêt de passer une heure à s'habiller, à seule fin de demander à un imbécile d'aller chanter ailleurs ?

— Aucun sens, en effet, acquiesça Ashmont. Le temps que vous finissiez de vous habiller, l'heure du petit déjeuner aurait sonné. L'habillement d'une dame est si compliqué.

— Comme vous le savez, lâcha Cassandra.

— Enfin, ma fille, intervint sa mère.

— Dois-je faire comme si le duc était un modèle de bienséance ? rétorqua-t-elle en levant les yeux au ciel. D'autant que les règles ne cessent de changer. Saviez-vous, duc, que dans des temps pas si anciens, les dames recevaient les messieurs dans leur boudoir en déshabillé ? Et personne n'y trouvait rien à redire.

— C'était du temps de ta grand-mère, Cassandra, précisa sa mère. Aucune femme soucieuse de sa réputation ne ferait cela aujourd'hui. Sois gentille, change de sujet – et je te prierais de ne pas relever que c'est moi qui ai commencé. Nous étions censées nous promener, et nous restons plantées là, enchaîna-t-elle. Allons-y avant que le temps tourne.

— Me feriez-vous l'honneur de m'autoriser à me joindre à vous ? risqua Ashmont.

Lady deGriffith l'étudia un instant, puis dévisagea Cassandra.

— Puisque vous êtes de toute évidence venu avec cette idée en tête, qui suis-je pour ruiner vos stratagèmes ? Je ne vous demanderai pas comment vous vous êtes arrangé pour apparaître sur ce chemin en même temps que nous. Avec de la détermination, on parvient toujours à organiser ces choses-là.

— Lady deGriffith, je ne pourrais être plus déterminé que je le suis.

— Il est bon qu'un homme sache ce qu'il veut. Je ne vous tiendrai pas rigueur de votre indécision momentanée au sujet des courses de chevaux et des régates. Nous sommes tous sujets à des errances occasionnelles.

Elle prit le bras de Hyacinthe et laissa Cassandra et Ashmont ouvrir la marche.

— Elle nous soupçonne d'avoir manigancé ce rendez-vous, dit-il une fois hors de portée d'oreilles.

— Quant à moi, je soupçonne mes parents d'avoir élaboré plus d'un stratagème au temps de leurs fiançailles. Tant qu'ils ignorent où j'étais hier soir, je ne suis pas inquiète. Ce qui m'ennuie, c'est que s'ils l'apprenaient, ils sauraient que Hyacinthe était ma complice.

— Non. Nous trouverons un moyen de faire de moi votre complice. Ou l'instigateur. Et ils n'apprendront rien au sujet d'hier soir. Comment le pourraient-ils ? Sans compter que, dès que vous le souhaiterez, vous serez duchesse, et vous pourrez alors organiser la vie sociale de votre sœur. À ce sujet, quand pensez-vous que nous pourrons franchir ce cap ?

— Dès que mon père le permettra.

Pas question de se marier sans la permission de son père. Commencer son mariage par une brouille avec ses parents serait de la folie. Si difficiles qu'aient été parfois leurs rapports, sa famille lui était chère. Elle savait en outre que même les mariages les plus heureux affrontaient des problèmes, et les femmes possédaient si peu de droits qu'elles avaient besoin de tout le soutien possible, à commencer par celui de leur famille.

— Mais avant cela, il me faut votre consentement, dit-il.

— Je vous l'ai donné hier soir.

— Je le veux ici, en plein jour, sous chaperonnage, quand nous ne sommes ni l'un ni l'autre en proie à une grande émotion. Je le veux à un moment où notre esprit est calme, alors que vous ne venez pas de prendre un risque effroyable pour un individu qui ne le mérite vraiment pas.

Elle lui coula un regard oblique. Ashmont le surprit et la gratifia en réponse d'un regard intense. Et soudain, elle se rappela cette soirée, il y avait si longtemps, où elle avait levé les yeux vers lui, émerveillée, tandis qu'il lui racontait des histoires au sujet des étoiles. Cet être qu'elle avait contemplé, éblouie, se pouvait-il que ce soit le même ? Se pouvait-il qu'il lui appartienne ?

Oui. Le même, mais devenu un homme. Qui n'en demeurait donc pas moins un être humain, avec tous les défauts que cela suppose.

— Vous êtes indigne de moi, c'est certain, confirma-t-elle. Il semble toutefois que vous soyez le mieux que je puisse faire.

Il s'immobilisa.

— Dans ce cas, mademoiselle Pomfret, me feriez-vous le très grand honneur d'accepter de devenir ma femme ?

Elle contempla ses yeux d'azur et quelque chose en elle voleta jusqu'à l'Olympe où il résidait.

— Oui, dit-elle. Je crois que je le veux.

Cassandra et Ashmont pensaient avoir tout prévu à la perfection – le mauvais temps excepté. D'abord, la rencontre impromptue dans le parc. Après quoi Ashmont raccompagnerait ces dames chez elle et solliciterait un entretien avec lord deGriffith.

Ni l'un ni l'autre n'avait envisagé que ce dernier puisse être absent.

Les premières gouttes tombaient lorsqu'ils firent part de leurs espoirs à lady deGriffith.

— Quel dommage ! s'écria-t-elle. Lord deGriffith est parti pour la journée. Une réunion, ajouta-t-elle en jetant un coup d'œil à Hyacinthe. Mais nous serons à la maison, ce soir. J'arrangerai cela. Sachez toutefois que je ne peux rien dire tant que vous n'aurez pas parlé à lord deGriffith.

— Oh, maman ! intervint Hyacinthe. Tu dois au moins encourager papa à se montrer bienveillant envers le duc.

Lord deGriffith était le chef de famille. Pourtant, à cet instant, Ashmont aurait pu dire sans craindre de se tromper lequel des deux époux était le soleil, et lequel la planète en orbite.

— Très bien, soupira lady deGriffith. Je devrais pouvoir dire que cela ne me contrarie pas.

— Vous ne pouvez pas faire mieux ? s'écria Hyacinthe. Franchement, maman !

La pluie se mit à tomber vraiment, et lady deGriffith ouvrit son parapluie.

— Il faudra que cela suffise pour le moment. Ces affaires-là relèvent du chef de famille. Allons, pressons.

Ils se hâtèrent de regagner St. James's Square. Ashmont pouvant difficilement s'imposer toute la journée, il n'eut pas d'autre choix que de rentrer chez lui.

Il était pressé d'en finir, certes, pourtant ce report était peut-être une bonne chose. Cela lui laisserait du temps pour peaufiner son discours, ainsi que les réponses aux questions délicates que le père de Cassandra ne manquerait pas de lui poser – en admettant qu'il ne le mette pas à la porte d'emblée.

Tandis qu'Ashmont rentrait chez lui, les raisons de le mettre à la porte se succédèrent dans son esprit. En d'autres temps, il se serait arrêté à Blackwood House ou à Ripley House et aurait laissé ses amis le taquiner autour d'un verre de vin.

Mais ces temps-là étaient révolus.

— Derrière moi, murmura-t-il.

Il s'immobilisa. Voilà seulement deux jours, Cassandra Pomfret lui avait dit qu'il était superbe. La veille, elle avait recouru à des mesures choquantes pour lui faire connaître ses sentiments... puis l'avait laissé prendre avec elle des libertés encore plus choquantes. Aujourd'hui, à proximité de sa mère et de sa sœur, alors qu'elle n'était influencée ni par ses baisers ni par ses caresses, elle avait dit oui.

Lady deGriffith glisserait un mot aimable sur son compte à son mari, lui facilitant ainsi la tâche. Qui n'en resterait pas moins difficile. Il ne se berçait pas d'illusions. Pour convaincre lord deGriffith, la route s'annonçait cahoteuse, sombre et semée d'embûches.

L'essentiel de son ancienne vie se trouvait désormais derrière lui et la nouvelle était en voie de construction, pleine d'obstacles et d'incertitudes. Il était prêt pour ce qui adviendrait. De fait, son instinct combatif l'incitait plutôt à se réjouir des défis qui l'attendaient.

Milieu d'après-midi

Comme chaque samedi après-midi quand ils étaient à Londres, lady deGriffith retrouvait ses sœurs pour le thé. Ce jour-là, c'était au tour de tante Elizabeth de jouer les hôtesses.

En l'absence de leur mère, Cassandra et Hyacinthe discutaient dans leur salon des chances de leurs soupirants respectifs – quoique Hyacinthe se refusât à considérer Humphrey Morris comme un soupirant.

— J'aime sa compagnie, reconnut-elle, et je sais qu'il peut être utile à papa. Mais, comme je te l'ai déjà dit, je ne suis pas pressée de me marier. Je ne me sens pas prête pour penser à un gentleman dans ces termes. Il n'en demeure pas moins que j'aimerais savoir ce que papa pense de lui, s'il décide de le prendre sous son aile.

— S'il survit à une collaboration avec papa, ce sera la preuve manifeste d'une grande endurance. Et si papa le supporte un moment, quelle qu'en soit la durée, cela signifiera que ce gentleman a du caractère, déclara Cassandra. Tu es prudente. Contrairement à moi.

— J'ai dix-huit ans, lui rappela Hyacinthe, et contrairement à toi, je n'ai pas suivi la carrière de M. Morris la plus grande partie de ma vie.

Quoique de loin, Cassandra avait bel et bien suivi la folle carrière d'Ashmont pendant près de seize ans. Non qu'elle ait consacré toute son énergie à attendre et à espérer. Même dans sa période la plus idéaliste, elle s'était appliquée à construire sa propre vie et à trouver sa voie. Ashmont n'avait jamais été le centre de son univers. Elle l'envisageait plutôt comme une lointaine étoile.

C'était ce qu'elle reprochait à l'horrible poème que lui avait donné Owsley : la femme du poème vivait cette vie étriquée que déplorait tant Mary Wollstonecraft. Une vie qui ne ressemblait en rien à celle que Cassandra s'était façonnée, grâce à Keeffe et à ses grands-parents.

— Au moins, je connais le pire de lui, dit-elle. La plupart des jeunes mariées ne peuvent pas en dire autant.

— Nous sommes élevées en vase clos, comment pourrions-nous connaître la vraie nature d'un gentleman ? Combien d'heures une jeune fille passe-t-elle en compagnie de son fiancé avant de l'épouser ? La plupart du temps, elle ignore tout de ses réactions quand il est déçu ou en colère, quand il a froid ou soif. Nous abordons le mariage en ne sachant pratiquement rien. Nous savons s'il est bon danseur ou pas, nous connaissons ses manières en public, sa façon de s'habiller et son apparence. Rien que des éléments superficiels. Tout ce que nous savons de sa personnalité, c'est ce qu'il laisse voir lorsqu'il nous courtise, alors qu'il s'efforce de se présenter sous son meilleur jour.

— Ce ne sera pas tout à fait mon cas, dit Cassandra. Si papa donne son consentement, bien sûr.

Hyacinthe n'était pas assez folle pour affirmer que leur père ne rejetterait pas Ashmont. Elle connaissait ses sentiments au sujet du duc. Il avait beau s'être un peu adouci en regard de son mépris initial, lord deGriffith le considérait toujours avec autant de méfiance qu'un éleveur de poules vis-à-vis des aigles et des faucons.

— Et s'il ne le donne pas ? demanda-t-elle.

Colson apparut sur le seuil.

— Si vous voulez bien m'excuser, mademoiselle Pomfret, lady Bartham est là et souhaiterait vous parler.

Lady Bartham savait que lord deGriffith serait absent cet après-midi, occupé qu'il était à attirer son éberlué de fils dans ses filets politiques. Elle savait aussi que lady deGriffith rejoignait ses sœurs pour leur thé hebdomadaire.

Elle n'aurait pu espérer circonstances plus idéales pour aborder Cassandra Pomfret. Après son entrevue avec Owsley, elle était allée faire quelques emplettes à Piccadilly, s'arrêtant chez *Hatchards* et *Fortnum and Mason*, entre autres. Puis elle était rentrée chez elle pour enfiler une robe plus adaptée à l'occasion : cramoisie, avec un châle de cachemire noir et blanc.

Au cours de ces préparatifs, elle avait envisagé plusieurs approches, et en avait finalement sélectionné trois, qu'elle emploierait en fonction de l'accueil qu'elle recevrait.

Mlle Pomfret ne mit pas longtemps à la rejoindre au rez-de-chaussée. Elle ne semblait pas méfiante. Elle affichait son expression habituelle – c'est-à-dire aucune. Une poupée de porcelaine était plus facile à déchiffrer. Lady Bartham n'avait cependant plus besoin d'indices. Elle avait toutes les cartes en main.

Elles échangèrent les politesses d'usage.

— Vous vous demandez sans doute pourquoi je tenais à vous voir, attaqua-t-elle.

— Je me doute que vous avez quelque chose à me dire, étant donné que mes parents ne sont à la maison ni l'un ni l'autre, ce que vous n'êtes pas sans savoir, répliqua Mlle Pomfret. Quelque secret à me confier, j'imagine ?

Lady Bartham avait entendu parler des manières directes de Mlle Pomfret. Sa franchise la prit toutefois de court, même si elle n'en laissa rien paraître.

— Que vous êtes perspicace, dit-elle. Je confirme qu'il s'agit bien d'un secret, pour l'instant.

Elle tira de son réticule un feuillet plié.

— Je pensais vous proposer d'aller faire quelques pas avec moi dans le jardin, mais je me suis dit que vous hésiteriez peut-être, ne sachant pas de quoi il s'agissait.

Elle tendit le message. Mlle Pomfret le considéra un instant, avant de s'en emparer. Elle le déplia, le lut. Son expression ne changea pas.

— Je vois, dit-elle. Vous ne me donnez pas cela à seule fin de m'informer. Vous souhaitez obtenir quelque chose. La pluie s'est arrêtée. Allons dans le jardin.

Le message était sans détour :

Votre aventure d'hier soir a eu des témoins. Vous portiez un chapeau haut de forme, un manteau foncé et un pantalon de cosaque. On vous a vue à la fenêtre d'Ashmont House, dans les bras du duc d'Ashmont. On vous a entendue et vue, un peu plus tard, grimper dans le fiacre n° 317. L'adresse donnée au cocher était à l'angle de Duke et de Great Ryder Streets, juste à côté de chez vous.

17

Il fallut un moment pour que les mots sur le papier deviennent réels. Cassandra les fixa en ayant l'impression d'être dans un rêve. Ce n'était pas possible. Et pourtant, si, ça l'était, car elle relisait le message et les mots ne disparaissaient pas, et le monde restait tel qu'en lui-même. Quelques oiseaux dont l'enthousiasme printanier perdurait au-delà de la saison des amours gazouillaient dans les arbres et les buissons.

Voir ses pires craintes se concrétiser d'un coup avait quelque chose d'irréel. Comment lady Bartham avait-elle découvert son secret ? Il était peu probable qu'elle ait été elle-même témoin des événements. Il aurait fallu qu'elle rôde autour d'Ashmont House pendant au moins une demi-heure, un vendredi soir, alors qu'au même moment, elle aurait pu ruiner des réputations lors d'une dizaine d'événements mondains. Et comment aurait-elle pu prévoir qu'un incident digne d'intérêt se produirait justement ce soir-là ? Cela n'avait aucun sens. Elle devait avoir un espion. D'autres personnes étaient-elles au courant en dehors dudit espion ?

Les questions se bousculaient dans l'esprit de Cassandra, bien que les réponses n'aient plus tellement d'importance désormais. La femme qui marchait à ses côtés savait. Cela suffisait. Elle n'aurait aucun mal à répandre la nouvelle dans le monde entier, en un clin d'œil.

La vie lui parut soudain pesante, chargée du poids écrasant de la responsabilité. Quelques heures plus tôt, Cassandra était presque euphorique, prête à grimper jusqu'au sommet de l'Olympe pour atteindre le vrai bonheur. Elle avait à présent l'impression que tel Icare, la cire de ses ailes ayant fondu, elle dégringolait vers la mer.

— Il est évident que votre sœur vous a aidée, disait lady Bartham. Vous n'auriez jamais pu faire cela sans elle. Rien que pour cette raison, votre père ne sera pas content.

Elle sourit.

— Doux euphémisme, comme vous le comprenez certainement, reprit-elle, si vous n'avez pas déjà perdu tout sens des responsabilités filiales.

« Ton comportement rejaillit sur elle, sur nous tous. »

Son père serait furieux et, pire, blessé. À ses yeux, ce que Cassandra avait fait constituerait une trahison de la confiance qu'il lui avait accordée, et il n'aurait pas tort.

— J'ai conscience des conséquences, dit-elle. Peut-être aurez-vous l'obligeance de me dire ce que vous voulez. Il semble vain de vous demander pourquoi vous avez fait cela ou comment vous l'avez appris. J'aimerais juste savoir ce que vous avez en tête.

— Je serai aussi directe que vous, déclara lady Bartham. Révéler à tous votre duplicité m'apporterait une satisfaction certaine. D'autres considérations m'incitent cependant à vous offrir une alternative. Je suis disposée à jeter l'affaire aux oubliettes à deux conditions. Premièrement, vous ne reverrez plus jamais le duc d'Ashmont. Vous romprez avec lui sur-le-champ et définitivement. Je vous recommande vivement de changer de décor et de retourner chez vos grands-parents durant quelques années. Cela vaudrait mieux pour tout le monde.

Elle s'interrompit, attendant une réponse.

Cassandra soutint son regard sans ciller.

— Vous avez dit deux conditions.

La comtesse leva les yeux vers les fenêtres. Hyacinthe les regardait depuis celle du salon. Lady Bartham croisa brièvement son regard avant de reporter son attention sur Cassandra.

— Deuxièmement, Mlle Hyacinthe rompra avec Humphrey.

— Pour autant que je sache, il n'y a rien à rompre.

— N'essayez pas de jouer au plus fin avec moi, mademoiselle Pomfret. Vous n'êtes pas de taille. Je ne vous permettrai pas de me duper plus longtemps.

— Est-ce ainsi que vous voyez les choses ?

— Je sais ce que j'ai interrompu à Cremorne House. Mais le duc et vous avez conspiré pour convertir ce fait, bien réel, en mensonge, et me ridiculiser. La faute ne vous incombe pas entièrement cependant. Il vous a corrompu. Si vous pensez qu'il vous rendra heureuse, vous vous bercez d'illusions. Il avait tout mis en œuvre pour quitter Londres…

— Avec votre fils dans ses bagages.

— Humphrey fait ce qu'il veut. Et, oui, je préfère qu'il dilapide son argent aux courses plutôt qu'il s'unisse à votre famille. Une fois que votre sœur l'aura rejeté, travailler avec votre père n'aura plus aucun intérêt à ses yeux.

— Je vois.

Cassandra ne voyait rien. Ou du moins pas grand-chose. Elle luttait contre le choc, l'incompréhension, le chagrin, la rage, le désespoir et quantité d'autres émotions.

« C'est vous qui commandez », lui disait Keeffe.

Ce n'était pas le cas. Elle était en pleine mer, sur le point de se noyer. Jusqu'ici sa plus grande inquiétude avait été que son père rejette Ashmont. Elle avait cherché la meilleure façon d'infléchir son père. Elle s'était dit que ses craintes au sujet de la veille étaient infondées, comme le lui avait assuré Ashmont.

« Ils n'apprendront rien au sujet d'hier soir. Comment le pourraient-ils ? »

Pourtant, quelqu'un avait appris et avait fourni à cette femme méprisable des détails qu'il n'avait pu obtenir que d'une seule façon. Ce quelqu'un les avait épiés, Ashmont et elle.

— Et la personne qui vous a raconté cela ? dit Cassandra. Gardera-t-elle le silence elle aussi ?

— N'ayez aucune crainte, répondit lady Bartham. Si je vous dis que ce sera enterré, ce sera enterré. Vous n'êtes pas la seule à avoir des secrets honteux. Quoi qu'il en soit, si je décide que l'affaire doit être révélée, elle le sera. Et cette fois, vous ne pourrez pas retourner la situation à votre avantage.

— Tout cela parce que vous êtes dépitée, dit Cassandra. Peu vous importe la peine que vous infligerez aux autres.

Les conséquences catastrophiques que Cassandra avait imaginées après l'accident de Putney Heath et « l'Affaire du Rideau » deviendraient réalité. Et ce serait pire que tout. Ce qu'elle avait fait cette fois allait bien au-delà de ces incartades.

Elle s'était rendue chez un célibataire. Habillée en homme. Elle avait été vue en train d'embrasser un libertin notoire. Rien que cela suffisait à faire d'elle un bien avarié.

Elle se moquait de ce que le monde disait d'elle. En l'occurrence, ce n'était pas elle qui paierait le prix de ses actes. C'étaient ses parents et sa sœur, d'abord et surtout, qui porteraient le fardeau de la honte.

Alors qu'elle était la seule coupable.

— Ne vous illusionnez pas, un mariage avec le duc ne vous permettrait pas de faire table rase du passé, reprit la comtesse. En admettant qu'il veuille encore de vous maintenant qu'il vous a eue. Il continuerait sa vie comme avant, mais vous seriez mise au ban de la société. Vous ne seriez plus reçue à la Cour, plus reçue nulle part. Ce serait comme s'il avait épousé une courtisane ou une divorcée. Vous auriez encore moins d'influence que vous n'en avez aujourd'hui.

Cassandra connaissait de tels cas. Lord Holland et son épouse divorcée avaient été contraints de recréer leur propre cercle social et ceux qui leur rendaient visite étaient presque exclusivement des hommes de la même obédience politique.

— Vous serez rejetée et méprisée, enchaîna lady Bartham. Votre petit club radical ne voudra plus entendre parler de vous. Votre indignité déteindrait sur elles.

Les femmes de la Société Andromède tenaient à agir en toute discrétion, une telle notoriété leur déplairait forcément.

— Et comment croyez-vous que vos enfants seraient traités ? ajouta la comtesse en ricanant. À propos d'enfants – vous osez parler de la peine que j'infligerais. Avez-vous idée de la peine que *vous* avez infligée à votre famille, année après année, par votre comportement ingrat ? À conduire votre voiture avec ce hideux jockey à vos côtés. À répandre la méprisable philosophie de cette catin bas-bleu. À faire le jeu d'un débauché sans scrupule. Et maintenant vous entraînez votre sœur innocente dans cette affaire – quoique sa prétendue innocence reste sujette à caution.

— Je vous prie de ne pas insulter ma sœur. Elle ne vous a rien fait.

— Vraiment ? Mais ce n'est pas le sujet qui nous intéresse. Ce que je veux est très simple. Vous menez votre vie dangereusement, fauchant les règles qui vous déplaisent et les personnes qui se mettent en travers de votre route. Eh bien, je refuse de me laisser faucher, et je n'accepterai pas que vous écrasiez des membres de ma famille.

La comtesse tira sa montre de sa poche.

— Écrire un mot au duc d'Ashmont ne vous prendra qu'un instant. Je me doute que vous savez où et comment le contacter. Le message que votre sœur adressera à Humphrey, en revanche, ne lui parviendra peut-être que demain – selon l'heure à laquelle votre père le relâchera. Je vous donne jusqu'à demain, 15 heures, pour remplir mes conditions.

15 heures. Il ne restait pas vingt-quatre heures avant que cette femme brise le bonheur de ses parents et l'avenir de sa sœur.

— Si à 15 heures je n'ai pas reçu la preuve que vous avez fait ce que je demande, le contenu de ce message, ainsi que d'autres éléments seront transmis au *Foxe's Morning Spectacle*. Je partagerai également des détails intéressants avec mon cercle d'intimes.

— Et vous y prendrez sans nul doute plaisir.

— La tâche sera plutôt plaisante, en effet, puisque vous avez accompli vous-même le plus lourd de celle-ci.

C'était malheureusement vrai. Cassandra avait tressé elle-même la corde qui servirait à la pendre.

— N'imaginez pas un seul instant que j'hésiterai, ajouta lady Bartham. Votre père n'aura pas mon fils et votre mère ne triomphera pas sur moi. Vous ne serez jamais duchesse, mademoiselle Pomfret. Vous pourriez bien ne jamais vous marier. Quel dommage que vous ayez choisi de céder à la tentation plutôt que de vous intéresser à M. Owsley quand vous en aviez l'occasion.

— Je préférerais quelqu'un qui ait meilleur goût en poésie.

— Désormais, il n'y aura plus personne. Attendez-vous à être regardée avec répugnance par les gentlemen dignes de ce nom, et par ceux qui ne le sont pas comme… Bref, je m'en tiendrai là.

— Pourquoi ? Vous en avez déjà tant dit ?

Lady Bartham sourit.

— 15 heures, mademoiselle Pomfret. Je vais prendre congé à présent. Inutile de me raccompagner.

Ashmont House, une heure plus tard

Bras croisés, yeux plissés, Keeffe balaya du regard le vestiaire du duc d'Ashmont.

— Bel endroit, que vous avez là, Votre Grâce.

— C'est petit, mais nous l'aimons bien. Si vous êtes là, je ne peux qu'en déduire que Mlle Pomfret a des ennuis.

À son arrivée, Ashmont avait appris que des troubles avaient lieu à l'office. Le fauteur de troubles se trouvait maintenant devant lui : Keeffe, apparemment délivré de son bandage costal, une lueur de défi dans le regard.

— En effet, Votre Grâce, vous avez vu juste. Je ne suis pas là parce que votre demeure vaut le détour, et vos gens l'ont compris assez vite – sitôt que l'un d'eux m'a reconnu, en fait. À partir de là, ils se sont montrés charmants.

Il adressa un signe de tête à Sommers, qui se tenait dans un coin de la pièce, visiblement perplexe. Le majordome avait du mal à comprendre ce que faisait ce petit homme difforme dans les appartements de son maître, où certains membres du personnel n'auraient jamais osé s'aventurer. D'un autre côté, il s'agissait de Tom Keeffe, le célèbre jockey que même le plus jeune des domestiques regardait avec admiration.

Après une infime hésitation, Sommers lui retourna son salut.

— Je peux parler devant lui ? demanda Keeffe.

— Bien sûr, sinon je lui aurais demandé de sortir, répondit Ashmont, tandis que son démon intérieur arpentait sa grotte. Que s'est-il passé et qui veut-elle que je tue ?

Keeffe lui relata la visite de lady Bartham.

Ashmont lâcha un juron.

— Mlle Pomfret a déboulé chez moi, furieuse. Elle a déclaré qu'elle ne pouvait pas écrire de lettre. En même temps, elle a les mains liées et ne sait pas comment tuer cette dame elle-même. Elle m'a donc envoyé ici afin de savoir si vous seriez prêt à l'aider.

— Je ne suis pas certain de pouvoir aider à tuer une dame, dit Ashmont. J'en ai envie, pourtant. Sacrément.

— Pas avec ce gilet, intervint Sommers.

— Mademoiselle est bouleversée, avoua Keeffe. Je ne l'avais jamais vue dans cet état.

— C'est ma faute. J'aurais dû me montrer plus prudent. Comment diable quelqu'un a-t-il pu... Peu importe, ajouta-t-il en secouant la tête. Sommers ?

Le valet avait déjà regagné son domaine sacré. Il en émergea muni d'un gilet rouge et d'une cravate noire.

— Parfait, commenta Ashmont. Le sang ne se verra pas.

— Votre Grâce aime plaisanter, dit Sommers.

— Gémir, grogner, tempêter et s'emporter ne servirait à rien, pas vrai ? fit remarquer Keeffe. L'affaire est sérieuse, mais vous allez la sauver. Ou ce sera elle qui vous sauvera.

— Les deux, assura Ashmont. Nous formons un couple à présent. C'est la dame elle-même qui l'a dit.

— Plutôt bien assorti, reconnut Keeffe. Aussi entêtés, intrépides et bagarreurs l'un que l'autre. Non pas que ça me regarde.

— L'odieuse mère de Morris ne s'en tirera pas comme cela, je vous le promets. Sommers, fais atteler le cabriolet.

Keeffe et Ashmont gagnèrent l'appartement de l'ancien jockey, où ils trouvèrent Cassandra qui marchait de long en large, toujours fulminante. Elle s'immobilisa à leur entrée et laissa échapper un soupir. Elle s'approcha du duc et appuya la tête contre son torse.

— Je suis incapable de penser clairement, avoua-t-elle

— Je ne suis pas spécialement doué dans ce domaine.

— J'ai envisagé la question sous tous les angles.

— Y compris celui de m'envoyer au diable ?

Elle releva la tête.

— J'ai attendu et espéré pendant des années. J'ai fait ma vie sans vous, mais je pense qu'elle sera bien plus intéressante avec vous. Il n'est pas question que vous disparaissiez.

— Content de vous l'entendre dire.

Il était prêt à tous les sacrifices pour elle. Il aurait pu donner sa vie pour elle. En fait, il lui serait plus facile de mourir que de vivre sans elle.

— Nous pourrions nous exiler en Sibérie, dit-elle. Il n'est toutefois pas question que je laisse cette femme régenter ma vie. C'est de la vengeance pure et simple. Quelqu'un a laissé tomber une arme dans son giron et elle n'éprouve aucun scrupule à l'utiliser. Elle me hait. J'ai toutefois eu le temps de réfléchir à ce qu'elle a dit. Il est fort probable qu'elle noircisse le trait. En tout état de cause, ce n'est pas seulement après moi qu'elle en a. Elle en veut à mes parents.

Elle rapporta à Ashmont les paroles de lady Bartham, dans la mesure où elle s'en souvenait.

— J'ai tâché de garder mon calme, sans grand succès.

— Elle a fait son possible pour vous déstabiliser, observa Ashmont.

— C'est la culpabilité. Je savais que c'était mal d'aller chez vous. Que c'était dangereux. Mais c'était nécessaire, et au diable, les règles.

— Ce n'est pas moi qui vous le reprocherais. Si c'est mal et dangereux, c'est presque une invitation. Difficile de résister. Sans compter que c'était pour moi. Difficile de me résister.

— Je crois que je vais m'éclipser, annonça Keeffe. L'air devient irrespirable ici. Je sors faire un tour.

Tous deux le regardèrent.

— Désolé, dit Ashmont. J'avais oublié que vous étiez là.

— C'est dangereux, fit remarquer Cassandra. Quand les gens oublient qu'il est là, des choses terribles peuvent advenir.

— C'est qu'il sait y faire ! reconnut Ashmont en gratifiant le jockey d'un sourire. Je n'ai jamais réussi ce tour de passe-passe – celui qui consiste à se rendre invisible.

Keeffe s'esclaffa.

— Vous ? Invisible ?

Il rit de nouveau. D'une certaine manière, son rire rendit les choses un peu moins sinistres. Le corps de cet homme avait été réduit en miettes. Il avait survécu. Et il trouvait encore le moyen de rire.

Ashmont se tourna vers Cassandra.

— Nous nous sommes mis dans ce pétrin. Nous allons trouver le moyen d'en sortir. Mais cela ne s'annonce pas simple.

— Non, admit-elle. Pour commencer, nous allons devoir avouer la vérité à mes parents.

Elle avait arpenté le salon de Keeffe, encore et encore.

Quoi qu'elle envisageât, quelles que soient les mesures désespérées qui lui vinrent à l'esprit, la chose qui la terrifiait le plus ne cessait de surgir, tel un taureau furieux lui barrant la route : elle allait devoir dire à ses parents ce qu'elle avait fait. Si les choses tournaient mal, si lady Bartham ne tenait pas parole – tellement de « si » –, Cassandra ne voulait pas qu'ils l'apprennent de quelqu'un d'autre.

— L'idée qu'ils soient mis au courant sans avoir été avertis m'est insupportable, dit-elle à Ashmont. Je n'ai pas honte de ce que j'ai fait. Je ne le regrette pas. Je suis juste désolée pour eux et pour Hyacinthe. Ils n'ont rien fait pour mériter cela. Ce n'est pas leur faute, pourtant on rejettera le blâme sur eux et ils en souffriront. Le moins que je puisse faire, c'est de les prévenir.

— Votre sœur est au courant ?

Cassandra ferma brièvement les yeux au souvenir de l'expression de sa sœur quand elle lui avait révélé l'affaire. Incrédulité. Inquiétude. Indignation.

— Elle n'ignorait pas ce que cela signifiait pour elle, et pourtant, vous savez ce qu'elle a fait ? Elle m'a prise dans ses bras et m'a dit : « Quelle horrible bonne femme ! Elle se trompe. Elle s'arrange pour que les choses paraissent plus laides qu'elles ne le sont. Il faut que tu la voies comme un mauvais cheval qui tente de te mordre pour une raison que tu ne comprends pas encore. »

— Mlle Hyacinthe n'a pas tort, observa Keeffe.

Cassandra le regarda.

— Vous le savez aussi bien que moi, ajouta-t-il. Il arrive qu'on laisse certains chevaux devenir vicieux et d'autres le deviennent parce qu'ils ont été mal dressés. Mais la plupart ont une raison de l'être, et une fois qu'on a découvert cette raison, on peut commencer à travailler.

— Vous connaissez les raisons de cette femme, intervint Ashmont. Elle ne veut pas que votre père exerce son influence sur Morris. Elle ne veut pas qu'il fréquente votre sœur – ni vous, semble-t-il. Vous avez dit aussi qu'elle en voulait à vos parents.

Cassandra se souvint que Hyacinthe avait évoqué une vieille rivalité entre leur mère et lady Bartham. Qui aurait concerné leur père.

— Une vieille histoire, apparemment.

— Raison de plus pour les en informer. Si son stratagème ne fonctionne pas, elle tentera autre chose.

— Oui, il faut qu'ils sachent. Je crains juste que papa ne tente de vous tuer.

— Qui pourrait le lui reprocher ?

— Moi, pour commencer. Il n'y a plus beaucoup de jeunes ducs au physique passable qui ont encore toutes leurs dents.

Les parents de Cassandra rentrèrent à quelques minutes d'intervalle.

Tilbrook les informa qu'ils étaient attendus au salon.

Quand ils pénétrèrent dans la pièce, Humphrey Morris dans leur sillage, le front de lord deGriffith était déjà plissé d'inquiétude.

— Si nous sommes accueillis par une délégation, j'en conclus qu'un incident s'est produit, déclara-t-il. Et si vous faites partie de cette délégation, duc, j'en déduis que ledit incident est de taille.

— Je ferais peut-être mieux de partir, murmura Morris. Cela ressemble fort à un conseil de famille.

— Pas question, dit Hyacinthe. Il n'y a aucune raison que vous soyez exclus.

Son père la regarda.

— Pas toi, mon enfant. Il ne peut pas s'agir de toi, dit-il du ton du Jules César de Shakespeare, quand il articule juste avant de mourir : « Toi aussi, mon fils ? »

— Si, malheureusement, intervint Cassandra. Mais j'en suis la cause. Maman, je vous en prie, asseyez-vous.

— Faites, ma chère, conseilla son père. Il vaut mieux que nous ayons cette conversation dans mon bureau. Cassandra. Duc.

Ils le suivirent docilement dans son bureau. Cependant, avant qu'il ait le temps de refermer la porte, lady deGriffith, Hyacinthe et un Humphrey Morris visiblement réticent entrèrent.

Le front de lord deGriffith se plissa davantage.

— N'ai-je pas dit Cassandra et le duc ?

— Vous ne vous attendez tout de même pas que nous restions au salon, sur des charbons ardents, répliqua sa femme.

— Pourquoi ? Ce n'est pas la première fois que je me retire pour parler avec un de mes enfants ou un visiteur.

— Le duc d'Ashmont et Cassandra ne semblent pas rayonner de bonheur, comme je m'y attendais pourtant au vu de certains indices que j'avais perçus un peu plus tôt. Et Hyacinthe insiste pour que M. Morris reste. À l'évidence, il s'est passé quelque chose de déplaisant. Un conseil de famille me semble à l'ordre du jour. Je suis votre épouse. Je me dois de vous aider.

Sur ce, lady deGriffith s'installa sur le siège le plus proche du bureau.

Les autres demeurèrent debout, tels des criminels à un procès.

Si le juge ne s'assit pas non plus, il resta derrière la forteresse de son bureau, comme s'il se préparait à un assaut.

La présence de Cassandra et d'Ashmont rendait la chose possible.

Cassandra s'approcha du bureau.

— Lady Bartham m'a donné ceci, tout à l'heure, dit-elle en lui remettant le message.

Morris sursauta, rougit, mais ne commenta pas. Le regard qu'il adressa à Hyacinthe pouvait signifier un millier de choses ou rien du tout. Cassandra n'était pas en état de l'interpréter.

Elle vit son père se rembrunir au fil de sa lecture. Il faillit froisser la feuille, interrompit son geste et la tendit à son épouse.

— Oh, mon Dieu ! s'exclama celle-ci. Vraiment, Cassandra !

Son père avait porté la main à sa tempe.

Cassandra, qui ne pleurait jamais, sentit sa gorge se nouer et sa poitrine se soulever, comme si elle avait sangloté violemment. Devant tout le monde.

Ashmont la rejoignit.

— Non, dit lord deGriffith. Si vous touchez ma fille, je ne réponds pas des conséquences.

Ashmont entoura les épaules de Cassandra du bras.

— Tout va bien, murmura-t-il. Nous allons arranger cela.

Avant que lord deGriffith explose ou lance quelque chose au visage du duc, son épouse se tourna vers Morris.

— Monsieur Morris, un petit verre de cognac pour ma fille, je vous prie.

Le soupirant de Hyacinthe s'empressa d'obéir. Ashmont glissa le verre dans la main de Cassandra.

Elle en but une gorgée, et essuya ses larmes d'un revers de main. Il lui offrit son mouchoir.

— Je vous demande pardon, papa, dit-elle après s'être ressaisie. Un excès d'émotion. Je ne tente pas de vous apitoyer, je vous assure. Ce qui est écrit est vrai. Et je ne regrette pas les actes en soi.

— Juste ciel, Cassandra !

— Je mentirais si je prétendais le contraire. En revanche, je regrette énormément de ne pas avoir réfléchi aux conséquences pour ma famille. Comme vous me l'avez dit voilà plusieurs semaines, mon comportement rejaillit sur vous tous.

— Pourtant, tu n'en as pas tenu compte.

— Non, en effet. Nous avons pris de grandes précautions pour éviter de nous faire repérer, hélas, la malchance a voulu qu'un espion se trouve dans les parages. Pourquoi cette personne se trouvait-elle là ? Je l'ignore. Je me suis dit qu'il s'agissait peut-être d'un journaliste. Il y a gros à gagner à espionner Ashmont. Mais dans ce cas, pourquoi transmettre ces informations à une tierce personne plutôt que de les faire publier.

— Pour l'heure, ces considérations ne m'intéressent pas, rétorqua lord deGriffith. Ce qui m'intéresse, c'est ce qui t'a poussée à agir de la sorte. Ashmont…

— Il n'y est pour rien, le coupa Cassandra. En fait, il tentait de me fuir. Je n'ai toutefois pas pu me résoudre à le laisser partir avant… avant de lui avoir révélé mes sentiments.

— Pour l'amour du ciel, Cassandra, tu ne pouvais pas attendre ? Tu es trop impulsive.

— Oui, je suis impulsive. Mais attendre ? Combien de temps ? Nous étions dans une impasse et il allait partir, peut-être plusieurs mois. Vous seriez peut-être capable d'attendre des mois avant de savoir si vos sentiments sont compris et si on y répond. Moi, je n'ai pas pu.

Son père secoua la tête, puis se tourna vers Hyacinthe.

— Et toi, mon enfant ? Je sais que ta sœur n'a pas pu manigancer cette filouterie sans ton aide.

— Oui, je l'ai aidée, admit Hyacinthe. J'aurais même fait davantage si j'avais pu. Cela ne me plaisait pas de la laisser sortir seule, mais je n'aurais fait que la gêner si je l'avais accompagnée.

Jamais elle n'avait vu leur père aussi près d'écarquiller les yeux.

— Il ne t'est pas venu à l'esprit que c'était *mal* ?

— Non. Qu'ils se retrouvent séparés à cause d'un malentendu me semblait injuste. C'est pour cela que je les ai aidés.

Lord deGriffith s'assit. Il ferma les yeux, les rouvrit. Cassandra devina qu'il s'efforçait de garder son sang-froid. Toutefois, à sa façon de serrer les poings et à l'étincelle qui s'alluma dans ses yeux quand il posa les yeux sur Ashmont, elle comprit que cela lui était difficile.

Humphrey Morris tentait visiblement de comprendre de quoi il retournait.

— Hier soir, j'ai aidé ma sœur à se déguiser en homme et à quitter discrètement la maison pour aller rendre visite au duc d'Ashmont, lui expliqua Hyacinthe.

La bouche de M. Morris s'arrondit.

— Quelqu'un les a vus, a transmis l'information à votre mère qui menace de révéler toute l'affaire.

— *Qu... quoi ?* Ma mère ? s'étrangla M. Morris. Mademoiselle Hyacinthe, je vous adresse mes plus sincères excuses. Je vais aller lui parler de ce pas...

— Je ne te le recommande pas, intervint Ashmont. Tu risques d'aggraver les choses si elle le prend mal.

— Si elle le prend mal ! J'espère bien qu'elle le prendra mal. Lord deGriffith, je vous assure...

— Inutile. Vous sous-estimeriez mon intelligence si vous me pensiez capable de supposer, ne serait-ce qu'une minute, que vous êtes mêlé à tout cela.

Visiblement, M. Morris avait réussi le premier test de personnalité avec lord deGriffith. Et il venait sans doute d'en réussir un deuxième à l'instant même.

— Le fait est qu'il y est mêlé, fit remarquer Ashmont. Il fait partie des conditions.

— Des *quoi* ? s'écria M. Morris.

Ashmont résuma les conditions que lady Bartham avait mises à son silence.

— C'est le genre de choses que j'aurais pu attendre de la part de mes frères, mais *d'elle* ! Seigneur, je sais à peine quoi penser. Elle n'a jamais manifesté le moindre soupçon de déplaisir à l'égard...

Son regard se posa sur Hyacinthe.

— Oh, je doute de lui déplaire ! dit Hyacinthe. Je soupçonne autre chose.

— Cela n'a rien à voir avec mon père, en tout cas, déclara Humphrey à l'adresse de lord deGriffith. Il était très heureux quand je lui ai parlé de notre réunion d'aujourd'hui. Toute cette affaire est incroyable. Pourquoi diable ma mère se soucie-t-elle des préférences de Mlle Pomfret ?

— Monsieur Morris, je vous conseille de vous servir un verre de cognac, vous aussi, intervint lady deGriffith. Ashmont ?

— Pas pour le moment, je vous remercie, lady deGriffith.

Il avait gardé le bras autour des épaules de Cassandra en dépit des regards noirs que lui lançait son père.

— Du thé, dans ce cas. Une tasse de thé me ferait du bien. C'est à la fois apaisant et stimulant. Hyacinthe, ma chérie, sois gentille de sonner.

Pendant qu'on préparait le thé, Ashmont se surprit à observer lady deGriffith. Il n'aurait su dire pourquoi elle retenait ainsi son attention. Elle se contentait de rester assise, très calme, infiniment plus calme que tous les autres, observant et écoutant.

En de semblables circonstances, bon nombre de mères auraient sangloté ou se seraient évanouies.

Lady Bartham aurait adoré assister à cette scène, supposait-il. Mais aurait-elle deviné que Cassandra aurait le courage d'avouer la vérité à ses parents ?

Il l'ignorait. Les femmes étaient des êtres complexes. Il se souvint que son oncle lui avait conseillé de les écouter.

Jusque très récemment, il ne les écoutait jamais vraiment.

Il avait changé grâce à Cassandra. Désormais, il était attentif, notait les moindres changements d'expression. S'il y avait réfléchi, il se serait aperçu que c'était d'abord elle qu'il avait commencé à écouter, avant de faire de même avec les autres femmes.

Le livre dont Mme Roake lui avait conseillé la lecture avait à voir avec ce changement, à l'évidence. Il lui avait fait prendre conscience de bien des choses.

Il remarqua donc que lady deGriffith, qui aurait dû être la personne la plus bouleversée par les événements, était au contraire la plus calme. Elle murmurait quelque chose à lord deGriffith, qui s'était penché vers elle, le front plissé.

L'échange se poursuivit un moment.

… la femme qui affermit son corps et exerce la force de son esprit, en s'occupant de sa famille et en cultivant différentes vertus, devient l'amie et non l'humble servante de son époux.

Il avait relu ce passage plusieurs fois. Il avait dû relire ainsi de nombreux passages, pour les comprendre, les assimiler et s'en souvenir.

Cette femme était l'amie de son époux.

Son regard se posa sur Cassandra qui s'entretenait avec sa sœur à l'écart. La vision de leurs deux têtes penchées l'une vers l'autre, la blonde et la rousse, fit vibrer une corde en lui et lui réchauffa le cœur.

C'était une famille. Une famille aimante.

Il avait rêvé d'une famille, sans trop savoir ce que c'était.

Le thé arriva et avant même qu'ils aient commencé à boire, alors que lady deGriffith faisait le service, Ashmont perçut un étrange changement dans l'atmosphère.

Levant les yeux, il découvrit le regard acéré de lord deGriffith fixé sur lui une fois de plus. Il semblait cependant… Résigné ? Pensif ? Difficile à dire, sinon qu'il ressemblait davantage à un politicien qu'à un père de famille vengeur.

— Voilà qui est mieux, déclara lady deGriffith. Une tasse de thé et les difficultés retrouvent des proportions normales. C'est magique.

— Tout ce que je vois pour le moment, c'est que ce sera sa parole contre la nôtre, intervint Cassandra. Une fois qu'on écarte les menaces, réelles et imaginaires, cela se résume à d'hypothétiques conséquences. Peut-elle vraiment parvenir à ses fins ? Peut-elle faire en sorte que nous ne puissions plus nous montrer dans la bonne société ? Celle-ci nous mettra-t-elle dans le même sac, Hyacinthe et moi ? Vous accusera-t-on, papa, d'avoir pour fille une gourgandine de la pire espèce ?

— Oui, dit lord deGriffith. C'est tout à fait possible. Une campagne de calomnies bien ciblée peut détruire une carrière.

Cassandra dévisagea son père.

— Cette affaire peut-elle détruire la vôtre ?

— C'est peu probable.

— Mais ce ne sera guère plaisant.

Son père haussa les épaules.

— Guère plaisant ? répéta Morris. Sans vouloir vous démoraliser, mademoiselle Pomfret, cela rendra la tâche de lord deGriffith infiniment plus compliquée. Quand une affaire de ce genre éclate, les satiristes s'en donnent à cœur joie. Et les gens rient dans votre dos comme des gamins. Que peut faire un gentleman face à cela ? Les provoquer en duel ? Il devrait se rendre sur le pré chaque jour à l'aube pendant des mois.

— S'il a la chance de survivre aux duels, précisa lord deGriffith. Ou à la colère de sa femme s'il cause la mort de ses adversaires.

— Travailler devient difficile quand les gens ne cessent de plaisanter à vos dépens, reprit Morris. Je persiste à penser que je devrais parler à ma mère, ne serait-ce que pour comprendre ce qui lui a pris de s'abaisser à un chantage aussi odieux.

Il s'aperçut soudain que Mlle Fleur lui souriait et son visage vira à l'écarlate.

Cette fille pouvait faire ce qu'elle voulait du pauvre Morris, songea Ashmont. Cela dit, il était dans le même cas que son ami avec la sœur de Mlle Fleur.

— C'est fort aimable à vous, monsieur Morris, mais ce ne sera pas nécessaire, déclara lady deGriffith en se levant. J'irai moi-même parler à lady Bartham.

— Jane, s'écria son mari en bondissant sur ses pieds.

— Cette fois, elle est allée trop loin, lâcha-t-elle avant de quitter la pièce.

18

Lord deGriffith emboîta le pas à son épouse et Cassandra entendit leurs voix décroître progressivement.

Un moment plus tard, il réapparut sur le seuil.

— J'aimerais parler à ma fille. Duc, vous allez devoir attendre. Monsieur Morris, j'espérais poursuivre notre conversation, ce qui, pour le moment, est impossible comme vous pouvez le constater. Vous pouvez patienter si vous le souhaitez, mais je ne saurai dire combien de temps durera votre attente. Hyacinthe, conduis ces messieurs à la salle de billard, veux-tu, et fais-leur servir des rafraîchissements. Je doute qu'une tasse de thé suffise vu les circonstances.

— Monsieur, j'aimerais vous parler, d'abord, intervint Ashmont.

— Vous me parlerez plus tard. Ma fille passe en premier. Ayez la bonté de faire ce que je vous demande. Ma patience ne tient qu'à un fil.

Ashmont échangea un regard avec Cassandra, qui hocha la tête. Il quitta la pièce avec les autres.

Lord deGriffith alla s'asseoir derrière le bureau.

— Il serait peut-être préférable que vous me reniez, suggéra Cassandra. Cela résoudrait bien des problèmes et désarmerait lady Bartham.

— Je ne te renierai pas. Entre autres choses parce que ma mère ne me le pardonnerait pas. Elle me traiterait d'affligeant puritain, au mieux. Tu es ma fille, il faudrait que tu fasses bien pire pour que je te rejette. Non que je t'incite à considérer cela comme un défi à relever.

Cassandra eut envie de faire le tour du bureau pour l'étreindre comme quand elle était enfant. Elle se contenta de déglutir afin de déloger le nœud dans sa gorge.

— Je n'approuve pas, enchaîna son père. Cela ne me plaît pas. Je n'aime pas celui qui est responsable de tes ennuis. Pour autant, il me semble que tu as agi en accord avec tes principes. Comme ta mère me l'a fait remarquer plus d'une fois, nous ne traitons pas les femmes avec justice. Nous attendons d'elles beaucoup trop ou trop peu, et nous les jugeons bien plus durement que nous ne jugeons les hommes. C'est ainsi que va le monde, mon enfant, et je ne peux changer cela.

Elle se contenta de hocher la tête. Sa gorge était douloureuse. Elle ne supporterait pas de pleurer de nouveau. Elle ne voulait pas inspirer de pitié, ni même de compassion. Son père lui accordait sa compréhension et c'était plus que suffisant.

— Bien.

Il baissa les yeux un instant.

— Tu aimes vraiment ce débauché ?

— Oui. C'est pour cela que je suis allée chez lui. Pour le lui dire.

— Tu es donc persuadée qu'il s'est amendé ?

Elle réfléchit.

— Jusqu'à un certain point. Il est en voie d'amélioration en tout cas.

— Assez pour être acceptable.

— Oui.

Elle fut tentée de lui parler de Bleeding Heart Yard, mais son père avait eu son compte de tracas pour la journée. Elle lui en parlerait une autre fois. D'ici un an ou deux.

— Je ne souhaite que ton bonheur, ma chérie, tu le sais. Je redoute qu'on te fasse souffrir.

— Papa, soupira-t-elle, réfléchissez. De nous deux, qui souffrirait le plus si Ashmont se comportait mal ?

— Promets-moi que tu ne toléreras jamais qu'il te manifeste moins de respect que je n'en manifeste à ta mère. Promets-le-moi.

Elle sourit.

— Vous placez la barre excessivement haut.

— C'est ainsi. Promets-moi.

— Je vous le promets, papa.

— Très bien. Tu peux me l'envoyer. Autant que je me rende utile pendant que ta mère fait ce qu'elle a à faire.

— Vous ignorez ce qu'elle a en tête, papa ?

Il haussa les épaules.

— Tu en sais autant que moi. Pour autant, je n'aimerais pas être à la place de lady Bartham.

Lady Bartham n'avait pas imaginé que Cassandra Pomfret se montrerait raisonnable et avouerait tout à ses parents. L'hypocrite qu'elle était n'envisageait pas qu'il puisse exister d'autres voies que celle du secret.

Elle savourait le tableau qu'elle peignait en esprit de la jeune rebelle hédoniste souffrant en silence quand un valet vint l'informer que lady deGriffith souhaitait la voir.

Un bref instant, elle craignit que la dame ne soit là à cause de sa fille. Mais c'était tellement improbable que c'en était risible. D'un autre côté, la perspective de discuter avec sa chère amie tout en sachant ce qu'elle avait fait et le pouvoir qu'elle avait désormais sur sa famille était trop délicieuse pour qu'elle y résiste.

Elle trouva lady deGriffith dans le hall. Après l'habituel échange de salutations, celle-ci l'invita à aller se promener en voiture.

— En voiture ? s'étonna lady Bartham.

— Un simple tour du parc. Je sais que vous devez vous préparer pour le dîner chez lady Jersey, mais il est encore tôt et je promets de ne pas vous retenir longtemps. J'aimerais vous consulter au sujet d'une affaire délicate, ajouta-t-elle en baissant la voix.

Les affaires délicates constituant le fonds de commerce de lady Bartham, cette invitation était irrésistible.

Elle réclama son chapeau et son châle et, peu après, elle était assise dans la barouche de son amie, en route pour Hyde Park.

Elles passèrent les cinq premières minutes en bavardages anodins, comme l'exigeait l'étiquette. Lady Bartham ne pressa pas son amie d'en venir au fait. L'idée que ses filles s'en retournent dans le Hertfordshire sans époux à la fin de la saison la faisait déjà suffisamment jubiler.

— Mais venons-en à l'affaire dont je souhaitais vous entretenir, dit lady deGriffith. Une affaire douloureuse, je suis navrée de le dire.

— N'hésitez pas à vous confier à moi. C'est à cela que servent les amies, n'est-ce pas ?

— En effet. Depuis combien de temps nous connaissons-nous, ma chère ?

— Ma foi, nous avons fréquenté à la même époque l'École de jeunes filles de Mlle Biddleton.

— Très juste. Et c'est au nom de cette longue amitié que je suis venue vous trouver aujourd'hui. Il s'agit de ma fille.

Lady Bartham éprouva un instant d'incertitude, un frémissement d'inquiétude. Ce fut toutefois très bref.

— Ah, oui ! dit-elle. Une de vos charmantes filles.

— Je me rappelle vous avoir entendu dire que M. Humphrey Morris vous disait tout.

— J'ai toujours encouragé mes enfants à me parler librement.

Les deux aînés lui adressaient à peine deux mots dans le mois – non qu'ils fussent connus pour leur aptitude à la conversation.

— C'est toujours mieux, je pense. Mes enfants se confient aussi à moi. Cassandra, par exemple.

Cette fois, les antennes de lady Bartham frémirent.

— Une belle fille. Si indépendante. De celles qui suivent leur propre chemin.

Celui de tous les péchés, inévitablement.

— C'est tellement vrai. Difficile de prédire son attitude. Si elle s'attirait des ennuis, par exemple, se confierait-elle à ses parents ?

— Je ne saurais dire. Cela dépendrait peut-être du genre d'ennuis.

— Si elle se retrouvait victime de chantage, par exemple.

La capote de la barouche était relevée, si bien qu'elles ne voyaient pas les deux valets à l'arrière. Le cocher, lui, était parfaitement visible, mais il aurait fallu qu'elles élèvent la voix pour qu'un des domestiques les entende, et une lady n'élève jamais la voix.

Lady Bartham ne haussa donc pas le ton et ne tenta pas non plus de sauter en marche. Elle était de taille à affronter n'importe quelle femme, surtout celle-ci, qui était incapable de tenir ses filles.

C'était elle qui avait les cartes en main. Lady deGriffith était certainement venue afin de plaider la cause de sa fille. Voilà qui promettait d'être amusant.

— Chantage est un bien vilain mot.

— Pour une bien vilaine pratique, répliqua lady deGriffith. Une pratique curieuse, également. Si l'appât du gain n'est pas ce qui le motive, force est de se demander *quel est* le gain pour celui qui le pratique. Laissez-moi vous donner un exemple. Supposons qu'une personne X exige d'une jeune femme qu'elle rompe avec un gentleman que nous appellerons A. Que peut espérer gagner le maître chanteur ?

Les mots *chantage* et *maître chanteur* retentirent désagréablement dans la tête de lady Bartham. Une image mentale d'elle-même, assise sur le banc des accusés au Palais de justice, se forma dans son esprit. Elle s'empressa de la chasser.

— Je ne suis pas juriste. Je n'en ai aucune idée.

— Faites appel à votre imagination, suggéra lady deGriffith. J'imagine, quant à moi, plusieurs motifs. Malheureusement, aucun ne m'inspire la moindre sympathie. Certains sont pathétiques. Le mot *mesquin* ne serait pas trop fort. Ou *puéril*. Je devine, par exemple, que le maître chanteur ne supporte pas qu'une jeune femme dont il désapprouve la conduite puisse devenir duchesse. À moins que cela n'ait rien à voir avec ladite jeune fille. Peut-être que la clef, ce sont les parents de celle-ci. Un ressentiment qui couverait depuis quarante ans. Ou peut-être ai-je laissé mon imagination s'emballer ?

— C'est plus que probable.

— Certes. Qui irait croire qu'une aristocrate heureuse en mariage puisse *encore* nourrir des désirs de vengeance sous prétexte que le gentleman qui lui plaisait à ses débuts est autrefois tombé amoureux de son amie et non d'elle ?

Lady Bartham sentit son sang se figer, puis se mettre à bouillonner. Lord deGriffith ne s'était pas contenté de lui plaire. Elle en avait été follement amoureuse. Elle était allée jusqu'à lui écrire une lettre d'amour, qu'il lui avait retournée accompagnée d'un message plein de tact dans lequel il lui expliquait qu'il s'estimait indigne de son attention et lui souhaitait d'être heureuse.

Tout le tact et toute la gentillesse du monde n'auraient pu suffire à apaiser sa vanité meurtrie. Ses parents l'avaient habituée à toujours obtenir ce qu'elle voulait. Ce faisant, elle avait imputé son échec à la cruauté de son amie, à sa duplicité et à ses manigances.

— C'est absurde, déclara-t-elle. Parfaitement absurde.

— C'est pourtant le genre de petit conte absurde dont la bonne société aime à se repaître. Surtout ceux qui pourraient nourrir un grief à l'encontre de ladite aristocrate vengeresse. Ne serait-il pas dommage qu'en réponse à une méchante histoire concernant sa fille, une mère permette à ce triste petit conte de se répandre ?

— Quarante ans, riposta la comtesse en agitant la main. C'est de l'histoire ancienne. Qui s'en soucierait ?

Tout le monde. Tous les ennemis que lady Bartham avait déjà et tous ceux qui seraient ravis de le devenir. Et ils apprécieraient tout particulièrement une vieille histoire qui la ferait paraître d'autant plus méprisable et puérile.

Lady deGriffith eut un haussement d'épaules.

— Simple idée. Il existe de nombreuses façons de répondre au chantage. L'une d'elles consiste à combattre le feu par le feu. Auquel cas il serait intéressant de voir quelles flammes montent le plus haut, n'est-ce pas ?

Le chemin que lady Bartham commençait à entrevoir se révélait de plus en plus déplaisant.

— Quel fascinant concours d'influence ce serait là, vous ne trouvez pas ? poursuivit lady deGriffith. Qui est la plus appréciée ? Qui a des relations susceptibles de faire ou de défaire le statut d'une personne auprès de la Cour en quelques mots ?

— Fascinante question.

Lady deGriffith laissa errer son regard sur le paysage.

— C'est agréable de savoir que lady Charles Ancaster est de retour, reprit-elle d'un air pensif. Elle est à Windsor jusqu'à lundi. Leurs Majestés ne peuvent plus se passer d'elle, apparemment. Lord Frederick Beckingham l'accompagnait. Je me demande où cela mènera. Ah, nous sommes à la Serpentine !

Lady Bartham regarda le cours d'eau sans le voir. Elle imaginait déjà lady Charles et lord Frederick murmurant à son sujet à l'oreille du roi et de la reine, et lesdits murmures se répandant dans toute la Cour.

Un mot de lady Charles, et les invitations cesseraient aux événements de la Cour comme à tous ceux auxquels les membres de la famille royale assistaient. Cela se saurait alors dans le petit monde de l'aristocratie, et les autres invitations cesseraient également.

— Nous avons presque terminé notre circuit, annonça lady deGriffith. À moins que vous n'ayez envie de faire un autre tour du parc ? Personnellement, j'ai le temps. Mon mari est en réunion avec M. Humphrey Morris et cela risque de les occuper un bon moment. Une affaire importante. Comme vous le savez, lord deGriffith envisage d'engager votre fils comme secrétaire. J'ai cru comprendre que lord Bartham en était ravi. Espérons que rien n'arrive qui empêcherait cela. Il me déplairait que lord Bartham soit déçu.

Lady deGriffith avait tiré un coup après l'autre, et fait mouche chaque fois.

En règle générale, lord Bartham laissait son épouse agir à sa guise, en revanche, il détestait qu'elle se mêle de ce qu'il estimait être des affaires d'hommes. S'il découvrait qu'elle avait tenté de saboter le poste de Humphrey auprès de lord deGriffith, sa réaction serait féroce. Il lui couperait les vivres, l'empêchant ainsi de faire des emplettes et de recevoir. Une ou deux fois, dans des cas extrêmes, il était même allé jusqu'à la renvoyer dans le Yorkshire.

— Merci, dit lady Bartham. Un seul tour suffira.

— Vous en êtes certaine, ma chère ? Comme je l'ai dit, j'ai tout mon temps.

— Une autre fois, peut-être. Je sens poindre un début de migraine.

— Mieux vaut rentrer chez vous, dans ce cas, et rester au calme.

Lady Bartham croisa son regard.

— Oui, cela me semble préférable.

Le duc d'Ashmont sortit du bureau de lord deGriffith, l'air, comme le nota Humphrey Morris, « d'avoir soutenu dix rounds contre Gentleman Jackson et dix autres contre Tom Cribb ».

C'était à peine exagéré. Quand Sa Dis-Grâce pénétra dans la salle de billard, il se passa la main dans les cheveux et balaya la pièce d'un regard hébété, comme s'il venait de passer plusieurs jours dans un puits et que la lumière, pourtant pâle, l'aveuglait.

— Voilà ce qui arrive quand on réfléchit, dit-il à Morris. Est-ce que je louche ?

— Stimulant.

— Quoi.

— Lord deGriffith. Stimulant. Je suis dans l'expectative, je te raconterai.

— Tu vas travailler pour lui ? Vraiment ? Tu n'aurais pas pu trouver un emploi plus facile ? Comme... je ne sais pas, dompteur de lions, montreur de pythons.

— *Elle* m'en croit capable, répliqua Morris. Elle a dit que je gâchais mon talent. Je me demande bien lequel – c'est d'ailleurs ce que je lui ai rétorqué. Alors elle a souri et m'a reproché d'être trop modeste. D'ailleurs, à propos de Mlle Hyacinthe...

— Oui ?

— Je me demande pourquoi elle tenait tant à ce que j'assiste à ce conciliabule familial. J'étais affreusement gêné. Découvrir vos affaires privées... et celles de Mlle Pomfret...

Ashmont réfléchit. Ce n'était pas facile. Il avait l'impression que son futur beau-père lui avait trituré le cerveau avec une fourche avant de le ratisser, pour faire bonne mesure.

On enseigne aux femmes que si elles sont belles, écrivait Mme Wollstonecraft, *elles n'ont besoin de rien d'autre pendant au moins vingt années de leur vie.*

— Mlle Hyacinthe voulait peut-être que tu saches qui elle est, hasarda-t-il. Pas uniquement la plus jolie fille que tu aies jamais vue.

— Ashmont ? C'est bien toi qui parles ? Ou quelqu'un s'est-il emparé de ton cerveau ?

Le duc se tourna vers le seuil, où se tenait Cassandra.

— Quel cerveau ? demanda-t-il.

— Ne vous inquiétez pas. Papa fait toujours cet effet-là. Sur les gentlemen, surtout.

— Stimulant, conclut Morris.

— Il semblerait, déclara Cassandra. Le duc s'est enfin souvenu du nom de ma sœur.

— Quelle heure est-il ? s'enquit Ashmont. Quel jour sommes-nous ?

— Nous sommes toujours aujourd'hui. Mais ma mère est rentrée et je me suis empressée d'aller lui demander comment s'était passée sa visite.

Elle jeta un coup d'œil à Morris qui rougit et grommela vaguement.

— Apparemment, cela s'est bien passé, reprit Cassandra. Elle m'a assuré que je n'avais plus de souci à me faire. Que tout était réglé. Elle n'a rien voulu me dire de plus, et elle est allée parler à mon père.

— Tout est réglé ? s'exclama Ashmont. Comme cela ? Elle s'est absentée… quoi ? Une heure ?

— À peine plus que cela, dit Morris.

Cassandra s'approche du duc et lui lissa les cheveux. Le plus simple des gestes. Elle ne l'avait encore jamais fait, et voilà qu'elle le faisait en public. Enfin, devant Morris, mais quand même.

— Je sais que vous êtes déçu, dit-elle. Vous auriez aimé faire une explosion ou casser des nez. Je le suis aussi. Je me voyais déjà entrer chez elle par effraction…

— Vêtue du pantalon de cosaque de votre frère…

— … et fouillant dans ses affaires pour trouver quelque chose d'incriminant.

— Une autre fois, peut-être, dit Ashmont.

— J'avoue que j'apprécie ce dénouement. Entre mères. Discrètement. À la façon dont la Société Andromède préfère travailler. De femme à femme.

— De femme à femme, répéta Ashmont.

Le monde est devenu infiniment plus compliqué qu'il n'était. Et infiniment plus intéressant. Il y avait une bonne chance pour qu'il ne s'ennuie jamais, songea-t-il.

— Juste une chose, intervint Morris. Je trouve cela bien que l'affaire ait été réglée entre femmes, et pour être franc, je déteste me disputer avec ma mère – mais j'aurais été disposé à le faire, le cas échéant. Si elles ont réussi à arranger cela entre elles, cela signifie que nos parents étaient plus directement concernés que nous. J'aimerais quand même bien savoir qui l'a informée.

— Ce pourrait être n'importe qui, dit Cassandra. Je serais d'avis de demander à Keeffe ce qu'il en pense.

— Plus tard, dit Ashmont. Je veux d'abord vous parler. Vous n'avez pas envie de savoir ce que votre père m'a dit ?

Leur conversation fut interrompue par lord deGriffith. Son épouse lui ayant assuré que tout était réglé en ce qui concernait lady Bartham, il avait décidé que sa journée avait été suffisamment remplie.

Et qu'il avait assez vu Ashmont.

Que cela lui plaise ou non, Sa Dis-Grâce allait devenir son gendre – une fois que les avoués auraient fini de se chamailler. La bataille promettait d'être rude. Elle ne pourrait cependant pas s'éterniser. Au vu des événements de la veille, lord deGriffith ne voyait pas d'alternative. S'il essayait d'enfermer sa fille, elle sortirait. S'il la mettait au couvent, elle s'échapperait. S'il la renvoyait chez ses grands-parents, Ashmont la suivrait.

Tandis que son mépris initial se muait en profond déplaisir, lord deGriffith, qui était capable de voir quand il était temps de cesser de s'opposer, avait préféré négocier afin de garder la main. En bref, puisqu'il fallait en passer par là, autant le faire vite, comme disait Macbeth.

Ashmont et Cassandra se rendirent donc promptement à l'écurie pour parler avec Keeffe.

— J'étais justement en train de me dire que mademoiselle était entrée chez vous sans difficulté, leur avoua l'ancien jockey. Ce qui m'a amené à penser à celui que vous avez vu. Est-ce qu'il vous surveille tous les jours ? Ou est-ce qu'il était là par hasard ? Et puisque sa pêche s'est révélée payante, il est peut-être revenu dans l'espoir d'en découvrir plus.

— Cassandra craint qu'on ne tente de m'assassiner.

— Elle a surtout peur que quelqu'un fasse le boulot à sa place, répliqua Keeffe. Qu'est-ce que vous diriez d'aller jeter un coup d'œil ?

— Maintenant ?

— Non, quand la nuit sera tombée. En attendant, vous allez m'accompagner au coin de la rue et me payer une chope pendant qu'on discute.

Au départ, M. Owsley n'avait pas eu l'intention de retourner à Ashmont House. Il était d'abord passé à Bartham House, histoire de savoir ce que lady Bartham avait fait des informations qu'il lui avait données. On lui avait répondu qu'elle n'était pas à la maison.

Il avait eu un doute. Il était trop tôt pour qu'elle se soit rendue au dîner de lady Jersey. Cela étant, « pas à la maison » n'était pas toujours à prendre littéralement. Il se pouvait qu'elle soit souffrante. Ou qu'elle ne soit pas d'humeur à recevoir des visites – y compris la sienne.

Quoi qu'il en soit, il s'était senti mal à l'aise et inquiet. Il n'était pas certain d'avoir bien agi. Il aurait peut-être dû régler cette affaire lui-même. Ou ne pas la régler du tout. Il aurait pu se contenter de tourner le dos à Mlle Pomfret et à toute possibilité d'avenir avec elle. Raconter ses turpitudes à une autre femme était peut-être indigne d'un gentleman. Mais il était tellement ébranlé !

Il l'était encore, du reste. Sans le duc d'Ashmont, cet être arrogant et provocant, il n'aurait pas commis autant d'erreurs. Et Mlle Pomfret n'aurait pas perdu sa vertu chez ce débauché.

Ces pensées le ramenèrent à Ashmont House à la nuit tombée. Comme la fois précédente, il rôda autour de la maison sans trop savoir ce qu'il cherchait.

Il retourna à l'endroit où il avait surpris les deux silhouettes. Plusieurs fenêtres étaient éclairées. Une forme passa, puis repassa. Soudain, deux silhouettes se découpèrent dans la lumière.

Le cœur battant, il sortit sa lorgnette, l'ajusta devant son œil et s'avança d'un pas.

Et trébucha sur une canne. Il chancela, mais retrouva l'équilibre. Et découvrit qu'il n'était pas seul. Un petit groupe l'entourait.

Cette partie de la Cour de l'écurie avait beau être mal éclairée, elle l'était cependant suffisamment pour qu'il voie qu'il n'y avait là que des hommes.

— Regardez ce qu'on a trouvé, Votre Grâce ! s'exclama une voix à l'accent cockney. Un voyeur.

— L'infâme salaud.

On lui arracha sa lorgnette. Il l'entendit se briser au sol avant de recevoir un coup de poing dans l'estomac.

Ashmont avait envie de frapper quelqu'un depuis que Keeffe lui avait appris ce qui était arrivé à Cassandra. Flanquer un coup de poing à Owsley ne fut toutefois pas satisfaisant. Ce dernier ne riposta même pas. Il se plia en deux, tomba à genoux en laissant échapper un gémissement et s'évanouit.

— Quelle mauviette, grommela Ashmont. Un seul coup et il n'y a plus personne. Amenez une lampe. J'aimerais voir à qui nous avons affaire.

Une lampe arriva bientôt.

Ashmont examina l'homme et secoua la tête.

— Vous le connaissez, Votre Grâce ? demanda Keeffe.

— Oui.

— C'est un gars de la haute, on dirait.

— Oui.

— Vous voulez qu'on fasse quoi de lui ?

— Jetez-le à l'eau.

— Vous avez raison – l'eau, ça ne laisse pas de traces.

— J'aimerais le jeter à l'eau. Mais je me suis amendé, et donc...

Owsley gémit.

— ... je vais devoir régler cela de façon civilisée.

Ashmont ordonna qu'on amène Owsley chez lui, dans l'antichambre au rez-de-chaussée. L'homme semblait malade, mais ce n'était peut-être pas lié au fait d'avoir été pris la main dans le sac.

Ashmont ordonna tout de même qu'on apporte du cognac, puis renvoya tous les domestiques. Seuls Keeffe et lui restèrent pour le surveiller. Owsley n'était toutefois pas du genre à tenter le diable.

— Peut-être pourrez-vous m'expliquer pourquoi je ne dois pas vous jeter dans le fleuve, bâillonné et les poches lestées de pierres ? Et ne me rétorquez pas que ce serait mal. Vous n'êtes pas en position. Avez-vous idée des dégâts que vous avez causés avec votre lorgnette ?

Comme Owsley ne répondait pas, Ashmont le lui apprit.

Au fil de son récit, le visage fermé d'Owsley se transforma progressivement en une expression incrédule.

— J'ignorais… Je n'aurais jamais cru… Non, vous devez vous tromper. Lady Bartham ne s'abaisserait jamais à faire du chantage.

— Non seulement elle l'a fait, mais c'est vous qui lui avez fourni les munitions. Quel genre de canaille répand des histoires qui salissent le nom d'une dame ? ajouta le duc à l'adresse de Keeffe.

— Je ne sais pas, Votre Grâce. Le genre qui gît au fond du fleuve ?

— Estimez-vous avoir eu un comportement digne d'un gentleman ? demanda Ashmont à son prisonnier.

— Un comportement de gentleman ? s'insurgea Owsley. Venant de vous, c'est à mourir de rire !

Ashmont réfléchit.

— C'est juste. Dans ce cas, estimez-vous avoir eu un comportement fair-play ?

Après un silence, Owsley répondit :

— Non. Et c'était indigne d'un gentleman. C'est mal. J'ai mal agi. Cela ne me ressemble guère.

— Oh, cela vous ressemble tout à fait ! répliqua Ashmont. C'est à l'image de votre inutile projet de loi sur le sabbat. Vous êtes inconséquent.

— Moi ! Vous n'auriez pas dû laisser cette dame entrer chez vous. Si vous vous étiez comporté en gentleman, je n'aurais rien eu à raconter à personne. Si vous aviez quitté Londres…

— Cela ne vous aurait servi à rien. Elle ne vous aime pas. Elle n'aime pas votre poème.

Owsley sursauta.

— Elle vous en a parlé ?

— Elle m'a dit que vous lui aviez donné un poème. Et que ce poème lui avait permis de comprendre qu'elle m'aimait. C'est vous qui avez initié tout cela, espèce d'imbécile moralisateur. C'est vous qui lui avez ouvert les yeux. C'est pour cela qu'elle est venue ici.

Owsley ferma les yeux et resta silencieux un long moment.

Ashmont échangea un regard avec Keeffe qui haussa les épaules.

Finalement, Owsley laissa échapper un long soupir.

— Je vois. On s'est joué de moi comme d'un...

— Orgue de Barbarie ? À moins que ce ne soit comme le singe du joueur d'orgue.

Ashmont s'approcha de la fenêtre et contempla le jardin plongé dans l'ombre.

Il ne savait pas quoi faire de cet homme. Un mois plus tôt, il l'aurait provoqué en duel. Il aurait peut-être même fait quelque chose de moins civilisé. Il se serait battu avec ses poings comme il s'était battu avec un tas d'individus à la moindre provocation.

En l'occurrence, de genre de méthode lui semblait inutile. Owsley était et resterait un abruti.

— Nous ferions mieux de régler cela en gentlemen, déclara-t-il.

Owsley blêmit.

— Non, pas cela, le rassura le duc. Buvez votre cognac, bon sang.

Owsley porta le verre à ses lèvres d'une main tremblante.

— Vous allez me donner votre parole d'honneur de gentleman de ne jamais souffler mot à quiconque de cette affaire, dit Ashmont. Vous n'en parlerez plus jamais avec cette vipère de lady Bartham. Je doute qu'elle ait envie d'en parler à l'heure qu'il est, mais la bile pourrait bien l'emporter chez cette créature. Quoi qu'il en soit, si d'aventure elle évoque le sujet, vous ne saurez même pas de quoi elle parle. Vous la regarderez comme s'il lui était poussé des cornes – ce qui ne me surprendrait pas, soit dit en passant. Est-ce clair ?

Owsley hocha la tête.

— Je serais heureux de ne plus jamais lui parler.

— Bonne idée. J'ai donc votre parole ?

— Vous avez ma parole.

— Dans ce cas, nous en avons terminé, décréta Ashmont. Je vous recommande toutefois de voyager à l'étranger. Très prochainement. Et de rester éloigné un certain temps.

— Et ma circonscription...

— Ils se débrouilleront sans vous. Quelqu'un vous remplacera. Trouvez-vous une nouvelle carrière. Une riche épouse. Je me contrefiche de ce que vous ferez tant que vous resterez loin de moi – et de ma duchesse. Gardez vos distances avec ma famille ou je serai moins tendre la prochaine fois.

19

Nous apprenons que l'union entre le duc d'Ashmont et Mlle Pomfret, fille aînée de lord deGriffith, sera célébrée sous peu.

Foxe's Morning Spectacle, 7 août 1833

Le mariage fut célébré en la paroisse St. George, à Hanover Square, le samedi suivant. Soit huit semaines après, et presque à la même heure, que le duc d'Ashmont eut fait irruption dans la vie de Cassandra.

Un déjeuner suivit la cérémonie, auquel assistèrent les membres de la famille et une poignée de personnalités illustres, tel le duc du Sussex. Ce dernier était chargé de rapporter à son frère le roi ses impressions quant à la moralité du duc d'Ashmont, ainsi que tout incident, explosion, hurlements, apparition d'animaux domestique et autres événements fâcheux.

Le repas se déroula cependant normalement, l'incident le plus notable étant le prompt départ des jeunes mariés, qui devaient effectuer un voyage de trois ou quatre heures, Ashmont tenant à passer sa nuit de noces à Camberley Place.

— L'endroit où je vous ai vue pour la première fois, dit-il à Cassandra.

Il avait tout prévu et envoyé ses propres serviteurs afin qu'ils préparent la maison, car lady Charles n'avait laissé sur place qu'un personnel réduit.

Si les jeunes mariés dînèrent dans la maison, à la nuit tombée, le duc conduisit sa duchesse dans le pavillon de chasse près de la rivière.

— L'endroit exact où je vous ai rencontrée pour la première fois, dit-il quand ils atteignirent le vieux bâtiment.

Il l'entendit retenir son souffle.

— Vous vous souvenez.

— Oui. Une fillette qui avait la grâce d'un elfe et qui tournait sur elle-même, les yeux levés vers le ciel, le visage baigné par la lumière des étoiles.

— Oh, Lucius ! souffla-t-elle.

Il lui prit la main et la serra avant de regarder le ciel.

— Je ne suis pas certain de pouvoir recréer les conditions exactes. Il y a des limites à ce qu'un duc peut faire. Je me souviens d'avoir commandé la Voie lactée. Elle devrait être là à présent.

La journée avait été nuageuse et les étoiles ne brillaient que faiblement. Cependant, entre ces étoiles et la lune descendante, il faisait assez clair pour qu'il la voie.

— Nous pouvons faire semblant, suggéra-t-elle.

Il l'attira dans ses bras et s'empara de ses lèvres. Ils n'avaient presque pas été seuls durant les semaines qui avaient suivi la visite de Cassandra à Ashmont House. Trois semaines de désir contenu, avec un intermède intime dans la voiture un peu plus tôt. Un intermède plutôt chaste. Il n'avait pas voulu précipiter les choses. Il souhaitait que tout soit parfait.

C'était leur nuit de noces. Ils n'en auraient pas d'autre. Ils pouvaient prendre leur temps.

Après un long baiser empreint de douceur, il s'écarta, prit la main de Cassandra et l'emmena à l'endroit exact où il l'avait découverte, pivotant sur elle-même, les bras écartés, les yeux rivés au ciel. L'endroit où il lui avait raconté des histoires à propos des étoiles.

Un grand panier s'y trouvait. Et un seau à glace contenant une bouteille de champagne.

— Oh, Lucius, vous avez tout prévu !

— Pour ma duchesse.

Il s'agenouilla, ouvrit le panier et en sortit une couverture qu'il étendit sur l'herbe. Il la tapota et Cassandra vint s'asseoir. Elle replia les jambes, les entoura de ses bras et le regarda.

Il sortit les verres, puis fit sauter le bouchon de la bouteille de champagne.

Autour d'eux, l'eau gazouillait en heurtant les rochers qui affleuraient et les feuilles bruissaient sous la brise.

Il remplit leurs verres.

— C'est ici que je vous ai rencontrée pour la première fois.

— Et bien vite oubliée.

— Cela valait mieux pour vous.

— Je le sais, désormais, dit-elle avant de lever son verre. Je bois volontiers à cela.

Ashmont avala une gorgée de champagne qui pétilla sur sa langue.

— C'est aussi à Camberley que vous m'avez sidérée en prenant ma défense contre un garçon, dit-elle.

— Aucun garçon ne vous avait jamais défendue ? Non, vous dites cela pour être gentille.

— Moi ? Gentille ?

— Mais c'était injuste. Tous ces garçons contre une fille.

— Si Alice avait été là, ils s'en seraient pris à deux filles.

— Et les autres filles ?

— Elles préféraient rester neutres. Nous n'étions pas des filles convenables. Les autres ne voulaient pas nous ressembler.

— ... une attention scrupuleuse à une forme de convenances puériles, murmura-t-il.

— Vous pouvez répéter ?

— Non, ce n'est rien. Je réfléchissais. Au moyen de vous séduire.

— Certes, cela s'annonce fort difficile, dit-elle avant de boire un peu de champagne. Voulez-vous que je m'enivre pour vous aider ? Je risquerais de me déshabiller et de danser nue sous la lune.

— Je vous en sais capable. Vous devriez peut-être attendre un clair de lune plus lumineux. Encore que je doute que nous ayons mieux, ajouta-t-il en scrutant le ciel.

Il vida son verre et elle l'imita.

— Quel merveilleux breuvage, soupira-t-elle. J'ai toujours pensé que l'ambroisie, le breuvage des dieux, devait être du champagne.

Il s'étendit sur le flanc, en appui sur son coude.

— J'aimerais que vous veniez plus près. Sinon, c'est moi qui vais me rapprocher. Vous êtes ma duchesse et je suis à vos ordres.

Elle posa son verre dans l'herbe, s'étendit près de lui, et lorsqu'elle leva les yeux vers lui, il vit des étoiles dans ses yeux.

Il inclina la tête et l'embrassa. Sa bouche avait la saveur d'une ambroisie créée pour lui seul, mélange de champagne, de Cassandra, de feu et de glace, de tempête et de calme.

Boadicée, la reine guerrière. Téméraire et aimante. Tellement aimante. Qui, plongeant les yeux dans son regard couleur de pierre, aurait deviné la profondeur de la passion qu'il recelait, et la profondeur de son affection ?

— Je vous aime, dit-il.

— Je sais.

— Et j'adore la façon dont vous me détestez.

Elle sourit et enfouit les doigts dans ses cheveux.

— La façon ? Je vous déteste d'au moins dix façons.

— Dans ce cas, je vais devoir vous aimer d'au moins dix façons. Et même de cent façons.

— Oui, dit-elle dans un soupir.

Il fit courir son doigt sur le contour de son visage, l'arc délicat de ses sourcils, la courbe de ses pommettes, la ligne de son menton. Ses traits étaient à l'image de son caractère, forts et doux à la fois.

Il changea de position et entreprit de la dévêtir. La ceinture et les agrafes de la robe. Les manches qu'il fallait détacher des petits nuages qui les remplissaient. Finalement, il fit passer sa robe par-dessus sa tête dans un froissement soyeux tandis qu'elle riait doucement.

— Que de travail, dit-elle. Mais vous vous en acquittez à merveille. Il y a des avantages à épouser un homme d'expérience.

— Non, non. C'est la première fois.

— Avec moi.

— La première fois comme cela.

La première fois que cela comptait vraiment. La première fois qu'il vivait un moment aussi précieux.

Le corset vint ensuite, puis la garniture des manches, et le caraco. Ashmont s'interrompit pour caresser son corps, ses mains épousant ses formes à travers la chemise de fine batiste.

— Je me rapproche, dit-il. Je me rapproche de celle que vous êtes vraiment.

— J'aimerais me rapprocher de celui que vous êtes vraiment.

— Bien volontiers.

Avec l'aide de Cassandra, il se débarrassa de son manteau. Elle lui dénoua sa cravate. Le gilet suivit.

Puis elle le caressa à son tour, visage, cou, torse, ventre, et plus bas encore, là où son sexe tendait son pantalon.

— Il semble que vous soyez prêt, commenta-t-elle.

— Je le suis depuis que je me suis réveillé ce matin. Depuis des semaines même. Mais je veux que ce soit aussi parfait que possible.

— Ah, très bien !

Elle laissa retomber sa tête en arrière et étendit les bras au-dessus.

— Faites ce que vous voulez de moi, Votre Grâce.

L'insolence de la pose était destinée à bouleverser son projet de perfection et pour rester maître de lui, il dut se rappeler que c'était la seule nuit de noces qu'ils auraient jamais. Il glissa plus bas et lui embrassa le pied, la cheville, déposa une pluie de baisers jusqu'au genou, et plus haut encore, jusqu'à l'endroit où s'ouvrait la culotte longue.

Il était tremblant, et elle l'était tout autant.

— Lucius, c'est de la torture. Une merveilleuse torture, mais une torture tout de même.

La chemise disparut, ainsi que tout le reste, et il n'y eut plus que Cassandra telle qu'en elle-même. Ashmont se débarrassa de ses propres vêtements, tâchant de ne pas paraître trop impatient sans y parvenir tout à fait. Il la prit dans ses bras et ils échangèrent un long baiser fougueux sous la lune tout en se caressant mutuellement.

— Vous êtes si belle…, souffla-t-il.

— Vous aussi, vous l'êtes. Faites de moi votre femme à présent.

Ces mots l'incendièrent et il obéit. Ses caresses se firent fiévreuses – le galbe parfait de sa poitrine, la courbe élégante de sa taille et de ses hanches, et, oh, la douce moiteur de son intimité.

Il la caressa jusqu'à ce qu'elle gémisse, puis s'esclaffe :

— Allons, Lucius, possédez-moi vraiment. Je ne vais pas me casser, vous savez.

Il se positionna entre ses jambes, puis captura sa bouche tandis qu'il la pénétrait avec précaution. Sauf que son sexe avait des idées bien à lui et aucune patience. Il sentit Cassandra retenir son souffle, mais déjà il était en elle, et elle était étroite et brûlante, et penser était presque impossible.

— Désolé, articula-t-il. Cela fait mal ?

Elle laissa échapper un rire qui ressemblait à un sanglot.

— Oh, Lucius, je croyais… Ce n'est pas fini ?

Cette fois, ce fut lui qui rit, alors que son corps passait déjà à l'action, le désir et l'instinct prenant le dessus. D'abord prudent, il se montra plus hardi quand elle commença à s'accorder à son rythme.

Il n'y eut bientôt plus que le va-et-vient inlassable de leurs deux corps. Rien qu'eux deux, unis et voyageant ensemble, chevauchant une merveilleuse tempête. Les muscles intimes de Cassandra l'enserraient comme un poing. À chaque mouvement il avait l'impression de grimper à l'assaut d'une vague de plus en plus haute. Et puis, soudain, il la sentit palpiter follement autour de lui et l'entendit crier de bonheur. Ensuite, elle dit son nom dans un murmure, un chuchotement, comme si c'était un secret. *Lucius.*

Son cœur se brisa et se reconstitua. Il éprouva un moment de joie aussi pure qu'intense, et le monde s'obscurcit. Il explosa alors en un millier d'éclats aussi étincelants que des diamants, dériva parmi eux avant de redescendre lentement sur terre.

Ils restèrent étendus un long moment, le cœur battant, la peau emperlée de sueur. Cassandra l'étreignait, les bras serrés autour de son torse puissant. Jamais elle n'aurait rêvé pareille proximité. Il ne s'agissait pas seulement de l'union de leurs corps, mais de quelque chose de plus profond.

Leur souffle ralentit tandis que le monde recommençait à tourner sur son axe. Les yeux clos, elle savourait sa proximité, ses muscles durs, la surprenante douceur de sa peau, son odeur envoûtante. Elle pressa le visage au creux de son épaule et son parfum lui monta à la tête au point l'enivrer. Sauf qu'elle était déjà ivre. De bonheur, de plaisir, et d'une étrange sensation de paix.

Il remua, et se retira d'elle avec précaution.

Elle en fut désolée. C'était si merveilleux de l'avoir en elle, même quand cela s'était révélé douloureux. Pas trop cependant. Elle était forte et souple, elle montait à cheval. Et il avait fait son possible pour que les choses se passent bien, prenant son temps, alors même que cela devait lui être difficile, devinait-elle.

— Maman dit que ce sera de mieux en mieux, murmura-t-elle. Je me demande comment c'est possible.

Il sourit et l'embrassa.

— Je verrai ce que je peux faire.

Il s'écarta d'elle et elle eut froid bien que la nuit soit douce. Puis il l'attira de nouveau dans ses bras et rabattit la couverture sur elle, comme s'il savait.

Elle s'apprêtait à lui demander comment il avait deviné qu'elle avait froid, mais lorsqu'elle ouvrit les yeux, elle découvrit le firmament.

— Lucius, murmura-t-elle, bien qu'elle n'ait aucune raison de murmurer. Regarde là-haut.

Il s'exécuta et rit.

Les nuages s'étaient dissipés et le ciel était rempli d'étoiles.

— Il était temps.

— Oui, souffla-t-elle. Il était temps.

Plus tard, ils regagnèrent la maison. Cassandra prit un bain et enfila une chemise de nuit. Elle avait une nouvelle femme de chambre désormais, Mlle Fougère. Si son anglais laissait à désirer, ses compétences en matière de coiffure et d'habillement étaient exceptionnelles. Elle était également imperturbable – une qualité importante. Elle avait quitté son précédent employeur, une dame anglaise qui vivait retirée du monde, car, avait-elle confié à Sommers, son travail n'était pas stimulant et l'atmosphère de la maison était très morose.

— Vous ne rencontrerez pas ce problème chez Sa Grâce, lui avait-il assuré.

Fougère n'eut pas même un pincement de lèvres désapprobateur quand sa maîtresse rentra, enveloppée dans une couverture tachée d'herbe, sa tenue en grand désordre et la chevelure en bataille.

Le respect qu'elle avait pour ce couple d'Anglais s'en trouva même accru. En plus d'être aussi beau que sa superbe épouse, Sa Grâce semblait inventive et drôle. Son français était passable, tandis que celui de la duchesse était impeccable. Elle connaissait très bien Paris, et pas seulement les lieux fréquentés par les aristocrates anglais.

Fougère montra sa satisfaction en s'appliquant à rendre sa maîtresse aussi séduisante que possible

– non que la chose exigeât beaucoup de travail –, puis se retira discrètement.

Cassandra attendit son époux, encore émerveillée de ce qu'il avait accompli en l'amenant dans ce lieu tellement rempli de souvenirs.

Alice et elle s'étaient souvent réfugiées dans le pavillon de pêche, une fois les garçons partis en pension. Alice avait séjourné dans le pavillon peu de temps auparavant, en fait, juste avant le mariage de Ripley et d'Olympia.

Blackwood y était venu récemment, lui aussi. Les choses entre Alice et lui ne semblaient pas s'être améliorées.

— On fronce le sourcil ? Le soir de ses noces ?

Elle leva les yeux. Ashmont se tenait sur le seuil. Il portait un peignoir de velours bleu foncé orné d'un liseré bordeaux. Il avait un livre à la main.

— Je rêvassais, dit-elle. Vous avez apporté un livre ?

Il baissa les yeux.

— Euh… oui. J'avais oublié. Vous êtes encore plus éblouissante qu'en robe de mariée. Ou sans robe du tout. Ou en robe de voyage. Ou sans robe du tout. J'ai comme l'impression que vous êtes perpétuellement éblouissante.

Il s'approcha du lit.

— Je pensais vous faire la lecture.

Elle haussa les sourcils.

— C'est notre nuit de noces.

— Oui, mais la cérémonie de défloration a déjà eu lieu. Je dois d'ailleurs vous avouer que je n'avais encore jamais été aussi effrayé. Je n'avais jamais fait cela.

— Vous ne vous en êtes pas mal tiré pour un débutant.

— Je vous remercie.

Il posa son livre sur la table de chevet, dénoua la ceinture de son peignoir et le lança sur une chaise voisine.

— La nuit est douce, dit-il.

Le regard de Cassandra caressa son corps parfait. Un Apollon doré. La partie virile de son anatomie s'anima sous son regard.

— Non, non, dit-il, ce n'est pas le moment.

— Au contraire.

— Non, j'ai tout prévu. Je vais vous faire la lecture.

— Mon cher, je n'ai jamais douté que vous sachiez lire. Vous n'avez pas à me le prouver.

— Non, je veux vous faire la lecture. Cela fait longtemps que j'attends ce moment. Je l'ai préparé.

— Vous semblez résolu.

— Tout à fait, dit-il en s'asseyant près d'elle sur le lit. Faites place au duc, je vous prie.

Elle s'écarta.

Il s'installa, arrangea les oreillers de Cassandra et les siens, puis attrapa son livre.

Relié de cuir, orné d'un motif doré à l'or fin, il n'y avait ni titre ni auteur.

— Contentez-vous d'écouter, je crois que cela vous plaira.

Elle se carra confortablement contre les oreillers.

— Je suis prête, dit-elle.

Il entama sa lecture.

Une fois considérée la page historique et le monde actuel avec une anxieuse sollicitude, mon esprit s'est empli d'une triste indignation et j'ai soupiré, obligée de confesser que soit la nature avait fait une grande différence entre l'homme et la femme, soit la civilisation qui s'était développée jusqu'ici s'était montrée très partiale.

Cassandra se redressa vivement.

— C'est Mary Wollstonecraft.

— En effet.

Il poursuivit sa lecture au fil des différents passages qu'il avait sélectionnés. Il avait lu le livre ! Il avait annoté les passages qu'il voulait partager avec elle.

Elle eut envie de pleurer.

— Ashmont.

Il continua de lire.

— Lucius.

Il tourna les yeux vers elle.

— Je ne comprenais pas ce qui vous animait, dit-il. J'ai interrogé Mme Roake au sujet de ce livre, parce qu'il avait été évoqué à la réunion de votre club, et qu'il semblait important pour ces dames. Elle m'a dit que j'aurais plus de chances de le trouver dans ma bibliothèque que dans une librairie, car c'était un ouvrage déjà ancien qu'on ne lisait plus tellement de nos jours.

— Il était estimé du vivant de l'auteur, précisa Cassandra. Après sa mort cependant, son mari a écrit un récit honnête de sa vie, et comme elle n'avait pas du tout respecté les convenances, l'opinion s'est retournée contre elle.

— Le genre de choses qu'elle aborde dans son livre.

— Oui. Vous l'avez lu afin de mieux me comprendre ? risqua-t-elle.

— Vous. Les autres femmes. Vous paraissiez si sincère et déterminée dans votre action. Je me sentais complètement perdu.

— Nous ne sommes pas d'accord avec elle sur tout. Mais qui d'autre qu'elle a su appréhender notre situation, notre éducation, le monde dans lequel nous vivons.

— Je ne sais pas. Je n'ai lu que ce livre-ci. Plusieurs fois, pour bien comprendre, parce que ce n'est pas ce que je lis habituellement. Pas de meurtres, par exemple. Pas d'égorgeurs ni de brigands, ni d'amants contrariés, ni même de domestique feignant d'être une momie.

Elle pressa sa joue contre son bras.

— Je ne pensais pas qu'il était possible de vous aimer davantage. Se battre en duel pour sauver l'honneur, c'est assez facile. En revanche, lire *Défense des droits de la femme*... Je pourrais m'évanouir, moi qui ne m'évanouis jamais.

Il lui décocha son plus charmant sourire, celui qui avait le pouvoir de faire fondre un glacier. Il la voyait vraiment, à présent, comme aucun homme ne l'avait jamais vue et ne la verrait sans doute jamais. Il s'était donné du mal pour cela.

— Je vous défends de me faire pleurer, dit-elle. J'ai pleuré une fois, il y a quelques semaines, et cela suffit pour une décennie.

— Loin de moi l'idée de vous faire pleurer ou vous évanouir. Ce que j'espérais, c'était que vous diriez que cela suffisait, que vous grimperiez sur moi et que notre deuxième accouplement se révélerait un peu moins prudent que le premier.

— Je vois.

Oui, elle voyait très bien. La lune, les étoiles et la Voie lactée. Tout ce dont elle avait rêvé, et même encore plus !

— Reprenez votre lecture, dit-elle.

On apprend aux femmes dès l'enfance, et l'exemple de leurs mères le confirme, que la connaissance des faiblesses humaines, justement qualifiée de ruse, la douceur de caractère, l'obéissance manifeste *et une attention scrupuleuse à une forme de convenances puériles leur permettront d'obtenir la protection d'un homme ; et que si elles sont belles, rien d'autre n'aura d'importance, pendant au moins vingt années de leur vie.*

— Cela m'a choqué, avoua-t-il. J'en suis resté abasourdi.

Elle fut incapable d'attendre davantage.

— Allons, dit-elle. Reposez ce livre, je vais grimper sur vous.

— J'ai relevé d'autres passages.

— Je sais. Mais vous avez fait le plus extraordinaire des sacrifices pour moi, et je dois vous exprimer ma reconnaissance.

— Cela signifie-t-il que je gagne un point ?

— Oui. Tous les points qui vous manquaient.

— Vraiment ? Déjà ? Non, vous rendez cela trop facile.

Elle l'étudia un instant. Il était sérieux.

— Très bien. Un point.

— Je préfère cela. Plus tard, nous parlerons des points que vous me devez. Pour ma brillante imitation d'ivrogne, par exemple, qui aura permis de faire diversion. Pour nous avoir débarrassés d'un fâcheux individu, bien que celui-ci ne m'ait guère donné de fil à retordre. Votre mère avait déjà fait le plus gros du travail. Ma contribution est minime en regard. Peut-être un demi-point.

Elle rabattit les couvertures et l'enfourcha. Son sexe se mit au garde-à-vous. Elle sourit.

— Pouvons-nous remettre le décompte à plus tard ?

Il reposa le livre et l'enlaça.

— Bonne idée.

Elle l'aimait en cet instant comme elle l'avait toujours aimé. Elle ne cesserait jamais. Et lui non plus, elle en était absolument certaine, ne cesserait jamais de l'aimer.

Notes de l'auteur

Le ***Foxe's Morning Spectacle*** est une publication fictive, apparue pour la première fois dans *Sur la soie de ta peau*. Le *Court Journal Gazette of the Fashionable World* existait bel et bien.

Ripley, Olympia et les autres. *Le Preux Chevalier* raconte leur histoire et introduit certains des personnages qui apparaissent dans le présent tome. Lady Bartham apparaît pour la première fois dans *Les ducs préfèrent les blondes*. Et le gamin des rues, Jonesy, dans *Scandale en satin*, où Sophie Noirot le baptise Fenwick, le décrasse et lui donne un emploi. Il réapparaît dans *La Vénus en velours*. Dans *Les ducs préfèrent les blondes*, nous apprenons qu'il était autrefois connu sous le nom de Jonesy, sous lequel il figure également dans *Le Preux Chevalier*. L'action de ce dernier ouvrage et celle du présent volume se déroulent deux ans avant la série des Couturières, raison pour laquelle j'emploie ici Jonesy.

Projet de loi sur le respect du sabbat. Ce projet est apparu sous plusieurs formes au fil des ans. Le personnage fictionnel de M. Owsley est calqué sur le bien réel sir Arthur Agnew, qui a soutenu la version de ce projet de loi en 1833, ce qui lui a valu le mépris du *Figaro in London* (un précurseur de *Punch*) et celui de nombreuses autres publications moins radicales. Le projet est mort d'une de ses nombreuses morts un peu plus tôt dans la réalité que dans le livre.

L'auberge du *White Lion*. La grande auberge située près de Putney Bridge (également appelé Fulham Bridge, selon certains auteurs du XIXe siècle) apparaît dans différentes descriptions de Putney sous les noms de *Red Lion*, *White Lion* et *Putney Hotel*. J'ai décidé de l'appeler le *White Lion*, nom qu'il portait en 1899. Que Cassandra ou Ashmont puissent se souvenir de ce nom est discutable. Je sais qu'ils ne reconnaîtraient pas l'ancien bâtiment victorien.

La grande fête de bienfaisance. Comme d'autres événements importants mentionnés dans l'histoire, la grande fête de bienfaisance au profit de la Société des réfugiés étrangers s'est réellement tenue. Elle s'est déroulée sur quatre jours dans les salons de Hanover Square, aux dates mentionnées. C'était absolument bondé et les dames s'évanouissaient sans arrêt. On peut en lire la description dans le *Court Journal* du 22 juin 1833, consultable en ligne.

L'arrivée d'Ashmont à deGriffith House. Elle s'inspire de la description du très élégant et authentique comte d'Orsay dans *Fifty Years of London Life : Memoirs of a Man of the World*, d'Edmund Hodgson Yates, Harper & Brothers, 1885, consultable en ligne.

Questions théâtrales. L'Adelphi Theater existe toujours, quoique sous une forme que mes personnages ne reconnaîtraient pas, le bâtiment ayant subi plusieurs transformations au fil des ans. Le lundi soir, les lumières du théâtre ne s'éteignaient pas. *The Long Finn* était une pièce très populaire écrite par le dramaturge américain, très populaire également, William Bayle Bernard. Il semblerait que le texte de la pièce n'ait jamais été imprimé. Grâce aux efforts de mon infatigable assistante de recherche Pamela

Macaulay, je possède une photocopie d'un exemplaire manuscrit dont un microfilm est consultable à la British Library. S'il a été imprimé et que vous savez où il est possible de s'en procurer copie, je vous serais reconnaissante de m'adresser un e-mail. *La Momie,* en revanche, du même Bernard, est consultable en ligne sur Google Books et HathiTrust. Il est possible que j'aie imaginé la loge royale de mon duc à l'Adelphi Theater. Bien que les détails que l'on peut trouver sur Internet soient abondants, je n'ai pu vérifier l'existence de loges au-dessus de la salle, pas plus que celle du bar du théâtre. J'ai donc, comme souvent, adapté l'architecture des lieux aux besoins de l'intrigue.

Le poème adressé à lady Charlotte. Intitulé *Le Cadeau nuptial, adressé à lady Charlotte,* cette lugubre publication est bel et bien apparue comme il est décrit, dans le *Court Journal* d'avril 1833.

Boadicée ou Boudicca. Boadicée est le nom le plus communément employé aux XIXe et XXe siècles. *Boudicca ou Bouduica, (nous ne savons pas exactement comment s'épelait son nom, mais sans doute ne le savait-elle pas non plus)… Pour les auteurs latins, elle était une figure à la fois horrible et fascinante. Une reine guerrière, intersexuée, sorte de Cléopâtre barbare : « très haute de taille, dotée d'un physique viril, d'un regard perçant, d'une voix dure et d'une abondante chevelure rousse qui lui arrivait à la taille » comme elle a été décrite plusieurs siècles plus tard par quelqu'un qui n'avait aucun moyen de savoir à quoi elle ressemblait.* Mary Beard, *SPQR* (2015).

Mary Wollstonecraft. Bien qu'elle ne soit peut-être pas féministe au sens où nous l'entendons aujourd'hui, elle en a certainement été une à son époque. *Défense des droits de la femme* est toujours édité et également consultable en ligne.

Le Plénipotentiaire. Les paroles de cette chanson paillarde se trouvent dans *Merrie Melodies*, dont on peut trouver de nombreuses versions en ligne.

Questions d'argent. Jusqu'en 1971, le système monétaire anglais ne reposait pas sur un système décimal. Il se décomposait comme suit :

Douze pence dans un shilling (« bob » en argot).

Douze shillings dans une livre ou un souverain.

Vingt et un shillings dans une guinée.

Il existait de nombreuses variations telles que :

Dix shillings dans un demi-souverain.

Cinq shillings dans une couronne.

Pour en savoir davantage, vous pouvez vous reporter à l'article « Livre sterling » de Wikipédia, sous la rubrique « Avant la décimalisation ».

Pour ce qui est de la valeur d'alors comparée à la valeur d'aujourd'hui, l'affaire est délicate, comme vous le constaterez si vous faites des recherches en ligne. Multiplier par 70 à 100 vous donnera une conversion *très* approximative.

J'aborde ce genre de sujets sur la page de mon blog, de façon plus détaillée et avec des illustrations. Vous abonner au blog vous permettra non seulement de recevoir des anecdotes concernant le contexte de l'histoire, mais vous tiendra également informé de mes nouvelles parutions et de mes livres en cours. Des illustrations de mes livres apparaissent aussi sur ma page Pinterest. Si vous ne trouvez pas là de réponse à vos questions, n'hésitez pas à m'envoyer un e-mail à author@lorettachase.com. Je fais mon possible pour répondre, même si cela prend parfois beaucoup plus de temps que ça ne devrait.

Remerciements

Ce livre n'aurait pas été possible sans le soutien de :

May Chen, mon éditrice, qui m'encourage, m'inspire, m'oblige à garder le cap et fait ressortir le meilleur de moi-même.

Nancy Yost, mon agente, qui est toujours là pour moi, me permet d'avancer en toutes circonstances, m'encourage ou me fustige, au gré des nécessités.

Larry et Gloria Abramoff, qui m'ont une fois de plus permis de jouir d'un refuge d'écrivain sous des cieux cléments, ainsi que de dîners chaleureux et stimulants.

Jessica Fox, qui a été d'une aide inestimable pour les scènes à cheval et toutes les questions d'équitation.

Claudine Gandolfi, dont les belles photographies de sites londoniens ont non seulement enrichi ma collection d'images, mais aussi été source d'inspiration.

Patricia Henritze, ma belle-sœur incroyablement cool, qui m'a aidée pour toutes les questions d'histoire du théâtre et qui a déniché des experts que j'aurais été bien incapable de trouver.

Bruce Hubbard, médecin, qui m'a aidée, une fois de plus, à naviguer dans le monde de la médecine des XIXᵉ et XXIᵉ siècles, et qui m'a expliqué l'évolution des opinions concernant le bandage des côtes fracturées.

Mark Hutter, maître tailleur, le Département historique des us et coutumes, et Neal Hurst, conservateur associé des Costumes et Textiles, dont l'expertise m'a aidée à mieux vêtir mes gentlemen.

Pamela Macaulay, mon extraordinaire documentaliste, qui a découvert l'inclassable baron de Bérenger, *The Long Finn* et bien d'autres éléments obscurs afin de satisfaire mon esprit obsessionnel.

Susan Holloway, mon amie que je consulte sur toutes les questions de style littéraire, d'habillement, etc. Et qui, en plus de son soutien moral et amical, m'offre des doses quotidiennes d'images qui enflamment mon imagination.

Dave Walker et Isabel Hernandez de la Bibliothèque centrale de Kensington et Chelsea, à Londres, qui, en plus de m'avoir offert l'accès à une vaste réserve d'images et de ressources fort utiles, ont bien voulu me présenter le fusil du baron de Bérenger ainsi que l'homme fascinant qui l'a conçu.

Cynthia, Vivian et Kathy, mes sœurs, qui sont toujours là pour moi – avec un supplément de remerciements pour Cynthia, qui s'est tenue à mes côtés lors d'événements publics dont elle a facilité le déroulement, et aussi pour les idées, le shopping et les conversations.

Walter, mon mari, une merveille d'époux, qui a assumé mes responsabilités pour me permettre de finir ce livre, et qui me conseille si patiemment qu'il est devenu une part essentielle à la rédaction de chacun de mes livres.

Toutes les erreurs – toutes – me sont exclusivement imputables.

AVENTURES & PASSIONS

2 juin

Darlene Marshall

Tourmentes - La fille du pirate

Inédit

Enlever un Anglais fait partie du métier pour le capitaine Mattie Saint-Armand. Elle a besoin d'une diversion, et un Blanc naïf détournera d'elle l'attention des autorités pendant qu'elle libérera des esclaves. Oliver Woodruff voulait visiter les Caraïbes avant de se ranger mais il ne s'attendait pas à tomber sur Mattie la Maraudeuse. Il est néanmoins prêt à l'aider, troublé par l'étrange beauté de cette femme. Cependant, l'un et l'autre sont persuadés que leur relation est condamnée d'avance par les préjugés sociaux. Il faudra le danger, l'aventure, et le perroquet Roscoe, pour les convaincre que la passion qui les unit est plus qu'un simple interlude.

✦

Kinley MacGregor

Les MacAllister - Le retour du guerrier

Inédit

Rejeté par ses parents dès sa naissance, Sin MacAllister méprise ses racines écossaises. Pour démasquer les ennemis du roi Henry, il est contraint de retourner dans les Highlands qu'il abhorre au bras d'une beauté rousse dont la chevelure est aussi flamboyante que le tempérament. Pour survivre, Sin a toujours compté sur son cœur dur et froid. Cependant, sa nouvelle épouse éveille en lui un désir qui met en péril tous ses principes.

Johanna Lindsey

Il était une fois une princesse

Inédit

Il était une fois, dans une obscure taverne du Mississippi, une belle princesse en exil, obligée de danser pour le plaisir des hommes. Ignorant que du sang royal coule dans ses veines, elle est en butte à un superbe démon aux yeux mordorés, venu d'un pays lointain pour la ramener chez elle. Le prince a traversé l'océan pour retrouver sa future épouse, à laquelle il est fiancé depuis toujours. Mais la fougueuse diablesse le repousse et allume dans son cœur le feu de la passion. Stefan Barany n'a donc plus qu'à conquérir la jeune Tatiana qui a juré de ne jamais se soumettre.

✦

Jo Goodman

Le murmure du vent

Inédit

Le relais d'étape de la petite ville de Falls Hollow est tenu par Laurel Morrison, une jeune femme au caractère bien trempé. L'arrivée du chemin de fer menace l'activité de Laurel qui accueille les voyageurs des diligences en partance pour la ville minière. Un jour, le convoi qui achemine la paye des ouvriers est attaqué, l'argent volé. La société des mines mandate Call Landry pour mener l'enquête. Ce dernier s'installe à Falls Hollow et prend goût à sa mission comme aux habitants, sans s'avouer que c'est surtout la beauté farouche de Laurel qui, chaque jour, l'enflamme davantage...

Eloisa James

Les Wilde - Le dernier amour du duc

Inédit

Le duc de Lindow a un château plein de courants d'air, huit enfants, et pas d'épouse. Ophelia, jeune baronne, a une belle demeure, une fille bien élevée, et pas de mari. Un seul regard suffit au duc pour tomber éperdument amoureux, mais la belle n'a que faire de sa flopée d'enfants et de son duché. Quand il revoit Ophelia, le duc réalise que c'est à elle et à elle seule qu'il passera la bague au doigt. Parviendra-t-il à convaincre l'élue de son cœur que la passion qui les anime fera de leur union un sublime conte de fées dans un superbe château, au milieu d'une ribambelle d'adorables enfants ?

✦

Elizabeth Hoyt

Les trois princes - Puritaine et catin

Bibliothèque idéale

La famille du comte de Swartingham a été décimée par la variole. Seul survivant, marqué par les stigmates de la maladie, il s'est réfugié dans son village natal. Féru d'agronomie, il embauche une jeune veuve, Anna Wren, pour l'aider à retranscrire ses notes. Immédiatement attiré par la simplicité et la délicatesse d'Anna, le comte sait que, du fait de sa disgrâce physique, il ne pourra jamais être aimé d'une honnête femme. Pourtant, malgré le mauvais caractère de lord Swartingham, Anna n'est pas insensible à son charme. Décidée à le conquérir, elle met sur pied un plan de séduction fort audacieux...

12991

Composition
FACOMPO

Achevé d'imprimer en Italie
par GRAFICA VENETA
le 5 avril 2021

Dépôt légal : mai 2021
EAN 9782290170366
OTP L21EPSN001959N001

ÉDITIONS J'AI LU
87, quai Panhard-et-Levassor, 75013 Paris

Diffusion France et étranger : Flammarion